Johns Sehnsucht ist ein fiktives Werk. Namen, Charaktere, Orte und Geschehnisse wurden erfunden. Jegliche Ähnlichkeit mit wirklichen Orten, Ereignissen, oder Personen, lebend oder verstorben, sind zufällig.

Die Amerikanische Originalausgabe erschien 2018 unter dem Titel *John's Yearning.*

Cover design: Leah Kaye Suttle

Lektorat: Birgit Oikonomou

Autorenfoto: ©Marti Corn Photography

BÜCHER VON TINA FOLSOM

Samsons Sterbliche Geliebte (Scanguards Vampire – Buch 1)

Amaurys Hitzköpfige Rebellin (Scanguards Vampire – Buch 2)

Gabriels Gefährtin (Scanguards Vampire – Buch 3)

Yvettes Verzauberung (Scanguards Vampire – Buch 4)

Zanes Erlösung (Scanguards Vampire – Buch 5)

Quinns Unendliche Liebe (Scanguards Vampire – Buch 6)

Olivers Versuchung (Scanguards Vampire – Buch 7)

Thomas‘ Entscheidung (Scanguards Vampire – Buch 8)

Ewiger Biss (Scanguards Vampire – Buch 8 1/2)

Cains Geheimnis (Scanguards Vampire – Buch 9)

Luthers Rückkehr (Scanguards Vampire – Buch 10)

Brennender Wunsch (Eine Scanguards Hochzeit)

Blakes Versprechen (Scanguards Vampire – Buch 11)

Schicksalhafter Bund (Scanguards Vampire – Buch 11 1/2)

Johns Sehnsucht (Scanguards Vampire – Buch 12)

Ryders Rhapsodie (Scanguards Vampire – Buch 13)

Damians Eroberung (Scanguards Vampire – Buch 14)

Graysons Herausforderung (Scanguards Vampire – Buch 15)

Geliebter Unsichtbarer (Hüter der Nacht – Buch 1)

Entfesselter Bodyguard (Hüter der Nacht – Buch 2)

Vertrauter Hexer (Hüter der Nacht – Buch 3)

Verbotener Beschützer (Hüter der Nacht – Buch 4)

Verlockender Unsterblicher (Hüter der Nacht – Buch 5)

Übersinnlicher Retter (Hüter der Nacht – Buch 6)

Unwiderstehlicher Dämon (Hüter der Nacht – Buch 7)

Ace – Auf der Flucht (Codename Stargate – Band 1)

Fox – Unter Feinden (Codename Stargate – Band 2)

Yankee – Untergetaucht (Codename Stargate – Band 3)

Tiger – Auf der Lauer (Codename Stargate – Band 4)

Ein Grieche für alle Fälle (Jenseits des Olymps – Buch 1)

Ein Grieche zum Heiraten (Jenseits des Olymps – Buch 2)

Ein Grieche im 7. Himmel (Jenseits des Olymps – Buch 3

Ein Grieche für immer (Jenseits des Olymps - Buch 4)

Der Clan der Vampire (Venedig 1 – 5)

Begleiterin für eine Nacht (Der Club der Ewigen Junggesellen – Buch 1)

Begleiterin für tausend Nächte (Der Club der Ewigen Junggesellen – Buch 2)

Begleiterin für alle Zeit (Der Club der Ewigen Junggesellen – Buch 3)

Eine unvergessliche Nacht (Der Club der Ewigen Junggesellen – Buch 4)

Eine langsame Verführung (Der Club der Ewigen Junggesellen – Buch 5)

Eine hemmungslose Berührung (Der Club der Ewigen Junggesellen – Buch 6)

JOHNS SEHNSUCHT

SCANGUARDS VAMPIRE - BUCH 12

TINA FOLSOM

AN ALL MEINE WUNDERVOLLEN LESER*INNEN

Danke dafür, dass ihr meine Arbeit unterstützt und mir somit erlaubt, euch mit den fiktiven Welten, die ich erschaffe, zu unterhalten.

Dies ist wahrlich der beste Beruf in der ganzen Welt!

Tina Folsom

1

Kurz nach Sonnenuntergang bog John Grant in die Tiefgarage von Scanguards' Hauptquartier im Mission District von San Francisco und parkte auf seinem Stellplatz. Sonnenuntergang, genauso wie Sonnenaufgang, war eine der geschäftigsten Zeiten in dem großen Gebäude: Schichtwechsel. Die menschlichen Angestellten machten Feierabend, während die Vampire ankamen und übernahmen. Als John den ersten Stock erreichte, wo sein Büro lag, herrschte im ganzen Gebäude bereits wildes Treiben. Genau wie jeden Abend. Er war dankbar dafür, denn es half ihm dabei, sich von anderen Dingen abzulenken. Dinge, die er am liebsten in den Tiefen seines Gedächtnisses vergraben hielt.

Als er den langen Korridor zu seinem Büro entlangging, grüßte er einige seiner Kollegen wortlos mit einem Nicken. Er hatte die Tür zu seinem Büro fast erreicht, als eine Stimme ihn stoppte.

„John, warte."

John wandte sich um und sah, wie Gabriel Giles, sein Vorgesetzter und stellvertretender Leiter von Scanguards, auf ihn zukam. Nach vielen Jahren der Zusammenarbeit mit Gabriel hatte er sich an die schauerliche Erscheinung des anderen Vampirs gewöhnt: Eine große hervortretende Narbe reichte von seinem Ohr bis zu seinem Kinn und entstellte sein ansonsten attraktives Gesicht so sehr, dass er mit nur einem finsteren Blick jedem

Gegner Furcht einjagen konnte. Doch trotz seines Aussehens gab es nichts Böses an Gabriel. Er war ein guter Mann und – dank seiner geliebten Gefährtin Maya und deren drei Hybriden-Kindern, von denen zwei gerade ihre Ausbildung zum Bodyguard bei Scanguards machten – ein ausgeglichenes Individuum. Gabriel hatte alles, was John sich immer gewünscht, jedoch nie erreicht hatte.

„Abend, Gabriel“, sagte John, wobei er die Tatsache, dass er den mächtigen Vampir beneidete, nicht seine Stimme beeinträchtigen ließ. Es war nicht Gabriels Schuld, dass dieser alles hatte, was John begehrte.

„Gut, dass ich dich erwische.“ Gabriel zeigte auf die dicke Akte in seiner Hand. „SFPD hat uns das geschickt, damit wir einen Blick darauf werfen.“ Er drückte John die Akte in die Hand.

„Detective Donnelly?“ John zog eine Augenbraue hoch und nahm die Akte entgegen. „Noch ein Verbrechen, in das Vampire verwickelt sind?“

Wegen ihrer Abmachung mit der Stadtverwaltung von San Francisco und ihrer Verbindungen zum Bürgermeister und zum Polizeichef übersandte ihr Verbindungsmann bei der Polizei alle Fälle, bei denen vermutet wurde, dass Vampire darin verwickelt waren, direkt an Scanguards. Nur eine Handvoll Beamte des SFPD wussten von der Existenz von Vampiren. Indem sie die Fälle, in die Vampire verwickelt waren, an Scanguards weitergaben, stellten diese sicher, dass dieses Wissen nicht nach außen drang. Denn falls das geschehen würde, würde eine Panik ausbrechen, was sowohl der Bürgermeister als auch der Polizeichef vermeiden wollten. Außerdem war Scanguards besser ausgestattet und deren Mitarbeiter fähig, mit abtrünnigen Vampiren umzugehen, die sich nicht an die Gesetze hielten. Sie kümmerten sich schnell und effizient um sie. Scanguards spürte sie auf und brachte sie dann vor den Rat der Vampire, damit sie verurteilt wurden. Das Urteil war eine Hinrichtung für die schlimmsten Täter oder ein langer Aufenthalt im Vampirgefängnis in den Sierras für all jene, die reformiert werden könnten.

„Donnelly ist sich nicht sicher. Aber er hat keine Anhaltspunkte, weshalb wir einen Blick darauf werfen sollen.“

„Sicher. Worum geht es?“

„Kindesentführungen.“

In Johns Bauch begann es zu brodeln. „Wie viele?“

„Über ein Dutzend in den letzten sechs Wochen. Alles Mädchen. Und jung."

Obwohl er nicht begierig darauf war, die Antwort zu hören, fragte John: „Wie jung?"

„Alle zwischen neun und zwölf."

Abscheu breitete sich in ihm aus und erreichte jede Zelle seines Körpers. Er wechselte einen vielsagenden Blick mit Gabriel. „Denkst du, dass Vampire dafür verantwortlich sein könnten und sie vielleicht als Bluthuren benutzen?"

Gabriel hob die Schultern. Gleichzeitig zuckte seine Narbe, ein sicheres Zeichen, dass ihn das Thema berührte. „Ich hoffe nicht."

„Das wäre nicht das erste Mal."

Gabriel nickte ernst. „Sieh es dir bitte an, ja? Aber wenn sich herausstellt, dass keine paranormalen Zusammenhänge bestehen, gib den Fall an Donnelly zurück. So sehr mich diese Sache anekelt und ich dem SFPD helfen möchte, die vermissten Mädchen zu finden, sind wir dafür unterbesetzt. Unsere festen Aufträge, die Patrouillen und jetzt auch noch unser Abkommen mit den Hütern der Nacht ..." Er rieb sich den Nacken, wo sein langes dunkelbraunes Haar zu einem Pferdeschwanz zusammengebunden war. „Ehrlich gesagt weiß ich nicht, wie wir das alles schaffen wollen, was wir uns aufgeladen haben."

John nickte. „Es wird Zeit, dass die nächste Generation ihren Beitrag leistet." Die nächste Generation waren die Hybriden, die Söhne und Töchter von Vampiren, die halb Vampir, halb Mensch waren und daher die Vorteile beider Spezies in sich vereinten, wodurch sie noch stärker und vielseitiger waren und letztendlich weniger verwundbar als reinrassige Vampire.

Gabriel blies seinen Atem hinaus. „Wir bereiten die Hybriden so schnell wir können vor. Einige von ihnen wurden bereits für ihre letzten praktischen Prüfungen eingeteilt. Aber lass uns nicht vergessen, dass sie immer noch in der Ausbildung sind."

„Ich glaube, du unterschätzt sie. Ryder ist ein sehr verantwortungsbewusster junger Mann", sagte John und bezog sich damit auf Gabriels ältesten Sohn. „Genauso wie Amaurys Zwillinge." Amaury, einer der drei Geschäftsführer von Scanguards, hatte zwei Jungs mit seiner blutgebundenen Gefährtin Nina.

Leider konnte John das Lob, das er für Gabriels und Amaurys Söhne hatte, nicht auf Grayson, den ältesten Sohn des Scanguards-Gründers, Samson, ausweiten. Der Einundzwanzigjährige war ein Hitzkopf. Sein Körper hatte an seinem letzten Geburtstag die Volljährigkeit erreicht – und würde für den Rest seines Lebens so bleiben –, doch sein Kopf war noch nicht soweit. Grayson war impulsiv, arrogant und unberechenbar. Ganz zu schweigen davon, dass er ständig mit seiner älteren Schwester Isabelle konkurrierte, sowie mit jedem anderen, von dem er glaubte, dass dieser ihn überholte.

Gabriel lachte leise. „Und sie glauben alle, dass sie unbesiegbar sind. Was sie nicht sind. Ryder ist erst zwanzig, genauso wie Amaurys Söhne. Sie haben noch nicht einmal ihre endgültige Form erlangt. Sie sind immer noch verwundbar."

John seufzte. „Ich weiß. Aber sie heilen genauso schnell wie vollblütige Vampire." Was die Wahrheit war. Doch sie konnten Narben entwickeln. Wenn Ryder in einem Kampf verwundet würde und eine entstellende Narbe davontrug – wie Gabriel, als er noch ein Mensch war –, würde sie permanent bleiben, sobald er seine letztendliche Gestalt annahm. Doch abgesehen davon war es besser, ein Hybride zu sein anstatt ein vollblütiger Vampir. „Vergiss nicht, dass sie Vorteile uns gegenüber haben. Sie besitzen nicht unsere Schwächen."

Sein Boss verzog das Gesicht. „Als ob ich das nicht wüsste. Aber nur weil Sonnenstrahlen sie nicht verbrennen, bedeutet das nicht, dass sie auf sich alleine gestellt sicher sind. Wer passt tagsüber auf sie auf?" Er zeigte auf John und sich selbst. „Wir können das nicht."

„Vielleicht ist es an der Zeit, die Stützräder abzunehmen und sie beweisen zu lassen, dass sie bereit sind. Ich erinnere mich nicht daran, dass es jemanden gegeben hätte, der auf mich aufpasste, als ich ein junger Vampir war. Du etwa?"

Einen Moment lang verstummte Gabriel. „Das waren damals andere Zeiten."

„Aber keine weniger gefährlichen."

„Die Gefahren waren anders." Dann zog Gabriel plötzlich seine Schultern zurück und zeigte auf die Akte. „Lass Samson und mich bis morgen Abend wissen, ob wir das übernehmen müssen."

John nickte flüchtig. „Sicher. Ich halte dich auf dem Laufenden." Er drehte sich um, öffnete die Tür zu seinem Büro und schloss sie kurz darauf hinter sich. Dann legte er seine Jacke ab und hängte sie über seinen Stuhl.

Die Akte war dick und enthielt laut der Inhaltsangabe, die an die Innenklappe angeheftet war, über ein Dutzend Polizeiberichte, inklusive Fotos aller vermissten Kinder und allem, was die Polizei als relevant erachtete. John blickte auf die Uhr an der Wand. Das würde eine Weile dauern.

Er nahm den ersten Polizeibericht über ein Mädchen heraus, das seit über sechs Wochen vermisst wurde, und fing an zu lesen. Er hatte gerade den zweiten Bericht beendet und begann mit dem dritten, als das Telefon auf seinem Schreibtisch klingelte. Er blickte auf das Display und hob ab.

„John Grant."

„Hier ist Louise vom Empfang. Ich habe eine Besucherin für Sie. Ihr Name ist Savannah Rice."

„Kenne ich nicht. Was will sie?"

„Sie wurde von Detective Donnelly vom SFPD an uns verwiesen."

„Hmm." Wenn Donnelly sie geschickt hatte, musste es wichtig sein. „Gut. Lassen Sie sie zu meinem Büro bringen."

„Wird erledigt." Die Empfangsdame legte auf.

John schloss den Ordner und sah sich in seinem Büro nach verdächtigen Anzeichen um. Doch alles war in Ordnung. Der Mülleimer war leer, der kleine Kühlschrank unter seinem Tisch, wo er seinen Notvorrat an menschlichem Blut aufbewahrte, war abgeschlossen. Scanguards versorgte seine Angestellten kostenlos mit abgefülltem Blut, um deren Verlangen, in der Bevölkerung von San Francisco auf die Jagd nach Blut zu gehen, zu minimieren. Natürlich konnte niemand davon abgehalten werden, Blut direkt aus einer menschlichen Vene zu nehmen, wenn er es wünschte, aber die Tatsache, dass Scanguards ihnen die Nahrung bereitstellte, die sie brauchten – und nach der sie oft genug lechzten –, machte es einfacher, den Drang, einen Menschen zu beißen, zu unterdrücken.

John hatte nach dem Aufstehen Blut zu sich genommen und fühlte sich befriedigt. Es würde reichen, um ihn bis zum nächsten Sonnenuntergang zu sättigen.

Noch ein Blick durch sein Büro bestätigte, dass nichts ungewöhnlich war. Gut. Da Donnelly die Person an Scanguards verwiesen hatte, war sie wahrscheinlich ein Mensch, auch wenn er sich dessen nicht sicher sein konnte. Es bestand immer die Möglichkeit, dass eine Vampirin Donnelly kontaktiert hatte, die wusste, dass er mit Scanguards in Verbindung stand.

Ein Klopfen an der Tür kündigte Johns Besucherin an.

„Herein."

Die Tür öffnete sich und der Duft eines Menschen wehte in sein Büro, doch der Blick wurde ihm von dem großen vampirischen Wachmann versperrt, der die Frau eskortiert hatte.

„John, eine Savannah Rice, die dich sehen will." Er trat beiseite und ließ die Frau eintreten, bevor er die Tür hinter ihr zuzog.

John hätte die Schritte des Wachmanns hören müssen, als dieser sich entfernte, doch das Blut, das durch seine Adern raste, übertönte jegliches Geräusch. Jedes Geräusch außer dem Herzschlag der menschlichen Frau, die nun unschlüssig in seinem Büro stand.

Verdammt, Donnelly, wie konntest du mir nur diese Frau schicken?

Sie war eine Fremde, eine Frau, die er noch nie zuvor gesehen hatte. Doch als er sie ansah, hüpfte sein Herz vor Erkenntnis, vor Hoffnung, vor Verlangen. Sie war alles, was er die letzten vier langen Jahre hatte vergessen wollen. Nicolette, die Frau, die er geliebt und verloren hatte. Er sah sie in dieser Frau, obwohl er wusste, dass es unmöglich war. Er sah die Ähnlichkeiten, doch er sah auch die Unterschiede.

Wie Nicolette war Savannah Rice eine schöne Frau, sinnlich und anmutig. Sie war groß, aber nicht dürr. Sie hatte Kurven, wo es wichtig war, an allen Stellen, wo ein Mann warmes, weiches Fleisch unter seinen Fingern spüren wollte. Sie zeigte nicht viel Haut – nur wenige Frauen in San Francisco taten das, da die Nächte selbst im Sommer zu kalt waren. Aber was er sah, erhitzte sein Blut. Glatt und köstlich und ein wenig dunkler als Vollmilchschokolade spannte sich ihre Haut über ihre eleganten Finger, ihre starken Wangenknochen und ihren makellosen Hals. Einen Hals, wo eine Vene im Einklang mit ihrem Herzen pulsierte. Er stellte sich seine weiße Haut an ihrer vor, wie seine Hände ihre Schultern umfassten, während er an dieser Ader hing, um von ihr zu trinken, von seiner blutgebundenen Gefährtin.

Aber sie war nicht Nicolette. Er war scharfsinnig genug, um das zu realisieren. Ihr Gesicht sah ganz anders aus als das von Nicolette. Ihre Augen waren nicht dunkelbraun wie Nicolettes, sondern von einem strahlenden Blau, das auf einen weißen Eltern- oder Großelternteil schließen ließ. Ihr schwarzes Haar war lang und wellig, so anders als das von Nicolette, die ihre Haare kürzer und lockiger gehalten hatte, so wie die Natur es beabsichtigt hatte. Etwas Mysteriöses umgab diese Frau, diese Fremde, etwas, das hinter dem Blau ihrer Augen verborgen schien.

Als sie einatmete, wurden seine Augen zu ihrem Oberteil gezogen, einem Pullover mit V-Ausschnitt, der ihr wie ein Handschuh passte. Er schmiegte sich an ihre kostbaren Kurven, zwei runde Kugeln, perfekter, als er sich je hätte vorstellen können. Und noch etwas war offensichtlich. Er hatte es sofort gesehen, als sie sein Büro betreten hatte: Sie trug keinen BH. Feste Brüste ohne irgendein Hilfsmittel. Ohne Unterstützung. Er spürte, wie seine Fangzähne juckten, während er sich vorstellte, sie in ihr Fleisch zu senken und sie dabei unter sich stöhnen zu hören. Nur schwer konnte er das Verlangen unterdrücken, das plötzlich versuchte, ihn zu kontrollieren. Das Verlangen, diese Frau zu besitzen. Sie zu nehmen. Sie zu reiten. Sie zu beißen.

Doch er wusste, dass es falsch war. Sie war nicht Nicolette. Und nur weil sie und seine verstorbene Gefährtin körperliche Merkmale miteinander teilten, bedeutete das nicht, dass diese Frau das Loch füllen konnte, das Nicolette hinterlassen hatte. Oder die Leere vertreiben konnte, die ihn die letzten vier Jahre umgeben hatte. Nur weil sein Körper genauso auf sie reagierte, wie er auf Nicolette reagiert hatte, bedeutete das nicht, dass sein Herz das ebenfalls tun würde. Es war das Beste, das Ganze zu vergessen.

„Mr. Grant?"

Ihre Stimme, ein sanftes Plätschern ähnlich einer Bergquelle, riss ihn aus seinen Gedanken. Er sprang von seinem Schreibtisch auf und näherte sich ihr mit ausgestreckter Hand.

„Mrs. Rice, wie kann ich Ihnen helfen?"

Sie schüttelte schnell seine Hand und ließ sie dann ebenso schnell los. „Nur Ms. – es gibt keinen Mr. Rice. Ich bin alleinerziehend. Buffy hat keinen Vater."

Etwas verwirrt durchkämmte John sein Gedächtnis. Sollte er wissen, wer Buffy war? Die einzige Buffy, von der er je gehört hatte, war eine fiktionale Vampirjägerin aus einer TV-Serie der Neunziger. „Buffy?"

„Ja, meine Tochter. Sie ist vor drei Tagen verschwunden. Hat Detective Donnelly Sie nicht informiert? Er sagte –"

Das Telefon auf seinem Schreibtisch klingelte wieder. John war dankbar für die Unterbrechung, denn es bedeutete, er konnte seine Augen von seiner Besucherin abwenden, bevor diese bemerkte, dass er nicht aufhören konnte, sie anzustarren. Vermutlich sabberte er sogar wie ein glückloser Idiot. „Entschuldigung." Er blickte auf das Display und erkannte die Nummer des San Francisco Police Department. „Das ist er vielleicht." Er griff nach dem Telefon und nahm den Hörer ab. „Mike?"

„Hey, John. Ich dachte, ich rufe dich schnell an wegen deines neuen Falls."

„Das steht noch nicht fest", sagte John und wusste, dass Donnelly verstehen würde, was er damit meinte.

„Ja, sicher. Es gibt da eine Entwicklung. Die Mutter des letzten Mädchens, das verschwunden ist. Sie ist nicht mit uns zufrieden."

„Aha."

„Sie denkt, dass die Polizei inkompetent ist. Du kennst ihre Art bestimmt. Also dachte ich, ich schicke sie zu dir, damit du ihr versichern kannst, dass wir alles in unserer Macht Stehende tun. Ihr Name ist –"

„Ich kenne ihren Namen bereits", unterbrach er.

Es gab eine winzige Pause. „Sie ist in deinem Büro, stimmt's?"

„Danke für die prompte Vorwarnung." Er sorgte dafür, dass Donnelly den Sarkasmus in seiner Stimme hörte.

„Wie ich schon sagte, sie ist nicht zufrieden mit uns. Nervensäge, wenn du weißt, was ich meine. Ich komme zu keiner Arbeit, wenn sie alle fünf Minuten auftaucht und ein Update will."

Großartig! Also war sie eine von denen: herrisch, fordernd, hartnäckig. „Dann bedanke ich mich für die Empfehlung. Ich werde mich dafür sobald als möglich revanchieren."

Donnelly besaß die Dreistigkeit zu lachen. „Nicht nötig. Halte mich einfach auf dem Laufenden, und ganz ehrlich mal, ich hoffe, dass etwas Paranormales hinter der Sache steckt, denn ich habe keinerlei Anhaltspunkte. Keine Lösegeldforderungen bei irgendeinem der Fälle. Keine Augenzeugen der Entführungen. Nichts. Nicht einmal den Hauch einer Spur."

„Ich halte dich auf dem Laufenden."

Er wartete nicht auf Donnellys Antwort und legte den Hörer wieder auf. Zumindest für heute Nacht war dies sein Fall. Und er würde seiner Professionalität nichts in die Quere kommen lassen. Er war schon länger Bodyguard, als er sich zurückerinnern wollte, zuerst für den Vampirkönig in Louisiana und die letzten vier Jahre für Scanguards. Er war dazu ausgebildet, keine Emotionen zu zeigen, und genau so würde er diesen Fall auch behandeln. Obwohl es nicht einfach sein würde, mit dieser Frau umzugehen, deren Blut sein Büro mit einem Duft erfüllte, der wider sein besseres Urteilsvermögen seine Fangzähne jucken und seinen Schwanz hart werden ließ.

John atmete ihr Aroma ein und füllte seine Lunge damit, bevor er sich stählte und sich wieder zu ihr umwandte. Als er ihr in die Augen schaute, wusste er sofort, dass sie ihn die ganze Zeit, die er telefoniert hatte, gemustert hatte. Und aus irgendeinem unerklärlichen Grund machte es ihm diese Tatsache schwierig, Gleichgültigkeit zu zeigen.

„Ms. Rice, bitte nehmen Sie Platz."

2

Savannah nahm auf dem ihr angebotenen Stuhl Platz. John Grant war nicht so, wie sie erwartet hatte. Allerdings war sie sich nicht wirklich sicher, was sie zu finden gedacht hatte, als Detective Donnelly vorgeschlagen hatte, dass sie zu ihm gehen sollte, um bei der Suche nach ihrer Tochter Hilfe zu bekommen. Zum Ersten hatte sie erwartet, dass er älter war, viel älter. Hatte Donnelly nicht gesagt, dass John Grant überaus erfahren war, wenn es um vermisste Personen ging? Wie konnte er diese Erfahrung gesammelt haben, wenn er doch offensichtlich erst etwa Mitte Dreißig war?

Und dann war da sein Aussehen: Für einen Privatdetektiv war er viel zu gut aussehend, zu groß, zu athletisch. Würde jemand mit so einem Model-Look wirklich einen Beruf wählen, in dem er tagtäglich mit Kriminellen und Gewalt in Kontakt kam, wenn er doch mit Leichtigkeit einen Job als Model oder Schauspieler bekommen könnte? Seine lange Mähne alleine könnte für jedes Haarprodukt werben und es zu einem Bestseller machen.

„Wie kann ich Ihnen helfen, Ms. Rice?"

Seine Frage riss sie aus ihrem Grübeln. Sie schob alle Gedanken über sein Aussehen beiseite und erinnerte sich an das ruhmreiche Loblied, das Donnelly über ihn und Scanguards gesungen hatte. Um sicherzustellen, dass alles legitim war, hatte sie sich die Firma genauer angesehen und dabei nur lobende Kritik gefunden. Es schien, als würde selbst der Bürgermeister von

Zeit zu Zeit auf deren Dienste zurückgreifen. Und was gut genug für die Stadt von San Francisco war, war hoffentlich auch gut genug für sie.

Savannah schluckte und legte die Hände in ihrem Schoß übereinander, um sich zu zwingen, ruhig zu bleiben. Es war schwierig, denn jedes Mal, wenn sie wieder erzählen musste, was geschehen war, stiegen ihr unvermeidbar Tränen in die Augen und raubten ihr die Fähigkeit zu sprechen. Das half niemandem, am wenigsten Buffy. Für sie musste sie sich zusammenreißen.

Ich werde nicht aufgeben, bis ich dich finde, Baby, das verspreche ich.

„Ms. Rice?"

Sie riss ihren Blick zu seinem Gesicht.

„Detective Donnelly sagte, dass Ihre Tochter vor drei Tagen verschwunden ist. Können Sie mir sagen, was geschehen ist?"

Sie nickte. Seine Stimme war voller Anteilnahme und das half ihr, sich zu beruhigen. Er war gewillt zuzuhören. „Mr. Grant, danke, dass Sie mich empfangen –"

„Nennen Sie mich John, bitte. Erzählen Sie mir von Ihrer Tochter. Sie heißt Buffy, nicht wahr?"

Sie nickte. „Sie ist erst zehn." Und sie war, wo immer sie gerade auch war, vermutlich zu Tode verängstigt. „Sie ist nach der Schule verschwunden."

„Erzählen Sie mir alles. Fangen Sie mit dem Tag an, an dem sie verschwand."

„Sie geht auf die Grattan Elementary in Cole Valley, schon seit der Vorschule. Ich setze sie normalerweise kurz nach acht ab und fahre dann in mein Büro in SoMa und –"

„Normalerweise?", unterbrach er.

Obwohl es nicht weit von Buffys Schule bis zu ihrem Büro in dem überwiegend gewerblichen South of Market District war, hatte sie an jenem Tag direkt in ihr Büro fahren müssen. „Ja, aber an jenem Morgen hatte ich sehr früh ein Geschäftsmeeting, weshalb ich meine Nachbarin gebeten hatte, Buffy mitzunehmen. Ihr Sohn geht zur selben Schule, also ist Buffy mit ihnen mitgefahren."

„Und vertrauen sie Ihrer Nachbarin? Ich werde ihren Namen und ihre Adresse brauchen."

Savannah machte eine abweisende Geste. „Da ist es nicht passiert. Buffy ist gut zur Schule gekommen. Sie war den ganzen Tag dort. Die Lehrer und Schüler können das alle bestätigen. Es ist irgendwann später passiert."

„Irgendwann später? Ist der Zeitpunkt ihres Verschwindens noch nicht genau bestimmt worden?"

„Ja und nein." Und das war der Punkt, an dem ihre Frustration über die Polizei angefangen hatte. Sie wiesen einige der Zeugenaussagen ab, nur weil diese Zeugen zufällig Kinder waren. „Sie geht dort auch zur Nachmittagsbetreuung. Und obwohl einige der Schüler sagten, dass sie sie dort gesehen haben, sagten andere, dass sie glauben, dass sie schon früher ging."

„Warum das?"

„Die Klasse machte einen spontanen Ausflug."

„Wohin?"

„Nur ein paar Blocks weiter zu einem Aussichtspunkt namens Tank Hill."

John nickte. „Den kenne ich. Ist es ungewöhnlich, dass so ein Ausflug ohne vorherige Planung stattfindet?"

„Es geschieht gelegentlich, dass aufgrund von Lehrermangel oder schlechtem Wetter Aktivitäten von einem Tag auf den anderen verlegt werden. Wissen Sie, am Tag zuvor war es völlig neblig, also konnten sie den Spaziergang an dem geplanten Tag nicht machen. Als sich an jenem Nachmittag der Nebel verzog, entschied die Lehrerin, das auszunutzen."

„Und Sie sagen, dass niemand sich sicher ist, dass Ihre Tochter mit ihrer Klasse mitgegangen ist?"

„Die Lehrerin sagt, dass sie bei ihnen war; sie hatte sie vor und nach dem Ausflug auf ihrer Liste abgehakt. Aber einige der Kinder sagten, dass sie Buffy nicht gesehen haben."

„Hmm." John spitzte seine Finger unter dem Kinn und schloss einen Moment die Augen.

Die Geste zog ihre Aufmerksamkeit auf seine langen dunklen Wimpern und die vollen Augenbrauen, die sich über seinen Augenlidern elegant wölbten. Als er seine Augen plötzlich wieder öffnete, kollidierten ihre Blicke, und sie fühlte sich wie gefangen.

„Um welche Uhrzeit endet die nachschulische Betreuung?"

„Um sechs."

„Und Sie waren pünktlich um sechs dort, um sie abzuholen? Warteten Sie oder haben Sie sich verspätet?"

Savannah rutschte auf ihrem Stuhl nach vorne. „Weder noch. Ich hatte ein Meeting, das länger dauerte."

„Also haben Sie Ihre Nachbarin wieder gebeten, Buffy mit nach Hause zu nehmen?"

Machte er ihr Vorwürfe, weil sie nicht für ihre Tochter da gewesen war, als diese sie brauchte?

„Nein." Savannah spürte, wie aufgewühlt sie wurde, doch sie konnte nicht vermeiden, dass ihre Verzweiflung in ihrer Stimme zu hören war. „Ihr Sohn geht nicht zur Nachmittagsbetreuung. Ich habe meine Babysitterin gebeten, Buffy abzuholen. Doch als sie dort ankam, war Buffy nicht da."

„Ich nehme an, Ihre Babysitterin – wie ist ihr Name?"

„Elysa, Elysa Flannigan."

„Ich nehme an, Elysa ist auf der Liste der Personen, die autorisiert sind, Buffy abzuholen?"

„Ja, die Schule lässt die Schüler nur von Leuten abholen, die auf ihrer Liste stehen. Und Elysa ist auf der Liste."

„War sie pünktlich?"

„Sie sagte ja." Und Savannah glaubte ihr. Elysa passte schon auf Buffy auf, seit sie drei war, und sie war sehr verantwortungsbewusst. „Sie war pünktlich. Sie ist immer pünktlich."

„Selbst wenn Sie ihr in letzter Minute sagen, dass sie Ihre Tochter von der Schule abholen soll?"

Bei diesen Worten verlor Savannah ihre Geduld und sprang auf. „Was wollen Sie mir unterstellen? Dass ich eine schlechte Mutter bin? Dass ich mich nicht um mein Kind kümmere?"

John stand auf und ging um den Schreibtisch. „Bitte beruhigen Sie sich, Ms. Rice."

„Sie haben recht, es ist meine Schuld! Ich hatte nicht genug Zeit für sie. Ich habe meine Arbeit vorgezogen, wenn ich sie hätte abholen sollen, wenn ich sie hätte bei mir behalten sollen, anstatt sie in eine Nachmittagsbetreuung zu stecken, damit ich mehr Zeit in der Arbeit verbringen konnte. Es ist meine Schuld."

„Es ist nicht Ihre Schuld, und ich unterstelle Ihnen nicht, dass Sie eine schlechte Mutter sind. Ich versuche nur zu ermitteln, was geschehen ist und wie es geschehen ist. Ich urteile nicht über Sie. Ich bin mir sicher, dass es schon schwer genug ist, ein Kind alleine großzuziehen."

Seine letzten Worte beruhigten sie ein wenig. Sie fühlte sich schrecklich wegen ihres Ausbruchs. „Sie müssen verstehen, dass Buffy mir alles bedeutet. Ich liebe sie mehr als mein eigenes Leben." Tränen drangen in ihre Augen und sie hatte nicht mehr die Kraft, sie zurückzuhalten. „Der Gedanke, dass sie irgendwo da draußen ist, von jemandem entführt, alleine und verängstigt, bringt mich um. Ich muss sie finden. Egal, was es kostet." Sie wischte mit dem Handrücken über ihre feuchte Wange. „Die Polizei ist zu langsam. Niemand hat Buffy gesehen. Und sie wissen nicht, was sie als Nächstes tun sollen. Keine Vorschläge, kein Plan." Sie blickte ihn jetzt direkt an. „Haben Sie Kinder?"

Die Frage schien ihn aufzurütteln, doch dann fing er sich ebenso schnell wieder. „Nein."

„Wenn Sie Kinder hätten, würden Sie verstehen, dass ich nichts unversucht lassen darf. Was auch immer es kostet, ich muss Buffy finden. Sie müssen sie mir zurückbringen."

Er stand da und dachte offensichtlich über etwas nach, fast als würde er nicht wissen, wie er das, was er sagen musste, sagen sollte. „Ich muss ehrlich mit Ihnen sein. Detective Donnelly hat vielleicht überschätzt, was Scanguards tun kann. Ich will nicht, dass Sie, ähm ..."

„Was wollen Sie sagen? Dass Sie den Auftrag nicht annehmen werden? Ich nehme an, dass Ihre Dienste nicht billig sind, aber ich kann bezahlen, was auch immer –"

Er hob eine Hand. „Es geht nicht um Geld. Es ist vielmehr so, dass die Stadt uns bezahlen wird, falls das Verschwinden Ihrer Tochter wirklich mit den anderen vermissten Kindern in der Bay Area zusammenhängt und wir den Fall annehmen."

Sie schüttelte den Kopf. „Ich verstehe nicht. Andere vermisste Kinder? Wie viele?"

„Ein Dutzend Mädchen in Buffys Alter sind alleine in den letzten sechs Wochen verschwunden. Die Polizei –"

„Oh mein Gott!" Savannah griff nach ihrem Stuhl, um sich zu fangen, doch bevor sie das konnte, ergriff John ihren Ellbogen und half ihr, ihr Gleichgewicht zu halten. Sie hatte etwas über ein paar vermisste Kinder gelesen, aber so etwas passierte hin und wieder und für eine Großstadt waren ein oder zwei im Monat nicht ungewöhnlich, aber ein Dutzend? „Die Zeitungen. Warum –"

„Warum die Zeitungen nicht ausführlich darüber berichteten? Weil die Polizei und die Eltern der Kinder entschieden, dass es im besten Interesse aller Beteiligten wäre, dies totzuschweigen, damit die Polizei ihre Ermittlungen anstellen kann, ohne dass jede Menge Verrückte sie mit erfundenen Sichtungen und Theorien bombardieren."

„Totschweigen?" Wut brodelte in ihr hoch. „Hätte ich das gewusst, hätte ich sie beschützen können. Ich hätte jemanden angestellt, vierundzwanzig Stunden am Tag auf sie aufzupassen!"

„Ich weiß, dass Sie das getan hätten."

Überrascht sah sie ihm in die Augen. Das Schokoladenbraun seiner Augen funkelte verständnisvoll, als hätte eine Flamme es in ein goldenes Braun verwandelt.

„Ich habe heute die Akte von der Polizei bekommen." Er zeigte auf den Aktenordner auf seinem Schreibtisch. „Ich werde herausfinden, ob das Verschwinden Ihrer Tochter mit dem der anderen Mädchen zusammenhängt und ob es einen gemeinsamen Nenner gibt. Wenn es etwas gibt, das diese Fälle verbindet, werde ich es finden."

Die Zuversicht in seiner Stimme war ansteckend.

„Vielen Dank!"

„Danken Sie mir noch nicht. Ich kann Ihnen erst sagen, ob wir Ihren Fall annehmen, wenn ich alle Details überprüft habe. Sind Sie mit dem Auto hier?"

Etwas verwirrt über den abrupten Themawechsel, schüttelte sie den Kopf. „Ich habe ein Taxi genommen. In der Mission findet man nie einen Parkplatz."

„Gut. Wir nehmen mein Auto. Es steht in der Tiefgarage."

Ihre Stirn runzelte sich noch mehr. „Wozu?"

„Sie werden mir alle Orte zeigen, die mit Ihnen und Buffy in Verbindung stehen: Ihre Wohnung, Ihre Arbeitsstelle, Buffys Schule, das Haus Ihrer Nachbarin, das Haus Ihrer Babysitterin. Ich muss mir ein Bild von Buffys Leben machen."

Sie blickte auf die Uhr an der Wand. Es war schon weit nach acht Uhr und bereits dunkel. „Sie meinen jetzt?“

„Personenschutz ist ein Rund-um-die-Uhr-Geschäft.“

Savannah wollte diesen Mann umarmen. Seine Bereitschaft, alles zu geben und nicht noch mehr Zeit zu vergeuden, sondern sofort tätig zu werden, erfüllte ihr Herz mit Hoffnung.

Halte noch etwas länger durch, Buffy. Mommy kommt.

3

John schnappte sich seine Jacke, hielt Savannah die Tür auf und gab ihr ein Zeichen, vor ihm hinauszugehen. Gentlemanlike, ja, aber es bedeutete auch, dass er ihr mit den Augen folgen konnte. Augen, die sofort auf ihren Hintern fielen. Vielleicht hätte er einmal seine Südstaatenmanieren ablegen sollen, denn der Blick auf diesen wohlgeformten Po, diese festen, runden Pobacken, erweckte alle möglichen Ideen in ihm, die in dieser Situation völlig unangebracht waren. Er rühmte sich damit, ein zivilisierter Vampir zu sein, ein Mann, der sein Verlangen und seine Wünsche an der Leine hielt. Aber Savannah nur anzusehen, wie sie aus seinem Büro und in den Gang schritt, erweckte in ihm den Wunsch, diese Leine durchzuschneiden und all seine guten Vorsätze aus dem sprichwörtlichen Fenster zu werfen.

Savannah drehte sich plötzlich um und schaute ihn an. Erschrocken erstarrte er. Scheiße, hatte sie gespürt, dass er ihren Hintern begaffte?

„Wohin?"

„Ähm, hier entlang", sagte er und deutete zum Aufzug. Während er neben ihr herging, fühlte sich die Stille seltsam an, deshalb fragte er: „Ms. Rice, ich bin sicher, dass Sie selbst mit Detective Donnellys Empfehlung auch andere Firmen für die Suche nach Ihrer Tochter in Erwägung gezogen haben. Warum haben Sie sich für Scanguards entschieden?"

„Ich habe mit einigen der anderen Firmen gesprochen, aber keine wirkte für mich nur im Geringsten qualifiziert." Sie blickte ihn von der Seite an. „Sie fingen beim ersten Treffen sofort mit ihren Gebühren, Spesenkosten und was sonst noch an. Da wusste ich, dass es ihnen egal war, ob sie Buffy finden oder nicht, solange sie mir nur jede Menge Stunden in Rechnung stellen konnten."

„Hmm." Er hätte dieselben Bedenken, wäre er so behandelt worden.

„Aber als Sie mich als Erstes gebeten haben, Ihnen von Buffy und dem, was passiert ist, zu erzählen, wusste ich, dass Scanguards anders ist. Detective Donnellys Empfehlung half dabei sicherlich, aber ich verlasse mich nicht auf die Meinung anderer Leute. Ich forme mir meine eigene."

Vielleicht war es diese Einstellung, die Donnelly als *herrisch* und *voreingenommen* ansah, doch für John waren das gute Instinkte. Sehr gute Instinkte.

„Ich werde mein Bestes geben, Sie nicht zu enttäuschen."

Als sie am Aufzug ankamen, drückte John auf den Knopf und Savannah wandte sich ihm zu. „Ich hatte von Anfang an schon kein großes Vertrauen in die Polizei. Aber nach dem, was Sie mir über die anderen Kinder erzählt haben, weiß ich, dass ich mich nicht darauf verlassen kann, dass sie Buffy finden. Ich hasse es, Ihnen noch mehr Druck aufzuladen, aber Scanguards ist meine letzte Hoffnung."

Bevor er antworten konnte, öffneten sich die Aufzugstüren und Amaury, einer der Direktoren von Scanguards und Samsons bester Freund, trat heraus. Wie immer war er leger gekleidet. Er trug eine Cargohose und ein Hemd, dessen Kragen offen war. Sein langes dunkles Haar war kürzer als Johns und berührte seine Schultern, Schultern, die so breit waren wie ein Panzer. Er hätte ein Linebacker sein können, aber John wusste, dass Amaury in seiner Jugend, die er im Frankreich des sechzehnten Jahrhunderts verbracht hatte, nie Football gespielt hatte.

„Hey, John", begrüßte ihn Amaury und nickte Savannah zu.

„Abend, Amaury."

„Gut, dass ich dich treffe. Es gibt da eine kleine Änderung im Terminplan."

John zog eine Augenbraue hoch. Würde er Savannah jemand anderem übergeben müssen? „Ja?"

„Damian und Benjamin haben darum gebeten, ihr praktisches Training morgen Nacht mit dir machen zu dürfen. Nimm sie mit auf Patrouille und gib ihnen eine Aufgabe.“ Amaury verzog das Gesicht. „Sorry, aber ich musste dem zustimmen oder sie hätten mir ewig in den Ohren gelegen.“

John zuckte mit den Schultern und griff nach der Aufzugtür, um ein Schließen zu verhindern. „Macht mir nichts aus. Wie ich vorhin zu Gabriel sagte, die Jungs müssen anfangen, ihren Beitrag zu leisten. Wir können die zusätzlichen Hände gut gebrauchen.“

Amaury klopfte ihm auf die Schulter. „Ich bin froh, dass du das so siehst. Nicht jeder ist arg versessen darauf, die nächste Generation zu trainieren.“ Er wollte gerade weggehen, aber stoppte noch einmal und grinste. „Oh, und ich habe ihnen gesagt, dass dein Wort Gesetz ist. Sie buttern mich unter, weil ich ihr Vater bin, aber es gibt keinen Grund, dass du so ein Benehmen tolerieren musst.“

John musste unabsichtlich lachen. „Sie sind gute Jungs. Du hättest es schlimmer erwischen können.“

Amaury zwinkerte ihm zu. „Ja, ich hätte Grayson als Sohn haben können.“ Mit einem Nicken und einem „Ma'am“ zu Savannah verschwand er.

John blickte Savannah an und zeigte zum Aufzug. „Sollen wir?“

Im Aufzug drückte John den Knopf für die Tiefgarage und sah zu, wie die Türen sich schlossen.

„Ich kam nicht umhin zu hören, dass Sie auf Patrouille gehen. Welche Art von Patrouille?“, fragte Savannah.

„Wir haben einen Vertrag mit der Stadt. Für Wachdienste.“ Als sie ihm einen neugierigen Blick zuwarf, fügte er hinzu: „Die Polizei hat nicht genügend Einsatzkräfte, um die Sicherheitsbedürfnisse der ganzen Stadt zu decken. Also haben sie Scanguards engagiert, um in einigen Teilen der Stadt zu patrouillieren. Um zu gewährleisten, dass die Stadt sicher ist.“ Sicher vor den Kreaturen der Nacht. Vor Kreaturen wie ihm.

„Die Stadt scheint viel Vertrauen in Scanguards zu haben.“

„Wir arbeiten schon lange mit ihnen zusammen.“ Der frühere Bürgermeister von San Francisco, ein Hybride und Freund von Samson, hatte einen Deal ausgehandelt. Als der neue Bürgermeister das Amt übernommen hatte, wurden er sowie der Polizeichef in das Geheimnis, dass Vampire existierten, eingeweiht. Glücklicherweise hatten sie zugestimmt, die Abmachung des früheren Bürgermeisters bestehen zu lassen und das Geheimnis, dass

Vampire, Hexen und andere paranormale Geschöpfe existierten, zu wahren. Der Deal war für beide Seiten von Vorteil: In der Stadt herrschte Sicherheit und Scanguards erhielt ein stetiges Einkommen aus dem Fiskus der Stadt.

Die Aufzugstüren öffneten sich. „Gehen Sie vor, mein Auto steht links." Er folgte Savannah hinaus in die saubere, gut beleuchtete Tiefgarage.

„Der SUV?", fragte sie und zeigte auf den Van mit den getönten Scheiben, eines der bevorzugten Transportmittel von Scanguards, da die Vampire darin – inklusive des Fahrers – vor der Sonne geschützt waren.

John schüttelte den Kopf und drückte auf seinen Funkschlüssel, wodurch die Lichter des Wagens neben dem SUV kurz aufblinkten.

Savannahs Blick schnellte darauf. „Der Sportwagen?" Ein Hauch Überraschung war in ihren Augen zu sehen, als hätte sie nicht erwartet, dass er einen Sportwagen fuhr oder genug Geld verdiente, um sich so ein teures Gefährt leisten zu können. Oder vielleicht war es nur Wertschätzung für das schöne deutsche Auto, das er besaß. Aus irgendeinem Grund fiel es ihm schwer, sie zu lesen.

Der schwarze Mercedes AMG war ein schnittiger Zweisitzer und sein ganzer Stolz. Auch er war vampirsicher gemacht worden, indem die Fenster mit einer UV-Strahlen-undurchlässigen Schicht überzogen worden waren, die jedoch genug Licht hindurch ließ, um den Wagen nicht verdächtig wirken zu lassen.

John öffnete die Beifahrertür und wartete, bis sich Savannah auf den Ledersitz gesetzt hatte, bevor er die Tür hinter ihr schloss. Dann stieg er auf der Fahrerseite ein und ließ den Motor an. Kurz darauf reihte er sich in den Verkehr der belebten Mission Street ein und bog nach Norden in Richtung Cole Valley ab.

„Wir fangen mit der Schule an", verkündete er.

„Dort wird niemand sein. Es ist Nacht."

„Das ist egal." Es war sogar besser, wenn er herumschnüffeln konnte, ohne dass ein Angestellter der Schule ihm Fragen stellen konnte. Außerdem stand ein Besuch tagsüber außer Frage. „Ich werde in der Lage sein zu sehen, was ich sehen muss."

„Arbeiten Sie viel nachts?", fragte sie.

„Hauptsächlich." Aber nicht freiwillig.

„Macht es Ihnen nichts aus?"

„Man gewöhnt sich daran." Nach ein paar hundert Jahren.

„Hmm." Sie blickte aus dem Seitenfenster und verstummte einen Augenblick lang. „Ja, ich glaube, dass man sich an viele Dinge gewöhnen kann, wenn man muss."

Er konnte die Traurigkeit in ihrer Stimme hören und wusste, dass es an der Zeit war, die Unterhaltung in eine andere Richtung zu lenken. Auch gut, da er sowieso noch viele Fragen bezüglich Buffy hatte. „Sie sagten, es gäbe keinen Mr. Rice. Wo ist er denn, Buffys Vater?"

Sie drehte ihren Kopf zu ihm. „Ich weiß nicht. Warum fragen Sie?"

„Weil wir die Möglichkeit nicht ausschließen können, dass er sie vielleicht entführt hat. Es geschieht immer wieder, dass der nicht sorgeberechtigte Elternteil das eigene Kind entführt, um es der Exfrau oder dem Exmann heimzuzahlen."

„Ich war vorhin offensichtlich nicht deutlich genug." Sie seufzte. „Es gibt keinen Vater. Keinen, den Buffy kennt. Ich war nie verheiratet."

„Ihr Exfreund also?"

Aus den Augenwinkeln bemerkte er, wie sie den Kopf schüttelte. „Ich wollte ein Kind, aber ich wollte keinen Mann dazu. Buffys biologischer Vater hat keine Ahnung, dass er ein Kind hat. Er war Samenspender und er hat vermutlich viele Kinder, von denen er nichts weiß. Er war ein sehr begehrter Spender."

Diese Neuigkeit überraschte ihn und machte ihn neugierig. „Was meinen Sie mit begehrt?"

Sie zuckte mit den Schultern. „Man kann bei der Samenbank aus verschiedenen Profilen wählen. Sie wissen schon, die Attribute aussuchen, von denen man hofft, dass der Spender sie an das Kind weitergibt. Er hatte einen Doktortitel vom MIT, einen IQ, der ihm einen hohen Platz bei Mensa sichert. Ich weiß, dass einige Leute mich dafür verurteilen würden, wie ich ihn ausgesucht habe. Aber ich wollte nur die besten Gene für mein Kind."

Erstaunt über ihre Worte, starrte John sie an. „Das waren die einzigen Kriterien, die man Ihnen gegeben hat? Nichts anderes, um ihn zu identifizieren?"

Sie schüttelte leicht den Kopf. „Ich weiß, dass er weiß ist, blaue Augen und dunkles Haar hat. Aber sonst haben sie mir nichts gegeben. Keine Bilder, wenn Sie das meinen."

„Hmm, verstehe. Also nehme ich an, er würde nicht herausfinden können, dass sein Sperma ein Kind gezeugt hat." Da er wusste, wie strikt die Persönlichkeitsrechte waren, erwartete John keine Antwort. „Sie wissen seinen Namen genauso wenig wie er Ihren." Also eine Sackgasse.

„Nein, sorry. Vielleicht hätte ich mir damals mehr Informationen über ihn nehmen sollen, aber das habe ich nicht."

Er zog eine Augenbraue hoch. „Was meinen Sie mit *nehmen*? Wie?"

„Die Systeme sind hackbar."

„Hackbar? Woher wissen Sie das?"

„Ich bin Programmiererin. Ich war damals versucht, mehr über Buffys potenziellen Vater herauszufinden. Ich bin in ihr System eingedrungen. Es war einfach." Sie seufzte. „Aber ich habe es nicht durchgezogen. Letztendlich habe ich mich entschieden, dass es das Beste wäre, nicht zu viel zu wissen. Also habe ich seine Datei nie geöffnet. Was ich wusste, war genug. Der Spender war gesund, jung und intelligent. Das war alles, was zählte."

John nickte und dachte über ihre Worte nach. Sie hatte eine weise Entscheidung getroffen, die Angelegenheit nicht weiter zu verfolgen, doch eine Sache machte ihn neugierig. „Nutzen Sie Ihre Fähigkeiten als Hackerin immer noch?" Immerhin bestand die Möglichkeit, dass sie, als sie sich in ein System eingehackt hatte, die Aufmerksamkeit von jemandem auf sich gezogen hatte, der ihr nun schaden wollte, indem er Buffy entführte.

Sie schüttelte den Kopf. „Ich arbeite jetzt in der Cyber-Security. Das damalige Erlebnis hat mir gezeigt, wie angreifbar gewisse Organisationen sind. Also habe ich es zu meinem Geschäft gemacht, ihnen zu helfen, die Schwachstellen für Cyberangriffe zu schließen. Einer meiner ersten unabhängigen Jobs war es, das Sicherheitssystem der Samenspenderbank zu verbessern."

„Sie haben jetzt ein eigenes Geschäft? Als Cyber-Security-Expertin?" Er blickte sie an und ließ seine Augen lange über ihre femininen Kurven wandern.

„Wieso überrascht Sie das? Weil ich eine Frau bin?"

„Ich wollte damit nicht –"

Sie hob die Hand. „Sie müssen sich nicht entschuldigen. Das höre ich oft."

„Es ist nur so, dass ich mir eher einen Nerd vorstelle, wenn ich an einen

Cyber Security Consultant denke." Und Savannah war alles andere als ein Nerd. Sie war sinnlich, sexy, wie die Sünde selbst. Und schon dachte er wieder auf sexuelle Weise an sie. Wie lange hatte er es geschafft, nicht an ihre sinnlichen Kurven zu denken, indem er professionell handelte und ihr Fragen stellte, die völlig unschuldig gewesen waren? Fünf Minuten? Zehn?

Wenn er so weitermachte, würde eine von zwei Sachen geschehen. Er würde Savannah entweder gegen die nächste ebene Oberfläche drücken und seinen Schwanz in ihr vergraben, während er ihr Blut trank, oder er würde bei Sonnenaufgang nach Hause zurückkehren und entweder eine eiskalte Dusche brauchen oder sich einen runterholen müssen, oder wahrscheinlich beides.

Ersteres konnte er unter keinen Umständen zulassen und Zweiteres klang nicht im Geringsten befriedigend.

4

John war plötzlich still geworden und Savannah fragte sich, ob sie etwas Falsches gesagt hatte. Sie hoffte, dass ihr Geständnis über Buffys Vater und ihr Ausflug in die Welt der Hacker ihn nicht gegen sie aufgebracht hatte, denn sie konnte nicht riskieren, dass Scanguards ihren Fall nicht annahm. Sie musste Buffy finden, musste sie nach Hause bringen. Das war alles, was zählte. Und sie würde jede Rolle spielen, die notwendig war. Während der restlichen Fahrt zu schweigen, um sich davon abzuhalten, etwas Kontroverses zu sagen, war ein kleiner Preis dafür, sich Scanguards' Hilfe zu sichern.

Als sie an der Grattan Elementary School anhielten, war Savannah froh, aus dem Wagen steigen zu können. Das Schulgebäude nahm etwas mehr als die Hälfte eines Blocks ein. In der anderen Hälfte standen Einfamilienhäuser, die vom Schulhof abgewandt waren.

„Zeigen Sie mir, wo die Eltern ihre Kinder abholen."

Sie erschrak, als Johns Stimme neben ihr erklang. Sie hatte nicht gehört, dass er um den Wagen gegangen war, um sich zu ihr zu gesellen.

„Ich wollte Sie nicht erschrecken", sagte er sanft.

„Das macht nichts. Meine Nerven sind nur etwas angespannt." Sie zeigte auf die Straßenecke. „Dort."

Kurz darauf erklang das Geräusch eines Piepsens hinter ihr, das ihr anzeigte, dass John das Auto abgesperrt hatte. Der Nebel hatte sich wieder über die Stadt gelegt und die kalte, feuchte Luft schien durch ihren Pullover zu dringen. Dadurch wurde ihr bewusst, dass sie das Haus ohne Jacke verlassen hatte. Sie zitterte unwillkürlich.

„Sie frieren“, sagte er nüchtern.

„Das macht nichts.“

Doch er nahm bereits seine Jacke ab und legte sie ihr einen Augenblick später um die Schultern. Das Futter war noch warm von seiner Körperwärme. Sie kam nicht umhin, das Kleidungsstück um ihren Oberkörper zu ziehen, um die Hitze darin festzuhalten.

„Danke. Normalerweise friere ich nicht so leicht. Aber ich habe nicht viel geschlafen seit ...“ Sie beendete den Satz nicht. Sie wusste, dass sie das nicht musste. Sie zeigte auf das Tor. „Dort warten die Eltern mit ihren Autos und die Kinder werden von einem Lehrer ausgeloggt.“

John nickte. „Warten Sie hier.“

Savannah beobachtete, wie er zum Tor ging, hindurch blickte und dann das Gelände betrachtete. Er sah sich nicht nur die Schule an, sondern auch die gegenüberliegende Straßenseite, die Häuser, die ihr zugewandt waren, und die Gebäude entlang der nächsten Straße. Als er die leichte Steigung erklomm und sich umdrehte, um sich das Dach der Schule und den Lehrerparkplatz, der an den Kinderspielplatz angrenzte, anzusehen, fragte sie sich, wonach er suchte.

Kurz darauf kam er zurück.

„Wonach haben Sie gesucht?“

„Wenn ich ein Kind aus dieser Schule entführen würde, würde ich sie zuerst auskundschaften müssen, herausfinden, wo die Lehrer sein würden, wer mich sehen könnte, je nachdem wo ich stehe und wo der beste Ort ist, um mich zu verstecken.“

„Aber Sie können doch nachts unmöglich genug sehen. Es ist viel zu dunkel.“

„Ich werde morgen bei Tageslicht wiederkommen“, versprach er. „Aber ich wollte eine Vorstellung davon bekommen, wonach ich suchen muss, wenn ich den Polizeibericht durchgehe.“ Er nahm ihren Ellbogen. „Lassen Sie uns jetzt zum Haus Ihrer Babysitterin fahren.“

Im Auto gab Savannah ihm Elysas Adresse und er tippte sie in das GPS seines Autos ein. Es war nicht weit bis zu Elysas Wohnung in Laurel Heights, die sie sich mit zwei Mitbewohnerinnen teilte. Draußen stoppte John den Wagen, doch stellte den Motor nicht ab.

„Wollen Sie, dass ich Sie miteinander bekannt mache?“, fragte Savannah.

Er schüttelte den Kopf. „Ich will nicht, dass sie weiß, wer ich bin. Ich werde nicht persönlich mit ihr sprechen, zumindest noch nicht. Ich will sie nicht verschrecken, falls sie in Buffys Verschwinden involviert ist. Ich werde sie beobachten, um zu sehen, ob es etwas Besorgniserregendes gibt.“

„Was jetzt?“

„Ich werde Sie nach Hause fahren. Dann werde ich mir einige Dinge ansehen.“

Sie gab ihm ihre Adresse in Lower Pacific Heights. Es war nicht weit und es gab kaum Verkehr in der Nacht. Sie suchte gerade nach einem Gesprächsthema, um die Stille zwischen ihnen zu brechen, als John plötzlich sagte: „Sie haben erwähnt, dass Sie ein eigenes Geschäft haben. Irgendwelche Angestellten?“

„Ich habe zwei IT-Experten, die für mich arbeiten, Rachel Ingram und Alexi Denault. Warum?“

„Kennen sie Buffy?“

„Natürlich. Gelegentlich bringe ich Buffy mit ins Büro, wenn die Schule früher aus ist oder wenn ich keinen Babysitter bekomme. Sie kennen sie gut.“

„Also arbeiten beide schon lange für Sie?“

„Alexi ist relativ neu. Ich habe ihn vor acht Monaten eingestellt. Aber Rachel ist bereits drei Jahre bei mir. Warum fragen Sie?“

„In Entführungen sind oft Leute involviert, die das Opfer kennen“, sagte er.

Bei den letzten Worten rang Savannah nach Luft. Sie wollte nicht daran denken, dass ihre Tochter ein Opfer war. Das Wort entmenschlichte sie. Machte sie zu einem Objekt.

„Es tut mir leid“, sagte John schnell, als würde er verstehen. Tat er das?

Sie schaute ihn an und nickte. „Glauben Sie, dass Alexi oder Rachel etwas mit Buffys Verschwinden zu tun haben könnten? Das verstehe ich nicht. Weder Rachel noch Alexi haben je viel Interesse an ihr gezeigt. Sie wissen schon, sie sind nicht wirklich verrückt nach Kindern. Sie waren nett zu ihr, wenn sie im Büro war, aber ich konnte sehen, dass sie nicht versessen darauf waren, sie um sich zu haben. Sie fühlen sich von ihren Fragen und dem Lärm bei der Arbeit gestört. Buffy ist ein neugieriges kleines Mädchen. Manche Erwachsene finden das ermüdend." Aber ihr war es nie zu viel, die zahlreichen Fragen ihrer Tochter zu beantworten und ihre Neugier zu befriedigen.

„Wir können diese Möglichkeit nicht ausschließen. Schicken Sie mir eine E-Mail mit den Adressen Ihrer Angestellten. Ich werde einen Background Check durchführen", beharrte John.

Einen Augenblick später hielt er vor ihrer Eigentumswohnung an, die sich in einem viktorianischen Gebäude in einer ruhigen Seitenstraße befand.

„Wohnen Sie oben oder unten?"

„Oben."

„Und die Nachbarin, die Buffy an jenem Tag zur Schule gebracht hat?"

Savannah zeigte auf ein Einfamilienhaus im selben Block. „Zwei Häuser weiter. Das kleine gelbe Haus. Nancy wohnt dort mit ihrem Ehemann und ihrem Sohn."

John nickte. „Ich möchte Buffys Zimmer sehen."

„Natürlich." Savannah öffnete die Tür und stieg aus dem Auto.

Als sie um den Wagen herum ging, bemerkte sie, dass John die Straße hinab zum Haus ihrer Nachbarin und dann über die Straße blickte, vermutlich um die Umgebung zu sondieren, wie er es bei Buffys Schule gemacht hatte. Sie kam nicht umhin, sich zu fragen, wie die Straße für ein geschultes Auge aussah und ob er irgendwelche Gefahren entdeckte. Konnte er sofort die Schwachstellen an einem Ort ausmachen, so wie sie selbst die Schwachstellen in den Zeilen von Programmiercodes entdeckte?

An der Eingangstür gesellte sich John zu ihr, doch sein Blick blieb wachsam und er musterte weiterhin die verlassene Straße. Es verlieh ihr ein Gefühl der Sicherheit, dass er dort stand und wartete, während sie die Tür aufsperrte. Er strahlte Zuversicht aus. Das war sein Beruf, Dinge zu sehen, die andere Leute nicht sahen, zu finden, was verborgen war, jene zu beschützen, die Schutz brauchten. An der Schwelle zu ihrer Wohnung stehend, fühlte sich Savannah, als hätte er ihr seinen Lebenslauf aufgezählt, als hätte er ihr von jedem Fall erzählt, den er gelöst hatte, jeder Person, die er gerettet hatte. Dieses Wissen umhüllte sie wie die Wärme seiner Jacke.

„Keine Alarmanlage?“, fragte er, als sie die Tür öffnete und anfing, die schmale Treppe hochzusteigen.

„Das ist eine ziemlich sichere Gegend. Und ich habe nichts, das einen Einbruch wert wäre.“ Ein paar Blocks weiter entfernt gab es viele größere Villen. Diese wären für einen Einbrecher ansprechender.

John antwortete nicht, sondern folgte ihr. In dem langen Gang im oberen Stockwerk, ein Merkmal so vieler viktorianischer Häuser, legte sie den Lichtschalter um. „Buffys Zimmer geht zum Garten hinaus.“

Sie ging dorthin, doch an der Tür zögerte sie. John holte sie ein und blieb neben ihr stehen. „Stimmt etwas nicht?“

Sie sah ihn an. „Es ist schwierig für mich, in ihr Zimmer zu gehen, seit sie verschwunden ist. Es so leer zu sehen, bringt die Realität nach Hause, wissen Sie?“

Für eine Sekunde legte er ihr die Hand auf die Schulter und sagte: „Wenn es Ihnen nichts ausmacht, gehe ich alleine hinein.“

Savannah nickte. John öffnete die Tür und ging hinein. Sie blieb an der Schwelle stehen, doch ihr Blick schweifte in Buffys Zimmer. Zu dem leeren Bett mit den Sternen darüber, die in der Dunkelheit leuchteten, zu der Kommode, die ihre Socken und ihre Unterwäsche, ihre T-Shirts und Pullover enthielt, zu dem Tisch mit den Schulprojekten, zu dem bunten Sitzsack in der Ecke, in dem Buffy so gerne saß und las und so tief einsank, dass sie fast verschwand, wenn sie bunte Kleidung trug.

Savannah drehte sich weg. Sie konnte nicht mehr hinsehen, ansonsten würde sie wieder anfangen zu weinen. Sie konnte sich nicht erlauben, zusammenzubrechen.

„Ich habe jetzt alles, was ich brauche.“ Johns Stimme erklang von hinter ihr, näher als sie erwartet hatte. „Ist das ein aktuelles Bild von ihr?“

Savannah drehte sich um und sah auf den Schnappschuss in seiner Hand, auf dem Buffy am Küchentresen saß und Kuchen aß. Savannah lächelte. „Ich habe das Bild erst vor einem Monat gemacht.“

„Darf ich es mitnehmen?“

Sie nickte.

„Danke, Ms. Rice.“ Er räusperte sich. „Ich werde Sie morgen Abend kontaktieren, um Sie wissen zu lassen, was ich gefunden habe.“

„Danke. Ich weiß es zu schätzen.“

Er neigte leicht seinen Kopf, fast als würde er eine altmodische Verbeugung machen. „Gute Nacht.“

Er ließ sich selbst hinaus und sie sperrte die Tür hinter ihm ab. Als sie ins Wohnzimmer ging und das Licht dort einschaltete, wurde ihr plötzlich bewusst, dass sie immer noch seine Jacke trug. Sie eilte zum Fenster, doch Johns Auto setzte sich bereits in Bewegung und war kurz darauf verschwunden.

5

John drückte das Gaspedal durch, um den Kopf frei zu bekommen. Um die Erinnerungen zu ertränken, die auf ihn einprasselten. Doch bereits innerhalb weniger Minuten erkannte er, dass die Fahrt durch die fast leeren Straßen San Franciscos nicht verhindern würde, dass die Erinnerungen die Mauer stürmten, die er versucht hatte, in seinem Inneren zu errichten. Es war Savannahs Schuld. Es war ihre Schuld, dass er an die Tragödie erinnert wurde, die ihm widerfahren war. Eine Tragödie, die sich anfühlte, als wäre sie erst gestern geschehen.

Er stoppte den Wagen am nächsten Block und zog eine Flasche aus einem Geheimfach unter dem Beifahrersitz. Vielleicht würden ihm ein paar Schluck Blut dabei helfen, sich zu beruhigen. Er öffnete den Verschluss und setzte die Flasche an seine Lippen. Er nahm einen Schluck, dann noch einen, spürte, wie die Flüssigkeit seine Kehle benetzte und den Schmerz ein wenig linderte. Aber er wusste, das würde nicht lange anhalten. Das tat es nie. Er musste sich weiter beschäftigen, weiter in Bewegung bleiben, weiter arbeiten. Weiter den Erinnerungen davonlaufen, so wie er es in den letzten vier Jahren getan hatte.

Er starrte auf die Uhr im Armaturenbrett. Es wurde spät. Er drehte den Wagen um und fuhr wieder Richtung Laurel Heights, wo Buffys Babysitterin lebte. Er würde damit anfangen, sie zu überprüfen, um herauszufinden, ob etwas nicht stimmte. Obwohl er nicht wirklich vermutete, dass sie Buffy entführt hatte, war sie vermutlich die Person, die die Bewegungen des Kindes am besten kannte. Sie könnte – versehentlich oder auch nicht – dem Entführer die Informationen gegeben haben, die es ihm einfach gemacht hatten, sich Buffy in dem Augenblick zu schnappen, in dem sie am wenigsten Schutz hatte.

Er näherte sich dem Block, wo sich Elysa Flannigans Wohnung befand, und konnte bereits den Lärm einer Party vernehmen. Als er zuvor mit Savannah im Auto vor dem Haus angehalten hatte, hatte er Licht und einige Leute in der Wohnung gesehen, die augenscheinlich eine Party vorbereiteten. Jetzt dröhnte laute Musik aus den offenen Fenstern und vermischte sich mit Gelächter und Stimmen.

John stoppte den Wagen an der gegenüberliegenden Straßenseite und blickte auf das Gebäude. Durch die erleuchteten Fenster von Elysas Wohnung im ersten Stock sah er Luftballons zwischen den tanzenden Menschen. Eine Geburtstagsparty. Doch nicht Elysas. Der Name auf dem Banner, das über der Eingangstür hing – und das vorher noch nicht dagewesen war –, lautete Tracy. Eine ihrer Mitbewohnerinnen.

Ein Auto näherte sich und blendete ihn einen Augenblick lang, bevor es vor dem Gebäude zum Stehen kam. Zwei Männer Mitte Zwanzig stiegen aus und der Wagen fuhr davon. Sie schlenderten die Treppe hinauf. John folgte ihnen mit den Augen. Er hörte keine Klingel, stattdessen öffneten die zwei Gäste einfach die Tür und verschwanden ins Haus. Offensichtlich passte niemand wirklich auf, wer die Wohnung betrat. Das würde es einfach machen, sich unter die Partygäste zu mischen.

John stieg aus dem Auto und überquerte die Straße. Genau wie die zwei Männer zuvor drehte er den Türknauf und ließ sich selbst hinein. Drinnen war die Musik lauter und wurde sogar noch lauter, als er die Treppe hinaufstieg und den schmalen Gang der Wohnung erreichte. Hier war es sehr beengt, da Leute versuchten, vom Wohnzimmer im vorderen Teil der Wohnung zur Küche im hinteren Teil zu kommen, wo vermutlich der Alkohol ausgeschenkt wurde. Niemand beachtete ihn wirklich. Niemand fragte, wessen Freund er war oder ob er eine Einladung hatte.

Er wollte den Kopf schütteln. Menschen. Sie hatten keine Ahnung, welche Gefahren in der Nacht auf sie lauerten. Und selbst wenn sie wüssten, dass Vampire existierten, würden sie wahrscheinlich immer noch annehmen, dass sie sicher wären, weil sie dem Irrglauben unterlagen, dass kein Vampir uneingeladen ein Haus betreten konnte. Nun, er war hier, in Elysas Wohnung, und niemand hatte ihn eingeladen. Nur gut, dass er nicht vorhatte, jemandem Schaden zuzufügen. Aber er war hier, um herumzuschnüffeln, um ein Gefühl für Elysa und ihre Freunde zu bekommen.

Die Gäste waren jung, die meisten Anfang Zwanzig, ein paar jünger. Jugendliche, die definitiv noch nicht legal trinken durften, sich aber trotzdem wie ihre älteren Artgenossen des reichlich fließenden Alkohols bedienten.

John bahnte sich einen Weg durch den Gang und blickte dabei in die Zimmer. Alle Räume waren besetzt. Einige Gäste hatten es sich auf Betten und Stühlen, Sitzsäcken oder einfach auf dem Boden bequem gemacht. Andere lehnten an den Wänden und Türen oder saßen auf dem Fenstersims, ohne daran zu denken, dass eine falsche Bewegung eines anderen Partygastes sie vielleicht aus dem offenen Fenster stoßen könnte. Andere tanzten zu der Musik, die zu laut war und keinerlei erkennbare Melodie hatte, nur harte tiefe Bässe, die sich wie der verstärkte Herzschlag einer qualvoll leidenden Kreatur anhörten und das Holzgebäude bis auf die Grundfeste erzittern ließen.

Am Eingang zur Küche blieb John stehen. Auch hier befanden sich sehr viele Leute. Mehrere Männer und Frauen tranken Schnaps. Dem Geruch nach zu urteilen, der zu ihm wehte, hatten sie Wodka mit Kirsch- und Erdbeersirup gemischt. Viele der Trinker waren bereits zu alkoholisiert, sodass sie mit jedem neuen Kurzen, den sie hinunterkippten, die Hälfte der Flüssigkeit auf ihre Haut und ihre Kleidung schütteten, was rote Streifen hinterließ, die im richtigen Licht wie Blut aussahen.

„Du musst einer von Elysas Freunden sein“, erklang eine weibliche Stimme neben ihm.

John sah die Frau, die gesprochen hatte, an. Sie war gut dreißig Zentimeter kleiner als er, was ihm einen guten Blick auf ihr Dekolletee gewährte, auch wenn er das nicht beabsichtigt hatte. Er hob seinen Blick nur ein klein wenig und betrachtete ihren zierlichen Körperbau, ihr herzförmiges Gesicht und ihren blonden Pixie-Haarschnitt.

„Wieso meinst du das?“, fragte John.

Sie beugte sich näher und warf ihm einen bedeutungsvollen Blick zu. „Weil sie immer die heißesten Typen einlädt." Sie machte eine abweisende Geste in Richtung einer Gruppe von Männern in der Küche. „Echte Männer. Nicht wie diese Jungs."

„Tja, du kennst ja Elysa." Er streckte den Hals. „Wo ist sie denn?"

Das Mädchen deutete mit dem Daumen über die Schulter. „Vermutlich im Wohnzimmer. Aber ich bin mir sicher, dass sie beschäftigt ist. Warum hängst du nicht ein bisschen mit mir ab?"

„Sicher, warum nicht?" Schließlich würde ihm dieses Mädchen wahrscheinlich bereitwillig von Elysa und ihren Mitbewohnerinnen erzählen, nur damit sie etwas Zeit mit ihm verbringen konnte. Er kannte diesen Typ gut: begierig darauf zu gefallen. „Also, woher kennst du Elysa?"

„Ich bin ihre Mitbewohnerin, Nikki. Und wie heißt du, Hübscher?" Sie warf ihm ihren Schlafzimmerblick zu. Leider war dieser Flirtversuch bei ihm vergeudet. Sie war absolut das Gegenteil von seinem Typ.

„John." Er lächelte und tat so, als wäre er hier, um sich zu amüsieren. „Also wohnst du hier." Er sah sich würdigend um. „Nette Wohnung."

„Ich kann dir mein Zimmer zeigen." Sie klimperte mit den Wimpern.

„Sicher, später", beschwichtigte er sie. „Und, machst du beruflich dasselbe wie Elysa?"

Sie verzog das Gesicht. „Ich? Mich um kleine Gören kümmern? Auf keinen Fall! Ich bin keine Heilige." Sie zwinkerte ihm zu.

„Nicht wie Elysa, hm?"

„Sie ist auch keine Heilige. Aber wem sage ich das? Du kennst sie ja. Sie würde alles für ein paar Dollar machen. Selbst auf Kinder aufpassen."

John lachte leise. „Typisch Elysa! Sie hat dir bestimmt gesagt, was passiert ist, oder? Mit dem Mädchen, das sie betreut?"

„Oh, ja, schockierend."

„Muss hart sein für Elysa."

„Ja, und die Miete ist in zwei Wochen fällig."

„Wie bitte?"

„Ja, du weißt schon, jetzt, wo die kleine Vampirjägerin vermisst wird, hat Elysa keinen Job mehr. Ich glaube nicht, dass sie viel gespart hat."

„Kleine Vampirjägerin?"

Nikki kicherte. „Ja, du weißt schon. Sie heißt doch Buffy. Ich meine, wer nennt sein Kind Buffy? Also nennen wir sie unter uns Vampirjägerin."

„Oh, lustig." Nicht wirklich.

„Ja, oder?" Dann zuckte sie mit den Schultern. „Aber jetzt wo das Mädchen weg ist, hat Elysa Schwierigkeiten, über die Runden zu kommen. Du weißt schon, bis sie das Mädchen finden."

Obwohl das nicht wirklich ein gutes Licht auf Elysa warf, ließ es auch vermuten, dass die Babysitterin nicht in die Entführung verwickelt war. Wenn sie wirklich jemandem dabei geholfen hätte, das Mädchen zu entführen, wäre sie ziemlich sicher dafür bezahlt worden und würde keine finanziellen Probleme haben.

„Aber zwischen dir und mir –" Nikki beugte sich näher zu ihm. „– sobald ein Kind ein paar Tage ohne Lösegeldforderung vermisst wird, ist es sehr wahrscheinlich, dass das Kind bereits tot ist. Ich meine, ich schaue mir Aktenzeichen XY an, ich weiß, wie das läuft."

„Also gab es keine Lösegeldforderung?" John wusste das bereits, aber er fragte sich, woher Nikki das wusste.

„Nein, nicht laut Elysa. Sie sagte, dass Buffys Mutter deshalb so am Boden zerstört ist. Sie hat Geld, weißt du. Elysa sagte, dass sie bereitwillig jeden Preis zahlen würde, um ihre Tochter zurückzubekommen. Wenn es also eine Lösegeldforderung gegeben hätte, hätte sie das Geld bereits gezahlt."

„Verstehe."

„Aber hey, reden wir nicht über so traurige Dinge. Heute Nacht wird gefeiert."

„Ja, Tracys Geburtstag. Ich sollte ihr gratulieren. Wo ist sie?"

„Im Wohnzimmer. Sie tanzt. Ich komme mit."

Aber er blockte sie schnell ab und sagte: „Hey, würdest du mir einen Gefallen tun?"

„Welchen?"

„Wärst du so lieb und würdest mir etwas zu trinken besorgen und mich dann im Wohnzimmer treffen?" Er zeigte zur Küche, wo der Tresen voller Flaschen stand. „Und dann können wir feiern, wie klingt das?" Er blickte tief in ihre Augen, um ihr den Eindruck zu vermitteln, dass ihr Charme auf ihn wirkte. Was er nicht tat.

„Sicher“, schnurrte sie. „Bis gleich.“

Sehr unwahrscheinlich.

John wandte sich um und ging den Gang hinunter ins Wohnzimmer, wobei er den wankenden Gästen auswich. Er ließ seine Augen umherschweifen und schnüffelte. Bis auf das Aroma von Gras und Alkohol sowie Parfums und Körperdüften konnte er lediglich menschliches Blut riechen. Niemand im Raum wies die verräterische Aura eines übernatürlichen Wesens auf. Und all seine Sinne sagten ihm, dass außer ihm kein Vampir auf der Party war. Zumindest bedeutete das, dass Elysa und ihre Mitbewohnerinnen keine Vampire in ihrem Bekanntenkreis hatten. Ansonsten wären sie heute sicher eingeladen worden. Schließlich war eine Party wie diese ein gefundenes Fressen für Vampire. So viele verschiedene Blutgruppen. Und am Ende der Nacht würden alle betrunken sein und ein Vampir würde kaum Gedankenkontrolle benutzen müssen, um einen Menschen zu beißen, ohne entdeckt zu werden.

Einen Augenblick lang war er versucht zu bleiben. Doch sein Pflichtbewusstsein war stärker als das Verlangen, an der Ader eines lebendigen Menschen zu saugen. Er hatte noch einige Spuren, denen er nachgehen musste. Und so wie es aussah, war Elysa Flannigan eine Sackgasse. Fürs Erste. Er würde später im Büro einen Backgroundcheck durchführen.

John verließ die Party, bevor Nikki ihn finden konnte, und trat in die kühle Nachtluft hinaus. Er überquerte gerade die Straße, als sein Handy klingelte. Er zog es aus der Tasche und blickte darauf. Eine Erinnerung blinkte auf.

Scheiße! Das hatte er fast vergessen. Vielleicht, weil er nicht zu dem Termin gehen wollte, an den sein Handy ihn erinnerte. Leider trug er jedoch als Schöpfer eine gewisse Verantwortung.

6

Das Büro des Psychiaters befand sich im Untergeschoss eines alten edwardianischen Hauses in Nob Hill, einem schicken Viertel von San Francisco. Dort oben auf dem Hügel offenbarte sich eine hervorragende Aussicht, die die Schönheit der Stadt hervorhob, besonders nachts. Ganze Lichtkorridore wurden sichtbar, als John um die Ecke bog und die Straßen hinunterblickte, die zum Shoppingdistrikt, dem Finanzdistrikt und den Vierteln an der Bucht führten.

Doch John nahm sich nicht die Zeit, den Ausblick zu genießen. Er war bereits zu spät dran. Da kein freier Parkplatz verfügbar war, parkte er vor der Einfahrt des Psychiaters und blockierte diese. Der gute Doktor würde nichts dagegen haben.

Er betrat das Gebäude durch den Lieferanteneingang ohne anzuklopfen. Er wusste, wie es ablief. Das Untergeschoss mit seinen niedrigen Decken begrüßte ihn mit grellem Licht. Der weiße Warteraum war leer. Genau genommen war er sich nicht sicher, warum es überhaupt einen Warteraum gab. John hatte hier noch nie jemanden warten gesehen. Niemanden außer der Person, mit der zusammen er den Termin hatte.

Mit einem Klicken schloss sich die Tür hinter ihm und die Empfangsdame blickte endlich hinter dem ebenso weißen Tresen von ihren Akten auf.

„Mr. Grant“, schnurrte sie und zog ihr knappes rosa Top zurecht, das so von ihren Brüsten ausgefüllt war, dass er versucht war, in Deckung zu gehen, falls ein Knopf abspringen und ihm ein Auge ausschlagen wollte.

Ihr platinblondes Haar war wie das von Marilyn Monroe gestylt und ihr Make-up spiegelte das Gesicht des Filmstars wider – tiefrote Lippen, Haut so blass wie Porzellan, schwarze lange Wimpern. Das perfekte Pinup-Girl. Er hatte sich nie die Mühe gemacht, sich ihren Namen zu merken. Er konnte sich nicht einmal erinnern, ob er sie je nach ihrem Namen gefragt hatte. Also nannte er sie in seinem Kopf immer Marilyn.

Marilyn ließ gelassen ihren Blick über ihn wandern, wobei sie ihr Interesse an ihm nicht im Geringsten verbarg. Er nahm an, dass sie jeden männlichen Kunden – er weigerte sich, sich selbst Patient zu nennen – so behandelte. Als Vampirin war sie anders als menschliche Frauen, weniger fügsam, verlangender und offensichtlich nicht schüchtern, wenn es darum ging, einen Mann wissen zu lassen, was sie wollte. Doch er biss nicht an. Weder sprichwörtlich noch buchstäblich.

John zeigte auf eine der Türen. „Ist der Doc da?"

„Sie warten bereits seit zehn Minuten auf Sie", sagte sie mit leichter Rüge in ihrer hohen Stimme.

„Sicher doch." Sein Protegé war immer pünktlich. Und der Doc rechnete nach Stunden ab und stellte sicher, dass keine Minute seiner Zeit vergeudet wurde. Sie zogen wahrscheinlich schon die letzten zehn Minuten über ihn her und diskutierten, dass er seinen Pflichten als Schöpfer nicht nachkam.

Ohne ein weiteres Wort oder ein Klopfen betrat er das Büro des Arztes und ließ die Tür hinter sich zufallen.

Dies war seine vierte Sitzung und es gefiel ihm immer noch nicht besser als beim ersten Mal. Immer noch hasste er die geschmacklose schwarze Sarg-Couch, die aussah, als gehörte sie eher in einen abgedroschenen Horrorfilm als in das Büro eines Psychiaters. Genauso wie er die falschen, auf die Wand gemalten gotischen Fenster – der Raum besaß nämlich keine Fenster – verabscheute, die aussahen, als wären sie aus den Kulissen der Addams Family kopiert worden. Den Steinboden hätte man genauso gut in einer Krypta vorfinden können und die Aktenschränke hatten Griffe, die wie Pflöcke aussahen. Vielleicht, damit ein Patient, der genug von den nervigen Fragen des Arztes hatte, sich damit erstechen konnte – oder den Doktor.

Zumindest war Dr. Drake, der einzige Vampirpsychiater in San Francisco, wie ein Arzt gekleidet: ein weißer Laborkittel, ein weißes Hemd, eine schwarze Hose und schwarze Schuhe. Er war ein großer, hagerer Vampir und offensichtlich hatten viele von Johns Kollegen ihn das ein oder andere Mal konsultiert. Viele davon freiwillig. Doch nicht John. Er war dazu verdonnert worden, an diesen Sitzungen teilzunehmen. Er und sein Protegé, Deirdre.

Sie saß auf dem Stuhl gegenüber von Drake und trank mit einem Strohhalm aus einer Flasche. Er erkannte das Etikett. Sie hatte sich aus dem Verkaufsautomaten im Wartezimmer etwas zu trinken heruntergelassen. Nun, zumindest war sie nicht mehr so zimperlich wie zu der Zeit, nachdem er sie verwandelt hatte, und trank genüsslich menschliches Blut.

„John, schön, dass Sie uns endlich beehren", sagte Drake mit einer guten Dosis Sarkasmus.

„Einige von uns haben Jobs", antwortete John und ließ sich in den Sessel neben Deirdre fallen. „Hey, Deirdre."

Sie warf ihm einen flüchtigen Blick zu. „John."

Die Begrüßung war so frostig wie ein Schneesturm. Großartig. Nicht, dass er etwas anderes erwartet hatte. Schließlich war Deirdre sauer auf ihn. Eigentlich war sie sauer auf die ganze Welt.

„Nun, dann fangen wir wohl an." Wie üblich nagten Drakes fröhliche Worte an John, aber er schluckte seine Abneigung hinunter.

„Okay."

„Erzählen Sie mir, was passiert ist, seit ich Sie beide das letzte Mal gesehen habe", verlangte Drake. „Deirdre, warum fangen Sie nicht an?"

Sie stellte die halbleere Flasche Blut beiseite und setzte sich aufrechter hin. Sie warf ihr langes hellbraunes Haar über ihre Schulter zurück und entblößte mehr von ihrem Gesicht. Sie war eine attraktive Frau, ihr Gesicht war jedoch von harten Linien gezeichnet, Linien, die von den Schlachten erzählten, die sie gefochten hatte, den umfassenden Erfahrungen, die sie über viele Jahrhunderte hinweg gesammelt hatte, Jahrhunderte, in denen sie eine Hüterin der Nacht gewesen war.

Diese unsterblichen Krieger waren eine Rasse, die geschworen hatte, die Menschen vor den Dämonen der Angst zu beschützen, den mächtigen übernatürlichen Geschöpfen, die sich von der Angst der Menschen ernährten und während Zeiten von Krieg und Konflikten gediehen. Über die Jahrhunderte hinweg hatten die Hüter der Nacht unschätzbare Fähigkeiten entwickelt, um die Dämonen zu bekämpfen. Eine davon war Unsichtbarkeit, die andere Teleportation. Doch der Kampf gegen die Dämonen nahm neue Dimensionen an und deshalb waren sie eine Allianz mit Scanguards eingegangen. Scanguards konnte wenn nötig auf ihre Fähigkeiten zurückgreifen und die Hüter der Nacht nutzten den Geruchssinn der Vampire, um Dämonen zu identifizieren, die anders als andere übernatürliche Wesen keine verräterische Aura besaßen, durch die sie erkannt werden konnten.

Deirdre war eine Führerin ihrer Rasse gewesen, doch sie hatte Entscheidungen gefällt, die dazu geführt hatten, dass sie wegen Verrats verurteilt worden war. Man hatte ihr während einer langen Inhaftierung in einer Bleizelle ihre übernatürlichen Fähigkeiten genommen, wodurch sie menschlich geworden war. Später hatten Umstände dazu geführt, dass John sie in einen Vampir verwandeln hatte müssen.

„Was gibt es da zu sagen?", fing Deirdre an. „Ich schlafe tagsüber. Ich bin nachts wach. Ich trinke menschliches Blut. Ich sehe die Sonne nicht. Ich fühle mich wie ein eingesperrtes Tier."

„Hmm." Der Doktor wandte sich an John. „Würden Sie dazu gerne etwas sagen, John?"

Vorsichtig, um Deirdres bereits aufgebrachte Stimmung nicht zu schüren, sagte er: „Anfangs ist es eine Umstellung. Ich weiß, dass es nicht deine Wahl war, ein Vampir zu werden, aber hätte ich es nicht getan, wärst du gestorben." Er zuckte mit den Schultern. „Ich weiß, dass es schwierig ist zu akzeptieren, was du bist, angesichts der Tatsache, woher du kommst und was du warst ..." Eine Kreatur, die in gewisser Weise stärker als ein Vampir war und weniger Schwächen hatte.

„Darum geht es nicht!", platzte Deirdre heraus. „Ich habe akzeptiert, was ich bin. Wozu du mich gemacht hast." Sie blickte ihn finster an. „Aber was jetzt? Was soll ich jetzt machen?"

John wechselte einen Blick mit dem Psychiater.

„Was meinen Sie mit dieser Frage?", fragte Drake.

Deirdre sprang auf. „Spreche ich Griechisch?" Sie marschierte zu dem falschen Fenster, drehte sich dann um und lehnte sich gegen die Wandmalerei. „Sie verstehen es nicht, oder wie?" Sie schnaubte. „Ich bin eine Kriegerin. Ich war nützlich. Ich war eine Anführerin meiner Rasse. Ich habe Entscheidungen über Leben und Tod getroffen."

„Tja, die Dinge ändern sich", sagte Drake. „Wir machen alle Veränderungen in unserem Leben durch. Wir passen uns an. Genau, wie Sie sich an diese neuen Umstände anpassen werden."

Deirdre knurrte und schaute den Psychiater finster an. Aber bevor sie eine Litanei an Beschimpfungen ausstoßen konnte, die ihr sichtbar auf den Lippen brannten, sprach John. „Du suchst nach einem Sinn im Leben."

Sie wandte den Kopf in seine Richtung. Überraschung blitzte in ihren Augen auf. Sie sagte nichts, doch er wusste, dass er den Grund ihres Unmuts getroffen hatte.

Drake räusperte sich. „Das ist alles recht und gut, aber als neuer Vampir stecken Sie noch in den Windeln." Er kicherte über seinen geschmacklosen Witz. „Sie müssen erst gehen lernen, bevor Sie laufen können. Sie haben Ihre Kräfte noch nicht völlig im –"

„Klappe, Doc", zischte John. „Können Sie nicht sehen, dass Sie alles nur schlimmer machen?"

Er blickte Deirdre an, die dem Psychiater einen giftigen Blick zuwarf.

John wandte seinen Blick wieder zu Drake. „Warum glauben Sie, dass Deirdre nicht damit umgehen kann, ein Vampir zu sein? Nur weil ihre Verwandlung erst vor ein paar Monaten geschehen ist? Das trifft vielleicht bei einem Menschen zu, wenn dieser plötzlich in unsere Welt geworfen wird. Aber Deirdre war bereits Teil dieser Welt. Sie war schon mehrere Jahrhunderte lang eine übernatürliche Kreatur. Alles, was sich geändert hat, ist, dass sie jetzt ein Mitglied einer anderen übernatürlichen Rasse ist. Sie ist immer noch unsterblich, immer noch mächtig. Wir haben es die letzten drei Sitzungen so gemacht, wie Sie es wollten, und nichts ist dabei herausgekommen. Sie sagten, wir sollten langsam machen, einen Schritt nach dem anderen. Und ich habe Ihren Rat befolgt. Aber ich habe genug davon. Wir machen es jetzt auf meine Weise."

Als er in Deirdres Augen blickte, sah er zum ersten Mal Dankbarkeit darin aufblitzen.

„Du willst deiner neuen Spezies helfen; einen Unterschied in diesem neuen Leben machen. Ich hätte das schon früher sehen sollen." Mit einem Seitenblick zum Psychiater fügte er hinzu: „Ich hätte nicht auf andere Leute hören sollen, die mir sagten, dass es zu früh ist, daran zu denken, was du mit deinem neuen Leben anstellen willst." Aber er hatte noch nie jemanden verwandelt, hatte nie Verantwortung für einen anderen Vampir, der Führung brauchte, übernehmen müssen. „Ich kann dir dabei helfen."

„John, mit allem nötigen Respekt", unterbrach Drake, „so funktioniert das nicht. Der Geist eines jungen Vampirs ist eine delikate Sache. Man kann nicht einfach darüber planieren und so tun, als gäbe es keine tieferliegenden Probleme von Schuld und Feindseligkeit zwischen Ihnen beiden. Darüber sollten wir reden."

Schön, dass der Psychiater immer etwas aufwühlen musste. John knurrte vor sich hin.

„Sie fühlen sich schuldig, weil Sie Deirdre verwandelt haben und sie nicht in der Lage gewesen war, ihre Zustimmung zu geben. Erzählen Sie uns von dieser Schuld, John."

John blickte den Doktor finster an. „Ist ja klar, dass Sie immer die Scheiße aufwühlen müssen! Schon mal davon gehört, schlafende Hunde nicht zu wecken?"

„Das ist berufsbedingt."

„Wirklich?"

Ein Mundwinkel des Doktors hob sich. Sadistischer Bastard!

„Ich spüre viel Feindseligkeit zwischen Ihnen beiden. Sie hassen die Tatsache, dass Sie für Deirdre verantwortlich sind, und Sie, Deirdre, hassen es, dass er als Ihr Schöpfer Macht über Sie hat."

Deirdre kniff die Augen zusammen und stieß sich von der Wand weg. „Sie wissen gar nichts über mich und John. Und ehrlich gesagt finde ich diese aufgezwungene *Paartherapie* sinnlos. Wem ist diese hirnrissige Idee eingefallen?"

Drake hob sein Kinn, was ihm einen Ausdruck von Überlegenheit schenkte. „Der Rat der Vampire schreibt diese Sitzungen heutzutage für alle neuen Vampire und ihre Schöpfer vor. Und wenn Sie es wissen wollen, habe ich es ihnen empfohlen, nachdem ich gesehen habe, wie Jahre nach einer Verwandlung immer wieder unterdrückte Probleme auftauchen. Es ist das Beste, diese von vorneherein auszumerzen."

„Ja, ich weiß, was ich gerne ausmerzen würde", murmelte Deirdre leise.

John musste ein Grinsen unterdrücken. Er hatte nicht gewusst, dass sein Schützling Sinn für Humor hatte.

„Sei es, wie es sei", sagte Drake unbeirrt, „Sie beide haben keine andere Wahl, als an diesen Sitzungen teilzunehmen."

„Teilnehmen vielleicht", hakte Deirdre nach und zwinkerte dann John zu, „aber niemand kann mich dazu zwingen, etwas zu sagen, was ich nicht sagen will."

Bevor Drake antworten konnte, fügte John hinzu: „Sie hat nicht ganz unrecht. Schließlich sind wir hier nicht im Verhörzimmer von Scanguards. Ich glaube, Sie müssen sich mit dem zufrieden geben, was Deirdre und ich teilen wollen. Es stimmt, wir müssen für wie viele – fünf, vielleicht zehn Sitzungen herkommen? Aber halten Sie sich aus meinem Kopf heraus. Und aus Deirdres genauso. Nur, weil Sie den Rat der Vampire haben überreden können, diese Sitzungen anzuordnen, bedeutet das nicht, dass ein anderer sie nicht davon überzeugen kann, dass diese nutzlos sind."

„Wie können Sie es wagen –"

John stand auf und unterbrach ihn. „Sie sind nicht der Einzige, der Leute in hohen Positionen kennt. Ich bin sicher, Sie wissen, dass ich viele Jahre lang für den Vampirkönig von Louisiana gearbeitet habe. Und dass wir Freunde sind. Ich glaube, er hat großen Einfluss beim Rat. Ich bin sicher, dass es Ihr Einkommen schmälern wird, wenn der Rat der Vampire diese Pflichtsitzungen wieder abschafft, nicht wahr?"

Als Drake ihn finster anblickte, zeigte John auf seinen Protegé. „Ich glaube, wir sind fertig. Brauchst du eine Mitfahrgelegenheit, Deirdre?"

Sie lächelte ihn an, das erste echte Lächeln, das er je von ihr gesehen hatte. „Eigentlich schon, ja."

Zusammen marschierten sie durch die Tür hinaus, an der falschen Marilyn vorbei, die perplex, aber schweigend, auf die Uhr an der Wand blickte.

John drehte den Kopf zu Deirdre, als sie zum Ende der Auffahrt gingen. „Wo kann ich dich absetzen?"

„Ich brauche eigentlich keine Mitfahrgelegenheit. Ich sagte das nur, um Drake sauer zu machen und mit dir zu verschwinden."

John lachte leise. „Du magst ihn also auch nicht besonders, wie?"

Sie warf ihm einen vielsagenden Blick zu. „Der Kerl ist ein aufgeblasenes Arschloch mit einem billigen Abschluss von einer drittklassigen Universität. Ich bin nur überrascht, dass du es so lange durchgehalten hast."

Er zog eine Augenbraue hoch. „Ich dachte, es ist meine Pflicht als dein Schöpfer –“

„Ja, bringen wir diese Scheiße hinter uns. Mir ist wirklich egal, ob du dich schuldig fühlst oder nicht.“ Sie zuckte mit den Schultern. „Ich will nur wissen, ob du ernst meintest, was du gerade gesagt hast, du weißt schon, dass du mir helfen willst.“

„Ich stehe zu meinem Wort.“

„Gut.“

Sie stoppten neben Johns Mercedes. „Dann sag mir, wie ich dir helfen kann.“

„Ich will ein Teil von Scanguards sein.“

„In welcher Funktion?“

Sie lachte. „Ich habe kein Interesse daran, ein Lakai zu sein. Als Hüterin der Nacht war ich mehrere Jahrhunderte lang eine Kriegerin, bevor ich ein Mitglied des Rats der Neun wurde. Ich habe meinen Beitrag geleistet. Das mache ich kein zweites Mal.“

„Leider sind die Positionen im oberen Management vergeben.“ Außerdem war sein Rang bei Scanguards nicht hoch genug, um jemanden für eine Managementposition zu empfehlen. Diese erhielt man nach Leistung und nur durch Leistung.

„Du denkst, ich rede davon, im Management zu sein?“ Sie schüttelte vehement den Kopf. „Wie langweilig! Verstehst du es wirklich nicht? Ich will das Adrenalin wieder durch meine Adern strömen spüren. Ich will kämpfen.“

Er erstarrte. „Kämpfen?“

„Ja, ich will, dass du mir eine Position bei Scanguards verschaffst, in der ich mit den schlimmsten Verbrechern und den gefährlichsten Situationen zu tun habe.“

„Du bist verrückt.“

„Nein, nicht verrückt. Aber ich brauche eine Herausforderung. Ich muss beweisen, dass ich es immer noch kann.“ Sie schlug sich mit der Faust auf die Brust. „Was da drinnen ist, hat sich nicht verändert, nur weil mein Körper sich verändert hat.“

„Geht es hier um die Taten, die dazu geführt haben, dass die Hüter der Nacht dich ins Exil geschickt haben? Denn wenn es so ist, dann sage ich dir gleich, dass du dafür mit deinem Leben bezahlt hast. Du hast dafür auf dem Schlachtfeld gezahlt, als du einen Dolch für Virginia abgefangen hast."

Virginia, eine Hüterin der Nacht, die jetzt die Frau des Scanguards-Hexers Wesley war, hatte fast ihr Leben bei einem Kampf gegen die Dämonen verloren, hätte Deirdre sich nicht zwischen sie und einen Dolch, der für Virginia bestimmt war, geworfen. Tödlich verletzt wäre Deirdre gestorben, doch Virginia hatte John angefleht, ihr Leben zu retten, indem er sie in einen Vampir verwandelte. Deirdre hatte dabei kein Mitspracherecht gehabt und John fragte sich ständig, ob er das Richtige getan hatte, oder ob es gnädiger gewesen wäre, wenn er Deirdre auf dem Schlachtfeld hätte sterben lassen. In ihren Augen wäre es ein ehrenhafter Tod gewesen.

„Du hast deine Schuld getilgt", fügte er hinzu.

Deirdre schüttelte den Kopf. „Vielleicht in deinen Augen, vielleicht auch in den Augen meines Bruders. Meine Standards sind höher."

„Weißt du es nicht zu würdigen, dass du eine zweite Chance hast? Warum willst du das neue Leben riskieren, das man dir geschenkt hat?"

„Das klingt komisch, wenn es von dir kommt."

„Was soll das heißen?"

„Machst du nicht jeden Tag dasselbe? Dein Leben riskieren, weil du glaubst, dass du nichts hast, für das es sich zu leben lohnt? Gerade du solltest wissen, wie ich mich fühle."

Er hatte nie über sein gebrochenes Herz gesprochen. Deirdre konnte das nicht wissen. „Du weißt gar nichts."

„Nein, du hast recht. Ich weiß nicht genau, weshalb du glaubst, dass du nichts hast, für das es sich zu leben lohnt, aber jedes Mal, wenn ich dich sehe, spüre ich es. Es umgibt dich. Also verweigere mir nicht das, was du jeden Tag selbst tust. Ich brauche das."

John atmete tief ein, füllte seine Lunge mit der kühlen Nachtluft und seufzte. „Nun gut, wenn du das wirklich willst."

„Ja."

„Ich werde mit Samson reden.

„Danke."

7

Savannah dankte dem Taxifahrer und stieg aus dem Prius. Es war Vormittag und sie hatte eigentlich nicht ins Büro kommen wollen, doch sie hatte Verpflichtungen, die sie seit Buffys Verschwinden vernachlässigt hatte. Und ein paar dieser Dinge mussten erledigt werden. Sie würde nur zwei oder drei Stunden bleiben und dafür sorgen, dass Alexi und Rachel wüssten, was zu tun war. Danach würde sie verschwinden und tun, was sie die letzten Tage getan hatte: alle Orte in der Stadt aufsuchen, die Buffy liebte, und mit jedem sprechen, der sie kannte, in der Hoffnung, dass jemand sich an etwas erinnerte.

Savannah betrat das Bürogebäude im SoMa District, wo sie ein paar Räume für sich und ihre zwei Angestellten mietete. Es gab keine Rezeption und keine Sicherheitskräfte, was die Miete erschwinglich machte. Sie wartete erst gar nicht auf den Aufzug, sondern nahm gleich die Treppe in den zweiten Stock. An der Tür zu ihren Büroräumen stoppte sie einen Augenblick und atmete tief ein, bevor sie eintrat.

Ihr Büro bestand aus zwei Räumen: einem großen offenen Arbeitsbereich und einem kleineren Raum mit Glaswänden, in dem sie ihre Meetings abhielt. Es gab mehrere Arbeitsplätze mit Computern, einer für sie und je einer für Alexi und Rachel, sowie einen weiteren für den Fall, dass sie eine Hilfskraft einstellen musste. Nur ein Arbeitsplatz war besetzt.

Alexi schaute von seinem Bildschirm hoch. „Guten Morgen, Savannah." Der blonde, blauäugige Russe hatte immer noch einen starken Akzent, obwohl er schon fünf Jahre in den Vereinigten Staaten arbeitete. Seine *John-Lennon*-Brille verpasste ihm ein nerdiges Aussehen, das von seiner schlanken Statur und dem Mangel an Modegeschmack weiter unterstrichen wurde. Alexi war brillant, seine Programmierfähigkeiten überragend und sein Wissen über Algorithmen und Verschlüsselung suchte seinesgleichen. Obwohl er erst seit acht Monaten für sie arbeitete, hatte er ihr bereits das Doppelte seines Jahresgehalts eingebracht. Mit seiner Hilfe hatte sie einen lukrativen Auftrag bei einer großen Bank an Land gezogen und Alexi übernahm dabei die meiste Arbeit. Eine Win-Win-Situation.

„Morgen, Alexi", begrüßte sie ihn und stellte ihre Handtasche auf den Tisch ihm gegenüber, dann blickte sie auf den leeren Tisch neben seinem. „Ist Rachel noch nicht da?"

„Sie hat sich heute Morgen krank gemeldet." Er schnaubte. „Schon wieder."

„Was meinst du mit schon wieder?"

„Sie war gestern auch krank. Hat mich mit der Programmierung für das Upgrade des Supermarktkassensystems sitzen gelassen. Ich war gestern bis elf Uhr nachts hier."

Ärger brodelte in Savannah hoch. Sie hätte wissen sollen, dass die Dinge aus dem Ruder laufen würden, wenn sie sich freinahm. „Das tut mir leid, ich hätte hier sein sollen. Warum hast du mich nicht angerufen?"

Alexi neigte seinen Kopf zur Seite und schaute sie ernst an. „Du hast bereits genug Sorgen. Ich hätte es nicht erwähnen sollen. Vergiss es einfach. Sag, hat die Polizei irgendwelche Fortschritte gemacht? Irgendwelche Spuren?"

Savannah sank auf ihren Stuhl und griff automatisch nach dem Einschalter ihres Computers, um ihn zu booten. Sie blickte Alexi in die Augen und schüttelte den Kopf.

„Das tut mir leid", sagte er leise. „Ich wünschte, es gäbe etwas, was ich tun könnte."

„Das machst du bereits. Du hältst die Stellung. Dafür bin ich dir dankbar." Zumindest musste sie sich neben allem anderen so keine Sorgen um ihr

Geschäft machen. „Also, was ist mit Rachel? Hat sie gesagt, wann sie wiederkommt?"

Alexi zuckte mit den Schultern. „Keine Ahnung. Ihr Husten klang etwas gespielt, wenn du mich fragst. Vielleicht dachte sie, sie könnte blaumachen, solange du nicht da bist."

„Das weißt du nicht. Es geht ein Virus in der Stadt um. Vielleicht hat sie ihn sich eingefangen." Schließlich arbeitete Rachel hart und war niemand, der regelmäßig krank machte.

Alexi knurrte vor sich hin und sagte dann: „Du hast wahrscheinlich recht."

„Wenn sie morgen nicht da ist, rufe ich sie an, okay?" Ihr Computer war hochgefahren und sie loggte sich ein. „Sind die Bankdateien fertig?"

„Sie sind in deinem Ordner zur Einsicht. Es gab ein paar Probleme mit der Verschlüsselung, aber ich habe sie behoben. Und ich habe ein paar Zeilen Code eingefügt, sodass der Ausfall, den sie letzte Woche hatten, nicht noch einmal auftritt."

„Großartig, ich sehe es mir an." Sie navigierte zu dem Ordner und wollte gerade die Datei öffnen, als sie hörte, wie sich die Tür öffnete. Ihr Blick schoss dorthin. Hatte Rachel sich doch entschieden, zur Arbeit zu kommen?

Doch es war nicht Rachel, die das Büro betrat. Ein blonder Mann Ende vierzig, Anfang fünfzig in einem gut sitzenden Anzug kam herein. Als seine Augen auf Alexi fielen, zögerte er. Hatte er sich verlaufen?

Savannah stand auf. „Kann ich Ihnen helfen?"

Der Blick des Fremden landete auf ihr. „Das hier ist doch Rice Communications, oder?" Er sprach mit einem Akzent, den sie nicht einordnen konnte.

„Ja."

Er lächelte und Erleichterung zeichnete sich auf seinem Gesicht ab. „Dann bin ich richtig. Es tut mir leid, ich bin etwas spät dran, aber ich habe etwas Jetlag und ich muss gestern Abend vergessen haben, mir den Wecker zu stellen. Ich hätte die Hotelbelegschaft bitten sollen, mich zu wecken."

Verwirrt blickte Savannah Alexi an, der die Schultern in einem hilflosen Achselzucken hochzog.

„Es tut mir leid, Sie sind ...?", fragte Savannah.

Mit ausgestreckter Hand kam er auf sie zu. „Viktor Stricklund, freut mich, Sie kennenzulernen."

„Stricklund?" Der Name sagte ihr nichts.

Er zögerte wieder. „Ja, aus Stockholm. Schweden." Seine Stirn legte sich in Falten. „Wir hatten vor einer halben Stunde einen Termin. Es tut mir wirklich leid, dass ich zu spät bin. Ich hoffe, Sie können mich trotzdem empfangen. Ich bin extra aus Schweden hierher angereist."

Savannah schüttelte weiter den Kopf. „Aber ich habe keinen Termin mit Ihnen vereinbart."

„Nun, ich habe nicht direkt mit Ihnen gesprochen, das stimmt, sondern mit Ihrer Assistentin. Erst vor ein paar Tagen."

„Rachel?"

„Ja, ja, Rachel", bestätigte er und griff nach ihrer Hand. Sie fühlte sich verpflichtet, sie zu schütteln.

„Mr. Stricklund, es muss ein Missverständnis vorliegen. Rachel wusste, dass ich diese Woche keine Termine annehmen kann."

„Aber ich habe eine Bestätigung von ihr bekommen."

Savannah blickte Alexi an. „Ich habe Rachel gebeten, für diese Woche keine Termine zu machen und alles andere in meinem Kalender abzusagen. Hat sie das nicht getan?"

Alexi sah verdutzt drein. „Ich bin mir ziemlich sicher, dass sie das erledigt hat. Zumindest sagte sie das."

Savannah wandte sich wieder an den schwedischen Geschäftsmann. „Es tut mir leid, Mr. Stricklund. Ich weiß nicht, was ich wegen dieses Durcheinanders sagen soll. Rachel hätte diesen Termin nicht vergeben sollen."

„Aber ich bin jetzt hier. Ich bin extra aus Schweden gekommen. Sicherlich können Sie doch eine Stunde entbehren, um übers Geschäftliche zu reden."

Sie seufzte. „Es tut mir leid, ich ... ich kann einfach nicht." Sie fühlte einen Kloß in ihrer Kehle. Sie konnte sich jetzt nicht um Geschäfte kümmern. Sie konnte sich ja kaum zusammenreißen, geschweige denn ein Geschäftsmeeting mit einem potenziellen neuen Kunden abhalten.

„Ich kann heute Nachmittag wiederkommen, wenn Ihnen das besser passt", bot Stricklund an.

„Mr. Stricklund –"

Alexi unterbrach sie. „Ich kann mich darum kümmern, Savannah." Dann blickte er zu Stricklund. „Es tut mir leid, Mr. Stricklund, Ms. Rice hatte einen familiären Notfall und kann gerade keine geschäftlichen Treffen übernehmen. Es tut uns leid. Ich werde dafür sorgen, dass Sie für Ihre Reisekosten entschädigt werden. Aber ich muss Sie bitten, Ms. Rice jetzt in Ruhe zu lassen."

Erstaunt schoss der Blick des Geschäftsmanns zwischen ihr und Alexi hin und her. Er wirkte nun verärgert. „Familiärer Notfall? Was kann so wichtig sein –"

„Meine Tochter ..." Sie bemerkte nicht einmal, dass sie gesprochen hatte. Sie wusste, dass sie sich nicht rechtfertigen musste, aber die Worte fanden von alleine den Weg über ihre Lippen. „... sie ist verschwunden." Savannahs Kehle zog sich zusammen, wie sie es in letzter Zeit immer tat, wenn sie über Buffy sprach.

Stricklund zuckte sichtbar zusammen. „Oh mein Gott! Das ist schrecklich! Sie müssen außer sich vor Sorge sein." Er legte eine Hand auf seine Brust. „Es tut mir so leid. Ich muss mich entschuldigen. Wenn ich gewusst hätte ..."

„Es tut mir leid, dass Sie dadurch Umstände haben", sagte Savannah, als sie ihre Stimme wiedergefunden hatte.

Stricklund machte eine wegwerfende Handbewegung. „Keine Sorge wegen mir. Gibt es etwas, was ich tun kann?"

Sie schüttelte den Kopf, berührt von seiner plötzlichen Freundlichkeit und Sorge. „Nein, es gibt nichts, was Sie tun können, Mr. Stricklund."

„Die Polizei, sie suchen nach ihr, oder?"

„Ja, ja, tun sie."

„Es ist nicht genug, da bin ich sicher. Ich habe viele Kontakte, vielleicht kann ich jemanden finden, der Ihnen bei der Suche helfen kann?"

Sie zwang sich zu lächeln. „Das ist sehr nett von Ihnen, aber das ist nicht nötig. Ich habe bereits eine private Firma engagiert, die mir bei der Suche hilft." Und sie hoffte, dass Scanguards den Fall annehmen und Buffy finden würde. Aber sie hatte noch nichts Neues von John gehört. Wieso brauchte er so lange?

„Oh gut, das ist gut. Man kann sich nicht alleine auf die Polizei verlassen."

Sie nickte.

„Nun", sagte er, „dann gehe ich besser." Er nahm ihre Hand und drückte sie. „Ich bin sicher, dass Sie bald wieder mit Ihrem Kind vereint sind. Ich spüre es."

„Danke, Mr. Stricklund."

Er ließ ihre Hand los, nickte Alexi zu und verließ das Büro.

Einen Augenblick lang herrschte nur Stille im Büro und alles, was sie hören konnte, war das Schlagen ihres eigenen Herzens.

„Ist das wahr?"

Sie blickte Alexi an.

„Dass du eine Firma angeheuert hast, die dir bei der Suche nach Buffy hilft? Oder hast du das nur gesagt, um Stricklund loszuwerden?"

„Nein, es ist wahr. Ich habe gestern Abend Scanguards kontaktiert."

„Scanguards?" Alexi runzelte die Stirn und tippte etwas auf der Tastatur, bevor er auf den Bildschirm seines Computers zeigte. „Ich dachte mir doch, dass ich den Namen bereits irgendwo gehört habe. Aber ist das nicht eine Art Sicherheitsfirma? Du weißt schon, Wachmänner, die nachts auf Bürogebäude aufpassen?"

„Ich glaube, das ist nur ein Teil ihrer Arbeit. Sie führen auch Ermittlungen durch."

„Du meinst wie Privatdetektive?"

„Ja. Die Polizei hat sie empfohlen."

„Dann müssen sie gut sein."

Ihre Begegnung mit John und all die Nachforschungen, die sie über die Firma angestellt hatte, sowie Detective Donnellys warmherzige Empfehlung hatten sie überzeugt, dass sie die besten, wenn nicht sogar die einzigen Leute waren, die ihr helfen konnten, Buffy zu finden.

Sie blickte in Alexis Augen. „Das hoffe ich."

Alexi nickte. „Sie werden sie finden. Das müssen sie. Oder es wird hier ziemlich langweilig werden. Wer sonst soll mich mit einer Million Fragen nerven, während ich Termindruck habe, wenn nicht Buffy, hm?" Er lächelte warmherzig.

„Ja, so ist sie, nicht wahr?"

Er zwinkerte ihr zu. „Sie wird einmal so intelligent wie ihre Mutter sein, wenn sie erwachsen ist. Du wirst schon sehen."

Savannah zwang sich zu lächeln. „Danke, Alexi. Du bist der Beste."

8

John hatte sich nicht die Mühe gemacht, bei Sonnenaufgang nach Hause zu fahren, sondern war stattdessen im Büro geblieben, um sich durch die Polizeiberichte über die Entführungen zu arbeiten. Einige Stunden vor Sonnenuntergang duschte er sich im Fitnessstudio im Keller und holte sich etwas Blut aus der V-Lounge, Scanguards' Erholungsbereich, der nur für Vampire geöffnet war. Er ähnelte einer Hotellounge, mit komfortablen Sitzbereichen, einer Bar und einem Kamin. Tagsüber war sie verlassen, doch seine ID-Card verschaffte ihm Zugang zum Sperrbereich.

Er kippte zwei volle Gläser o-negativ hinunter und lehnte sich gegen das Kissen eines der Sofas, um kurz die Augen zu schließen. Er war zu angespannt, um schlafen zu können, doch es fühlte sich gut an, die Augen nach mehreren hundert Seiten von Berichten auszuruhen. Er hatte versucht, darin eine Gemeinsamkeit zu finden, die die Entführungen verband. Ohne Erfolg. Kein Wunder, dass die Polizei ratlos war.

Bei dem Geräusch einer sich öffnenden Tür blinzelte er und erkannte Oliver, einen Vampir, der schon fast drei Jahrzehnte bei Scanguards arbeitete, erst als menschlicher Assistent des Gründers und später, nach seiner Verwandlung, als Bodyguard.

Als Oliver ihn erblickte, winkte er und kam näher. „Hast du Blake gesehen?"

„Nein."

„Du bist früh da."

John blies seinen Atem hinaus. „Eher lange geblieben."

„Hast du hier geschlafen?"

„Ich hatte nicht viel Zeit zum Schlafen." Er zeigte auf das leere Glas vor sich. „Ich bin nur kurz hierher, um aufzutanken."

„Schwerer Fall?"

„Das kannst du laut sagen."

„Hast du gehört, dass Gabriel vorschlägt, die Hybriden regulären Patrouillendienst machen zu lassen?"

John zog eine Seite seines Mundes zu einem leichten Schmunzeln nach oben. Offensichtlich hatte sich Gabriel Johns Worte zu Herzen genommen. „Ich bin gestern Abend zufällig Amaury begegnet. Anscheinend bin ich heute Nacht Babysitter für die Zwillinge."

Oliver lachte und fuhr mit einer Hand durch sein zottiges schwarzes Haar. „Das würde ich nicht als Babysitten bezeichnen. Die zwei sind am weitesten mit dem Training fortgeschritten. Abgesehen von Ryder."

„Mir fällt auf, dass du Grayson nicht auf dieselbe Liste setzt."

Oliver verdrehte die Augen. „Grayson ist etwa so erwachsen wie mein Sohn."

„Dein Sohn ist wie alt, elf?"

„Zwölf."

„Tja, du lässt Grayson besser nicht hören, dass du denkst, dass er nicht erwachsener ist als Sebastian."

„Keine Sorge, ich kann die Klappe halten."

John nickte. „Kann ich dich etwas fragen?"

„Schieß los."

„Du warst doch an dem Blutbordellfall vor ungefähr zwanzig Jahren beteiligt, oder?"

Oliver verkrampfte sich, da die Erinnerung vermutlich nicht gerade angenehm war. Lange bevor John Scanguards beigetreten war, hatte die Firma eine Gruppe Vampire entlarvt, die Dutzende von Frauen als Bluthuren gehalten hatten. Wie Zuhälter hatten sie sie wegen ihres speziellen Blutes an andere Vampire verkauft.

„Ja, war ich. Wir haben Ursula und all die anderen gerettet und den involvierten Vampiren das Handwerk gelegt. Ihren Anführer habe ich höchstpersönlich umgebracht." Ein zufriedenes Funkeln flackerte in Olivers Augen auf. Sie funkelten jetzt golden, da seine vampirische Seite nun an die Oberfläche drang.

„Ja, davon habe ich gehört. Bist du sicher, dass niemand dieser Bande übrig ist?"

„Absolut. Warum fragst du?"

John seufzte. „Es geht um diesen Fall, den ich für Donnelly evaluiere."

„Was hat er dir geschickt?", fragte Oliver interessiert und setzte sich auf den Sessel gegenüber von John.

„Kindesentführungen."

„Hmm."

„Ja. Sie haben keine Spuren. Ich bin die Polizeiberichte durchgegangen, um zu sehen, ob ich Gemeinsamkeiten finden kann."

„Und?"

„Nichts, was ich sehen kann. Einige der Kinder wurden tagsüber entführt, andere nachts." Was eine Beteiligung von Vampiren zweifelhaft erscheinen ließ. „Ich konnte kein Muster feststellen. Und die Kinder stammen aus unterschiedlichen Ethnien. Einige sind schwarz, einige sind weiß, einige asiatisch. Wieder kein Muster. Also versuche ich herauszufinden, ob sie etwas anderes verbindet. Ich dachte an den Blutbordellfall."

Oliver schüttelte den Kopf. „Da kannst du gleich aufhören. Alle Opfer waren Chinesinnen. Als ich mir nach deren Befreiung ihre Hintergründe genauer angesehen hatte, habe ich herausgefunden, dass sie direkt von der Herrschaftslinie des Chinesischen Kaisers abstammten. Sie hatten alle das gleiche Blut. Deshalb wurden sie entführt. Ich sehe nicht, wie Kinder verschiedener Herkunft diese Art Verbindung haben könnten. Ich bezweifle, dass es ihr Blut ist."

John wusste, dass dies weit hergeholt war, doch er wollte nicht, dass etwas unerforscht blieb. „Hmm."

„Haben die Familien Lösegeldforderungen erhalten?"

„Nein. Nicht eine einzige."

„Wie alt sind die Kinder?"

„Zwischen neun und zwölf. Alles Mädchen."

Oliver blickte ihn direkt an. „Alles Mädchen?"

John nickte.

„Hübsche Mädchen? Du weißt schon, in der Art von JonBenet Ramsey?"

John erinnerte sich an die Fotos, die an die Polizeiberichte angehängt waren. „Ja." Er konnte sehen, wie Olivers Gehirn arbeitete und wusste, worauf er hinauswollte. John hatte Stunden zuvor schon den gleichen Gedanken gehabt, jedoch nicht zu dieser Schlussfolgerung kommen wollen.

„Wie viele?"

„Ein Dutzend allein in den letzten fünf oder sechs Wochen."

Oliver seufzte. „Bastarde. Kranke Bastarde."

„Ich hoffte, dass ich falsch liegen würde. Ich habe wirklich gehofft, dass es einfach eine Gruppe abtrünniger Vampire wäre." Das wäre etwas, was er einfach handhaben könnte. Denn er wusste, wie Vampire dachten, er wusste, wie sie handelten. Er kannte ihre Schwachstellen. Ein Vampir war zuallererst hinter Blut her. Was bedeutete, dass die Kinder zwar traumatisiert sein würden, jedoch keine irreparablen Schäden davontragen würden. Nicht so, wie diese Scheißkerle den Kindern schaden würden. Es war schmerzhaft, dem Ganzen einen Namen zu geben. „Es ist ein Pädophilen-Ring."

Oliver presste die Lippen zu einer ernsten Linie zusammen. „Das wäre auch meine Vermutung." Er stand von seinem Sessel auf. „Es tut mir leid, Kumpel, doch da draußen gibt es viele kranke Schweine."

„Ja, sehr kranke."

ZWEI STUNDEN später betrat John den kleinen Besprechungsraum im Stockwerk der Führungsriege, wo die Büros der Direktoren von Scanguards lagen. Drei Leute warteten bereits auf ihn: Samson, Gabriel und Quinn, der Olivers Schöpfer war und nicht älter als fünfundzwanzig aussah. Mit seinem attraktiven blonden Haar strahlte er die Aura eines absoluten Schürzenjägers aus, doch er war glücklich an eine Vampirin gebunden. Alle drei saßen tief ins Gespräch vertieft um den Konferenztisch herum und blickten auf, als John eintrat.

Samson strahlte trotz seiner legeren Kleidung Autorität aus. Seine haselnussbraunen Augen waren wachsam, sein schwarzes Haar zurückgestylt und seine Schultern entspannt.

„Abend, Samson." John nickte den anderen zu. „Gabriel. Quinn."

„Setz dich, John. Bring uns auf den neuesten Stand", sagte Samson und zeigte auf den Stuhl gegenüber. „Ich höre, Donnelly versucht, uns dazu zu bringen, einen Fall zu übernehmen. Was hast du gefunden?"

John setzte sich und legte die Akte vor sich auf den Tisch, öffnete sie jedoch nicht. Das musste er nicht. Er hatte sich jede sachdienliche Tatsache eingeprägt. Und jetzt musste er stichhaltige Argumente liefern, damit Scanguards den Auftrag annahm. Er hatte das schon dutzende Male gemacht, doch noch nie mit so wenigen überzeugenden Gründen und so viel aufrichtiger Leidenschaft.

„Während der letzten paar Wochen gab es eine große Zahl von Kindesentführungen in der Bay Area. Alle waren Mädchen zwischen neun und zwölf. Es wurden keine Lösegeldforderungen gestellt. Die Kinder sind einfach verschwunden."

„Und du glaubst, dass Vampire in ihr Verschwinden involviert sind?", fragte Samson.

„Wenn man bedenkt, dass einige der Kinder bei Tageslicht entführt wurden, nein. Aber –"

„Warum diskutieren wir das dann überhaupt?", fragte Samson. „Gib den Fall wieder an Donnelly zurück."

„Ich glaube nicht, dass die Sache so eindeutig ist", protestierte John. „Der Fall ist riesig. Donnellys Leute werden ihn nicht lösen können."

„Das mag schon sein, doch unsere Abmachung mit dem SFPD ist eindeutig: Wir mischen uns nur ein, wenn wir es mit übernatürlichen Geschöpfen zu tun haben. Wir haben einfach nicht die Leute, um mehr als das zu tun." Samson machte sich dran, aufzustehen.

John schoss von seinem Stuhl hoch. „Bitte, hör mich an, Samson. Ich glaube, dass wir es mit Kinderschiebern zu tun haben. Es sind kleine Mädchen. Wenn wir ihnen nicht helfen, sind sie vielleicht für immer verloren."

Samson schloss seine Augen kurz und seufzte. „Glaub nicht, dass ich herzlos bin, John. Das bin ich nicht. Ich bedauere die Kinder und ihre Eltern, aber wir können uns nicht mehr aufhalsen, als wir erledigen können." Er wechselte einen Blick mit Gabriel und Quinn.

Quinn klopfte auf die Akte vor sich. „Jeder hier hat mehr als einen

Auftrag zu viel zu erledigen. Wir sind eh schon unterbesetzt. Und da wir einige unserer Männer abziehen mussten, um unseren Verpflichtungen den Hütern der Nacht gegenüber nachzukommen, haben wir einfach zu wenig Leute.“

John wusste das. Erst vor ein paar Monaten war Scanguards eine Allianz mit den Hütern der Nacht eingegangen. Sie hatten eine Abmachung getroffen, sich gegenseitig im Kampf gegen das Böse beizustehen, und als Resultat daraus hatte Scanguards einige Mitarbeiter abgezogen, um den unsterblichen Kriegern bei ihrem Kampf gegen die Dämonen zu helfen, während die Hüter der Nacht immer dann halfen, wenn ihre Fähigkeiten von Scanguards benötigt wurden. Momentan war jedoch der Kampf der Hüter der Nacht gegen die Dämonen wichtiger als Scanguards’ Personalmangel.

„Aber das ist wichtig. Wir reden über Kinder. Unschuldige. Ich glaube nicht, dass Donnellys Leute das schaffen können. Sie haben keine Spuren.“

„Hast du welche?“, warf Gabriel zurück.

John schluckte. „Noch nicht. Aber ich kann es spüren. Es gibt eine Verbindung zwischen diesen Kindern, die mich zu den Tätern führen wird. Ich werde sie finden. Ich werde Tag und Nacht arbeiten, wenn ich muss.“

Gabriel schüttelte den Kopf. „John, sei vernünftig. So sehr wir alle diesen Familien helfen wollen, ihre Kinder zurückzubekommen, wäre das auf Kosten anderer, die wir zu schützen geschworen haben. Wenn die Umstände anders wären, wenn wir mehr Männer zur Verfügung hätten, würden wir diesen Fall ohne Frage annehmen. Aber uns sind die Hände gebunden.“

„Und du kannst nicht Tag und Nacht arbeiten“, fügte Samson hinzu. „Ich würdige dein Engagement. Aber wenn du vierundzwanzig Stunden am Tag sieben Tage die Woche arbeitest, wirst du dich überarbeiten und du wirst einen Fehler machen. Einen, der dir oder jemandem, der dir wichtig ist, das Leben kosten wird. Ich kann das nicht zulassen.“

„Und wenn eines dieser Kinder dein Kind wäre?“, bellte John, wobei ihm bewusst wurde, dass er mit seinen Worten der Gehorsamsverweigerung nahekam.

Samson kniff die Augen zusammen. „Ich werde diese Frage ignorieren. Verstehst du mich, John? Gib den Fall wieder an Donnelly zurück. Das ist ihr Fall. Sie haben die Ressourcen. Sie werden schließlich einen Durchbruch machen.“

„Schließlich? Das könnte für diese Kinder zu spät sein.“ Vielleicht war es bereits zu spät. Vielleicht hatten einige von ihnen bereits Dinge erlebt, die sie für den Rest ihres Lebens schädigen würden.

Samson seufzte. „Wenn sich etwas ändert, wenn wir Männer aufbringen können, um zu helfen, werden wir das. Aber beim gegenwärtigen Stand wird das vermutlich nicht in nächster Zeit geschehen. Es tut mir leid.“ Er stand auf und marschierte aus dem Raum.

John blieb an Ort und Stelle stehen und starrte Gabriel und Quinn an. Beide erwiderten seinen Blick mit Bedauern. John warf Gabriel einen flehenden Blick zu. „Und die Hybriden? Können sie nicht eingeteilt werden?“

„Sind sie bereits“, sagte Gabriel und zeigte auf Quinn. „Quinn hat sie bereits gemäß ihren Fähigkeiten und ihrem Training in den Dienstplan eingetragen. Wir werden sie nutzen, wo wir können. Und viel eher, als mir lieb ist.“

„Du weißt, was diese Leute mit den Kindern tun werden, oder nicht?“, fragte John mit angespanntem Kiefer und geballten Fäusten. „Was sie vielleicht bereits getan haben.“

Gabriel drückte die Augen einen Augenblick lang zu, wobei die Narbe in seinem Gesicht zu pulsieren schien. Dann stand er auf. „John, du hast deine Befehle.“

Er verließ den Raum, während Quinn die Papiere durchblätterte. „Damian und Benjamin warten auf dich in der V-Lounge. Ich schlage vor, du machst mit deiner Arbeit weiter.“ Er stand auf und ging zur Tür. Mit einem Blick über seine Schulter ergänzte er: „Ich wünschte, es gäbe etwas, was ich tun könnte.“

John knurrte vor sich hin und wartete, bis Quinn den Raum verlassen hatte. Dann sank er wieder auf seinen Stuhl und die Erschöpfung und der Schlafmangel holten ihn ein. Oder vielleicht war es einfach das Wissen, dass er Savannah schlechte Nachrichten überbringen musste.

Scanguards würde ihr nicht dabei helfen, Buffy zu finden.

9

Die Zwillinge waren tatsächlich in der V-Lounge, aber sie wirkten nicht am Boden zerstört, weil sie auf John hatten warten müssen. Die ziemlich liebreizende Bardame, eine Vampirin, sorgte dafür, dass die gut aussehenden jungen Vampire sich nicht langweilten. Genau wie ihr Vater, Amaury, hatten Benjamin und Damian dunkle Haare und blaue Augen, zusammen mit breiten Schultern und einem Übermaß an Charme. Es war einfach, sie auseinanderzuhalten, obwohl sie eineiige Zwillinge waren, denn ihre Auren waren unterschiedlich.

John mochte die beiden Hybriden. Sie waren intelligent und er kam gut mit ihnen aus. Mehr als das, es machte Spaß, sie um sich zu haben. Sie hatten einen guten Musikgeschmack, einen trockenen Humor und waren nicht leicht reizbar. Sie beide liebten Autos und fuhren Porsches, dasselbe Modell wie ihr Vater. Und obwohl sie ihre Eltern liebten, waren sie die Art Söhne, die eigenständig waren und wussten, dass ihre Eltern ein Paar waren, das Freiraum brauchte. Deshalb waren sie vor Kurzem aus dem Penthaus ihrer Eltern im Tenderloin District, einer eher heruntergekommenen Gegend im Zentrum San Franciscos, ausgezogen und lebten nun in einer Wohnung im selben Gebäude, welches Amaury gehörte.

„Hey, John“, rief Damian ihm zu. „Willst du etwas trinken, bevor wir losziehen?“

Da John schon zuvor genug Blut zu sich genommen hatte, als die Lounge noch leer gewesen war, schüttelte er den Kopf. „Nein danke. Trinkt aus."

Benjamin kippte die letzten paar Zentimeter seines Glases hinunter und wischte sich dann einen Tropfen Blut vom Kinn. Obwohl Hybriden Blut tranken – sie mussten das tun, um ihre vampirische Stärke zu behalten – konnten sie auch menschliche Nahrung zu sich nehmen. Benjamin und Damian nahmen haufenweise von beidem zu sich und hatten die körperliche Stärke, um das zu beweisen.

Damian warf der Bardame ein charmantes Grinsen und ein vielversprechendes Zwinkern zu und stellte dann das leere Glas auf den Tresen. „Bis später, Babe. Muss die Welt retten."

Sie kicherte und hauchte ihm einen Kuss zu.

John hielt sich zurück, die Augen zu verdrehen, und wartete, dass die Zwillinge sich zu ihm gesellten.

„Wohin?", fragte Damian und klopfte John kumpelhaft auf den Rücken.

„Sag du es mir. Du bist ja derjenige, der die Welt retten will", konterte John.

Benjamin schlug seinem Bruder auf den Hinterkopf und sagte: „Blödmann!"

Statt beleidigt zu sein, lachte Damian nur. „Du hättest ihr dasselbe gesagt, aber ich war schneller."

„Gut, dass du immer etwas schneller bist als ich. Ich will dir doch nicht in die Quere kommen, wenn du dich zum Affen machst."

„Sollen wir, Gentlemen?", unterbrach John und zeigte auf die Tür.

Sowohl Benjamin als auch Damian machte eine übertriebene Verbeugung, als hätten sie es einstudiert, und lachten dann, als sie realisierten, dass sie beide das Gleiche gedacht hatten.

„Ernsthaft, John", sagte Damian, als er und sein Bruder ihm zum Aufzug folgten. „Was ist für heute Nacht geplant?"

„Ja, wobei können wir dir helfen?", fügte Benjamin hinzu.

„Helfen?" Er bezweifelte, dass einer der beiden Witzbolde ihm bei dem helfen könnte, was er als Erstes tun musste. „Ihr könnt in eure Autos steigen und mir folgen. Ich muss noch einen kurzen Besuch machen."

„Toll, wen besuchen wir?", fragte Damian.

Die Aufzugtüren öffneten sich und John trat, gefolgt von den beiden

Hybriden, hinein. „Ihr besucht niemanden. Ihr beide werdet in euren Autos bleiben und auf mich warten. Es wird nur zwei Minuten dauern. Verstanden?“

„Ja, Sir!“, sagten sie im Einklang.

Nun, zumindest hatten sie gelernt, Befehle zu befolgen. Das war ein Anfang.

Minuten später saß John am Steuer seines Mercedes und schoss aus der Tiefgarage. Ihm folgten zwei Porsche Carreras. Er nahm die kürzeste Route nach Lower Pacific Heights, da er das Unausweichliche nicht hinauszögern wollte. Sicher, er hätte stattdessen auch anrufen können, doch da war immer noch die Sache mit seiner Jacke. Er hatte sie Savannah geliehen und sie in der Nacht zuvor in ihrer Wohnung vergessen. Das war der einzige Grund, warum er zu ihr fuhr, um sie persönlich zu sprechen.

Und nicht, weil er sie noch einmal sehen wollte.

Ja, nicht einmal er glaubte das. Seine Jacke könnte ihm nicht weniger egal sein. Eigentlich war sie nicht einmal in den Top Ten seiner Lieblingskleidungsstücke. Wenn er sie während eines Kampfes verlieren würde, würde er definitiv nicht für sie zurücklaufen. Und doch benutzte er seine Jacke als passende Ausrede dafür, Savannah zu besuchen. Wie erbärmlich! Er sollte nicht so dumm sein. Sie würde nicht nur enttäuscht und wütend sein, sobald er ihr die Nachricht überbrachte, dass Scanguards ihr nicht helfen würde, Buffy zu finden, er würde sich auch noch selbst damit foltern, in ihrer Nähe zu sein. Ja, er konnte es sich ruhig eingestehen. Er konnte an nichts anderes mehr denken, als ihren Duft wieder einzuatmen, seit er ihr vor weniger als vierundzwanzig Stunden Gute Nacht gesagt hatte.

Aber daraus würde nichts werden. Denn er konnte es nicht erlauben. Er konnte sich nicht erlauben, dem Verlangen nachzugeben, das plötzlich in ihm hochkam. Das Verlangen, mit einer Frau zusammen zu sein, wo es nicht nur um fleischliches Vergnügen ging, sondern darum, ein anderes Wesen in sein Herz zu lassen, nur damit er wusste, dass er noch eins hatte. Dass es immer noch schlug. Dass es nicht zusammen mit Nicolette vor vier Jahren gestorben war. Aber eine andere Frau hineinzulassen würde bedeuten, Nicolette zu betrügen, ihre Liebe zu betrügen. Eine Liebe, von der er geschworen hatte, dass sie auf ewig halten würde.

Doch hier war er nun, stoppte seinen Wagen vor Savannahs Wohnung und stellte den Motor ab. Er blieb schweigend sitzen. Er brauchte seine Jacke nicht, könnte einfach sein Handy herausholen und ihre Nummer wählen, ihr übers Telefon sagen – auf geschäftliche, leidenschaftslose Art – dass Scanguards sich entschieden hatte, ihren Fall nicht anzunehmen. Schließlich hatte er sie gewarnt. Er hatte ihr schon vorher gesagt, dass Scanguards nicht jeden Fall annahm – auch wenn er ihr den wahren Grund verschwiegen hatte.

Es gab keine Beweise dafür, dass Vampire in das Verschwinden der Kinder involviert waren. Mit jedem Polizeibericht, den er gelesen hatte, hatte sich diese Überzeugung verhärtet. Und obwohl er Samson und Gabriel hätte anlügen und behaupten können, dass es Hinweise auf Vampire gab, wusste er, dass es nicht richtig war. Er konnte seinen Vorgesetzten die Entscheidung nicht einmal übelnehmen. In ihren Schuhen hätte er dieselbe Wahl getroffen.

Und nun lag es an John, der Überbringer schlechter Nachrichten zu sein.

Er blickte auf das Handy in seiner Hand, dann auf den Türgriff. Sein Herz schlug wie ein Presslufthammer und er konnte das Blut durch seine Adern rauschen hören, wobei das Geräusch, das in seinen Ohren grollte, wie ein Sturm über ihm klang.

Zeit für eine Entscheidung.

SAVANNAH schoss von ihrer Couch hoch. War sie eingenickt? Das würde sie nicht überraschen. Schließlich hatte sie die Nacht zuvor kaum geschlafen und während des Tages war sie kreuz und quer durch die Stadt gefahren und hatte jeden Ort besucht, zu dem sie Buffy je mitgenommen hatte. Sie wusste, dass es weit hergeholt war, doch einfach herumzusitzen, nichts zu tun, hilflos zu warten, war schlimmer.

Da war es wieder, das Geräusch, das sie geweckt hatte: die Türklingel. Sie raste zur Sprechanlage. „Ja?"

„Hier ist John Grant."

Sie drückte den Türöffner, riss die Tür auf und sah zu, wie er die Treppe zum ersten Stock heraufkam. Sie konnte sein Gesicht nicht sehen – die Glühbirne musste ausgebrannt sein, nachdem sie nach Hause gekommen war. Als er den Treppenabsatz erreichte und das Licht aus dem Gang sein Gesicht erhellte, wusste sie, dass er keine guten Nachrichten brachte.

„Nein“, murmelte sie leise. „Buffy? Haben Sie –“

Er griff nach ihrer Hand und stoppte sie mit einem schnellen Kopfschütteln. „Keine Neuigkeiten über Buffy“, sagte er.

Ihr Herz beruhigte sich etwas. Doch sein ernster Gesichtsausdruck beunruhigte sie weiterhin. „Etwas stimmt nicht, oder?“

Er schloss die Tür hinter sich. „Wir müssen reden.“

Sie hasste diese Worte, denn sie bedeuteten nie etwas Gutes. Mit zitternden Händen zeigte sie zum Wohnzimmer und folgte ihm. Er setzte sich nicht, sondern drehte sich zu ihr um und blickte ihr in die Augen. Er schien sich sichtlich unbehaglich zu fühlen.

„Als Sie gestern in mein Büro kamen, habe ich erwähnt, dass Scanguards nicht jeden Fall, der uns vorgelegt wird, annimmt“, fing er an.

Ihr Atem blieb ihr in der Kehle stecken wie ein fetter Weihnachtsmann in einem zu engen Kamin.

John senkte seinen Blick auf seine Schuhe. „Es tut mir leid. Aber wir können Ihnen nicht helfen.“

Sie schüttelte den Kopf. Ungläubigkeit kollidierte mit der realen Angst, dass sie ihre Tochter nie wiedersehen würde. „Nein. Nein. Bitte, sagen Sie das nicht.“

Sie erkannte ihre eigene Stimme nicht. Schrill, flehend, hysterisch. Ja, sie war all das. Denn sie war eine Mutter, eine Mutter, die Angst um ihre Tochter hatte. Eine Löwin, die bereit war, alles zu tun, um ihr Junges zurückzubekommen.

„Es tut mir leid, Ms. Rice, ich wünschte, es gäbe etwas, das ich tun könnte. Aber die Entscheidung ist endgültig.“

Sie schüttelte den Kopf und trat einen Schritt näher auf ihn zu. „Bitte, ich werde mehr bezahlen. Das Doppelte von dem, was Sie normalerweise verlangen. Ich habe Geld, das können Sie nachprüfen. Ich zahle, was auch immer es kostet.“

„Es geht nicht ums Geld. Wirklich nicht.“

„Worum geht es dann? Bitte sagen Sie es mir. Was kann ich tun, damit sie mir helfen, meine Tochter zu finden? Bitte, Sie sind meine einzige Hoffnung!“ Sie spürte, wie Tränen in ihre Augen stiegen, doch sie drängte sie zurück. „Die Polizei ist nicht in der Lage, irgendeines der anderen Kinder zu finden, und sie werden schon länger als Buffy vermisst. Sie wissen, dass die Polizei mir nicht helfen kann. Aber ich weiß, dass Sie es können." Sie wusste nicht, woher diese Zuversicht stammte, aber ihre Instinkte sagten ihr, dass John Buffy finden würde. Wenn er nur zustimmen würde, ihr zu helfen.

„Das können Sie nicht wissen. Es gibt keine Garantie. Selbst wenn wir den Fall annehmen. Aber ich kann nicht. Mir sind die Hände gebunden."

Mitgefühl lag in seiner Stimme, obwohl er weiterhin ablehnte. Sie hatte dieses Mitgefühl bereits zuvor gespürt, als er sie das erste Mal über Buffy befragt hatte. Genauso wie sie noch etwas anderes in jener Nacht bemerkt hatte. Etwas, das sie jetzt ausnutzen würde. Für Buffy.

„Wenn Sie kein Geld wollen, dann vielleicht etwas anderes?" Sie packte seine Hand. „Alles, was Sie wollen." Sie blickte ihm in die Augen und kam näher, sodass ihr Körper nur Zentimeter von seinem viel größeren entfernt war. „Ich werde dir alles geben. Alles."

Etwas flackerte in seinen Augen, fast so, als würde sich eine Flamme entzünden. Sie hatte es in der vorherigen Nacht nicht falsch interpretiert. Hatte die verstohlenen Blicke, die er ihr zugeworfen hatte, nicht falsch gedeutet. Die Blicke eines Mannes, der etwas wollte. Der sie wollte – oder zumindest ihren Körper.

Doch jetzt reagierte er nicht. Er stand wie versteinert an Ort und Stelle und seine Augen schienen das einzig Lebendige an ihm zu sein. Aber sie würde nicht aufgeben, nicht, wenn sie gerade seinen Schwachpunkt entdeckt hatte.

„Ich schlafe mit dir, so oft du willst, wann immer du willst. Du kannst alles von mir verlangen, egal was es ist, ich werde es tun. Ich werde ohne Protest alle deine Fantasien erfüllen." Sie nahm seine Hand und führte sie zu ihrer Brust, sodass er einen ihrer runden Hügel umfasste. Seine Augen schienen zu schimmern, und seine Lippen öffneten sich. „Ich habe gesehen, wie du mich gestern Nacht angesehen hast. Zieh mich aus, wenn du willst. Berühre mich. Ich weiß, dass du es willst." Sie packte seine andere Hand und legte sie auf ihre andere Brust. Unter seinen Handflächen, obwohl diese regungslos waren, konnte sie spüren, wie sie selbst auf ihn reagierte. Ihre Nippel wurden hart, aber sie verstand nicht warum. Hier ging es nicht um

Vergnügen. Hier ging es um eine Abmachung, die sie treffen würde. Ihr Körper im Austausch gegen seine Hilfe.

„Ms. Rice", presste er heraus, wobei sich seine Lippen kaum bewegten. „Tun Sie –"

„Savannah", korrigierte sie ihn. Dann legte sie ihre Hände über seine und drückte sie, sodass er gezwungen war, ihre Brüste zu drücken. „Bitte, du kannst all das hier haben. Du kannst mich haben. Ich tue, was immer du willst. Ich werde dafür sorgen, dass du es genießt. Ich verspreche es. Du kannst hier und jetzt mit mir schlafen." Sie senkte ihre Hände zu seinem Schritt. Härte begrüßte sie dort. Er war nicht so unberührt, wie seine Haltung andeutete. „Oder ich kann dir einen blasen. Wäre dir das lieber? Willst du mich auf den Knien, mit deinem Schwanz in meinem Mund?" Es war ihr egal, was sie tun musste, um ihn dazu zu bewegen, ihr zu helfen. Ihr Stolz war völlig verschwunden. Sie konnte nur an ihre Tochter denken.

Seine Hände auf ihren Brüsten waren plötzlich verschwunden. Bevor sie etwas sagen oder tun konnte, umfassten Johns Hände ihr Gesicht und er presste seinen Mund auf ihre Lippen. Es war ein Kuss, den sie nicht erwartet hatte. Ein Kuss, der nur als ungezähmt beschrieben werden konnte. Und, zu ihrer Überraschung, nicht ungewollt. Weder von ihr noch von ihm. Sie spürte sein Verlangen, ein Verlangen, das sie in seinen Augen gesehen hatte und dem er jetzt nachkam. Und trotz des Grundes, aus dem sie ihn zu verführen versuchte, reagierte ihr Körper auf ihn. Reagierte, als wäre er ein Mann, den sie begehrte.

Er schmeckte nach Macht und Stärke und sie hatte vergessen, wie so ein Mann schmeckte. Sein Mund war wild und seine Zunge verlangte nach Unterwerfung. Sie widersetzte sich nicht, hätte es auch nicht können, selbst wenn sie gewollt hätte. Sie erwiderte seinen Kuss und ließ eine Hand an seinen Nacken und die andere an seine Taille gleiten, damit er nicht fliehen konnte, sich nicht anders überlegen konnte, dass er die Abmachung, die sie angeboten hatte, angenommen hatte. Sie presste ihren Körper an seinen und hörte ihn als Antwort darauf stöhnen. Doch er befreite sich nicht, stattdessen drückte er sie zurück gegen die Wand und hielt sie zwischen ihr und seinem ebenso harten Körper fest.

Sie stöhnte, unfähig das unerwartete Vergnügen im Zaum zu halten, das der Kuss in ihr entzündet hatte.

John schien als Antwort auf ihre Reaktion noch leidenschaftlicher zu werden. Er ließ eine Hand auf ihren Hintern gleiten und umfasste ihn, als hätte er jedes Recht dazu. Und das hatte er. Sie hatte ihm dieses Recht gegeben, indem sie ihm einen Freifahrtschein ausgestellt hatte. Indem sie ihm angeboten hatte, mit ihrem Körper machen zu dürfen, was ihm gefiel. Doch sie hatte nicht erwartet, dass es *ihr* so sehr gefallen würde.

Plötzlich spürte sie kalte Luft an ihren Lippen und realisierte, dass er nicht nur den Kuss beendet hatte, sondern auch die Umarmung. Er stand jetzt ein paar Schritte entfernt von ihr. Sie musste so hypnotisiert von dem Kuss gewesen sein, dass sie nicht gesehen oder gespürt hatte, dass er sich bewegt hatte.

Er atmete schwer und starrte sie an, wobei sich das Licht der Lampe neben der Couch in seinen Augen spiegelte, was sie golden schimmern ließ. Es lauerte etwas Schönes und doch Gefährliches in diesen Augen.

„Es tut mir leid", würgte er hervor, als könnte er kaum sprechen, weil sein Kiefer so angespannt war, dass er den Mund kaum öffnen konnte. „Ich hätte das nicht tun sollen."

Sie fühlte sich plötzlich nackt, entblößt. „John ..." Sie wusste nicht, was sie jetzt sagen, was sie jetzt tun sollte, also tat sie nichts.

„Das ist falsch. Ich kann das nicht tun."

Ihr Herz zerbrach. Er wollte sie nicht. Was bedeutete, dass er die Abmachung nicht eingehen würde. Er würde ihr nicht helfen. Sie schlug sich die Hand vor den Mund, um sich vom Schluchzen abzuhalten. Sie hatte sich gedemütigt und wofür? Für nichts. Sie senkte den Kopf, konnte nicht ertragen, dass er die Verzweiflung in ihren Augen sah.

Warum ging er nicht? Warum war er nicht bereits an der Tür und stürmte aus ihrer Wohnung? Genoss er ihre Demütigung, ihre Niederlage?

„Ich kann nicht annehmen, was du anbietest. So ein Mann bin ich nicht. Ich würde nie so tief sinken."

„So tief sinken ...", wiederholte sie. „Ja, du hast recht."

Sie spürte plötzlich, wie seine Hände sie an den Oberarmen packten und er damit ihren Blick auf sein Gesicht zog.

„Du verstehst mich falsch. Ich würde nie eine Frau ausnutzen, die verwundbar ist. Was ich gerade gemacht habe, war ein Fehler und ich entschuldige mich dafür. Aber ich bin nur ein Mann und es gibt Momente, in denen ich einfach nicht gegen mein Verlangen ankämpfen kann. In denen sogar ich nicht stark genug bin. Es ist nicht deine Schuld. Du hast getan, was du als richtig erachtet hast. Es ist allein meine Schuld. Ich hätte widerstehen sollen."

Seine Schuld? Wo sie sich ihm doch an den Hals geworfen hatte? Ihn angefleht hatte, sie zu nehmen? Wie konnte es da seine Schuld sein?

„John, ich –"

„Nein, bitte, ich muss das wiedergutmachen." Er schluckte. „Ich werde dir helfen, Buffy zu finden. Ich werde alles in meiner Macht Stehende tun, all meine Fähigkeiten, meine Verbindungen, meine Ressourcen einsetzen, was auch immer nötig ist, um deine Tochter wieder gesund nach Hause zu bringen." Er ließ ihre Arme los und trat einen Schritt zurück. „Aber ich werde keine Bezahlung von dir annehmen. Weder dein Geld noch deinen Körper. Du solltest deinen Körper nie an jemanden verkaufen müssen. Egal aus welchem Grund."

Ihre Lippen öffneten sich und ein überraschter Lufthauch entkam ihrer Lunge. Hatte sie richtig gehört? „Du wirst mir helfen? Du nimmst den Fall an?"

Er nickte.

„Und du willst keine ..." Sie zögerte und suchte sein Gesicht.

Ihre Blicke verbanden sich.

„Ich will nichts, was mir nicht bereitwillig angeboten wird. Du glaubst vielleicht im Moment, dass du nichts dagegen hättest, mit mir zu schlafen, aber du würdest mich später dafür hassen. Glaub mir das. Es ist das Beste, es nie wieder zu erwähnen."

So tun, als hätte ihr leidenschaftlicher Kuss nie stattgefunden?

Langsam nickte sie. Ihr Respekt für ihn hatte sich gerade verdreifacht. Sie kannte keinen Mann, der ihr Angebot ablehnen und ihr trotzdem helfen würde. Nur ein Heiliger würde das tun. Oder ein Eunuch. Und John war weder das eine noch das andere. Er war erregt gewesen und sein Kuss war erfahren und leidenschaftlich gewesen. Nein, John war kein Heiliger. Er mochte Sex. Er fand sie attraktiv. Und trotzdem hatte er nein gesagt, obwohl er ihr gleichzeitig versprach, ihr bei der Suche nach Buffy zu helfen.

Nein, John war kein Heiliger. Er war ein Mann von Ehre und Integrität. Ein Mann, dem sie vertrauen konnte.

10

John spürte, dass seine Fangzähne sich endlich wieder ganz eingezogen hatten. Die Gefahr war gebannt. Fürs Erste. Doch er befand sich immer noch in Savannahs Wohnung, immer noch in ihrer Gegenwart. Und er konnte sie immer noch auf seiner Zunge schmecken.

Er hatte impulsiv gehandelt, ohne nachzudenken. Wie ein Tier. Er hatte die Beherrschung verloren und keine andere Wahl gehabt, als seinem Körper zu geben, was dieser wollte. Was Savannah ihm sogar angeboten hatte. Aus einer Notlage heraus angeboten hatte. Und genau das war der Grund, warum sein Verstand schließlich über seine niederen Triebe triumphiert hatte und er sich aus ihren Armen hatte lösen können. Keinen Augenblick zu früh, denn seine Fänge hatten sich bereits ausgefahren und für den Biss bereit gemacht, nach dem er sich sehnte. Savannah hatte keine Ahnung, wie nahe sie daran gewesen war, herauszufinden, was er wirklich war. Nicht der Held, für den sie ihn hielt, sondern ein Vampir, dem nach ihrem Blut gelüstete.

„Danke", murmelte sie.

Er würdigte ihre Worte mit einem Nicken. Sie war vermutlich erleichtert, dass sie ihr Angebot nicht einlösen musste. Welche Frau würde sich schon bereitwillig einem Fremden hingeben, ihm die Erlaubnis geben, alles mit ihr zu machen, was er wollte, ohne überhaupt zu wissen, wie verdorben dieser Mann vielleicht war? Nicht dass John sich als verdorben bezeichnen würde, doch er hatte einen gewissen Appetit, und dieser war unersättlich. Ein schneller Fick in der Missionarsstellung würde nicht ausreichen, seinen Hunger zu stillen. Insbesondere da er sich dieser Aktivität schon eine ganze Weile nicht mehr hingegeben hatte.

„Ich sollte jetzt gehen", sagte er.

Sie nickte zustimmend, bewegte sich jedoch nicht. „Was wirst du tun, um sie zu finden?"

„Ich muss alle Personen in Buffys Leben überprüfen. Außerdem muss ich herausfinden, was sie mit den anderen verschwundenen Kindern gemeinsam hat. Dinge wie zur selben Schule zu gehen, denselben Babysitter zu haben, dieselben Ärzte, irgendetwas, was sie verbindet. Es muss etwas geben."

„Ich verstehe. Wenn es etwas gibt, mit dem ich dir helfen kann ..."

„Ich habe deine E-Mail mit den Informationen über deine Angestellten bekommen. Mit ihnen werde ich beginnen." Er erwähnte nicht, dass er bereits die Babysitterin und deren Wohnung überprüft hatte. „Ich melde mich bald. Aber wenn du dich an irgendetwas erinnerst, selbst wenn es unwichtig erscheint, will ich, dass du mich anrufst. Tag oder Nacht." Er zog eine Visitenkarte heraus und gab sie ihr. Nur sein Name und seine Handynummer standen darauf. „Das ist meine Privatnummer. Ruf mich nur auf dieser Nummer an, egal wie spät es ist, selbst wenn du denkst, dass ich vielleicht schlafe."

Sie nahm die Karte entgegen. „Mache ich."

Mit einem letzten Blick auf Savannah trat John an ihr vorbei in den Gang und verließ die Wohnung. Unten angekommen öffnete er die Haustür und ging hinaus, froh, in der kühlen Nachtluft wieder atmen zu können und sich von Savannahs köstlichem Duft zu befreien. Einem Duft, der ihn verrückt vor Verlangen machte.

Die Zwillinge warteten auf ihn, auf der anderen Straßenseite an einen der Porsches gelehnt. Sie grinsten einander an.

John überquerte die Straße und gesellte sich zu ihnen.

„Ich hoffe, dass wir dich nicht unter Zeitdruck gesetzt haben", sagte Benjamin mit einem verschmitzten Grinsen.

„Wie ich bereits sagte, war es nur eine kurze Besorgung."

Damian zeigte auf das Gebäude. „Ja, das konnte man sehen. Kurz, aber sicher den Aufwand wert." John blickte über die Schulter und starrte zu dem hell erleuchteten Fenster im ersten Stock hinauf. Das Wohnzimmer, wo er Savannah geküsst hatte. Und durch das Fenster sah man sogar genau die Stelle, wo er Savannah gegen die Wand gedrückt und geküsst hatte, fast so, als hätte ein Fotograf es so arrangiert. Mit der außerordentlichen Sehkraft, die Hybriden mit Vampiren gemeinsam hatten, hatten die Zwillinge alles so genau gesehen, als hätten sie vor einem Fernseher gesessen.

Scheiße!

John wandte seinen Kopf zurück zu Damian und Benjamin und schaute die beiden finster an. „Das geht euch verdammt nochmal nichts an. Kein Wort. Ist das klar?"

Die beiden Hybriden wechselten einen Blick und nickten dann.

„Wir meinten es nicht böse", sagte Damian.

Benjamin fügte hinzu: „Du hast ein Recht auf deine Privatsphäre. Wir mischen uns nicht ein."

„Gut. Zeit für eure praktische Ausbildung."

„Ausgezeichnet, was werden wir machen?", fragte Damian ungeduldig und beide Hybriden starrten ihn erwartungsvoll an.

Plötzlich hatte er die rettende Idee. Es war egal, dass Scanguards den Entführungsfall abgelehnt hatte, denn alles, was er brauchte, waren ein paar Jungs, die für ihn herumschnüffeln konnten. Und direkt vor ihm standen zwei sehr eifrige – und ziemlich fähige – Kerle, die jedem seiner Befehle folgen würden, nur um zu beweisen, dass sie bereit für ihre letzte Prüfung waren, die sie endlich zu vollwertigen Mitgliedern von Scanguards machen würde.

Aber er musste sicherstellen, dass sie sich der Regeln bewusst waren. Und John bestimmte die Regeln. Denn die nächsten paar Tage würde er ihr Vorgesetzter sein, derjenige, der entschied, womit sie ihre Zeit verbrachten.

„Hört zu. Ich habe mich entschieden, dass ihr weit genug seid, um an einer *streng geheimen* Operation teilzunehmen. Niemand, und ich meine niemand, darf etwas über diese Mission erfahren. Das ist von höchster Wichtigkeit, wenn ihr den Test bestehen wollt. Verstanden?"

Beide grinsten. „Cool!"

„Während dieser Mission müsst ihr davon ausgehen, dass jeder bewaffnet und gefährlich ist, denn das könnten sie sein. Hier wird scharf geschossen. Jeder könnte euch jederzeit angreifen, Mensch oder Vampir. Ihre Waffen werden echt sein, genauso wie ihre Kugeln und ihre Absicht, euch zu verletzen. Vertraut niemandem, außer mir und einander. Jeder ist ein Verdächtiger, bis ihr das Gegenteil beweisen könnt."

Sie nickten eifrig und ihre Augen waren vor Aufregung geweitet.

„Seid äußerst vorsichtig bei allem, was ihr tut. Betrachtet das als eine echte Mission, nicht als eine Übung. Bleibt im Verborgenen. Niemand darf herausfinden, dass ihr keine Menschen seid. Nutzt jede Fähigkeit, die ihr für notwendig erachtet."

„Ja, natürlich", sagte Damian ziemlich ungeduldig. „Komm schon, mach nicht so ein Geheimnis darum. Was ist unsere Aufgabe?"

John blies seinen Atem langsam hinaus. „Die Aufgabe ist, einen Kinderschieberring aufzudecken und Dutzende von Mädchen zwischen neun und zwölf Jahren zu retten."

„Wow!", rief Benjamin und rempelte seinen Bruder mit der Schulter an. „Wahnsinn!"

„Wer sind die Bösewichte?", fragte Damian.

„Das müsst ihr herausfinden."

„Verstanden", sagte Damian.

John zeigte auf seinen Wagen. „Alle Informationen habe ich in einer Akte im Auto." Er gab ihnen ein Zeichen, ihm zu seinem Auto zu folgen. Er hatte die Akte mitgenommen, um sie Donnelly zurückzugeben, nachdem er Savannah mitgeteilt hatte, dass Scanguards den Fall nicht übernehmen würde, doch das hatte sich jetzt geändert.

Es dauerte eine halbe Stunde, um alle notwendigen Informationen an die Zwillinge weiterzugeben, wobei sie einige der Seiten des Polizeiberichts, die sie für wichtig erachteten, abfotografierten. Dann gab er ihnen letzte Anweisungen.

„Das letzte Mädchen ist vor vier Tagen verschwunden. Buffy Rice. Sie ist die frischeste Spur. Deshalb will ich, dass ihr mit ihr anfangt. Wir müssen uns in ihrem Umfeld umsehen, bei den Leuten, die das Mädchen kennen. Ihre Mutter leitet eine Cyber-Security-Firma mit zwei Angestellten, Alexi und Rachel. Ich will, dass ihr euch aufteilt und je einen übernehmt. Findet heraus, was sie seit Buffys Verschwinden gemacht haben. Führt Backgroundchecks durch, überprüft ihre Finanzen, ihre Gewohnheiten. Berichtet mir alles, was euch seltsam erscheint. Ich habe ihre Daten hier.“ Er zog sein Handy heraus und scrollte zu der E-Mail, die Savannah ihm geschickt hatte.

„Ist Alexi ein Mädchen?“, fragte Damian.

„Er ist ein Kerl.“ John unterdrückte ein Schmunzeln. Es war klar, dass Damian Nachforschungen über ein Mädchen anstellen wollte. „Viel Spaß, er gehört dir. Benjamin kann Rachel übernehmen.“

Benjamin grinste und zwinkerte seinem Bruder zu. „Viel Glück beim nächsten Mal.“

Damian tat es mit einem Schulterzucken ab.

John kopierte die Namen und Adressen von Alexi und Rachel und schickte sie den Zwillingen in einer Nachricht. Ihre Handys klingelten und sie blickten auf die Displays.

„Hab's“, sagten sie im Einklang.

„Die Uhr tickt“, sagte John. „Meldet euch alle paar Stunden, egal ob ihr etwas Neues habt oder nicht. Ich will zu jeder Zeit wissen, wo ihr seid. Passt auf euch auf.“

Als er zusah, wie die Zwillinge zu ihren Autos schlenderten und einstiegen, konnte er nur hoffen, dass ihnen nichts Schlimmes zustoßen würde. Amaury würde ihm die Haut abziehen, sollte seinen Söhnen etwas passieren. Aber Scanguards hatte ihm keine Wahl gelassen. Er musste Savannah helfen. Nicht wegen des Kusses, oder weil sie ihm Sex angeboten hatte, sondern weil sein Herz schmerzte, wenn er sah, wie ihr Tränen in die Augen stiegen, wenn sie von Buffy sprach. Sie musste ihre Tochter wieder sicher in ihren Armen spüren. Und erst wenn er das erreicht hatte, würde auch er wieder Frieden haben. Er würde wieder in sein einsames Leben zurückkehren können und von Nacht zu Nacht leben. Seine Pflichten gegenüber Scanguards erfüllen. Und vielleicht würde er eines Tages über den Verlust, den er erlitten hatte, hinwegkommen.

Vielleicht könnte er dadurch, dass er diese kleine Familie rettete, wiedergutmachen, dass er seine eigene nicht hatte retten können.

11

Außerhalb von New Orleans, vier Jahre zuvor

John stand an der Tür zum Wachraum und beobachtete, wie seine Männer, ein Dutzend gut ausgebildeter und schwer bewaffneter Vampire, an ihm vorbeimarschierten, nachdem sie ihre Befehle für die Nacht erhalten hatten. Als Anführer der Königsgarde war er für sie verantwortlich sowie für die Sicherheit seines Königs und seiner Königin und deren drei Hybridenkinder.

Die Drillinge, David, Zack und Monique, feierten ihren sechzehnten Geburtstag und das bedeutete, dass viele Gäste am königlichen Hof nördlich von New Orleans erwartet wurden. Was bedeutete, dass heute zusätzliche Sicherheitskräfte vonnöten waren. Es bedeutete auch, dass John die ganze Nacht und wahrscheinlich den ganzen Morgen hierbleiben musste, anstatt zu seinem Zuhause im Garden District von New Orleans zurückzukehren, einem Zuhause, das er sich mit seiner blutgebundenen Gefährtin Nicolette teilte. Ein Zuhause, das bald das Lachen ihres ersten Kindes hören würde.

John blickte über seine Schulter, als er Schritte aus dem Korridor näherkommen hörte. Cain, sein König und gleichzeitig sein bester Freund, kam mit einem Lächeln auf ihn zu.

„Abend, Cain“, begrüßte John ihn. „Du siehst entspannt aus.“

Cain zwinkerte ihm zu. „Faye hat diese Wirkung auf mich. Außerdem werde ich vielleicht bald diese Kinder los. Wann, glaubst du, kann ich verlangen, dass sie ausziehen? Ich meine, sie sind jetzt sechzehn. Sie sollten in der Lage sein, alleine zu leben, oder nicht?“

John lachte leise. „Schränken sie deinen Lebensstil ein?“

„Mehr als du denkst.“

Trotz der Worte wusste John, dass Cain nur scherzte. Er liebte seine Kinder und wenn sie nicht bei ihm und Faye wohnen würden, würde er sich nur Sorgen machen. Und dann würde John noch mehr Vampirleibwächter anheuern müssen, um sie zu beschützen. Bereits jetzt hatte jedes der Kinder eine persönliche Leibwache.

Faye tauchte plötzlich aus dem Korridor auf und gesellte sich zu ihnen. „Wie geht es Nicolette?“

John grinste. „Sie wird jeden Tag dicker.“ Und er hatte noch nie etwas Schöneres gesehen.

Faye lächelte. „Nicht mehr lange, oder?“

„Noch mindestens einen Monat.“

„Das bezweifle ich. Als ich sie letzte Woche gesehen habe, sah sie aus, als wäre es jederzeit so weit.“

Cain legte einen Arm um die Taille seiner Frau. „Seit wann bist du Ärztin?“

„Bin ich nicht. Aber Frauen kennen sich mit so etwas aus.“ Dann blickte sie wieder zu John. „Du hast ihr doch gesagt, dass sie zur Feier eingeladen ist, oder?“

„Ja, ich habe die Einladung weitergegeben. Sie war sich nicht sicher, wie sie sich fühlen würde, also habe ich es ihr überlassen, sich später zu entscheiden. Ich weiß, sie wollte ein Nickerchen machen. Sie kommt vielleicht nach.“

„Und fährt selbst?“, fragte Faye überrascht.

„Natürlich nicht. Ich habe dafür gesorgt, dass ein Auto und ein Fahrer bereitstehen, wenn sie sich später zu uns gesellen möchte.“

Faye atmete erleichtert aus. Sie war einfach eine fürsorgliche Königin. „Gott sei Dank. Ich hoffe wirklich, dass sie sich gut genug fühlt, um den Festivitäten beizuwohnen.“

„Ich auch“, stimmte John zu.

„Weißt du, was ich mir gedacht habe“, fügte Faye hinzu und wechselte einen flüchtigen Blick mit Cain. „Warum bleibt ihr beiden nicht im Cottage der Königsgarde, bis das Baby kommt? Dann könnten wir auf sie aufpassen, während du im Dienst bist."

„Das wird nicht nötig sein", sagte John und zeigte auf Cain. „Cain hat mir befohlen, Urlaub zu nehmen, sobald die Geburtstagsfeierlichkeiten um sind." Er hätte nie darum gebeten, aber Cain war die Nacht zuvor zu ihm gekommen und hatte seine Entscheidung in einem Tonfall verkündet, der keine Ablehnung zuließ. Nicht, dass John protestiert hätte. Mehr Zeit mit Nicolette zu verbringen, bevor sie das Baby gebar, war das beste Geschenk, das sein Freund ihm machen konnte.

„Warum hast du mir das nicht gesagt?", sagte Faye zu Cain und schlug ihm auf die Schulter. „Ich hätte dir persönlich dafür gedankt, dass du so nett zu John bist."

„Oh, du hast mir vorhin bereits gedankt", behauptete Cain mit einem verschmitzten Grinsen.

Sie wechselten einen bedeutungsvollen Blick und John musste den Kopf schütteln. Sie waren immer noch frisch verliebt, selbst nach einer so langen Zeit zusammen. Genau wie John und Nicolette. Obwohl er und Nicolette in ihrem ersten Ehejahr nicht mit Kindern gesegnet worden waren wie Faye und Cain. Doch der König und die Königin hatten Hilfe bekommen: Da beide Vampire waren, hatten sie Maya, eine vampirische Ärztin von Scanguards, gebeten, ihre bahnbrechende Stammzellentherapie an Faye durchzuführen, damit sie ein Kind empfangen konnte. Das war etwas, wozu Vampirinnen nicht in der Lage gewesen waren, bevor Maya ihre Entdeckung gemacht hatte. Mayas Behandlung verwandelte den Uterus einer Vampirin temporär zu dem eines Menschen. Der resultierende Fötus war deshalb halb Vampir, halb Mensch, da er einen Teil der DNS des Stammzellenspenders in seinem Genpool aufnahm.

Die Behandlung hatte beim ersten Versuch funktioniert. Das Resultat waren Drillinge gewesen. Drei winzige, schreiende und immer hungrige Hybriden, die jeden im Königreich auf Trab hielten.

Und jetzt waren sie plötzlich sechzehn Jahre alt.

„Ist alles bereit für heute Nacht?", fragte Cain.

„Das Feuerwerk wird gerade aufgebaut. Die Dekoration ist fertig. Sehr gruftimäßig." John schmunzelte.

Faye klatschte. „Ich weiß nicht, wie ich dir danken soll, John! Deine Idee, eine Themenparty zu veranstalten, war grandios. Wenn alle sich als Vampire verkleiden, wird es keine Probleme mit den menschlichen Gästen geben. Niemand wird mit der Wimper zucken, wenn er sieht, wie jemand von uns Blut trinkt oder die Fangzähne zeigt."

„Das ist genial", stimmte Cain zu.

John zuckte mit den Schultern. „Ich dachte, mit all diesen Vampirbüchern in den Bestsellerlisten und dieser neuen Vampirserie im Fernsehen – die übrigens absolut unrealistisch ist – würde ein Mensch es nicht seltsam finden, wenn drei Teenager sich zur Feier ihres Geburtstages eine Vampir-Themenparty wünschten."

„Nur gut, dass diese Vampire im Fernsehen nicht so sind wie wir", kommentierte Cain. „Solange sie bei der Hälfte dessen, was wir tun, falsch liegen, werden wir uns nicht sorgen müssen, dass sie uns auf die Schliche kommen. Unser Geheimnis ist sicher."

„Ich hoffe, dass es so bleibt." John zeigte zur Tür. „Ich sehe lieber nach, ob alles für unsere Gäste vorbereitet ist."

„Mach das. Ich wechsle ein Wort mit den Kindern und gehe noch einmal die Regeln für heute Nacht mit ihnen durch." Cain zwinkerte ihm zu. „Nur für den Fall. Du weißt ja, wie sie sind, wenn sie aufgeregt sind."

John nickte Cain und Faye zu und ging dann hinaus. Die Villa, in der der König mit seiner Königin und ihren Kindern wohnte, beherbergte auch die Königsgarde, gut ausgebildete Leibwächter, deren Job es war, dafür zu sorgen, dass die Familie keinen Schaden nahm.

Draußen waren mehrere kleine Landhäuser, die vampirsicher renoviert worden waren, über das Anwesen verteilt. Eine lange, breite Auffahrt führte zu einer ein paar Kilometer entfernten öffentlichen Straße. Entlang der Auffahrt waren Zelte und Stände aufgebaut worden, außerdem eine Bühne und eine Tanzfläche. Es sah mehr nach einem Karneval als nach einer Geburtstagsfeier aus. Angestellte huschten umher und nahmen die letzten Vorbereitungen vor, während die ersten Gäste bereits eintrafen und ihre Autos auf dem dafür vorgesehenen Bereich abstellten. Von dort aus wurden sie zu den Geburtstagskindern geführt, während Sicherheitskräfte sie diskret nach Waffen absuchten.

John überblickte das Gelände und ließ seinen Blick über die ankommenden Gäste schweifen. Alles sah gut aus. Es gab keine Probleme, die er entdecken konnte. Die gab es nur selten. Seine Mitarbeiter waren extrem gut ausgebildet und treu, und die Gäste waren überprüft worden, bevor sie eingeladen wurden.

Sein Handy klingelte. Er zog es aus der Tasche und lächelte, als er auf das Display blickte. „Hey, mein Liebling", murmelte er. „Wie geht es dir?"

„Ich fühle mich heute Nacht wirklich gut", antwortete Nicolette. „Ein bisschen heiß, aber ansonsten gut. Und mir ist langweilig."

Er lachte leise. „Ist das so? Warum kontaktierst du dann nicht den Fahrer und bittest ihn, dich herzubringen? Faye hat schon nach dir gefragt. Und ich würde dich gerne zum Tanz auffordern, wenn ich darf."

„Ich bin so fett wie eine Kuh, John! Du willst nicht mit mir tanzen."

Etwas Atemloses lag in ihrer Stimme, was ihn daran erinnerte, wie sie immer atmete, wenn sie sich liebten. Genau so hatte sie geklungen, als er vor zwei Tagen mit ihr geschlafen hatte. Sie hatte auf der Seite gelegen, um den Druck von ihrem Rücken zu nehmen, und er hatte hinter ihr gelegen und war mit sanften Stößen in sie eingedrungen. Dabei hatte er ihren Bauch und ihre Brüste gestreichelt.

„Ich bin zu fett zum Tanzen."

Er blickte sich schnell um. Niemand war auf der Terrasse, die das Haus umgab. Trotzdem senkte er seine Stimme. „Du bist nicht zu fett für Sex, also wenn du nicht mit mir tanzen willst, wirst du dann morgen früh wenigstens mit mir schlafen?"

Ein leises Kichern drang durch das Telefon. „Oh, John. Ich weiß wirklich nicht, wie du mich immer noch attraktiv finden kannst, wenn ich wie ein Ballon aussehe, der auf zwei Stelzen herumwatschelt."

Er warf den Kopf zurück und lachte über ihre Selbstbeschreibung. Dann murmelte er: „Weißt du nicht, wie hart es mich macht, wenn ich nur an dich und deinen dicken Bauch und deine schweren Brüste und deinen hübschen Hintern denke? Wenn ich nicht so besorgt über deine und die Gesundheit des Babys wäre, würde ich dich jeden Tag wie verrückt ficken, bis du unseren Sohn zur Welt bringst. Also schwing deinen Hintern in die Limousine und komm her, damit ich wenigstens meine Arme um dich legen und so tun kann, als wäre ich zivilisiert."

„Ich liebe dich, John“, sagte sie. „Ich bin in einer Stunde da, ich muss mir nur noch etwas Angemessenes anziehen.“

„Ich liebe dich auch.“

Die ankommenden Gäste, ein paar Komplikationen mit dem geplanten Feuerwerk und eine Verwechslung im Essenszelt hielten ihn so auf Trab, dass anderthalb Stunden vergangen waren, als John das nächste Mal auf die Uhr sah. Hatte Nicolette länger gebraucht, um sich etwas Passendes für die Party anzuziehen, oder war sie in einen Stau geraten? Er kam nicht umhin, sich Sorgen zu machen. Das tat er immer, wenn er nicht bei ihr war.

Er rief Nicolettes Nummer an. Es klingelte ein paarmal, dann schaltete sich die Voicemail an. Er trennte den Anruf, ohne eine Nachricht zu hinterlassen, und suchte stattdessen die Nummer des Fahrers, den er für sie besorgt hatte. Es klingelte und der Anruf wurde sofort angenommen.

„Hallo.“

„Dean, hier ist John Grant. Ich habe es auf dem Handy meiner Frau versucht. Ist sie bei Ihnen?“

Das Geräusch des Motors war zu hören, dann wieder die Stimme des Fahrers. „Oh, hi, Mr. Grant. Wir sind auf dem Weg. Entschuldigen Sie die Verspätung.“

„John.“ Er hörte Nicolettes Stimme über die Freisprechanlage im Auto. „Sorry, ich muss mein Handy zuhause vergessen haben. Ich habe jedes Kleid anprobiert, das ich habe, weil nichts gepasst hat.“

Genau wie er vermutet hatte. Es gab nichts, weswegen er sich Sorgen machen musste. „Nun, zumindest bist du jetzt auf dem Weg.“

„Wir sind nur noch etwa zehn Minuten entfernt. Wir fahren in einer Sekunde von der Autobahn ab“, sagte sie. „Da ist bereits unsere Ausfahrt.“

„Großartig!“ Dann fügte er hinzu: „Danke, Dean. Ich sehe euch beide in Kürze.“

Er wollte gerade auflegen, als er Deans Stimme wieder hörte. „Oh fuck!“ Dann ein schriller Schrei von Nicolette.

Das Blut gefror ihm in den Adern. „Nicolette!“, schrie er in sein Handy. „Was ist los? Dean? Was ist los?“

Doch seine Stimme wurde von quietschenden Reifen, dem Schleifen von Metall gegen Metall und zersplitterndem Glas übertönt.

„Neiiiin!"

Bevor er überhaupt wusste, was er tat, rannte er bereits, das Telefon immer noch an seinem Ohr. Es gab ein weiteres Geräusch, als ob ein großes Objekt gegen Metall oder Beton, gegen irgendetwas Hartes, geschleudert wurde. Dann war alles still.

„Nicolette!" Doch sie antwortete ihm nicht. Konnte es nicht, denn die Leitung war tot.

Es gab jetzt nur eine Möglichkeit, Kontakt mit ihr aufzunehmen. *Falls* sie ihn hören konnte. Ihre telepathische Verbindung, eine Verbindung, die nur blutgebundene Paare hatten.

Während er zum Parkplatz rannte, schickte er ihr seine Gedanken.

Nicolette! Bist du in Ordnung? Bitte rede mit mir!

Nichts. Keine Antwort.

Nein!

Er erreichte den Parkservice, schnappte sich den Schlüssel, den ein Gast gerade abgeben wollte, und sprang in den Wagen. Er schlug die Tür hinter sich zu und raste davon.

John.

Das Wort klang schwach in seinem Kopf, doch er hörte es deutlich.

Nicolette, ich komme. Halte durch, meine Liebste, ich komme.

John. Wieder war die Nachricht schwach. *Beeil dich.*

Er raste die schmale Straße hinunter und drückte das Gaspedal so weit durch, wie er konnte.

Ich bin fast da, Liebste. Fast da. Nur noch ein paar Minuten.

Er fuhr auf die öffentliche Straße, wobei das Heck seines geborgten Wagens ausbrach, doch er konnte das Fahrzeug unter Kontrolle halten.

Ich rieche etwas.

Panik überkam ihn. Nein. Bitte lass das nicht passieren!

Du musst aus dem Wagen raus! Schnell!

Ein paar Sekunden war es still, Sekunden, die zu lange waren. Dann hörte er sie wieder.

Ich kann nicht ... der Gurt klemmt.

Er versuchte, sich zu beruhigen, da er Nicolette nicht in Panik versetzen wollte.

Versuch, am Gurt zu rütteln. Versuch, ihn zu lockern. Schau, ob du dich rauswinden kannst.

Es tut mir leid.

Nein!, antwortete er. *Gib nicht auf!*

Er kam an eine Kurve. Dahinter lag die Autobahnausfahrt, die Dean genommen hatte. John raste darauf zu, nahm die Kurve und spürte, wie sein Herz stehenblieb.

Ich bin da, meine Liebste.

Die Front der Limousine war zwischen einer niedrigen Betonmauer und dem Heck eines Sattelschleppers eingekeilt. Ein Sattelschlepper, der die Ausfahrt zu schnell genommen und die Kontrolle verloren hatte.

Das Benzin ...

Nicolette beendete ihren Gedanken nicht.

Einen Sekundenbruchteil später explodierte der Benzintank der Limousine und hüllte den Wagen und seine Passagiere in Flammen. John stoppte nur Meter von dem Inferno entfernt mit quietschenden Reifen und sprang aus dem Wagen. Er rannte auf die Flammen zu, obwohl die Hitze sich anfühlte, als würde sie ihm die Haut von den Knochen schmelzen. Aber das war ihm egal. Alles, woran er denken konnte, war, seine Frau und sein Kind zu retten.

Mit übernatürlicher Kraft schaffte er es, den Wagen zu erreichen. Die Fenster waren zersplittert und Flammen schossen heraus. Doch Flammen würden ihn nicht stoppen. Nicht jetzt, nicht, wenn er so nahe war.

Seine Hände brannten. Quälender Schmerz schoss durch ihn, als er die Hintertür aufstemmte. Drinnen konnte er nichts außer Flammen sehen. Voller Adrenalin befahl er seinen Händen, sich in Klauen zu verwandeln, und griff hinein. Da, Nicolette. Er spürte ihren großen Bauch, fühlte den Gurt, der sie gefangen hielt und durchschnitt ihn mit seinen scharfen Klauen. Währenddessen brannte das Feuer ihm die Kleidung vom Leib und die Haare vom Kopf.

Er packte Nicolette und hievte sie aus dem Wagen, brachte sie auf den Boden und rollte sie, um die Flammen zu ersticken.

„Nicolette, ich habe dich.“

Doch seine Vampirsinne hatten ihm bereits mitgeteilt, dass es zu spät war. Keine Atmung, kein Herzschlag, kein Blut, das durch Nicolettes Adern rauschte. Er legte seine Hand auf ihren schwangeren Bauch. Auch dort kein Herzschlag. Alles was übrig war, war verkohlte Haut, versengtes Haar und verbrannte Kleidung. Und anders als John, der sich mit genügend Blut und Schlaf wieder von den Verbrennungen erholen würde, würde Nicolette das nicht. In ihr steckte kein Funke Leben mehr. Er konnte sie nicht einmal in einen Vampir verwandeln, um sie zu retten; auch dafür war es zu spät. Er hatte es nicht geschafft, sie zu beschützen, sie zu retten. Hatte sie im Stich gelassen, als sie am verletzlichsten war.

Nicolette war tot.

Er stand auf und blickte auf das Autowrack. Die Flammen waren immer noch hoch und brannten heiß. Heiß genug, um einen Vampir zu töten.

„Nicolette“, murmelte er, „ich werde dich nicht verlassen.“ Dann marschierte er auf die Flammen zu.

Starke Arme rissen ihn zurück. Die starken Arme eines anderen Vampirs.

„Nein, John, sie würde das nicht wollen.“

Er drehte den Kopf, um Cain anzusehen. „Ich kann nicht ohne sie leben.“

„Du musst es lernen. Sie würde wollen, dass du das tust.“

Vergib mir, Nicolette. Er schluckte die Tränen hinunter und stand für eine gefühlte Ewigkeit einfach nur reglos da.

Und wie ein Feigling wandte er sich von den Flammen ab und erlaubte Cain, ihn wegzuführen.

12

Der Schlafmangel holte ihn schließlich ein. Immerhin hatte John am Vortag keine Sekunde geschlafen, und obwohl er mehr Blut als normal konsumiert hatte, wusste er, dass er Schlaf brauchte. Doch bevor er nach Hause gehen und sich ein paar Stunden ausruhen konnte, musste er noch ein paar Telefonate führen und jemandem einen Besuch abstatten.

Etwa eine Stunde vor Sonnenaufgang hatte er einen Zwischenstopp im Scanguards-Büro im Mission District gemacht, um mit Hilfe des Systems Backgroundchecks über die Babysitterin und die Nachbarin durchzuführen. Dabei hatte er jedoch dafür gesorgt, dass niemand ihn sah. Er sollte eigentlich Benjamin und Damian ausbilden und sie nicht in der Stadt herumlaufen lassen. Zu erklären, warum sie nicht mit ihm zusammen waren, wäre nicht einfach gewesen.

Seine Observierung bezüglich der Babysitterin und der Nachbarin hatte ihm bisher noch keine nützlichen Informationen eingebracht und er legte auch keine große Hoffnung auf die Backgroundchecks. Aber er musste gründlich sein.

Nach dem Schichtwechsel, als die Vampire das Gebäude verlassen hatten, war er in der Lage gewesen, sich um ein paar andere Dinge zu kümmern, bevor er sich ungesehen aus der Tiefgarage machte und nach

Cow Hollow und die Marina fuhr. Die Sonnenstrahlen konnten nicht in sein Auto dringen, also war er in Sicherheit.

Nachdem er sich in den Verkehr eingeordnet hatte, rief er Benjamin an und dieser hob beim ersten Klingeln ab.

„Hey, John, ich wollte mich gerade melden."

„Gut, gib mir ein Update."

„Also, diese Rachel, sie ist etwas unverlässlich."

„Wieso?"

„Sie hat sich vor zwei Tagen krank gemeldet, aber sie ist überhaupt nicht krank."

„Wo ist sie?", fragte John interessiert. War sie nach Buffys Entführung geflohen?

„Oh, sie ist zuhause. Aber nicht alleine. Sieht nach einer kleinen Privatparty mit Drogen und Sex aus. Aber kein Rock'n'roll."

John knurrte. „Klingt nach jemandem, der die Abwesenheit der Chefin nutzt, um blauzumachen, nicht nach jemandem, der an einer Entführung beteiligt ist."

„Möglich", sagte Benjamin, „aber die Scheiße, die sie schnupfen, ist nicht billig. Die hatten ziemlich viel Kokain. Du sagtest, ich solle alles überprüfen, was seltsam ist. Und angesichts der Tatsache, dass der Kerl, mit dem sie zusammen ist, eine Rostlaube fährt, weiß ich nicht, woher er das Geld hat, um das Zeug zu bezahlen. Sie verdient gut; ich habe ihre Lohnzettel gefunden, aber laut ihrer Kreditkartenabrechnung gibt sie das Geld genauso schnell auch wieder aus."

„Du warst in ihrer Wohnung?", fragte John nicht ohne Bewunderung. Benjamin zeigte Potenzial.

„Ja, ich habe das Schloss geknackt, als die beiden weggetreten waren. Niemand hat mich gesehen. Ich war vorsichtig."

„Gute Arbeit. Bleib an ihr dran und folge ihr, wenn sie heute das Haus verlässt", befahl John. „Hast du schon einen Backgrundcheck über sie durchgeführt?"

„Ich habe sie vorhin durch das System gejagt. Aber ich habe noch keine Ergebnisse."

„Danke. Ruf mich an, wenn du etwas Neues weißt."

„Geht klar."

John legte auf und wählte Damians Nummer.

Der ältere Zwilling hob sofort ab. „Morgen, John, immer noch wach?"

„Nicht wirklich", antwortete John. „Irgendetwas, was ich wissen sollte?"

„Also, ich habe diesen Alexi die ganze Nacht beschattet. Totaler Nerd. Er lässt kein Klischee aus: Kommt heim, bestellt Pizza und verbringt die ganze Nacht vor dem PC mit Videospielen und so. Saulangweilig, sage ich dir. Soweit ich weiß keine Freundin. Nicht wirklich überraschend. Aber dann habe ich seinen Background überprüft, und hör dir das an."

John versteifte sich unwillkürlich in seinem Sitz. „Ja?"

„Er ist Russe. Wusstest du das?"

„Nein." Sein Nachname, Denault, klang rein gar nicht russisch, obwohl sein Vorname das definitiv tat.

„Ja, seine Eltern sind Russen; er wuchs in St. Petersburg auf. Offenbar war sein Großvater Franzose."

„Nun, das erklärt den nicht russischen Nachnamen."

„Er spricht fließend Französisch. Ist vor fünf Jahren mit einem Arbeitsvisum in die Staaten gekommen und fing bei Google an, ist aber dann gegangen. Nicht sicher, warum. Ich werde versuchen, das herauszufinden. Aber ich schweife ab. Der Punkt ist, dass er Russe ist. Und du sagtest, dass wir einen Kinderschieberring suchen. Und wer leitet solche Ringe für gewöhnlich?" Damian machte eine dramatische Pause. „Die Russen."

„Etwas klischeehaft, aber nehmen wir mal an, es stimmt." Es war zumindest ein Anfang. „Was sind deine nächsten Schritte?"

„Ich werde mir seine Verbindungen ansehen, herausfinden, wen er trifft, mit wem er redet, mit wem er korrespondiert. Und ich werde überprüfen, warum er bei Google gekündigt hat und jetzt für Ms. Rice arbeitet."

„Gut. Wenn du Hilfe brauchst, sprich dich mit deinem Bruder ab. Und finde heraus, ob dieser Alexi irgendwo Immobilien besitzt. Du weißt schon, wo er die Kinder verstecken könnte."

„Das wollte ich sowieso machen", warf Damian, sich rechtfertigend, zurück.

„Aha."

„Ehrlich! Du wirst das doch nicht als Minuspunkt bei meiner Evaluierung zählen, oder?"

„Keine Sorge um deine Evaluierung. Erledige einfach den Job. Das ist eine Teamaufgabe. Vergiss das nicht. Das Ziel ist es, die Mädchen zu finden. Die Methoden sind egal. Ihr findet die Mädchen, ihr besteht den Test. Selbst wenn ihr dabei stolpert. Verstanden?" Es schadete nie, Damian zu ermutigen und ihm eine Belohnung in Aussicht zu stellen.

„Absolut."

„Okay, gute Arbeit so weit. Ruf mich an, sobald du etwas hast. Ich habe noch eine Besorgung zu erledigen und dann schlafe ich ein paar Stunden. Aber wenn etwas ist, weck mich."

„Sicher." Damian legte auf.

An der nächsten roten Ampel bog John rechts ab und erst als er schon die Hälfte des Blocks entlanggefahren war, erkannte er, wohin sein Unterbewusstsein ihn gelenkt hatte. Er war vor Savannahs Wohnung. Er stieß ein freudloses Lachen aus. Er war ein kranker Bastard. Nachdem er sie am Abend zuvor praktisch zerfleischt hatte, war er nun wieder am Tatort und wollte mehr.

Er hielt den Wagen an und schaute zu den Fenstern im ersten Stock hinauf. Obwohl es noch früh war, sah er Bewegung hinter einer der Scheiben. War Savannah in der Küche und machte Frühstück? Wie wäre es, dort bei ihr zu sein, ihr zuzusehen, wie sie Kaffee kochte, vielleicht noch mit einem Bademantel bekleidet und darunter nackt? Würde sie ihr Tun unterbrechen, wenn er sie in seine Arme zog, den Gürtel öffnete und sie berührte? Würde sie ihm erlauben, sie auf seinen Schoß zu ziehen? Würde sie ihn dort reiten, mitten in der Küche? Würde sie sich auf seinen harten Schwanz aufspießen und nicht aufhören, bevor er seinen Samen in sie schoss?

Seine Hand wanderte zu seinem Schritt. Fuck! Er war hart wie Granit. Und in seinem Wagen eingesperrt. Es gab keine Garage, die er nutzen konnte, um in Savannahs Wohnung zu gelangen, ohne sich den brennenden Strahlen der Morgensonne auszusetzen. Sexuelle Frustration machte sich in ihm breit. Doch er wusste, dass es so besser war. Selbst wenn er ihre Wohnung erreichen könnte, sollte er das nicht, nicht mal, wenn es einen Funken Anziehung zwischen ihnen gab. Savannah war in einer verletzlichen Lage, voller Angst um ihre Tochter und erfüllt von Schmerz. Er hatte kein Recht, so eine Frau auszunutzen, selbst wenn er ihr nicht schaden, sondern sie beruhigen, sie trösten wollte.

Bevor er sich stoppen konnte, wählte er bereits ihre Nummer. Als sie beim zweiten Klingeln nicht ranging, fragte er sich, ob er sich die Bewegung hinter dem Fenster nur eingebildet hatte, weil ihm seine Vorstellung einen Streich spielte. Er wollte gerade auflegen, als es ein Klicken in der Leitung gab.

„Ja?"

Er schluckte. Er wusste nicht, was er sagen wollte. „Savannah, hier ist John. John Grant", fühlte er sich verpflichtet zu sagen. Wer konnte schon sagen, wie viele Männer namens John sie kannte?

„John." Etwas Atemloses lag in ihrer Antwort. „Hast du irgendwelche Neuigkeiten? Hast du etwas gefunden?"

Die Hoffnung, die er in ihrer Stimme hörte, das Vertrauen, das sie scheinbar in ihn hatte, ließ sein Herz schmerzen. Wenn er ihr nur etwas geben könnte, das ihr helfen würde zu glauben, dass er Buffy zurückbringen würde.

„Noch nicht viel." Er schloss die Augen.

„Oh." Enttäuschung floss aus dieser einen Silbe.

„Aber wir haben eine mögliche Spur."

„Welche Art Spur?"

„Das ist noch nicht spruchreif." Er wollte nicht, dass sie sich in Alexis Nähe seltsam benahm und in ihm irgendwie Verdacht erregte, sollte er wirklich etwas mit Buffys Verschwinden zu tun haben. „Mein Team und ich ermitteln noch." Zumindest war das keine Lüge. „Das ist nur der Anfang. Wir sehen uns alles an. Wir werden sie finden." Er wusste, er versprach ihr etwas, das er nicht garantieren konnte. Aber Savannah musste das hören. Musste das glauben.

„Danke, John. Ich ..." Sie zögerte.

„Was ist los?" Sein Blick schoss zu den Fenstern ihrer Wohnung, doch er sah dort keine Bewegung.

„Ich habe Angst. Es sind jetzt schon vier Tage." Er hörte ein schniefendes Geräusch, als würde sie versuchen, Tränen zurückzuhalten. „Ich vermisse sie. Ich vermisse mein Baby."

„Ich tue alles, was ich kann."

„Das weiß ich. Ich wünschte nur, dass es etwas gäbe, was *ich* tun kann. Ich fühle mich so nutzlos."

Er konnte sich nur zu gut vorstellen, wie sich das anfühlen musste, und hoffte, dass er so etwas nie selbst durchmachen musste. „Es tut mir leid, Savannah. Ich weiß, dass es schwer ist. Ich weiß, dass du sie liebst. Ich werde sie für dich finden."

Ein langsames Ausatmen drang durch die Leitung. Wenn sie jetzt zu weinen anfing, würde er sich nicht davon abhalten können, über die Straße zu laufen und der Sonne zu trotzen, um sie in die Arme zu schließen und zu trösten.

„Bitte, Savannah, du musst durchhalten. Für Buffy." *Und für mich.*

„Das werde ich. Bitte ruf mich an, sobald du etwas hörst."

„Versprochen."

John legte auf und setzte sein Auto in Bewegung, bevor er es sich anders überlegen und etwas Verantwortungsloses tun konnte.

Er verließ Savannahs Viertel und fuhr Richtung Cow Hollow, einem trendigen Stadtteil mit hohen Wohnungspreisen und einer großen Menge an Yoga-Pants tragenden Yuppies. Dies war sein ursprüngliches Ziel gewesen, bevor sein Unterbewusstsein ihn in eine andere Richtung geschickt hatte.

Das Haus lag am Fuß der Lyon Treppe und dessen Garten reichte bis zum Presidio. Zur Straße gelegen stand eine Doppelgarage, die etwa die Hälfte der Breite des Grundstücks einnahm. John stoppte davor und ließ den Motor laufen, während er durch seine Handykontakte scrollte, bis er die richtige Nummer fand.

Er ließ es klingeln. Einmal, zweimal, dreimal. Endlich, nach dem vierten Klingeln, kurz bevor die Voicemail übernehmen konnte, antwortete eine verschlafene Stimme.

„Mitten am Tag? Wirklich, John?"

Deirdre klang nicht sehr erfreut darüber, geweckt zu werden. Er hatte vor, das zu ändern.

„Ich muss mit dir reden. Es kann nicht warten. Öffne mir die Garage."

„Bist du draußen?"

„Ja."

„Gut." Ein paar Sekunden später hob sich das Garagentor. Als es ganz geöffnet war, fuhr er hinein und stellte den Motor ab.

„Ich bin drinnen", sagte er ins Telefon.

Es gab ein Klicken in der Leitung, dann senkte sich das Tor hinter ihm und sperrte die Sonne aus.

Augenblicke später betrat er den Gang, der zum Wohnbereich und zur Küche führte. Er wartete dort, als er auf der Holztreppe zum ersten Stock Schritte hörte. Er blickte nach oben. Deirdre kam mit zerzausten Haaren und in einen schwarzen Morgenmantel gekleidet die Treppe herab.

„Das ist lieber etwas Gutes“, sagte sie anstatt einer Begrüßung.

„Ist es“, versicherte er ihr.

Sie zeigte zur Küche und er ging vor ihr hinein. Er war ein paarmal hier gewesen, nachdem sie eingezogen war, und hatte sich versichert, dass das Haus vampirsicher war. Alle Fenster waren mit einem UV-undurchlässigen Film überzogen worden, der die Sonnenstrahlen abhielt. Das Haus war riesig. Deirdre hatte Geld, viel Geld. Geschöpfe, die schon mehrere Jahrhunderte lebten, neigten dazu, Reichtum anzusammeln. Es war nur eine Frage der Zinsen. Aber auch mit all ihrem Geld konnte Deirdre sich keinen Sinn in ihrem neuen Leben erkaufen. Das würde er jetzt ändern.

„Willst du was trinken?“

Er schüttelte den Kopf. „Nein, danke. Ich nehme etwas zu mir, wenn ich zu Hause bin.“

Sie setzte sich an den Küchentisch und er nahm die unausgesprochene Einladung wahr und tat es ihr gleich. „Ich brauche deine Expertise.“

Deirdre zog eine Augenbraue hoch und zeigte so ihr Interesse. Gut.

„Ich arbeite an einem Fall, bei dem möglicherweise ein Kinderschieberring involviert ist. Außer mir arbeiten noch ein paar andere Leute daran, aber es gibt da etwas zu Sensibles, das ich nicht den anderen überlassen kann. Also habe ich an dich gedacht.“

„Vertraust du deinen eigenen Männern nicht?“

Es war nicht so, als vertraute er Damian und Benjamin nicht. Das tat er sehr wohl. Aber das hier musste von jemand anderem übernommen werden. Jemandem mit mehr Erfahrung.

„Du bist dafür besser geeignet.“

„Schieß los.“

„Du musst einen Backgroundcheck über die Mutter des letzten verschwundenen Mädchens durchführen. Ihr Name ist Savannah Rice.“ Er griff in seine Jackentasche und zog einen Umschlag heraus. „Ich muss wissen, ob es irgendetwas gibt, was keinen Sinn ergibt.“

„Hast du sie getroffen?“

John nickte.

„Warum überprüfst du sie dann nicht selbst?"

Er zögerte. Es gab viele Gründe, warum er das nicht tun konnte. Und die Tatsache, dass er Savannah geküsst hatte und noch mehr als nur einen Kuss von ihr wollte, spielte definitiv mit hinein. „Sagen wir einfach, dass ich zu involviert bin, um alles zu sehen. Ich brauche jemanden, der sie ohne Vorurteile betrachten kann." Ohne sie zu begehren. Denn wenn er Savannah überprüfen würde, könnte er vielleicht etwas als unwichtig abtun, weil er bereits auf ihrer Seite stand. Aber so arbeitete Scanguards nicht. Sie durchleuchteten ihre Klienten immer.

Deirdre griff nach dem Umschlag. „Zu involviert, wie?" Sie musterte ihn.

John deutete auf das Päckchen. „Du findest darin eine temporäre Zugangskarte für Scanguards. Sowie meine Login-Daten für die verschiedenen Systeme, die du in meinem Büro brauchst."

„Temporäre Zugangskarte?"

John rutschte auf seinem Stuhl umher. Das war alles, was er hinter dem Rücken des Managements aus dem Ärmel hatte zaubern können. Es war alles, was die menschlichen Angestellten, die tagsüber arbeiteten, ohne die Zustimmung der Chefs der IT und der Internen Sicherheit, Thomas und Eddie, ausstellen konnten. Permanenter Zugang zu Scanguards bedurfte einer Sicherheitsüberprüfung.

„Wenn du dich bei dem Fall gut anstellst, kann ich dir eine permanente Position beschaffen." Was für eine Lüge. Er hatte noch nicht einmal mit Samson und Gabriel über Deirdres Anliegen gesprochen.

Langsam nickte sie und öffnete den Umschlag. Sie zog die Schlüsselkarte, ein Blatt mit seinem Usernamen und seinem Passwort und ein weiteres mit allen sachdienlichen Fakten über den Fall und die Person, die Deirdre überprüfen sollte, heraus. Er hatte kurz über sein Handeln nachgedacht, als er das Paket zusammengestellt hatte, und sich gefragt, ob er Deirdre mit all diesen sensiblen Informationen, auf die sie Zugriff haben würde, betrauen konnte. Aber sein Bauchgefühl hatte ihm gesagt, dass er wissen würde, wenn sie vorhätte, sein Vertrauen zu missbrauchen. Als Schöpfer und Protegé gab es zwischen ihnen einen Bund, wenn auch in ihrem speziellen Fall dieser Bund etwas schwach war.

In dem Umschlag war auch ein Foto von Savannah, welches er von ihrer

Führerscheindatei genommen hatte. Deirdre betrachtete es eine ganze Weile und John konnte nicht anders, als es ebenfalls anzuschauen.

„Schön." Deirdre hob plötzlich die Augen zu ihm und er war nicht schnell genug, seinen Blick von dem Bild wegzureißen. Etwas flackerte in den Augen seines Protegés auf und John erkannte, dass sie in der Tat eine scharfsinnige Frau war. Ein verschmitztes Lächeln tauchte auf ihren Lippen auf. „Sag mir, was du wissen willst."

„Alles. Bekanntschaften, Gewohnheiten, Finanzen, alles was du in die Finger bekommst. Benutz mein Büro bei Scanguards. Dort findest du alles, was du brauchst."

„Bis wann brauchst du es?"

„Gestern."

Sie verdrehte die Augen. „Natürlich. Brauche ich einen Schlüssel zu deinem Büro?"

„Nein. Mit der Zugangskarte kommst du hinein. Aber verschwinde vor Sonnenuntergang wieder."

Sie zog fragend eine Augenbraue hoch, kommentierte seine Aussage jedoch nicht. Das wusste er zu schätzen. Sie war diskret.

„Ich werde zuhause ein paar Stunden schlafen. Ruf mich auf dem Handy an, sobald du etwas findest, was dir zu denken gibt."

„Selbst wenn es bedeutet, dass ich dich wecken muss?" Sie grinste unerwartet.

„Du wirst besonders schnell arbeiten, damit du mich wecken *kannst*, nicht wahr?"

„Diese Art von Arbeit liegt mir sehr, du wirst sehen." Sie klopfte auf den Umschlag. „Aber du weißt hoffentlich, dass du mich auch über all die anderen Sachen informieren musst, oder?"

„Welche anderen Sachen?"

„Wenn du die Bösewichte findest und bereit bist, sie dingfest zu machen. Ich will dabei sein. Ich will dabei helfen, die Arschlöcher zu vernichten, die Kinder verkaufen."

John erhob sich. „Keine Sorge. Wenn wir so weit sind – und ich hoffe, dass das bald ist – werde ich dafür sorgen, dass du dabei bist und bis an die Zähne bewaffnet."

Deirdre stand auf und zog den Gürtel um ihren Morgenmantel enger.

„Ich bin froh, dass wir uns verstehen. Jetzt raus hier, damit ich mich anziehen kann.“

Er nickte und verließ sie.

Er wusste, dass er Deirdre trauen konnte. Sie war eine gut ausgebildete Kriegerin, eine Frau, die viele Jahrhunderte lang für ihre Rasse gekämpft hatte. Sie war keine Anfängerin, wenn es darum ging, Nachforschungen anzustellen, doch vor allem hatte sie Erfahrung darin, Leute zu deuten. Sie war mehrere Jahrzehnte lang in einem Rat gesessen und hatte Entscheidungen über Leben und Tod gefällt. Und obwohl eine dieser Entscheidungen dazu geführt hatte, dass sie ins Exil geschickt worden war, würde ihr John diese eine Entscheidung nicht anlasten.

Genauso wie er hoffte, dass Savannah ihm nicht anlasten würde, dass er Nachforschungen über sie anstellte. Es war nur zu Buffys Bestem. Savannah war nicht in der Gemütslage, ihm alles über ihr Leben zu erzählen, was etwas mit den Entführern zu tun haben könnte. Das war auch nicht ihre Schuld. Sie war, im Gegensatz zu ihm, nicht ausgebildet worden, um Verbindungen zu sehen. Gewisse Dinge würden für sie so unwichtig erscheinen, dass sie sie nicht erwähnte. Aber er und Deirdre würden diese kleinen Krümel sehen, die sie zu Buffy und den Leuten führen würden, die hinter ihrem und dem Verschwinden der anderen Mädchen steckten.

13

Savannah trocknete sich ab, nachdem sie aus der Dusche gestiegen war, und schlüpfte in ihren Bademantel. Das warme Wasser hatte sie etwas beruhigt, aber ihre Sorgen und Ängste konnte es nicht wegwaschen. Nach dem frühmorgendlichen Telefonat mit John hatte sie an ihrem Computer gesessen und sich Bilder von Buffy angesehen, um sich an alle Orte in San Francisco zu erinnern, die sie zusammen besucht hatten. Sie hatte eine Liste dieser Orte gemacht, von denen sie einige schon vergessen gehabt hatte. Nach dem Frühstück, das aus einer Tasse Kaffee und einem Keks bestand, weil ihr Appetit immer noch nicht zurückgekehrt war, war sie unter die Dusche gesprungen.

Gerade als sie nach dem Föhn griff, unterbrach sie das Klingeln der Tür. Das Geräusch schickte ihren Herzschlag in die Stratosphäre. Sie war noch nie so schreckhaft gewesen wie in den Tagen seit Buffys Verschwinden.

Schnell wickelte sie sich ein Handtuch um ihre nassen Haare und eilte zur Tür. Sie raste die Treppe hinunter und spähte durch den Spion auf den Mann vor der Tür. Sie kannte ihn nicht, bemerkte aber die um seinen Oberkörper geschlungene Kuriertasche. Einer der vielen Fahrradkuriere, die wichtige Dokumente durch die Stadt fuhren. Hatte Alexi ihr etwas aus dem Büro geschickt? Etwas, das sie vergessen hatte zu unterschreiben?

Sie riss die Tür auf.

„Ms. Rice?“

Sie nickte. „Ja, das bin ich.“

Er reichte ihr einen Umschlag. „Sie müssen nichts unterschreiben. Schönen Tag noch.“ Er drehte sich um und hastete die Vordertreppe hinunter zu seinem Fahrrad, das er an die Wand des Gebäudes gelehnt hatte.

Savannah schloss die Tür und ging wieder in ihre Wohnung, wobei sie den Umschlag anstarrte. Ihr Name und ihre Adresse waren auf die Vorderseite getippt worden und bestätigten, dass der Brief nicht von Alexi war: In ihrem Büro gab es keine Schreibmaschine und die Schmierer in den Buchstaben *a* in Savannah konnten nicht von einem Drucker stammen.

Ihr Herz schlug jetzt schneller. Auf dem Umschlag war sonst nichts, kein Anzeichen, wer ihn geschickt haben könnte. Doch instinktiv wusste sie, wer der Absender war. Sie spürte es im Trommeln ihres Pulses, dem Pochen ihres Herzens. Mit zitternden Fingern riss sie den Umschlag auf und griff hinein.

Es waren nur zwei Gegenstände darin: ein gefaltetes Blatt Papier und etwas Kleineres mit einer glänzenden Oberfläche auf einer Seite. Sie drehte es um und erstarrte. Ihre Hand schoss zu ihrem Mund, um einen Schrei zu unterdrücken.

„Buffy!“, würgte sie heraus.

Das Foto zeigte ihre kleine Tochter, wie sie mit geweiteten und verängstigten Augen auf einer Matratze saß und eine Zeitung hochhielt. Savannah sah genauer hin. Es war die heutige Ausgabe des San Francisco Chronicle. *Lebensbeweis* nannte die Polizei diese Fotos. Der Gedanke sandte ihr einen Schauer durch den Körper. Schon bevor sie das Blatt Papier auffaltete, wusste sie, was es war: eine Lösegeldforderung.

Die Emotionen kollidierten in ihr: Erleichterung, dass die Entführer sie endlich kontaktierten, und Schmerz wegen dem, was sie in den Augen ihrer Tochter sah, den Ausdruck von Furcht und Verzweiflung, den Ausdruck verlorener Hoffnung. Buffy glaubte nicht, dass ihre Mutter kommen und sie retten würde.

„Oh, Baby, bitte halte durch. Ich komme. Mommy kommt und holt dich nach Hause.“

Durch die Tränen, die anfingen ihre Wangen hinunterzulaufen, las sie den getippten Brief.

Wenn Sie Ihre Tochter Buffy wiederhaben wollen, bringen Sie heute um 19:30 *zweihundertfünfzigtausend Dollar in bar zum Eingang des Trocadero Clubhouse in Stern Grove. Gehen Sie nicht wieder nach Hause, nachdem Sie das Geld von der Bank abgehoben haben. Lassen Sie Ihr Handy zuhause. Kommen Sie alleine. Nehmen Sie kein Taxi, Uber oder einen ähnlichen Fahrerservice. Nehmen Sie nicht Ihr Auto. Nehmen Sie öffentliche Verkehrsmittel zur 19th Avenue und gehen Sie dann zu Fuß. Sagen Sie niemandem etwas. Wenn Sie die Polizei einschalten, werde ich das herausfinden und Buffy wird sterben.*

Ich vertraue darauf, dass Sie diese Anweisungen verstehen und sie wortgetreu ausführen.

PS. Geben Sie sich keine Mühe, den Fahrradkurier zu kontaktieren. Die Lieferung wurde nicht nachverfolgbar bezahlt. Sie werden auch keine Fingerabdrücke bis auf die des Fahrradkuriers finden. Also machen Sie nichts Dummes, Savannah.

Und bevor ich es vergesse: Kontaktieren Sie auch den Privatdetektiv mit seinem schicken Mercedes, den Sie angeheuert haben, nicht, oder ich sorge dafür, dass er ebenfalls stirbt. Und das würden Sie doch nicht wollen, oder?

Sie zitterte jetzt. Der Entführer beobachtete sie. Er wusste von John. Er kannte ihr Leben. Sie eilte zum Wohnzimmerfenster und blickte hinaus. War er gerade da draußen und beobachtete sie, um sicherzugehen, dass sie seinen Forderungen nachkam? Die Art, wie er sie mit dem Vornamen angesprochen hatte, als würde er sie kennen, als hätte er das Recht dazu, sandte ihr einen weiteren Schauer die Wirbelsäule hinab.

Kranker Bastard!

Aber es war sinnlos, sich jetzt aufzuregen. Sie musste ruhig bleiben und sich über ihren nächsten Schritt klar werden. Hatte sie das nicht erhofft? Gehofft, eine Lösegeldforderung zu erhalten, damit sie sie bezahlen und ihre Tochter zurückbekommen konnte? Und jetzt war sie da. In ihren zitternden Händen.

John hatte sich geirrt, als er gedacht hatte, dass Buffys Verschwinden mit dem der anderen Mädchen in Verbindung stand. Die anderen Eltern hatten keine Lösegeldforderung erhalten, zumindest hatten sie dies nicht der Polizei gemeldet. Aber sie hielt nun eine in Händen. Und so sehr sie John an ihrer Seite wollte, damit er ihr über diese letzte Hürde half, konnte sie nicht riskieren, ihn zu kontaktieren. Was, wenn der Kidnapper es herausfand? Dann hätte sie nicht nur Buffys Leben in Gefahr gebracht, sondern auch Johns.

Oder gab es eine Möglichkeit, John zu kontaktieren, ohne dass der Entführer es herausfand? Sie blickte auf ihr Handy, das auf dem Couchtisch lag. Nein, ein Anruf am Handy konnte abgehört werden. Dann vielleicht der Festnetzanschluss? Sie hatte immer noch einen für Notfälle, aber was, wenn jemand ihn verwanzt hatte? Hatte der Entführer so herausgefunden, dass sie John als Privatdetektiv engagiert hatte? Denn John nur zu ihrer Wohnung kommen zu sehen, würde nicht preisgeben, warum er hier war. Oder hatte Johns Nummernschild auf Scanguards verwiesen und der Kidnapper hatte eins und eins zusammengezählt?

Sie stieß ein frustriertes Seufzen aus. Wie konnte sie wissen, welche Kommunikationsform sicher war, wenn sie nicht wusste, wie der Kidnapper herausgefunden hatte, dass sie sich an einen Privatdetektiv gewandt hatte? Wer wusste davon? Sie hatte es niemandem erzählt. Verdammt, sie hatte kaum mit jemandem gesprochen, nachdem sie John engagiert hatte.

Dann kam es ihr plötzlich in den Sinn: Alexi. Sie hatte es Alexi erzählt. Was, wenn er daran beteiligt war? Er hatte die technischen Fähigkeiten, ihr Zuhause und ihr Büro, sowie ihr Handy und ihr Festnetz zu überwachen. Verdammt, sogar ihre E-Mails. Und er kannte ihre Gewohnheiten, wusste, wann sie Buffy an der Schule absetzte. Genauso wie er wusste, dass Savannah genug Geld hatte, um eine Lösegeldforderung zu erfüllen. Was, wenn er Einsicht in ihre Kontoinformationen hatte und gesehen hatte, dass sie mehrere hunderttausend Dollar innerhalb kürzester Zeit abheben konnte, und dann dementsprechend geplant hatte?

Sie fluchte leise.

Aber es gab nichts, was sie tun konnte. Sie konnte John nicht von ihrem Verdacht erzählen, denn falls Alexi ihre Kommunikationen abhörte, würde er es herausfinden. Und wenn er sie von jemandem beobachten ließ, dann würde er wissen, wenn sie zu einer Telefonzelle oder in ein Internet Café ging, um John von dort aus zu kontaktieren. Nein, sie konnte das Risiko nicht eingehen. Sie musste das alleine machen. Sie musste ihr Baby zurückbekommen.

Savannah legte den Brief und Buffys Foto auf den Couchtisch und ging wieder ins Badezimmer, um sich die Haare zu trocknen. Sie musste absolut normal aussehen, wenn sie in der Bank auftauchte, damit niemand dort misstrauisch werden und glauben würde, dass sie unter Zwang das Geld für die Lösegeldzahlung abhob. Sie wusste, dass die Bankangestellten darauf trainiert waren, Ungewöhnliches zu bemerken, und die Polizei kontaktieren würden, sobald sie die Bank verließ, wenn sie dachten, dass sie Hilfe benötigte.

Savannah gab sich zusätzliche Mühe, sich anzuziehen, als würde sie zu einem Business Meeting gehen. Sie war froh, dass ihre gleichmäßige dunkle Haut die Tatsache versteckte, dass sie nicht viel geschlafen, aber viel geweint hatte. Alles, was sie brauchte, war etwas Make-up um die Augen, und niemand würde wissen, dass sie die letzten Tage durch die Hölle gegangen war. Als sie fertig war, setzte sie sich an den Küchentisch und atmete tief durch. Sie hatte viel Zeit, das Geld abzuheben und sich zum Übergabeort zu begeben, doch sie konnte hier nicht herumsitzen. Es war das Beste, früh zur Bank zu gehen, um sicherzugehen, dass es keine Probleme gab, so viel Bargeld abzuheben, und dann in der Nähe des Übergabepunktes zu warten, bis es an der Zeit war, sich dorthin zu begeben. Zu Fuß.

Sie verstand, warum er nicht wollte, dass sie ein Taxi oder einen Fahrservice benutzte: Jemand würde in der Lage sein, sie aufzuspüren. Vielleicht bedeutete das, dass der Kidnapper vermutete, dass John versuchen würde, sie zu finden, wenn er sie nicht erreichen konnte. Wenn sie zu Fuß ging und öffentliche Verkehrsmittel benutzte, hätte John keine Möglichkeit, sie aufzuspüren, ihr zu Hilfe zu kommen und den Entführer zu schnappen, sobald sie Buffy wieder sicher in ihren Armen hatte. Der Entführer – und aktuell musste sie annehmen, dass es Alexi war – hatte an alles gedacht. Vielleicht war das der Grund, warum es so lange gedauert hatte, die Lösegeldforderung zu senden: Er hatte alles für eine saubere Übergabe vorbereiten müssen.

Es war Mittag, als sie sich auf den Weg zur Bank machte. Man kannte sie dort gut; schließlich war sie eine ihrer wohlhabenderen Kundinnen und hatte schon viele Jahre dort ihr Konto. Als sie bat, mit der Managerin zu sprechen, wurde sie direkt in deren Büro geführt.

„Ms. Rice, was für eine nette Überraschung. Oder hatten wir einen Termin, den ich vergessen habe?“, fragte die Managerin und streckte die Hand aus.

„Mrs. Barnstable, freut mich, Sie zu sehen.“ Savannah zwang sich zu lächeln. „Ich hätte wirklich einen Termin machen sollen, aber bei diesem

Geschäft, an dem ich gerade dran bin, ist alles viel schneller gegangen, als ich erwartet hatte.“

Mrs. Barnstable zeigte auf den Stuhl vor ihrem Schreibtisch und obwohl Savannah wusste, dass sie nicht lange bleiben würde, setzte sie sich und verschränkte die Hände in ihrem Schoß.

„Also, wie kann ich Ihnen helfen?“, fragte die Managerin erwartungsvoll.

„Wie Sie wissen, habe ich eine bedeutende Menge Geld auf einem meiner Konten, und wie sich herausgestellt hat, habe ich die Möglichkeit, in eine Immobilie in Cole Valley zu investieren, das, wie Sie wissen, eine sehr begehrte Gegend ist.“

Mrs. Barnstable presste ihre Hand auf ihre Brust. „Ich liebe dieses Viertel! Also, wenn Sie einen Kredit für die Investition brauchen, werde ich ihn bis heute Abend genehmigen lassen können. Kein Problem.“

Savannah setzte ein weiteres falsches Lächeln auf, während sie innerlich schreien wollte. „Wunderbar, wunderbar! Das kann noch eine Woche oder so warten, aber was ich heute brauche, heute Nachmittag sogar, ist Bargeld für die Anzahlung.“

„Sie meinen einen Barscheck?“

„Nein, Bargeld. Zweihundertfünfzigtausend Dollar.“

„Das ist ungewöhnlich.“

„Schon, ja“, sagte Savannah und lehnte sich vor. „Aber ich konkurriere mit einem asiatischen Käufer, der mit einem Koffer Bargeld anreist, und wenn ich nicht das Gleiche tue und heute Nachmittag Bargeld vorzeigen kann, werde ich die Immobilie nicht bekommen.“ Sie schüttelte den Kopf. „Ich weiß, es ist verrückt, was diese Käufer machen, aber ich will mir diese Immobilie nicht durch die Finger gleiten lassen. Das verstehen Sie doch, oder?“

Mrs. Barnstable lächelte. „Natürlich. Das ist gar kein Problem, Ms. Rice. Wir sind immer froh, wenn wir Ihnen entgegenkommen können.“ Dann lachte sie. „Und es ist ja Ihr Geld.“ Sie drehte sich zu ihrem Computer und tippte etwas auf der Tastatur. „Lassen Sie mich nur kurz die Abhebung autorisieren. Und dann lasse ich einen der Schalterangestellten die Scheine bereitlegen.“

„Ausgezeichnet.“ Savannah seufzte erleichtert. Das Geld war fast in ihren Händen und die Managerin hatte keinen Verdacht geschöpft.

„Wir können Sie von einer Sicherheitskraft zu Ihrem Auto begleiten lassen", bot die Managerin an.

„Ich habe einen Fahrdienst, der draußen auf mich wartet, also ist das nicht nötig, aber vielen Dank", log sie. „Und ich habe meinen Aktenkoffer dabei." Sie zeigte auf den ledernen Koffer, den sie beim Hinsetzen neben ihren Füßen abgestellt hatte.

„Perfekt." Mrs. Barnstable hob den Hörer ihres Telefons ab und wählte eine Nummer. Einen Augenblick später sagte sie: „Heather, ich habe gerade eine Abhebung für Ms. Rice autorisiert. Würden Sie sich bitte darum kümmern und das Geld in mein Büro bringen, wenn es gezählt ist?" Es gab eine kurze Pause. „Danke, Heather." Sie legte den Hörer auf. „Es dauert etwa fünfzehn Minuten. Möchten Sie in der Zwischenzeit einen Kaffee oder etwas Wasser?"

Obwohl sie nicht durstig war, zwang Savannah sich, eine Flasche Wasser anzunehmen und schlürfte an der kühlen Flüssigkeit, während ihr der Schweiß den Rücken und zwischen ihren Brüsten hinab floss. Sie war froh, dass ihr Geschäftsanzug ihre Körperreaktion verbarg.

Im Büro der Managerin zu sitzen und auf das Bargeld zu warten, fühlte sich wie die längsten fünfzehn Minuten ihres Lebens an. Als das Klopfen an der Tür ertönte, sprang sie fast aus ihrem Stuhl und musste die Armlehnen umklammern, um sich zu zwingen, sitzen zu bleiben.

In ein paar Momenten würde sie das Geld haben, um das Lösegeld zu bezahlen. Und in ein paar Stunden würde sie ihre Tochter wieder in die Arme schließen.

14

John wachte mitten am Nachmittag auf, zu früh, um das Haus zu verlassen – und mit einem Ständer der Größe Kaliforniens. Kein Wunder: Er hatte von Savannah geträumt, davon, wie ihre dunkle Haut vor Schweiß glitzern würde, wenn er mit ihr schlief, bis sie nicht mehr könnte. Dieser Art von Gedankengang nachzugehen, jetzt wo er wach war, half jedoch nicht, seine Erektion abklingen zu lassen.

Fluchend sprang er aus dem Bett und marschierte ins Badezimmer. Das Haus, das er kurz nach seinem Beitritt bei Scanguards gekauft hatte, lag in Noe Valley, einer familienorientierten Nachbarschaft im Zentrum San Franciscos, ganz in der Nähe von Scanguards' Hauptquartier. Es war nicht groß: drei Schlafzimmer, zwei Bäder, eine kleine Küche mit Essbereich und ein relativ großes Wohnzimmer.

Er hatte das Haus gewählt, weil es von einem üppigen Garten mit ausgewachsenen Bäumen und Büschen umgeben war, die Privatsphäre und Schatten spendeten. Zusätzlich führte aus der Garage im Erdgeschoss eine Innentreppe direkt in den Wohnbereich, eine Notwendigkeit für jeden Vampir, der die Freiheit haben wollte, auch während des Tages zu kommen und zu gehen, wie es ihm beliebte.

Im Rückblick hätte er eine andere Nachbarschaft wählen sollen, eine, wo er nachmittags nicht so viele Kinder spielen hören konnte. Ihre Stimmen und ihr Gelächter waren, was ihn normalerweise so früh weckte und ihn daran erinnerte, was er hätte haben können, eine eigene Familie.

Heute jedoch nahm sein sensibles Gehör keine Kinderstimmen wahr. Das war es nicht, was ihn geweckt hatte. Er wusste, dass dieses Mal der lebhafte Traum von Savannah an seinem Aufwachen schuld war. Vielleicht würde ihn eine kalte Dusche wieder zu Sinnen bringen.

Nackt trat John in die Dusche und schaltete das Wasser ein. Er drehte sich in den Sprühregen und ließ das kalte Wasser auf sich niederprasseln. Doch egal wie viel davon seinen harten Schwanz erreichte, das verdammte Ding wollte sich nicht beruhigen.

„Fuck", fluchte er und schlug mit der Faust so fest gegen die geflieste Wand, dass eine der Fünfzigerjahre-Fliesen sprang. Naja, er wollte das Badezimmer sowieso renovieren. Kein Thema. Aber seinen Frust an den Fliesen auszulassen, würde in seiner gegenwärtigen Notlage auch nicht helfen. Nur eines würde das: die Sache in die eigene Hand zu nehmen.

Also gab er sich seinen niederen Trieben hin und packte seinen Schwanz mit der rechten Hand. Mit der linken stützte er sich an der Duschwand ab und fing an, seine Erektion hart und fest zu pumpen. Er blies die Luft aus seiner Lunge. Viel zu lange hatte er sich das fleischliche Vergnügen verwehrt. Deshalb war er so angespannt. Deshalb musste er das jetzt machen, bevor er Savannah wiedersah, bevor er seine Hände an sie legte und sie gegen eine ebene Oberfläche drückte, um seinen Schwanz in ihr süßes Geschlecht zu rammen und ihr zu verstehen zu geben, was er war: ein Tier, eine Bestie, ein Vampir.

Ja, er wollte, dass sie es wusste, wollte den Ausdruck in ihren Augen sehen, wenn sie seine Fangzähne und das rote Glühen in seinen Augen bemerkte, das sich nur zeigte, wenn der Vampir in ihm die Kontrolle übernahm.

Genau wie seine Fangzähne sich jetzt ausfuhren, während er mit seiner Hand seinen Schwanz entlangfuhr und drückte, nun etwas sanfter, so wie eine Frau es tun würde. So wie Savannah es tun würde. Wie sie ihn mit ihren weichen Händen berühren würde, bevor sie auf die Knie fiel, damit sie mit ihrer feuchten Zunge über seine geschwollene Schwanzspitze lecken und ihn so zum Stöhnen bringen würde.

Wie sie ihre köstlichen Lippen um ihn schloss und ihn in ihrer warmen

Feuchtigkeit badete. Eine Hand an seine Eier legte, Eier, die fest geworden waren, Eier, die brannten, weil sie ihren Samen hinausschießen wollten. Wie sie mit einem Fingernagel sanft an seinem Sack kratzte, während ihr Mund ihn tief aufnahm und ins Paradies brachte. Wie sie anfangs fast spielerisch an ihm saugte, bis er härter in ihren Mund stieß und sie den Hinweis verstand und ihn dann mit mehr Entschlossenheit blies, härter und schneller.

Der Kontrast ihrer dunklen Haut zu seiner weißen war reine Perfektion. Ein perfektes Yin und Yang, die Dunkelheit und das Licht, die einander ergänzten, füreinander bestimmt waren. Verbunden, verflochten, untrennbar. Eine Dualität, eine Einheit, die die Natur erschaffen hatte. Und der Mensch nicht zerstören konnte.

Er spürte, wie sich der Druck in seinen Hoden aufbaute, die Hand an seinem Schwanz fester zudrückte, sich schneller bewegte und ein kribbelndes Gefühl durch seinen Körper schickte. Sein Puls raste, sein Herz schlug schneller als je zuvor. Er spürte, wie sein Orgasmus nahte, wusste, dass es Zeit war, seine Selbstbeherrschung aufzugeben, die Fantasie loszulassen, die ihn an diesen Punkt gebracht hatte. Er konzentrierte sich auf noch ein Bild, auf Savannah, die ihre Augen hob, um ihn aus ihrer knienden Position anzusehen, mit Liebe und Verlangen in ihren Augen.

Genau da kam er. Sein Samen explodierte aus der Spitze seines Schwanzes und schoss gegen die geflieste Wand, wo er in heißen, dicken Streifen herunterfloss. Er stieß ein erleichtertes Stöhnen aus. Vielleicht würde er jetzt in der Lage sein, die kommende Nacht zu überstehen und sich auf das zu konzentrieren, was er tun musste.

Er duschte schnell, trocknete sich ab und zog sich an. Ein Blick auf die Uhr sagte ihm, dass die Sonne noch nicht untergegangen war. Aber das war egal. Er würde sowieso ins Büro fahren. Deirdre würde immer noch dort sein und er konnte sich alles ansehen, was sie in der Zwischenzeit ausgegraben hatte. Die Tatsache, dass sie ihn nicht angerufen hatte, bedeutete wahrscheinlich, dass sie noch nichts Wichtiges gefunden hatte. Was gut und schlecht war. Gut, weil es bedeutete, dass es nichts in Savannahs Leben gab, das die Alarmglocken läuten ließ, und schlecht, weil es bedeutete, dass es keine Spuren gab, denen er folgen könnte.

Es dauerte nur zwanzig Minuten, um ins Hauptquartier von Scanguards im Mission District zu fahren, und weitere drei, um in sein Büro zu gelangen. Er trat ohne zu klopfen ein.

Deirdre schrie auf und schoss vom Schreibtisch hoch. Als ihre Augen auf ihm landeten, rügte sie ihn: „Verdammt, du hast mich erschreckt. Du hättest sagen können, dass du kommst!"

John schloss die Tür hinter sich. „Ich wollte dich nicht erschrecken." Aber er entschuldigte sich nicht. Schließlich war dies sein Büro, nicht ihres. Verdammt, sie hatte kein Büro. Sie war nicht einmal autorisiert, hier zu sein.

Deirdre setzte sich wieder hin. „Ich wollte dich sowieso gerade anrufen."

Interessiert trat er näher heran und spähte auf den Computerbildschirm. „Hast du etwas gefunden?"

„Ich glaube ja."

Sein Herz pochte. Die Art, wie Deirdre ihn ansah, beunruhigte ihn. Als hätte sie etwas Belastendes in Savannahs Leben gefunden.

„Komm schon, Deirdre, lass dir nicht alles aus der Nase ziehen."

„Erinnere mich daran, nicht dich als meinen Boss zu wählen", zischte sie.

Er kniff die Augen zusammen. „Ob es dir gefällt oder nicht, ich *bin* dein Boss. Fürs Erste."

„Nun, da du so nett fragst ..."

„Hat dir je jemand gesagt, dass du ein schlechtes Benehmen an den Tag legst?"

„Hat dir je jemand gesagt, dass *du* ungeduldig bist?", warf sie zurück und grinste dann verschmitzt. „Aber ich kann es dir nicht verübeln." Sie zeigte auf den Computer. „Ich glaube nicht, dass du Zeit zu verlieren hast. Savannah Rice hat vor ein paar Stunden einen großen Betrag Bargeld von ihrem Konto abgehoben. Das Update im System kam gerade erst vor ein paar Minuten, deshalb habe ich es nicht früher gesehen. Ich wollte mich gerade abmelden, aber als ich sah, wie viel Geld sie hat, wollte ich es im Auge behalten."

John starrte Deirdre an. „Wie viel hat sie abgehoben?"

„Zweihundertfünfzigtausend Dollar."

„In bar?"

„Ja, Bargeld."

„Fuck!", fluchte er. „Es gibt nur einen Grund, warum sie das tun würde."

„Deshalb wollte ich dich gerade anrufen. Sie muss eine Lösegeldforderung bekommen haben. Und jetzt wird sie die Entführer bezahlen."

John zog sein Handy aus der Tasche und schaute darauf. „Keine verpassten Anrufe, keine Nachrichten." Warum hatte Savannah ihn nicht angerufen? Er suchte ihre Nummer und drückte auf den Anruf-Button. Es klingelte, einmal, zweimal, dreimal, dann ein viertes Mal, bevor es auf die Voicemail ging.

„Hier ist Savannah Rice. Es tut mir leid, ich kann gerade nicht ans Telefon gehen. Bitte hinterlassen Sie mir eine Nachricht und ich rufe Sie so schnell wie möglich zurück."

Piep.

„Savannah, wo bist du? Ich muss mit dir reden. Ich weiß von dem Geld. Bitte ruf mich an!"

Er legte auf und schickte ihr dann eine SMS-Nachricht mit derselben Bitte.

„Etwas stimmt nicht", meinte Deirdre.

Das wusste er bereits. „Vieles stimmt nicht. Sie hätte keine Lösegeldforderung bekommen sollen. Niemand anderes bekam eine."

„Vielleicht hängt ihr Fall nicht mit den anderen zusammen?"

John schüttelte den Kopf. „Nein, sie hängen zusammen. Irgendwie. Ich habe nur noch nicht herausgefunden wie." Doch er hatte keine Zeit, das jetzt zu diskutieren. „Ich muss Savannah finden. Sofort."

„Ihr Handy ist an, ich werde sehen, ob ich Zugriff auf ihr GPS bekomme", bot Deirdre an.

„Gut", stimmte er zu und wandte sich bereits zur Tür. „Ich versuche es in ihrer Wohnung. Ruf mich an, sobald du einen GPS-Standort hast."

Er wartete nicht einmal auf Deirdres Antwort und stürmte stattdessen durch die Tür hinaus und den Gang hinunter. Der Gedanke daran, dass Savannah sich alleine mit den Entführern traf, sandte ihm einen Schauer den Rücken hinunter. Was, wenn etwas schiefging?

An seinem Auto angekommen, sprang er hinein und raste aus der Tiefgarage. Es war gerade Feierabendverkehr. Der Mission District war den ganzen Tag über sehr belebt, aber in der Rush Hour war es die Hölle.

„Kommt schon, ihr Idioten", rief John den anderen Fahrern zu. Aber das brachte nichts. Es brachte ihn nur dazu, noch aufgebrachter zu werden.

Außerdem, was würde er machen, sobald er an Savannahs Wohnung ankam? Die Sonne war noch nicht untergegangen. Er hasste, dass es Sommer war, wo die Tage länger waren und ihm weniger Zeit gaben, sich frei zu bewegen. Es würde noch eine Stunde dauern, bis die Sonne unterging und er den schützenden Kokon seines speziell ausgerüsteten Wagens verlassen konnte.

Aber so weit durfte er nicht vorausdenken. Zuerst musste er zu Savannahs Wohnung gelangen oder an den Ort, wo Deirdre ihr Handy fand. Ungeduldig aktivierte er seine Freisprecheinrichtung und wählte Deirdres Nummer.

Sie antwortete sofort. „Ja?"

„Hast du den Standort?"

„Ich arbeite daran", sagte sie kurz angebunden. „Wenn du mich unterbrichst, wird es nicht schneller gehen."

Ein Klicken in der Leitung. Deirdre hatte aufgelegt.

„Fuck!" Aber er war nicht einmal sauer auf Deirdre oder ihre Art, sondern auf die Umstände, in denen er sich befand: Er steckte im Stau, unfähig schneller als im Schneckentempo zu Savannah zu kommen.

Erneut versuchte er es auf Savannahs Handy, doch es klingelte nur und schaltete dann auf die Voicemail weiter. Dieses Mal hinterließ er keine Nachricht.

Er war sich nicht sicher, was ihn mehr ärgerte: dass Savannah versuchte, sich alleine mit den Kidnappern zu treffen, oder dass er es nicht hatte kommen sehen. Dadurch fühlte er sich hilflos und er hasste es, sich so zu fühlen.

Da er wusste, dass er noch mindestens fünfzehn Minuten bis zu Savannahs Wohnung brauchen würde, wählte er Damians Nummer. Es klingelte zweimal, bevor Damian abhob.

„Wo bist du?"

„Ich bin fast in Glen Park. Warum?"

„Scheiße!" Damian war noch weiter als er von Savannahs Viertel entfernt. „Hast du Alexi im Auge?"

„Ja, er hat gerade an einem Baumarkt gehalten. Da ist er, er kommt gerade wieder raus. Warum?"

„Bleib an ihm dran. Ich habe Grund zu glauben, dass Savannah gerade eine Lösegeldforderung bekommen hat."

„Hm? Ich dachte, du sagtest, wir haben es mit einem Kinderschieberring zu tun. Änderst du jetzt die Regeln?"

„Das hier ist echt, Damian! Ein echter Fall. Verstanden?" John schlug mit der Hand gegen sein Lenkrad und hupte den Idioten vor ihm an. „Verlier Alexi nicht. Wenn er hinter der Entführung steckt, wird er sich auf die Geldübergabe vorbereiten."

„Oh oh", sagte Damian.

„Was?"

„Er hat ein Seil und Panzertape in dem Baumarkt gekauft."

„Oh Scheiße! Folge ihm, egal, wohin er geht. Lass dir von Benjamin helfen."

„Verstanden."

John legte auf, entdeckte eine Lücke im Verkehr und überholte den unschlüssigen Fahrer vor ihm, der ihn am Weiterkommen hinderte. Er schaffte es einen Block zu fahren, bevor er einem weiteren Hindernis ausweichen musste. An der nächsten Ampel bog er links ab, bevor der entgegenkommende Verkehr die Chance hatte, in die Kreuzung zu fahren, und während die anderen Fahrer wütend hupten, entkam er endlich dem schlimmsten Stau.

John benutzte sein Wissen über die Abkürzungen der Stadt, um weitere Engstellen zu vermeiden, und erreichte schließlich Lower Pacific Heights.

Noch ein paar Blocks und er bog in die Seitenstraße, in der sich Savannahs Wohnung befand. Von außen sah alles ruhig aus. Er sah kein Licht in den vorderen Zimmern, aber es war auch noch zu früh, drinnen Licht zu brauchen: Die Sonne stand noch am Himmel, doch es war neblig, nebliger als im Mission District oder seinem eigenen Wohnviertel. Er war froh darum, denn zumindest würde der Nebel ihn ein wenig vor der Sonne schützen.

John fuhr so nahe wie möglich an die Treppe von Savannahs Wohnhaus und stoppte den Wagen. Aus dem Handschuhfach holte er ein kleines Lederetui und schob es in seine Tasche. Dann blickte er hinter seinen Sitz. Zum Glück war die alte Decke, die er ein paar Tage zuvor in den Wagen geworfen hatte, um sie dem nächsten Obdachlosen, dem er begegnete, zu geben, immer noch da. Er zog sie hervor und legte sie über seinen Oberkörper, sodass sein Kopf und seine Schultern bedeckt waren, und hielt sie unter seinem Kinn zusammen.

„Los geht's", murmelte er zu sich selbst und öffnete die Tür.

Er sprang so schnell er konnte aus dem Auto, schlug die Tür zu und sprintete zur Treppe. Er konnte bereits spüren, wie die UV-Strahlen seinen Körper erhitzten, obwohl es nicht so schlimm war wie an einem sonnigen Tag. Er war unter dem Vordach angekommen, doch er war noch nicht aus dem Schneider, denn das Sonnenlicht konnte ihn zum Teil immer noch erreichen.

John klingelte, wartete jedoch nicht auf eine Antwort. Stattdessen zog er das Lederetui aus der Tasche, nahm einen Dietrich heraus und machte sich an die Arbeit. Er kauerte über dem Schloss und sorgte dafür, dass sein Kopf und seine Schultern durch die Decke abgeschirmt waren und sein breiter Körper seine Hände vor der Sonne schützte. Aber er konnte die Hitze an seinen Waden fühlen, die nur vom dünnen Stoff seiner Cargohose bedeckt waren. Sie bot nicht viel Schutz und er wusste, dass er dort starke Verbrennungen davontragen würde. Aber das war ihm egal. Er würde heilen. Er hatte schon schlimmere Verbrennungen erlitten und überlebt.

Schließlich klickte das Schloss. Er schob die Tür auf, huschte hinein und schlug sie hinter sich zu. Erleichtert seufzte er und hielt kurz inne, um die Dunkelheit im Treppenhaus seine Haut beruhigen zu lassen.

Er lauschte. Kein Geräusch kam aus der Wohnung über ihm. Savannah hätte das Zuschlagen der Tür gehört, doch sie reagierte nicht. Es bestätigte nur, was er bereits vermutete. Dass er zu spät kam.

John ging die Treppe hinauf und betrat den Gang. Er trug immer noch die Decke um seine Schultern, denn das Licht, das durch die Fenster in der Küche und der Vorderseite des Hauses, wo das Wohnzimmer lag, drang, konnte ihn immer noch verbrennen.

Ohne nach Savannah zu rufen, bewegte er sich von Raum zu Raum, zuerst zum Badezimmer, dann zu Savannahs Schlafzimmer in der Mitte des Hauses – dem dunkelsten Raum –, dann zu Buffys Zimmer und zur Küche. Nichts. Sie war nicht da. Er marschierte wieder zum Eingang und dann ins Wohnzimmer. Hier war es am hellsten. Ein großes Fenster ließ die UV-Strahlen herein. John schützte sein Gesicht so gut er konnte, als sein Handy plötzlich klingelte. Er ging zurück in den Schatten spendenden Gang und antwortete.

„Was hast du für mich?"

„Sie muss zuhause sein", antwortete Deirdre.

„Ich bin in ihrer Wohnung. Sie ist nicht hier."

„Ihr Handy ist dort. Lass es mich anrufen."

Es gab eine kurze Pause, dann hörte John das Klingeln eines Handys im Wohnzimmer.

„Ich höre es." Er marschierte wieder ins Wohnzimmer und sah das Handy auf dem Couchtisch. Daneben lagen mehrere Gegenstände: ein Umschlag, ein Brief und ein Bild. Er schnappte sich alles und eilte wieder in den Gang.

„Ich rufe dich zurück", sagte er zu Deirdre und legte auf.

Er erkannte die Person auf dem Bild sofort: Buffy. Ihm war auch klar, was das Foto darstellte: einen Lebensbeweis. Sein Blick schnellte zu dem Brief. Bevor er ihn las, hielt er seine Nase daran. Er nahm einen seltsamen Geruch wahr. Etwas Beißendes. Ein Mensch mochte das vielleicht nicht riechen, aber sein verstärkter Geruchssinn nahm es wahr. Seltsam. Aber er hatte keine Zeit, genauer darüber nachzudenken. Stattdessen las er den Brief mit pochendem Herzen.

Scheiße! Warum hatte Savannah ihn nicht angerufen?

Am Ende des Briefes angelangt, wusste er, warum. Der Entführer hatte sie glauben lassen, dass er sie beobachtete und nicht nur Buffy, sondern auch John töten würde, sollte sie Hilfe suchen.

Er blickte auf die Uhr. „Oh Gott!"

Es würde eines Wunders bedürfen, rechtzeitig zu Stern Grove zu gelangen.

15

Savannah betrat den Stern Grove von der nordöstlichen Ecke, nachdem sie zwei Blocks zuvor aus dem Bus gestiegen war. Ihr Aktenkoffer fing an, sich schwer anzufühlen, und ihre Zehen schmerzten in ihren Stöckelschuhen. Aber sie hatte für ihren Besuch in der Bank professionell aussehen müssen und keine Möglichkeit gehabt, sich danach etwas Bequemeres anzuziehen. Im Rückblick hätte sie in das nächste Bekleidungsgeschäft gehen und sich Jeans und bequeme Schuhe kaufen sollen. Aber jetzt war es zu spät. Und es war egal. Sie war fast da. Es waren nur noch drei Blocks bis zum Trocadero Clubhouse. Sie war noch nie dort gewesen, aber sie wusste, dass dieses Clubhouse in der Nähe des Platzes war, wo an den Sommerwochenenden immer kostenlose Konzerte stattfanden.

Der Pfad, auf dem sie war, führte in eine bewaldete Gegend des Parks. Der Schatten der großen Bäume und der dichte Nebel verdunkelten die Gegend. Sobald die Sonne unterging, was bald geschehen würde, würde es hier stockfinster sein. Sie zitterte unwillkürlich, konnte jedoch nicht sagen, ob es von der Kälte kam, die durch ihre Kleidung drang, oder von der wachsenden Angst. Wahrscheinlich von beidem.

Dunkelheit und Stille hatten sie schon immer geängstigt. Und hier war es still. Die Geräusche der Autos, die auf der 19th Avenue und dem Sloat Boulevard fuhren, die den Park im Osten und im Süden begrenzten, waren gedämpft. Sie konnte keine Tiere hören, aber das war vielleicht auch gut so. Schließlich streunten Kojoten durch einige der Parks in der Stadt, auch wenn sie nur eine Gefahr für Hunde, Katzen und kleine Kinder darstellten. Von größeren Kreaturen hielten sie sich fern. Trotzdem kroch die Nervosität wie eine Schlange ihre Wirbelsäule hinauf und ließ sie erbeben.

Sie brauchte noch zehn Minuten, dann erreichte sie das Clubhouse. Das alte gelbe viktorianische Gebäude mit der Veranda und den weißen Verzierungen war dunkel. Keine Lichter erhellten die Umgebung oder das Innere. Es war geschlossen. Der Entführer wusste das. Er würde keine Zeugen für die Übergabe wollen.

Savannah blickte sich um. Sie konnte keine Autos auf dem Parkplatz sehen. Allerdings konnte sie wegen des dichten Nebels nicht bis zum hinteren Ende sehen. Jemand hätte dort für sie unbemerkt parken können. Sie sah auf die Uhr. Es waren noch zwei Minuten bis zur vereinbarten Zeit.

In der Ferne hörte sie den Motor eines Autos. Sie lauschte. Kam es näher oder spielten ihre Ohren ihr einen Streich? Sie spähte in die Dunkelheit. Der Nebel bewegte sich und erzeugte unheimliche, schattenhafte Gestalten zwischen den Bäumen. Als wäre der Wald lebendig. Ihre Hände zitterten. In der Wildnis würde sie nicht überleben können, so viel war klar. Sie war ein Stadtmensch durch und durch. Aber sie zwang die Angst in die Knie, da sie wusste, dass sie das durchstehen musste.

Plötzlich durchdrang ein Lichtstrahl die dunkle Umgebung. Zuerst konnte sie nicht sagen, woher er kam, aber dann hörte sie ein Auto und drehte sich um. Zwei Scheinwerfer kamen direkt auf sie zu. Als die Lichter sie trafen, wurde der Wagen langsamer. Sie kniff die Augen zusammen und versuchte die Marke und das Modell des Autos sowie das Nummernschild auszumachen. Doch die Scheinwerfer blendeten sie. Alles, was sie erkennen konnte, war, dass es ein Van oder ein großer SUV war.

Er hielt gegenüber den Stufen zum Clubhouse, wo sie stand, an, etwa acht bis zehn Meter von ihr entfernt. Jetzt konnte sie sehen, dass es ein kleiner weißer Lieferwagen war, so einer, wie er von Blumenhändlern oder Klempnern gefahren wurde. Es gab keinen Schriftzug an der Seite, nichts, um ihn zu identifizieren.

Die Beifahrertür öffnete sich und ein Mann sprang heraus. Er trug nicht nur dunkle Kleidung, sondern auch eine Skimaske. Der Fahrer blieb im Wagen und ließ den Motor laufen. Der maskierte Mann packte den Griff der Schiebetür und schob sie halb auf. Savannah versuchte hineinzuschauen, aber er blockierte ihr die Sicht.

Nervös beobachtete sie ihn dabei, wie er nach rechts und links sah, vielleicht um zu überprüfen, ob jemand im Schatten lauerte. Aber sie wusste, dass dort niemand war, niemand, der ihr zu Hilfe kommen würde.

„Wo ist meine Tochter?"

„Wo ist das Geld?", entgegnete er, die Frage ignorierend.

Sie hob den Aktenkoffer an. „Es ist alles hier. Wo ist sie? Wo ist Buffy?" Ihre Stimme zitterte und sie wusste, dass sie das in eine schwache Position brachte. Verdammt, sie *war* in einer schwachen Position!

Der Mann zeigte auf die offene Schiebetür. „Da drinnen."

Ihren ganzen Mut zusammennehmend verlangte sie: „Ich will sie sehen."

„Erst das Geld." Er gab ihr ein Zeichen, näherzukommen.

Langsam machte sie ein paar Schritte auf ihn zu. Dann stoppte sie wieder. Furcht packte ihr Herz. „Buffy?", rief sie. „Buffy, geht es dir gut?"

Es gab keine Antwort.

„Sie kann nicht antworten. Sie ist geknebelt." Dann zeigte er wieder auf den Aktenkoffer. „Gib mir das Geld."

Sie näherte sich, bis sie nur einen Meter von dem Entführer entfernt war. Er griff nach dem Koffer mit dem Geld und sie ließ es zu. Sie zeigte auf den offenen Van hinter ihm. „Meine Tochter. Geben Sie mir meine Tochter."

„Natürlich." Er drehte sich um und stellte den Aktenkoffer in den Wagen. „Du wirst sie bald sehen."

Er drehte sich plötzlich um und packte sie mit beiden Händen, hob sie von den Füßen und riss sie vor, sodass ihr Oberkörper im Van landete. Bevor sie auf dem Boden aufschlug, schaffte sie es in letzter Sekunde, den Kopf zur Seite zu reißen, sodass ihr Gesicht unversehrt blieb. Gleichzeitig konnte sie das Innere des Vans sehen. Er war leer. Buffy war nicht hier.

„Nein!", schrie sie. Adrenalin schoss durch ihre Adern und sie trat mit den Beinen aus und schaffte es, ihre spitzen Stöckel in den Bauch des Entführers zu stoßen.

„Argh!"

Sie rollte sich auf den Rücken und trat erneut zu, aber dieses Mal schaffte der Scheißkerl es, sie bei den Knöcheln zu packen und sie so davon abzuhalten, erneut Schaden zu verursachen.

„Verdammte Schlampe! Dafür wirst du bezahlen", drohte er.

Sie wollte keine Energie damit vergeuden, nach Hilfe zu rufen, weil sie wusste, dass niemand kommen würde. Stattdessen zog sie sich hoch und schlug in Richtung des Gesichts des Entführers. Er wich zur Seite aus und verdrehte ihre Beine, um sie wieder auf den Bauch zu drehen.

„Schmeiß die verdammte Schlampe in den Van!", rief der Fahrer von vorne.

Eine Sekunde lang wirkte ihr Angreifer abgelenkt und sie nutzte diese Zeit, um ihre Beine hochzureißen. Dieses Mal war sie in der Lage, ein Bein aus seinem Griff zu befreien und schwang es in Richtung seines Kopfes. Aber bevor es sein Ziel traf, verdrehte das Arschloch ihr anderes Bein und sie schrie vor Schmerzen auf. Sie spürte, wie er sie weiter in den Wagen schob, schaffte es jedoch, die Seite der Tür mit einer Hand zu packen und sich dort verzweifelt festzuhalten.

„Spring rein, du Idiot", rief der Fahrer. „Wir müssen hier weg!"

Ihr Angreifer sprang in den Van und wäre auf ihr gelandet, hätte ihn nicht etwas in der letzten Sekunde zur Seite gerissen. Was es war, konnte sie nicht sofort sehen, jedoch hören: Ein wildes Knurren begleitete den dumpfen Schlag und den schmerzverzerrten Schrei, als der Kidnapper gegen das harte Metall im Inneren des Wagens schlug.

„Fuck!", schrie der Fahrer.

Der Van machte einen Ruck nach vorne, während eine dunkle Gestalt sie packte.

„Savannah!"

Sie erkannte die Stimme sofort und ließ die Tür los. John zerrte sie aus dem Van, der sich nun in Bewegung setzte. Mit seinen Armen sicher um sie gelegt taumelten sie zu Boden. Sie landeten hart und rollten noch ein paar Meter, bevor sie auf dem Grünstreifen zum Liegen kamen.

Der Motor des Vans heulte auf und als sie den Kopf in dessen Richtung wirbelte, konnte sie nur noch sehen, wie die Heckleuchten in der Ferne verschwanden. Sie kniff die Augen zusammen, um das Nummernschild zu entziffern, konnte jedoch keine Buchstaben oder Ziffern ausmachen.

Tränen rannten über ihre Wangen hinab.

„Bist du verletzt?“ Johns Stimme war voller Sorge.

Sie schüttelte den Kopf und versuchte, sich aufzusetzen, doch ein stechender Schmerz schoss die Seite hinauf, auf der sie auf dem harten Boden im Van gelandet war.

„Du bist doch verletzt!“ John half ihr, sich aufzusetzen.

„Nur ein paar blaue Flecken.“ Sie sah ihn zum ersten Mal an und blickte ihm in die Augen. „Sie war nicht im Van, John. Sie haben sie nicht mitgebracht. Ich habe ihnen das Geld gegeben und sie haben Buffy nicht mitgebracht.“ Ein Schluchzen riss sich aus ihrer Brust. „Warum?“

John half ihr auf. „Ich weiß nicht, Savannah, ich wünschte, ich wüsste es. Aber wir müssen verschwinden. Hier können wir nichts tun. Sie sind weg.“

„Ich konnte das Nummernschild nicht ausmachen.“

„Ich bin überrascht, dass du überhaupt dran gedacht hast, es zu lesen zu versuchen.“ Er legte eine Hand an ihren Ellbogen. „Ich habe das Nummernschild gesehen. Ich lasse es von meinen Leuten überprüfen, aber ich habe nicht viel Hoffnung. Solche Verbrecher benutzen keine auf sie registrierten Fahrzeuge.“ Er zeigte in die Richtung, in die der Van verschwunden war. „Mein Auto steht da drüben.“

Sie schniefte und versuchte die Tränen zu stoppen. Dann erlaubte sie ihm, sie zu seinem Wagen zu führen. Er half ihr auf den Beifahrersitz, schloss die Tür und stieg auf der Fahrerseite ein. Einen Augenblick später summte der Motor und der Wagen setzte sich in Bewegung. Die sanften Vibrationen des Autos hätten sie beruhigen sollen, aber das taten sie nicht. Sie zitterte immer noch, stand immer noch unter Schock. Sie hatte alles getan, was die Kidnapper verlangt hatten, trotzdem hatten sie ihr Buffy nicht zurückgegeben.

Während sie die Geschehnisse des Tages erneut durchging, um herauszufinden, ob sie etwas getan hatte, weswegen die Entführer sich dazu entschieden hatten, ihr ihre Tochter nicht zu geben, tätigte John einen Anruf und gab das Nummernschild durch und verlangte, dass es sofort überprüft werden sollte.

Wenn John nicht rechtzeitig gekommen wäre, würde sie nun in dem Van liegen und wäre ebenfalls verschwunden. Und wer würde dann Buffy retten? Doch John hatte sie gefunden.

„Wie?"

Er blickte sie von der Seite an. „Was?"

„Wie hast du es gewusst? Wie hast du mich gefunden?"

16

John schaute in Savannahs verweinte Augen. Sein Herz war fast stehen geblieben, als er mitansehen musste, wie der Verbrecher Savannah in den Van zog und zu entführen versuchte. Er war zur selben Zeit wie die Kidnapper angekommen; perfektes Timing, weil dadurch weder Savannah noch die Entführer den Motor seines Wagens hören konnten. Die Scheinwerfer hatte er bereits ausgeschaltet, bevor er den Wagen angehalten hatte. Seine überragende vampirische Sehkraft hatte ihm ermöglicht, ohne Licht zu fahren, als er – genau bei Sonnenuntergang – den Park erreicht hatte.

„Als ich dich nicht erreichen konnte, bin ich in deine Wohnung eingebrochen und habe die Nachricht des Kidnappers gefunden."

„Warum bist du gekommen?"

„Ich musste mich überzeugen, dass du in Sicherheit bist. Ich war bereit, ohne einzugreifen zuzusehen, weil ich weder dich noch Buffy in Gefahr bringen wollte. Aber als ich sah, dass der Verbrecher dich in den Van warf, musste ich handeln. Da wusste ich, dass sie Buffy nicht mitgebracht hatten."

Er bemerkte, wie sie schluckte. Sie sagte: „Ich glaube, ich weiß, wer hinter dem Ganzen steckt."

Überraschung durchfuhr ihn. „Wer?"

„Alexi, mein Angestellter. Du hast die Nachricht gelesen, du hast gesehen, was dort stand – ich sollte dich, meinen Privatdetektiv, nicht einschalten. Alexi wusste, dass ich dich engagiert habe. Ich glaube sogar, dass er der Einzige ist, der das wusste. Ich hatte weder meiner Nachbarin noch Elysa oder den Lehrern etwas gesagt. Doch der Kidnapper wusste es. Es muss Alexi sein. Er hätte auch das technische Wissen, um mich die ganze Zeit zu beobachten. Deshalb konnte ich dich nicht kontaktieren." Die Worte purzelten über ihre Lippen, während ihre Brust sich heftig hob. „Wir müssen ihm folgen. Er wird uns zu Buffy führen."

John dachte einen Augenblick lang über ihre Worte nach. Er hatte denselben Verdacht gehabt. „Ich lasse ihn bereits von zwei meiner Männer beschatten. Sie haben den Befehl, ihn nicht aus den Augen zu lassen. Ich habe vor weniger als einer Stunde mit ihnen gesprochen. Alexi war zu der Zeit in Glen Park."

Sie rutschte auf ihrem Sitz herum. „Das ist genügend Zeit, um zum Stern Grove zu kommen."

„Die Kidnapper haben Masken getragen. Haben sie etwas gesagt?"

Sie nickte, dann ließ sie die Schultern hängen. „Alexi hat einen starken Akzent. Die beiden haben wie Amerikaner geklungen." Sie blies ihren Atem hinaus. „Aber das bedeutet nichts. Er hätte jemanden anheuern können, um die Drecksarbeit zu erledigen, während er Buffy bewacht."

Es war eine Möglichkeit. John nickte, aber entschied sich, Savannah zu verschweigen, dass Damian gesehen hatte, wie Alexi ein Seil und Panzertape gekauft hatte. „Lass mich kurz meine Leute anrufen und sehen, wo Alexi jetzt ist." Er zog sein Handy heraus und brachte es an sein Ohr, anstatt über die Fernsprecheinrichtung seines Wagens zu telefonieren. Dann wartete er, bis Damian abhob.

„Hey, John."

„Damian, irgendwelche Neuigkeiten? Wo ist Alexi gerade?"

„Zuhause."

„Bist du sicher?"

„Ich stehe direkt vor seiner Wohnung. Ja, ich bin mir sicher."

„Hat er auf dem Nachhauseweg noch irgendwo Halt gemacht?"

„Er ist über die Straße gegangen und hat bei seinem Nachbarn geklopft."

„Ist er hineingegangen?"

„Nein, er hat dem alten Mann nur die Einkäufe gegeben."

„Die Sachen, die er in Glen Park gekauft hat?"

„Ja, der alte Kerl hat ihm gedankt und ihm das Geld dafür gegeben."

Das Seil und das Panzertape waren eine Sackgasse. Aber das bedeutete nicht, dass Alexi jetzt aus dem Schneider war. Er könnte immer noch involviert sein. „Bleib an ihm dran. Ich rufe dich später an."

„Okay."

John legte auf und blickte Savannah an. „Alexi ist zuhause. Keine Anzeichen von Buffy oder davon, dass er Kontakt mit jemandem hatte, der uns zu ihr führen könnte." Einen Sekundenbruchteil dachte er über den alten Mann nach, dem Alexi das Seil und das Panzertape gegeben hatte. Könnte dieser Buffy für ihn festhalten? Es war eine Möglichkeit, aber Damian hatte erwähnt, dass der alte Mann Alexi für den Einkauf bezahlt hatte, und das hätte er nicht, wenn er Buffys Aufpasser wäre.

Savannah drehte den Kopf und blickte durchs Beifahrerfenster hinaus. Im spiegelnden Glas sah er, wie sie versuchte, sich wegen des Rückschlags zusammenzureißen. Die Anstrengung, die es sie kostete stark zu bleiben, war deutlich in ihrem Gesicht zu erkennen.

Er war froh, dass sie jetzt in ihre Straße abbogen, und noch mehr, als er sah, dass jemand aus einer Parklücke vor Savannahs Wohnung fuhr. John fuhr hinein und stellte den Wagen ab.

Bevor er die Autotür öffnete, sah er sich mit Hilfe der Spiegel um. Er hatte während der ganzen Fahrt darauf geachtet, ob ihnen jemand folgte, doch er hatte nichts bemerkt. Und er war trainiert, das zu bemerken. Sie waren in Sicherheit. Fürs Erste.

John stieg aus dem Wagen und ging zur Beifahrerseite, um Savannah zu helfen. Als sie die Eingangstür erreichten, starrte sie sie einen Augenblick an und blickte dann zu ihm hoch. „Ich weiß nicht, was mit meiner Handtasche passiert ist. Ich muss sie in dem Handgemenge verloren haben."

„Das ist okay." Er griff in seine Tasche und zog erneut seinen Dietrich heraus. Innerhalb weniger Sekunden war die Tür offen. Er führte sie hinein.

„Machst du das oft?"

Er zuckte mit den Schultern und schloss die Tür hinter sich. „Teil des Jobs."

Sie lächelte nicht. Ihr Gesichtsausdruck spiegelte Schmerz und Resignation wider. Als er ihr die Treppe nach oben in ihre Wohnung folgte, bemerkte er, dass sie ihre rechte Seite weniger belastete und sich an die Rippen fasste. Sie hatte immer noch Schmerzen, auch wenn sie versuchte, es sich nicht anmerken zu lassen.

Er wusste, wie es sich anfühlte, sich etwas nicht anmerken zu lassen. Nach Nicolettes Tod hatte er das ebenfalls getan, als er wochenlang in einem dunklen Raum in Cains Palast gelegen hatte, um sich von den schweren Verbrennungen zu erholen. Frisches menschliches Blut hatte ihm durchs Schlimmste geholfen und zu seiner Heilung beigetragen. Aber es hatte seine emotionalen Wunden nicht gelindert. Genau das sah er nun bei Savannah: den körperlichen und den emotionalen Schmerz. Gegen Letzteres konnte er nichts machen, aber er hatte eine Möglichkeit, Ersteres zu verarzten.

In ihrer Wohnung führte er sie ins Wohnzimmer und half ihr, sich auf die Couch zu setzen.

„Ich glaube, du musst etwas trinken“, sagte er. „Rotwein?“

Sie nickte und wollte gerade aufstehen, als er sie sanft zurückdrückte.

„In der Küche?“

Sie blickte dankbar zu ihm auf. „In einem Regal unter der Kücheninsel.“

„Ich hole ihn.“

Er ging in die Küche und fand die Flasche, öffnete sie und schenkte ein Glas ein. Dann blickte er den Gang hinunter und versicherte sich, dass Savannah das Wohnzimmer nicht verlassen hatte. Er brachte seine Hand an seine Lippen, fuhr seine Fangzähne aus und ritzte seinen Daumen ein. Als das Blut aus der winzigen Wunde quoll, hielt er seinen Daumen über das Glas und ließ es in den Wein tropfen. Er drückte den Daumen, damit das Blut stärker floss. Dann brachte er ihn an seine Lippen und leckte über die Wunde. Sein Speichel schloss sie sofort und hinterließ weder eine Narbe noch ein Anzeichen, dass dort je eine Wunde gewesen war. Mit dem Finger mischte er die Flüssigkeit, sodass sich die Farbe des Weins mit der seines Blutes vermischte. Savannah würde es nicht herausschmecken können; die Menge war zu gering und der Wein würde den Geschmack übertönen.

Savannah war immer noch an derselben Stelle, wo er sie zurückgelassen hatte, aber sie hielt jetzt das Bild von Buffy in der Hand. John starrte darauf und sein Herz zersplitterte, als er das verängstigte kleine Mädchen darauf sah. Er fühlte sich, als würde er sie kennen, obwohl er ihr noch nie begegnet war. Aber als er sie ansah, wollte er sie einfach beschützen. Sie wie sein eigenes Kind beschützen.

John setzte sich neben Savannah und griff nach dem Foto, während er ihr das Glas Wein reichte. „Hier, das wird dir helfen." Das würde es, zumindest körperlich. Vampirblut hatte heilende Eigenschaften, auf die Menschen schnell ansprachen. Es bedurfte nicht viel, um ein paar geprellte Rippen zu heilen. „Trink", ermutigte er sie sanft, nahm ihr das Foto ab und legte es wieder auf den Couchtisch.

Savannah nahm ein paar Schlucke und dann noch ein paar, als würde sie realisieren, dass der Alkohol half, ihre Nerven zu beruhigen. In Wirklichkeit waren es aber nur die Urinstinkte des Körpers, die das heilende Vampirblut wollten, ohne es wirklich zu wissen. Es war die Natur, die perfekte Symbiose zwischen ihren zwei Spezies. Ein weiteres Yin und Yang. Denn genau wie sein Vampirblut sie heilen konnte, konnte ihr menschliches Blut ihn heilen.

Einen Augenblick später stellte sie das leere Glas auf den Tisch und blickte ihn an. „Was jetzt? Was mache ich jetzt? Ich habe ihnen das Geld gegeben. Warum haben sie mir Buffy nicht zurückgegeben? Ich verstehe es nicht. Ich habe die Anweisungen befolgt."

„Ich verstehe es auch nicht." Er zeigte auf die Nachricht des Entführers. „Das hätte nicht passieren sollen. Die Lösegeldforderung. Keine der anderen Familien hat eine bekommen."

„Dann hängt Buffys Entführung vielleicht nicht mit der der anderen Kinder zusammen. Vielleicht ist es etwas Persönliches. Es muss Alexi sein. Er muss es sein." Sie sah ihn an und ihre Augen flehten ihn an, ihrer Vermutung zuzustimmen, als würde das alles wieder in Ordnung bringen.

Er nahm ihre Hände und drückte sie. „Wir wissen nicht, ob er es ist. Aber ich stimme zu, dass etwas nicht stimmt. Sie waren nicht hinter dem Geld her. Sie waren heute hinter dir her. Wieso nur zweihundertfünfzigtausend Dollar fordern, wenn sie auch eine Million hätten fordern können, wenn sie wussten, dass du so viel Geld hast?"

Sie wich ein wenig erschrocken zurück. „Woher weißt du das?"

„Ich habe dich überprüft. Das ist Standard. Wir machen das mit allen unseren Klienten", erklärte er, obwohl er immer noch das Gefühl hatte, er müsste sich entschuldigen. „So habe ich erfahren, dass du heute eine viertel Million Dollar abgehoben hast. Hätte ich das nicht gesehen, hätte ich wahrscheinlich nicht bemerkt, dass etwas nicht stimmte."

Sie schien über seine Worte nachzudenken und nickte dann langsam. „Ich verstehe." Sie schniefte. „Du denkst also, dass das Geld nur ein Vorwand war, damit ich mich mit ihnen treffe?"

„Ja. Sie wollten sichergehen, dass du alleine kommst. Sie wussten, dass du Buffys Sicherheit nicht aufs Spiel setzen würdest."

„Aber warum? Wenn Alexi mich entführen wollte, gäbe es einfachere Wege. Er weiß, wo ich wohne, er kennt meine Tagesabläufe."

„Wir müssen in Erwägung ziehen, dass es nicht Alexi ist, aber glaube mir, ich schließe ihn noch nicht ganz aus. Irgendetwas stimmt hier jedoch nicht. Und ich werde herausfinden, was es ist. Buffys Verschwinden hängt mit dem der anderen Kinder zusammen. Ich spüre es." Und seine Instinkte trügten ihn nur selten.

Savannah presste eine Hand auf ihren Mund und erstickte ein Schluchzen. „Ich will das nicht glauben. Ich will es einfach nicht." Neue Tränen sammelten sich in ihren Augen. „Denn wenn ich glaube, dass sie von einem Kinderschieberring entführt wurde, bedeutet das, dass die Chancen, sie je wieder zu sehen, sie je wieder in die Arme zu nehmen ..." Ein Schluchzen erstickte ihre Worte. Aber er wusste trotzdem, was sie sagen wollte. Dass sie Buffy nie wieder sehen würde.

Es tat ihm weh, sie so zu sehen, zu sehen, dass sie die Hoffnung verlor. Er packte sie an den Schultern. „Bitte, Savannah, vertrau mir. Ich werde dir Buffy zurückbringen. Ich weiß, dass ich das werde." Er hatte ein paar Spuren. Alexi war eine davon. Der seltsame Geruch an der Lösegeldforderung war etwas anderes, dem er nachgehen konnte. Und vielleicht würde das Nummernschild des Vans doch zu etwas führen.

„Ich will dir glauben. Wirklich. Aber ich vermisse sie. Ich vermisse sie so sehr." Sie klammerte sich an seine Jacke, als würde sie sich an etwas festhalten müssen, um nicht zusammenzubrechen. „Ich habe Angst um sie. So große Angst. Sie ist alles, was ich habe."

Er zog sie an sich, schloss seine Arme um sie und hielt sie fest. „Ich weiß, was sie dir bedeutet. Deshalb werde ich sie dir zurückbringen. Ich werde nicht ruhen, bis sie wieder bei dir ist. Bis sie wieder in Sicherheit ist." Er drückte ihr einen Kuss auf die Stirn.

Es fühlte sich gut an, Savannah in seinen Armen zu halten, zu wissen, dass sie jetzt beschützt war. „Als ich gesehen habe, wie dich der Kerl in den Van gezogen hat, ist mein Herz stehen geblieben." Er rieb ihr mit einer Hand über den Rücken, während die andere ihren Weg an ihren Nacken fand, ohne dass er sie dorthin führte. Als wäre das Verlangen, ihre Haut, ihre Wärme zu spüren, zu groß, um zu widerstehen.

Savannah hob plötzlich ihren Kopf und blickte ihn mit Tränen in den Augen an. Aber noch etwas anderes war darin zu sehen. Erkenntnis. Sie war sich seiner bewusst, seiner Berührung, seiner Arme um sie. Er hätte sie sofort loslassen sollen, hätte aufstehen und sich so weit wie möglich von ihr entfernen sollen, doch das tat er nicht.

„Du hast mich gerettet", murmelte sie. Ihre Lippen waren rot und feucht von ihren Tränen.

Er konnte das Salz riechen, wollte es schmecken. Er wusste, dass er das nicht sollte. Trotzdem neigte er den Kopf zu ihrem Gesicht hinab. „Du musst mich aufhalten."

Sie hörte nicht auf sein Flehen, wich nicht zurück. Wollte sie das hier? Brauchte sie das vielleicht sogar? Sich jemandem nahe fühlen, damit sie wusste, dass sie nicht alleine war? Er versuchte zu rechtfertigen, was er gleich tun würde, indem er diese Fragen mit ja beantwortete, wo er doch wusste, oder zumindest annahm, warum sie sich nicht widersetzte. Es war das Vampirblut in ihr. Auch wenn die Menge nur gering war, war sie für einen Menschen, der es nicht gewohnt war, mächtig. Es konnte sie zwar nicht zu etwas bringen, was sie absolut nicht wollte, doch zusammen mit dem Alkohol, den sie so schnell getrunken hatte, war es die perfekte Mischung, um jedermanns Hemmungen zu lockern. Falls diese Hemmungen anfänglich überhaupt existiert hatten. Von Savannahs Reaktion auf seinen Kuss am Abend zuvor wusste er, dass sie keine großen Hemmungen in Sachen körperlicher Liebe hatte.

Und seine Hemmungen, er hatte keine mehr, nicht nach dem, was heute Abend fast passiert wäre. Er hätte sie verlieren können. Und dieser Gedanke war der Tropfen, der das Glas des Vampirs zum Überlaufen brachte.

„Savannah, bitte“, knurrte er in einem letzten Versuch, sie dazu zu bringen, ihn wegzudrücken und seine Annäherungsversuche zunichtezumachen, auch wenn er wusste, dass es sinnlos war.

Er wusste, dass es geschah. Und dieses Mal würde es nicht bei einem Kuss bleiben.

17

Johns Lippen kamen näher und obwohl Savannah davon überzeugt war, dass es falsch war, den Trost anzunehmen, den er ihr anbot, konnte sie nicht widerstehen. Sie hätte eigentlich an Buffy denken sollen, daran, wie sie sie retten konnte, doch im Moment war sie egoistisch. Noch nie war sie so verängstig gewesen wie in dem Augenblick, als der Verbrecher sie in den Lieferwagen geschubst und sie realisiert hatte, dass Buffy nicht drinnen war. Sie zitterte immer noch vor Angst. Sie wusste, was passiert wäre, wäre John nicht rechtzeitig aufgetaucht. War es wirklich so falsch, dass sie jetzt Trost in den Armen ihres Retters suchte? Dass sie etwas wollte, was die Angst und die Verzweiflung übertönen würde, wenn auch nur für einen kurzen Augenblick?

Sie bewegte ihren Kopf nur leicht, bis ihre Lippen die seinen berührten. Es war, als würde sich etwas zwischen ihnen entzünden, denn eine Sekunde später küssten sie einander so wild und mit solchem Verlangen, dass nicht einmal ein Erdbeben sie hätte trennen können.

Johns Lippen waren verlangend und drückten fest gegen ihre. Seine Zunge glitt mit solcher Zuversicht, solchem Selbstvertrauen zwischen ihre Lippen, als wäre er noch nie aufgehalten worden. Genauso wie sie ihn – oder sich selbst – heute Abend nicht aufhalten würde. Sie erlaubte sein Eindringen, hieß seine Zunge begierig willkommen, da sie wusste, dass er sie in eine

Welt entführen würde, in der weder Furcht noch Schmerz noch Böses existierten.

Er schmeckte nach Mann, nach Stärke, nach Macht. Seine Hände waren auf ihr, berührten sie, drückten sie, erforschten sie ... entkleideten sie. Er schob ihr bereits ihre Jacke von den Schultern, wodurch er sie kurz davon abhielt, ihn zu berühren. Aber als sie von ihr befreit war, legte sie ihre Hände wieder auf seine Brust, dieses Mal nicht nur, um sich am Revers seiner Jacke festzuhalten, sondern um darunterzugleiten. Durch sein Hemd spürte sie die Hitze, die von ihm ausging. Wenn sie nicht vorsichtig war, würde sie sich verbrennen. Die festen Muskeln unter seinem Shirt spannten sich unter ihrer Berührung an. Doch bevor sie sie weiter erforschen konnte, spürte sie seine Hände auf ihrer nackten Haut, ihren nackten Brüsten. Sie hatte nicht einmal bemerkt, dass er ihre Bluse, unter der sie nichts trug, aufgeknöpft hatte. BHs hatte sie schon immer gehasst, und wann immer sie damit durchkam, verließ sie das Haus ohne einen.

John stöhnte in ihren Mund, während seine Hände mit ihrem nackten Fleisch spielten und abwechselnd ihre Brüste drückten, sie dann zart streichelten und dann sanft ihre Nippel kniffen. Sie stöhnte als Antwort auf und presste ihre Brüste in seine Hände, um ihn schweigend anzuflehen weiterzumachen. Sie wagte es nicht zu sprechen, konnte nicht in Worte fassen, was sie wollte, nicht weil sie schüchtern war, sondern weil sie Angst hatte, dass Worte die Magie zerstören könnten, die sich zwischen ihnen auftat, und sie aus der Fantasie, der sie frönten, aufwachen könnte. Und sie wollte nicht in die Wirklichkeit zurückkehren, wollte sich der Realität nicht stellen.

Johns Küsse wurden glühend heiß. Seine Lippen wurden nicht müde, ebenso wenig wie seine Zunge, als er damit über ihre strich, wobei jedes Lecken verlangender wurde, jedes Erforschen intimer. Seine Hände befreiten sie von ihrer Bluse. Kalte Luft blies gegen ihren Rücken, doch ihre Brust stand in Flammen. John hatte meisterhafte Hände. Auch wenn sie rau waren, mochte sie das Gefühl, wie sie sie streichelten, wie seine Haut die ihre berührte. Sie mochte es, wie seine Finger auf ihren Brüsten tanzten, wie seine Hände sie drückten und deren Festigkeit erforschten.

Sie reagierte auf jede seiner Berührungen und presste sich fest an ihn, als er ihre Brüste drückte. Sie zitterte, als er ihre Nippel neckte und sie so hart wie Stein machte. Sie war immer der Meinung gewesen, dass ihre Nippel nicht besonders empfindlich waren, doch John belehrte sie eines anderen. Seine Finger entlockten ihr Reaktionen, zu denen sie sich nicht fähig geglaubt hatte. Und währenddessen küsste er sie unaufhörlich.

Sie wollte ihn ebenfalls erforschen, seine Haut unter ihren Händen spüren. Doch obwohl es schwierig war, sich zu konzentrieren, wenn John ihre Knie zu Brei machte, schaffte sie es, sein Hemd aufzuknöpfen. Endlich konnte sie ihre Hände auf seine Brust gleiten lassen. Als sie das tat, zuckte er sichtlich und zuerst hatte sie Angst, dass sie etwas falsch gemacht hatte, doch dann wurde sein Kuss noch leidenschaftlicher und sie wusste, er wollte, dass sie ihn berührte.

Savannah zog ihm die Jacke aus, danach sein Hemd. Unter ihren Fingern, die seine Brust erforschten, spürte sie nur einen Hauch Haare. Ansonsten war seine Brust glatt, genau wie sie es mochte. Sie hätte seine Brust gerne mit Küssen übersät, doch sie konnte den Kuss, den sie teilten, nicht unterbrechen. Sie wollte diesen magischen Moment nicht zerstören, also konzentrierte sie sich darauf, seine Brust zu liebkosen und seine harten Muskeln zu erforschen, während er das Gleiche mit ihrem viel weicheren Fleisch machte.

Sie war sich nicht sicher, wie lange sie ihn so berührt hatte, als sie plötzlich bemerkte, dass sie hochgehoben wurde und dass John sie mit seinen Lippen immer noch auf ihren aus dem Wohnzimmer trug. Ihre Brüste fühlten sich plötzlich kalt an, doch das Wissen, dass er sie zu ihrem Bett trug, wo sie ihre Erkundungen weiterführen konnten, zwang sie, geduldig zu bleiben.

Sie spürte die weiche Bettdecke unter ihrem Rücken. Erst jetzt ließ John ihre Lippen und dann sie los. Sie blickte zu ihm auf, verängstigt, dass er dies vielleicht beenden würde, dass er zu Sinnen gekommen sein könnte, als ihre Augen auf seine Hose fielen. Eine große Beule dehnte den Stoff seiner Hose im Schritt aus. Als sie die Augenlider hob, um in sein Gesicht zu schauen, traf sie auf seinen intensiven Blick. Seine Augen waren nicht mehr schokoladenbraun wie normalerweise, sondern schimmerten in einem goldenen Farbton. Doch bevor sie sich darüber wundern konnte, griff er nach ihr und schälte sie schnell aus ihrer Hose. Ihre Stöckelschuhe hatte sie bereits zuvor im Wohnzimmer von sich getreten.

Sie trug nun nur noch ein Höschen. Ein schwarzes Spitzenhöschen. Er starrte darauf und knurrte leise und tief. Das Geräusch sandte ihr einen Schauer die Wirbelsäule hinunter und ließ ihren ganzen Körper angenehm prickeln. Ohne die Augen von ihr zu nehmen, wanderten seine Hände zu seiner Hose. Er öffnete den Knopf, zog den Reißverschluss hinab und schob die Hose über seine Hüften. Er musste sich bücken, um seine Stiefel aufzuschnüren und sie wegzutreten, bevor er sich seiner Hose entledigen konnte. Als er sich wieder aufrichtete, fielen ihre Augen auf die Boxershorts, die er trug. Der graue Stoff spannte sich an der Vorderseite. Ein Tropfen Flüssigkeit hatte den Stoff an einer Stelle verdunkelt. Unwillkürlich leckte sie sich die Lippen. Sie hatte das mit ihm angestellt. Alles Weibliche erwachte bei diesem Gedanken in ihr, dem Gedanken, dass sie John erregte.

Mit einem Stöhnen hakte er seine Daumen in den Bund seiner Boxershorts und schob sie dann komplett hinunter. Sein Schwanz sprang heraus. Der lange dicke Schaft war schwer und hart und seine Spitze glitzerte von dem Tropfen Ejakulat. Ejakulat, das sie kosten wollte.

Sie setzte sich auf und rutschte zum Rand des Bettes, damit sie ihn erreichen konnte. Er stoppte sie nicht, als sie ihre Hände um seine Erektion legte und ihr Gesicht näher brachte. Langsam blickte sie hoch und sah, dass er sie beobachtete. Sein Kiefer war angespannt, als würde das, was sie gleich machen würde, ihn verletzen.

Ohne den Augenkontakt zu brechen, leckte sie über die Spitze seines Schwanzes und kostete die salzige Flüssigkeit, bevor sie sie schluckte. John warf seinen Kopf zurück und stöhnte. Gleichzeitig zuckte seine Erektion nach vorne und glitt in ihren Mund.

„Fuck!“, fluchte er.

Sie legte ihre Lippen um seinen harten Schaft und saugte ihn tiefer hinein. Sie liebte seine Reaktion, liebte es, wie er seine Hände an den Seiten zu Fäusten ballte, als würde er sich beherrschen müssen, damit er sie nicht packte und tief und hart in ihren Mund stieß. Und sie liebte seinen Geschmack, liebte es, wie er ihr ausgeliefert war, liebte, dass sie ihn so kommen lassen konnte, wenn sie wollte. Sie liebte diese Macht, sie machte sie stark. Sie saugte noch härter, nahm ihn noch tiefer in sich auf. Sie wiegte seine Eier in einer Hand und hielt mit der anderen den Ansatz seines Schwanzes, wobei sie ihn drückte und daran entlangstrich, während sie leckte und saugte, bis er schließlich ihre Schultern mit beiden Händen packte. Zuerst dachte sie, dass er anfangen würde, ihren Mund zu ficken, doch dann wich er stöhnend zurück und zog seine Erektion aus ihrem Mund.

Augenblicke später drückte er sie zurück auf die Matratze und packte ihr Höschen. Er zog daran und die Spitze riss entzwei. Es schien ihm egal zu sein und ihr machte es ebenfalls nichts aus, denn er rollte sich bereits über sie und schob ihre Beine auseinander, um Platz für sich zu schaffen. Bevor sie noch einen Atemzug nehmen konnte, stieß er in ihr Geschlecht und tauchte tief in sie ein. Seine Eier schlugen gegen ihr Fleisch und sein Beckenknochen rieb gegen ihre Klitoris. Sie kam beinahe, doch er zog sich zurück, dann stieß er wieder in sie.

Als er anfing, sie tief, hart und schnell zu reiten, waren seine Lippen wieder auf ihren und er küsste sie mit derselben Wildheit, mit der er in sie stieß. Sie war noch nie mit einem Mann zusammen gewesen, der so liebte, als würde die Welt untergehen und dies das letzte Mal sein, dass er mit einer Frau zusammen sein könnte. Das war neu für sie. Neu und berauschend. War es das, wonach sie sich immer gesehnt hatte, aber sich nie zu fragen getraut hatte? Ein Mann, der ohne Zurückhaltung liebte? Ein Mann, der sich nahm, was er wollte, und ihr gab, was sie brauchte? Warum hatte sie das noch nie erlebt?

Sie spürte es jetzt, spürte die Hitze, die ihren Körper versengte, die Erregung, die durch ihre Adern schoss, die Luft, die in einem nie enden wollenden Rennen durch ihre Lunge rauschte. Sie spürte es in der Art, wie sich ihre Körper verbanden, dunkle Haut, die gegen helle glitt, Schweiß, der jede Bewegung noch erotischer machte.

Johns lange Haare liebkosten ihren Oberkörper, als er sie weiter küsste. Sie ließ ihre Hand an seinen Nacken gleiten und streichelte ihn dort, und er begann zu zittern. Mit ihrer anderen Hand packte sie seinen Hintern und drängte ihn, sie härter zu nehmen und tiefer in sie zu stoßen. Sie bewegte sich mit ihm, liebte die Funken, die sich jedes Mal in ihrem Körper entzündeten, wenn John seinen Schwanz in sie rammte. Und er rammte in sie, hart und unermüdlich. Sie verstand nicht, warum sie keine Schmerzen hatte, warum die schroffe Behandlung ihr nichts ausmachte, doch sie war froh darum, denn sie brauchte das. Sie musste spüren, wie dieser Mann sie mit fast animalischer Leidenschaft nahm. Er klang sogar wie ein Tier: Sein

Knurren und Stöhnen klangen eher wie das Brüllen eines Löwen als die Stimme eines Menschen.

Alles fühlte sich intensiver an, als sie es je beim Sex erlebt hatte. Ihr Herzschlag hallte in ihren Ohren wider. Ihr Körper schien hypersensibel zu sein, schien mit prickelnder Haut auf jede seiner Berührungen zu reagieren. Ihre Brust hob sich, ihr Herz pumpte mehr Sauerstoff in ihr Blut. Sie konnte es bereits spüren, konnte fühlen, wie ihr Orgasmus nahte. Und als könnte John es ebenfalls spüren, änderte er seinen Winkel, sodass er bei jedem Stoß gegen ihre Klitoris rieb, bis sie die Wellen nicht länger zurückhalten konnte.

Wie eine gewaltige Explosion kam sie, und ein Schrei der Erlösung riss sich aus ihrer Brust. Sie hatte noch nie geschrien, nie so ein Geräusch von sich gegeben, doch John hatte etwas in ihr geweckt, das sie nie wieder würde einsperren können. Etwas völlig Urtümliches.

18

John spürte, wie Savannahs Muskeln sich um seinen Schwanz verkrampften, als sie kam, und ließ sich gehen. Er kam hart und lang und schoss seinen Samen tief in ihre einladende Scheide. Als wollte er sie brandmarken. Als könnte er dadurch verhindern, dass ein anderer Mann sie zu seiner machen würde.

Sekunden vergingen, bis das Zucken in seinem Körper nachließ und sein Gehirn wieder anfing zu funktionieren. Langsam rollte er von ihr ab und legte sich auf den Rücken neben sie, seine Augen zur Decke gerichtet.

Was hatte er getan?

Könnte er sich selbst auspeitschen, hätte er das jetzt getan. Denn er verdiente es, bestraft zu werden. Er hatte Savannah ausgenutzt, ihre Verletzlichkeit ausgenutzt. Und nicht nur das, er hatte sie wie ein Tier gefickt, ohne Feingefühl, ohne Zärtlichkeit, ohne Sorge über ihre Vorlieben und Abneigungen. Er hatte ihr keine zärtlichen Worte zugeflüstert, als er sie geliebt hatte, verdammt, nicht einmal schmutzige. Geliebt hatte? Er sollte es nicht so nennen dürfen. Denn er hatte sich nicht wie ein Liebhaber, sondern wie ein Höhlenmensch benommen, wie ein brunftiges wildes Tier. Scham überkam ihn. Es war nicht so, wie er es sich vorgestellt hatte.

Sicher, er konnte der Tatsache, dass sie heute Abend fast entführt worden war und er sich versichern musste, dass er sie nicht verloren hatte, die Schuld geben. Aber es war mehr als das. Es ging tiefer. Savannah ging ihm unter die Haut und sprach den Teil in ihm an, den er normalerweise verborgen hielt. Den Teil, der ganz Vampir war, ganz Tier, ganz Alpha. Und hätte er sie während der ganzen Zeit nicht geküsst, hätte er gewagt, seine Lippen auf ihren Hals oder eine andere Stelle ihres Körpers zu legen, hätte er sie gebissen. Und sie verloren. Denn sie hätte ihn vor Entsetzen weggestoßen. Denn was könnte angsteinflößender sein, als erkennen zu müssen, dass der Mann, mit dem sie im Bett war, eine gefährliche Kreatur war, die ihr Blut begehrte?

Wäre er ein sanfter, zärtlicher Liebhaber gewesen, hätte er ihr vielleicht irgendwann sagen können, was er war. Er hätte ihr zeigen können, dass sie keine Angst vor ihm haben musste. Dass ein Biss eine wundervolle Erfahrung sein konnte. Aber so, wie er sich heute benommen hatte, so, wie er sie gefickt hatte, mit fast brutaler Leidenschaft, war das nun unmöglich. Sie wäre verrückt zu glauben, dass er zu Zärtlichkeit und Liebe fähig wäre.

Mit einem scharfen Atemzug setzte er sich auf und schwang die Beine aus dem Bett. Dies durfte nie wieder geschehen. Oder seine Chance, Savannah zu gewinnen, wäre gleich Null.

Sie zu gewinnen? War das sein Plan? Wann hatte er diese Entscheidung gefällt?

Er blies seinen Atem zittrig hinaus. Er hatte keinen Grund zu glauben, dass Savannah überhaupt an ihm interessiert war. Sie bedauerte wahrscheinlich bereits, dass sie mit ihm geschlafen hatte. Oder warum sonst sagte sie nichts und berührte ihn nicht? Warum sonst herrschte diese peinliche Stille zwischen ihnen? Er wagte es nicht, sie wieder anzusehen, da er den Blick des Bedauerns nicht in ihrem Gesicht sehen wollte. Stattdessen griff er nach seinen Boxershorts und stand auf. Er zog sie an, wobei er ihr den Rücken zugewandt hielt, während er sich nach seinen restlichen Klamotten umsah.

Seine Augen fielen auf die Kommode. Darauf stand ein gerahmtes Foto von Buffy. Er erstarrte. Er hatte schon zuvor Bilder von Buffy gesehen, aber dieses hier war anders. Es war von einem Profi geschossen worden, ein gestelltes Bild. Und etwas daran zog ihn an. Etwas an der Fotografie kam ihm vertraut vor. Er hatte es schon einmal gesehen, obwohl er mit Sicherheit wusste, dass es nicht in der Polizeiakte gewesen war. Nicht in Buffys.

„Das ist es", murmelte er vor sich hin. Die Verbindung.

„Was?" Hinter ihm hörte er, wie Savannah sich im Bett aufsetzte.

Er drehte sich zu ihr um und seine Augen nahmen ihren nackten Körper wahr. Gott, war sie schön. Ihr Haar war zerzaust, ihr Körper glänzte vom Schweiß und ihre Augen waren voller Leidenschaft. Aber dann zog sie die Decke hoch, um sich zu bedecken, als würde sie sich schämen. Bedauern. Ja, er sah es jetzt. Aber um Buffys willen musste er diese Enttäuschung beiseiteschieben.

Er griff nach dem Foto und zeigte es ihr. „Wann wurde dieses Bild von ihr gemacht?"

Überrascht starrte Savannah einen Augenblick darauf und sagte dann: „Vor zwei oder drei Wochen, warum?"

„Weil ich glaube, dass es die Verbindung ist. Das ist das fehlende Glied, nach dem ich gesucht habe." Er stellte das Foto wieder auf die Kommode und griff dann nach seiner Hose. „Zieh dich an."

„Wohin gehen wir?"

„In mein Büro. Die Polizeiakten sind dort. Ich muss sie mir ansehen, um meine Vermutung zu bestätigen."

Sie sprang vom Bett auf, plötzlich nicht mehr auf ihre Nacktheit bedacht. „Welche Vermutung? John? Was hast du gesehen?"

Aber er wollte ihr keine falschen Hoffnungen machen, für den Fall, dass er unrecht hatte. Obwohl er nicht glaubte, dass er falsch lag. „Ich erkläre es dir im Büro und dann kannst du es selbst sehen."

Während sie sich anzogen, sprachen sie nicht. Doch John konnte nicht anders, als immer wieder verstohlene Blicke auf Savannah zu werfen, als sie ihre Jeans anzog und in einen Rollkragenpulli schlüpfte. Wieder kein BH. Wusste diese Frau nicht, was sie jedem gesunden Mann antat, indem sie keinen BH trug? Konnte sie nicht sehen, dass ihre Brüste immer leicht wippten, wenn sie sich bewegte, und jeden Mann verlockten, sie zu berühren und sie zu drücken? Konnte sie so unschuldig sein, dass sie nicht bemerkte, dass selbst ein Rollkragenpulli, der kein Dekolleté, keine Haut zeigte, ihren erotischen Körper nicht verbergen konnte? Ihre delikaten Kurven nicht verbergen konnte. Nicht verbergen konnte, dass dieser Körper für die Sünde gemacht war. Für Sex. Für ihn.

Savannah verschwendete keine Zeit damit, ihr Make-up aufzufrischen oder vor dem Spiegel ihre Haare zu richten, stattdessen kämmte sie einfach nur mit den Fingern ein paarmal hindurch und sah ihn dann an. „Fertig."

Er hatte noch nie eine Frau gesehen, die so schnell fertig war, besonders nicht nach dem Sex. Er war mehr als nur ein wenig beeindruckt.

„Gehen wir."

„Du trägst kein Hemd", sagte sie.

Fuck! Er fühlte sich wie ein Idiot. Er zeigte auf die Schlafzimmertür. „Wohnzimmer." Dann zeigte er auf das Bild. „Das müssen wir mitnehmen."

Während Savannah das Bild aus dem Rahmen nahm, zog John sich fertig an. Kurz darauf war er bereit.

Auf der Fahrt herrschte Schweigen. Der Verkehr war nicht so dicht wie zuvor, wurde jedoch schlimmer, als sie den Mission District erreichten. Die vielen beliebten Restaurants, Bars und Nachtclubs in dem Viertel machten die Fahrt zu jeder Nachtzeit zu einer Herausforderung.

John fuhr in die Tiefgarage unter Scanguards' Hauptquartier und parkte auf seinem zugewiesenen Parkplatz. Er wusste, dass es gegen die Regeln war, auf diese Weise einen Klienten ins Gebäude zu bringen, da er die Sicherheitschecks umging, wo sie sich hätte einschreiben müssen. Aber gerade war keine Zeit für Formalitäten. Außerdem war sie keine Klientin. Zumindest keine offizielle, und je weniger Leute von ihrer Anwesenheit wussten, desto besser.

Sie erreichten sein Büro ohne Zwischenfälle. John öffnete die Tür und führte Savannah hinein. Er war froh, dass Deirdre bereits verschwunden war. Doch sie hatte ihm einen Notizzettel an den Monitor geklebt.

Du hättest mich zurückrufen können. D. P.S. Gern geschehen.

Offensichtlich war Deirdre ein wenig angefressen, weil er sie nicht hatte wissen lassen, ob er es geschafft hatte, Savannah rechtzeitig zu erreichen. Er schnappte sich den Zettel und zerknüllte ihn, aber nicht bevor Savannah ihn gesehen und gelesen hatte.

„Ein Problem?"

„Nein. Nur eine Kollegin." Oder eher ein passiv-aggressiver Protegé. Er würde sich später mit Deirdre auseinandersetzen. Vielleicht würde ein kleines Zeichen des Dankes für ihre Hilfe sie beschwichtigen. Er holte die Polizeiakte hervor, die er im obersten Schub aufbewahrt hatte, und öffnete sie. Dann blätterte er sie durch, nahm die Fotos aller vermissten Kinder heraus und reihte sie entlang der Kante seines Schreibtisches auf. Savannah sah ihm wortlos zu.

Als er fertig war, schaute er sie an. „Leg Buffys Foto daneben."

Sie zog es aus ihrer Handtasche – nicht die, die sie während ihres Treffens mit den Entführern dabei gehabt hatte, sondern eine andere.

Als Buffys Foto neben denen der anderen Kinder lag, nahm sich John einen Augenblick Zeit, jedes Foto anzusehen. Nicht alle von ihnen hatten denselben Hintergrund oder waren wie das von Buffy inszeniert. Einige waren nicht von Profis gemacht worden, sondern von der Familie. Aber drei Viertel der Bilder waren wie das von Buffy: professionell, auf dieselbe Art inszeniert und, was am Wichtigsten war, sie zeigten eine Sache im Hintergrund, die seine Aufmerksamkeit auf sich gezogen hatte.

Er zeigte darauf. „Siehst du das?"

Savannah lehnte sich vor. „Was soll ich sehen?"

John tippte auf eine Stelle in der rechten Ecke von Buffys Foto, dann wiederholte er das bei einigen der anderen. „Sie haben alle denselben blauen Hintergrund, was vermutlich ein beliebter Hintergrund für professionelle Fotos ist, aber sieh genauer hin."

Savannahs Blick wechselte von Buffys Foto zu denen der anderen Kinder, dann starrte sie ihn plötzlich mit offenem Munde an. „Ein Riss."

Er nickte. „Ja. Fotografen lagern ihre Hintergründe aufgerollt, dann rollen sie sie hinter der Person aus, die sie fotografieren wollen, um den Hintergrund zu wechseln. Wie stehen die Chancen, dass mehrere Fotografen denselben blauen Hintergrund mit demselben Riss an derselben Stelle haben?"

Savannah richtete sich auf. „All diese Kinder ... sie wurden vom selben Fotografen fotografiert."

John nickte. „Das ist die Verbindung."

Savannah zeigte auf die anderen Fotos, die wie Schnappschüsse aussahen. „Was ist mit diesen Kindern?"

„Ich wette, dass, wenn wir die Familien anrufen, wir herausfinden, dass sie beim selben Fotografen waren und genau wie du der Polizei kein professionelles Foto, sondern einen Schnappschuss ihres Kindes gegeben haben."

Langsam nickte Savannah. „Es wäre mir nicht eingefallen, der Polizei ein gerahmtes Foto zu geben. Ich hatte so viele von Buffy, die ich selbst geschossen habe."

„Genau."

„Also, was jetzt? Denkst du, es ist der Fotograf?"

„Das werden wir herausfinden. Erinnerst du dich an den Namen und die Adresse?"

Sie nickte schnell. „Natürlich."

„Gut, dann fangen wir mit ihm an."

„Ihr. Der Fotograf war eine Frau."

„Okay." Das war egal. Eine Frau konnte genauso gut zu einem Kinderschieberring gehören wie ein Mann. Sie hatte sogar eine bessere Tarnung. Die Eltern würden sie nicht als Bedrohung ansehen. „Ich lasse einen meiner Männer die Familien anrufen, um herauszufinden, ob sie alle bei dieser Fotografin waren. Kannst du mir den Namen und die Adresse aufschreiben?"

Sie zog ihr Handy heraus. „Ich dürfte alles in meinem Kalender haben." Sie fing an durch ihr Handy zu scrollen, doch bevor sie zu dem Eintrag in ihrem Terminplaner kam, wurde die Tür aufgerissen.

Johns Blick schoss dorthin. Ein verärgerter Samson stand in der Tür. Und die Tatsache, dass er in den ersten Stock heruntergestürmt war, anstatt John anzurufen, um ihn in sein Büro kommen zu lassen, war ebenfalls kein gutes Zeichen. Da war etwas am Dampfen.

„Samson."

Als Samson Savannah sah, blieb er stehen. „Entschuldigen Sie die Störung." Er nickte Savannah mit einem angespannten Lächeln zu und blickte dann John an. „Hast du eine Minute, John?"

Es war keine Frage. Es war ein Befehl.

John ging um den Schreibtisch herum und folgte Samson hinaus. Er blickte über seine Schulter. „Ich bin gleich wieder zurück." Dann zog er die Tür zu.

Samson marschierte zum Ende des Korridors, wo er stoppte und sich umdrehte. John gesellte sich kurz darauf zu ihm.

„Was zum Teufel, John?", biss Samson heraus.

Obwohl er sich denken konnte, weswegen Samson sauer war, würde er freiwillig nichts zugeben. Er musste annehmen, dass sein Boss nicht die ganze Geschichte kannte, also war es das Beste, ihm nicht noch mehr Gründe zu geben, ihn niederzumachen.

„Worauf beziehst du dich?"

Samson drückte ihn gegen die Wand. Sein Gesicht war nur Zentimeter von Johns entfernt. „Hast du wirklich gedacht, dass ich es nicht herausfinde?" Er schnaubte. „Die Zwillinge zu benutzen, um an einem Fall zu arbeiten, den Scanguards wieder an das SFPD zurückgegeben hat, und sie glauben zu lassen, dass es ihre Abschlussprüfung ist? Hast du komplett den Verstand verloren?"

„Wie hast du –"

Samson trat einen Schritt zurück. „Oh, bitte! Weißt du wirklich nicht, dass Damian und Benjamin in einem ständigen Konkurrenzkampf mit Grayson stehen? Du dachtest doch nicht, dass sie es ihm nicht bei der ersten Gelegenheit unter die Nase reiben würden, oder? Und weißt du, was Grayson gemacht hat? Er ist zu mir gerannt und hat sich beschwert, dass er bei Weitem nicht so interessante Fälle bekommt wie die Zwillinge." Samson stemmte die Hände an die Hüften. „Stell dir vor, wie überrascht ich war, als ich hörte, woran die Zwillinge arbeiten: einem Kinderschieberring. Und die Person, die ihnen den Auftrag gab: du!" Er drückte John den Zeigefinger in die Brust. „Hast du Lust zu erklären, was zum Teufel du vorhast?"

John räusperte sich und versuchte, sich Zeit zu erkaufen. Offensichtlich wollte Samson jedoch nichts davon wissen.

„Meine Geduld ist langsam am Ende!"

„Hör zu, Samson, ich weiß, dass du den Fall nicht annehmen wolltest, aber ich konnte ihn einfach nicht ablehnen."

„Konntest du nicht? Das hat doch nicht zufällig etwas mit dieser Frau zu tun, die du gefickt hast, oder?" Samson schnupperte und machte so klar, woher er es wusste.

Vielleicht hätten er und Savannah sich die Zeit nehmen sollen, nach dem Sex zu duschen, doch die Zeit war einfach zu knapp gewesen. Seiner Spur zu folgen war wichtiger, als sich darum zu sorgen, was sein Boss und seine Kollegen dachten.

„Es geht um die Kinder. Um die kleinen Mädchen, die so verletzlich sind. Kleine Mädchen, die die Hölle durchmachen werden, wenn wir sie nicht rechtzeitig finden. Ich kann sie finden. Ich kann sie nach Hause bringen." Er biss die Zähne zusammen. „Und wenn ich bei Scanguards kündigen muss, um das zu tun, dann werde ich genau das machen."

Überraschung blitzte in Samsons Gesicht auf. Einen Augenblick lang stand er nur schweigend da. „Das ist dein Ernst, nicht wahr? Du bist bereit, uns für einen Fall zu verlassen?"

„Das ist nicht nur irgendein Fall." Es ging um ein kleines Mädchen, für das er anfing Gefühle zu entwickeln, als hätte er das Recht dazu.

„Das ist ein Fall, der nichts mit uns zu tun hat." Samson senkte plötzlich die Stimme. „Es sind keine Vampire darin verwickelt. Du hast es selbst gesagt. Selbst Donnelly hat nicht geglaubt, dass irgendetwas Übernatürliches an diesem Fall dran ist."

„Das mag schon sein. Aber diese Leute sind trotzdem Monster. Auch wenn sie keine Fangzähne haben, nicht beißen und ihre Opfer nicht aussaugen, haben diese Leute bei Gott weniger Menschlichkeit als jeder Einzelne von uns." Er blickte Samson direkt in die Augen. „Ich habe eine Spur gefunden. Ich weiß, dass ich sie hochnehmen kann. Bitte, Samson, du weißt, wie das ist. Du weißt, wie die Eltern sich fühlen. Du hast einmal in ihren Schuhen gesteckt. Als deine Tochter entführt wurde –"

„Stopp!" Samson hob die Hand. „Kein weiteres Wort." Er nahm einen tiefen Atemzug. Die Erinnerung an die Qualen seiner eigenen Tochter spiegelte sich in seinen Augen wider. Er fuhr mit einer Hand durch sein rabenschwarzes Haar. „Du spielst nicht fair, John. Du weißt, dass wir nicht die Leute dafür haben."

Als John den Mund öffnete, um erneut zu protestieren, fuhr Samson schnell fort: „Aber weil ich weiß, was diese Eltern durchmachen, und weil ich weiß, dass du es gut meinst, gebe ich dir achtundvierzig Stunden, um dich darum zu kümmern."

Achtundvierzig Stunden waren nicht genügend Zeit, um diesen Fall zu lösen, doch er würde es annehmen und dann später um mehr Zeit bitten. „Danke, S–"

„Unter einer Bedingung", unterbrach Samson.

John hielt den Atem an.

„Grayson und Ryder werden dir und den Zwillingen helfen."

Fuck!

John schluckte. „Grayson?"

Samson zog einen Mundwinkel hoch. „Du hast mir keine Wahl gelassen. Wenn ich Grayson nicht auf den Fall ansetze, werde ich zuhause nie wieder meinen Frieden haben." Er machte eine Bewegung, als würde er eine Hand an der anderen abwischen und sich eines Problems entledigen. „Er ist jetzt dein Problem."

„Samson, du kannst nicht –"

„Ich kann und ich werde", sagte er und machte kehrt. Er marschierte bereits zum Aufzug, als er hinzufügte: „Und John, wenn Grayson in Schwierigkeiten gerät, mache ich dich dafür verantwortlich."

Samson verschwand im Aufzug. John hörte, wie die Türen sich schlossen, während er erstarrt im Gang stand. Die gute Nachricht war, dass er zwei weitere Männer in seinem Team hatte. Ryder war ein sehr fähiger junger Hybride und würde von Nutzen sein. Die schlechte Nachricht war, dass er sich auch mit Grayson, dem Sohn des Chefs, auseinandersetzen musste. Er war arrogant, rechthaberisch und manipulativ, was es zu einer Qual machte, sein Vorgesetzter zu sein. Wären das seine einzigen definierenden Charaktereigenschaften gewesen, wäre er von allen gehasst worden. Aber Grayson hatte auch den Charme seines Vaters geerbt und konnte alle, Mann und Frau, um den kleinen Finger wickeln, wenn er wollte. Was es schwierig machte, sehr lange sauer auf ihn zu sein.

Wenn es um Frauen ging, war Grayson wie ein moderner Casanova – er hatte noch kein hübsches Gesicht getroffen, das ihm nicht gefallen hatte. Und es waren nicht nur gleichaltrige Frauen, die seinen Avancen gegenüber anfällig waren, auch ältere Frauen fielen ihm zum Opfer. Was bedeutete, dass John ihn an der kurzen Leine halten musste, damit er seine Finger von Savannah ließ. Andernfalls würde John dem Jungen eine Lektion darüber erteilen müssen, was passierte, wenn man die Frau eines anderen Mannes begehrte.

19

Alarmiert durch das Auftauchen von Samson, dessen Namen Savannah als den des Besitzers von Scanguards erkannt hatte, stand sie an der geschlossenen Tür und lauschte. Sie konnte nicht viele Worte oder Sätze verstehen, aber der Tonfall der zwei Männer ließ keinen Zweifel offen, dass sie stritten. Sie nahm Worte wie *Fall* und *Kinder* wahr, was ihr sagte, dass sie über *ihren* Fall sprachen, *Buffys* Fall. Aber dann wurden die Stimmen plötzlich leiser, sodass sie nichts mehr hören konnte. Und sie konnte wohl kaum die Tür öffnen, um zuzuhören.

Besorgt, dass Samsons Problem mit John ihre Suche nach Buffy beeinflussen könnte, wrang sie mit den Händen und fing an, auf und ab zu gehen. Sie war sich nicht sicher, wie lange sie alleine in Johns Büro war, als die Tür plötzlich geöffnet wurde. Sie drehte sich um und sah John hereinkommen. Gerade wollte sie ihn fragen, was los war, als sie zwei Männer hinter ihm eintreten sah.

Beide waren dunkelhaarig, groß und gut aussehend. Und beide starrten sie an, einer mit einem höflichen Lächeln auf den Lippen, der andere eher einschätzend. Checkte sie der Junge ab? Und warum sah er so vertraut aus?

„Savannah“, sagte John plötzlich und zeigte auf die zwei Männer. „Das sind Ryder Giles und Grayson Woodford. Sie wurden mir als Hilfe für diese Ermittlung zugeteilt. Jungs, das ist Ms. Rice, unsere Klientin.“

Ryder streckte die Hand aus. „Ma'am, freut mich, Sie kennenzulernen." Sie schüttelte seine Hand, überrascht über seine höflichen Manieren.

„Gleichfalls", antwortete sie.

Dann machte Grayson einen Schritt auf sie zu und streckte die Hand aus. „Ich hoffe, ich darf Sie Savannah nennen." Der junge Mann quoll über vor Charme und aufgrund seines Nachnamens wurde ihr klar, wer er war – der Sohn des Besitzers.

Warum hatte Samson seinen eigenen Sohn dieser Ermittlung zugeteilt, wenn er kurz zuvor noch einen Streit mit John hatte?

„Freut mich, Sie kennenzulernen", sagte sie unverbindlich.

John blickte sie an. „Ich habe Grayson und Ryder auf den aktuellen Stand gebracht und sie werden sich später weitere Details holen. Aber jetzt müssen wir diese Fotografin überprüfen."

Sie nickte. „Und was ist mit Alexi? Ich bin mir –"

„Keine Sorge", unterbrach John. „Damian und Benjamin beschatten ihn immer noch. Wo auch immer er hingeht, sie bleiben an ihm dran. Er wird sich nirgendwo hinbewegen, ohne dass wir es erfahren."

Sie spürte, wie Erleichterung sie einhüllte.

„In der Zwischenzeit", fuhr John fort und wandte sich an Grayson und Ryder, „geht ihr die Polizeiakte durch, ruft alle Familien an und fragt sie, ob sie mit ihren Töchtern vor deren Verschwinden bei einem Fotografen waren. Lasst euch den Namen des Fotografen und den Tag geben, an dem sie das Atelier besucht haben. Ich nehme an, dass die Fotografin in allen Fällen dieselbe ist. Savannah, hast du den Namen und die Adresse?"

Sie deutete auf einen Notizzettel auf seinem Schreibtisch. „Ich habe es aufgeschrieben."

„Danke." John nahm sich den Zettel und zeigte ihn den zwei Mitarbeitern von Scanguards. „Das ist die Fotografin."

Beide zogen ihre Handys aus den Taschen und machten ein schnelles Foto.

„Ich will nicht, dass ihr ihnen führende Fragen stellt. Sagt ihnen nicht den Namen, andernfalls könnten wir ein falsches Ergebnis bekommen. Verstanden?"

Ryder nickte. „Ja, John."

„Du brauchst uns doch nicht beide für diese Anrufe. Es sind nur etwa ein

Dutzend, oder? Ryder schafft das alleine.“ Grayson schlug Ryder auf den Rücken. „Richtig, Kumpel?“

Ryder verzog das Gesicht. Es schien, als wäre er es gewohnt, dass Grayson das Ruder übernahm.

„Ich würde lieber mit euch mitkommen, um die Fotografin in die Zange zu nehmen“, sagte Grayson grinsend.

„Niemand nimmt irgendjemanden in die Zange. Wir stellen nur ein paar Fragen, das ist alles“, sagte John mit Nachdruck und Autorität in der Stimme. „Und wenn du aus der Reihe tanzt, heißt es Schreibtischdienst für dich. Verstanden?“

Grayson knurrte leise, doch sagte dann nach ein paar Sekunden: „Natürlich, John, du bist der Boss.“

John nickte und blickte dann Ryder an. „Du weißt, was zu tun ist?“

„Sicher.“ Er ging um den Tisch und setzte sich auf den Stuhl dahinter. „Ist das die Akte?“

„Ja. Leg los.“ Dann zeigte er auf die Schnappschüsse der Kinder. „Ruf alle Familien an, die der Polizei diese Schnappschüsse anstatt professioneller Fotos gegeben haben. Ruf mich an und gib mir die Resultate, sobald du die Bestätigung hast, dass sie bei dieser Fotografin waren.“

„Mache ich. Bis später.“ Er griff nach einem der Fotos, überprüfte den Namen und vergrub sich in der Akte.

Instinktiv mochte Savannah den jungen Mann. Er wirkte gewissenhaft und verlässlich und er würde tun, was John anordnete. Bei Grayson war sie sich nicht so sicher. Obwohl der Sohn des Besitzers charmant war, hatte er auch eine rebellische Ader. Vielleicht musste er so sein, um seinen eigenen Weg zu finden. Oder glaubte er, dass er sich als Sohn des Besitzers nicht an die Regeln halten musste? Es war ihr ziemlich egal, solange er Resultate erbrachte. Solange er bei der Suche nach Buffy hilfreich war.

„Gehen wir“, sagte John. „Savannah, du fährst mit mir. Grayson, nimm einen der Vans und folge uns.“

„Rock ‘n’ roll”, antwortete Grayson und folgte ihnen zum Aufzug.

Als sie einige Minuten später in Johns Mercedes aus der Tiefgarage schossen, blickte Savannah in den Rückspiegel, um sicherzugehen, dass Grayson ihnen folgte. Aber sie sah keinen Van hinter ihnen. Das einzige andere Auto, das die Garage verließ, war ein Audi Sportwagen.

„Er ist noch nicht hinter uns", sagte sie mit einem Seitenblick auf John.

„Oh doch", knurrte John verärgert. „Aber wie üblich hat er sich entschieden, meinen Befehlen nicht Folge zu leisten, und hat sein eigenes Auto genommen." Er blickte in den Rückspiegel. „Der R8 hinter uns gehört ihm. Angeber."

„Ist wohl nicht einfach, mit dem Sohn des Chefs zusammenzuarbeiten."

John zuckte mit den Schultern, blieb aber stumm.

„Hast du vorhin wegen des Falls mit deinem Boss gestritten?"

Er drehte den Kopf in ihre Richtung. „Was hast du gehört?"

Überrascht von seinem schroffen Ton, zuckte sie zusammen. „Ähm, nichts. Ich meine nicht viel. Aber es war offensichtlich, dass ihr gestritten habt. Er wirkte wütend, als er in dein Büro gestürmt kam."

John schien sich zu entspannen und konzentrierte sich wieder auf den Verkehr. „Es war nichts. Nur ein paar administrative Probleme. Nichts, worum du dir Sorgen machen musst."

Sie konnte sehen, dass er log. Aber sie drängte nicht nach Informationen, da sie wusste, dass es sie nichts anging. Nur weil sie Sex gehabt hatten, bedeutete das nicht, dass sie das Recht hatte, alles zu wissen. Indem er sie so abgewürgt hatte, wusste sie, dass sie diese Linie nicht erneut überschreiten durfte. Sie war nicht seine Freundin oder seine Geliebte, sie war eine Klientin, mit der er in einem Moment der Tollheit Sex gehabt hatte. Und das war alles, was es war. Sein Schweigen danach hatte sie bereits vermuten lassen, dass er bereute, was passiert war, und seine Antwort war jetzt die Bestätigung.

Savannah wandte den Kopf und schaute aus dem Fenster. Es war ein Fehler gewesen, mit John zu schlafen und ein paar Minuten der Leidenschaft zu genießen. Jetzt, wo es vorbei war, fühlte sie sich schuldig, weil sie sich ein paar Minuten Glückseligkeit erlaubt hatte, während ihre Tochter irgendwo eingesperrt war, verängstigt und alleine.

Sie war eine schlechte Mutter.

Eine schreckliche Mutter, weil sie ein paar Momente des Glücks in den Armen eines Mannes gesucht hatte, den sie kaum kannte. In Armen, die sich so trostspendend und beruhigend angefühlt hatten. Arme, nach denen sie sich immer noch sehnte.

Und dieser Gedanke machte das Schuldgefühl noch schlimmer.

20

Das Fotostudio lag in einem Loft im South of Market District, nur etwa zehn Minuten Fahrtzeit von Scanguards' Hauptquartier entfernt. Das umgebaute Lagerhaus hatte sechs solcher Lofts und laut Savannah gehörte der Fotografin, einer Frau namens Kerry Young, eines im obersten Stockwerk.

John stoppte vor dem Gebäude und blockierte die Tiefgarage, da kein Parkplatz in Sicht war. Da er wusste, dass die Polizei mindestens zehn Minuten brauchen würde, um nach einer Beschwerde eines Anwohners hier einzutreffen, war es unwahrscheinlich, dass er abgeschleppt werden würde. Bis dahin würden sie schon lange wieder weg sein. Und falls er wirklich länger bleiben müsste, konnte er sich auf eine Notlösung verlassen: Sobald der Beamte von der Verkehrssicherheit eintraf und Johns Nummernschild durchs System laufen ließ, würde er eine Benachrichtigung bekommen, dass der Wagen für eine offizielle Polizeiermittlung benutzt wurde. Er würde ihn nicht abschleppen lassen und John würde eine SMS bekommen, die ihm mitteilte, dass er seinen Wagen wegfahren musste. Das war eine Sonderbehandlung, die Samson mit dem Polizeichef ausgehandelt hatte, um es für Scanguards einfacher zu machen, in der Stadt zu patrouillieren.

John stieg aus dem Wagen und Grayson hielt neben ihm an und parkte seinen Sportwagen in zweiter Reihe. John schloss die Autotür und ging dann um die Front des Wagens herum. Er hatte keine Chance, seine Südstaatenmanieren zu zeigen, indem er Savannah die Tür aufhielt, da sie bereits aus dem Auto gehüpft war und die Tür schloss. John drückte auf die Funkfernbedienung und schloss den Wagen ab.

„Bereit dafür?", fragte er und sah ihr in die Augen.

„Was werden wir zu ihr sagen? Ich meine, wir können nicht einfach reinstürmen und sie beschuldigen, Buffy und die anderen Mädchen entführt zu haben", sagte Savannah mit einem zweifelnden Blick.

„Keine Sorge, ich kümmere mich darum. Du musst uns nur Zugang zum Gebäude verschaffen." Er zeigte auf die Gegensprechanlage, die eine Kamera aufwies, mit der die Bewohner sehen konnten, wer hineinwollte. „Klingle bei ihr und sag ihr, dass du dringend zu ihr hoch musst. Grayson und ich werden etwas entfernt stehen, damit die Kamera nur dich erfasst."

John ging zur Seite, aus dem Kamerawinkel, und gab Grayson ein Zeichen, es ihm gleichzutun. Er sah zu, wie Savannah ein paar Nummern drückte. Ein Klingeln kam aus der Anlage, dann ein Knacken, begleitet von einer weiblichen Stimme.

„Ja?"

„Ms. Young, hier ist Savannah Rice. Erinnern Sie sich an mich? Ich war vor ein paar Wochen mit meiner Tochter Buffy hier, um Bilder machen zu lassen."

„Oh ja, jetzt erkenne ich Sie. Gibt es ein Problem?"

„Ja", sagte Savannah, „ich brauche Ihre Hilfe." Sie sah sich um, als hätte sie etwas gehört. „Mein Handy ist tot und –" Sie drehte den Kopf zurück und dann wieder zur Gegensprechanlage. „Oh Gott, nein! Dieser Mann, er folgt mir immer noch. Bitte! Ich muss von der Straße weg und Hilfe rufen."

„Schnell!", sagte Kerry Young. Gleichzeitig ertönte der Summer.

Savannah drückte gegen die Tür und hielt sie auf.

John ging zu ihr. „Das war gute Arbeit." Er packte die Tür, ließ Savannah vor sich hineingehen und folgte ihr dann mit Grayson ins Foyer.

„Man kann immer darauf vertrauen, dass eine Frau einer anderen hilft, wenn sie glaubt, dass ein Mann sie verfolgt", sagte Savannah und drückte auf den Knopf für den Aufzug. Die Tür öffnete sich sofort.

Savannah trat ein, während John auf die Treppe zeigte. „Grayson und ich nehmen die Treppe. Gib uns etwa zehn Sekunden, bevor du den Knopf für den obersten Stock drückst, damit wir oben sind, bevor du ankommst."

Sie nickte.

John rannte, dicht gefolgt von Grayson, die Treppe hinauf. Das Gebäude hatte nur vier Stockwerke, inklusive des Erdgeschosses, und da sowohl er als auch Grayson ihre vampirische Geschwindigkeit nutzten, um die Treppe hinaufzulaufen, waren sie bereits hinter dem Aufzugschacht, als das Klingeln ertönte, das ankündigte, dass Savannah das oberste Stockwerk erreicht hatte.

Eine Tür öffnete sich direkt gegenüber des Aufzugs, als Savannah gerade aus der Kabine trat.

„Kommen Sie rein", hörte John die Fotografin sagen.

„Danke vielmals, ich bin Ihnen so dankbar."

Als John Savannahs Schritte auf dem Betonboden hörte, raste er um die Ecke und griff nach der Tür, damit Ms. Young sie nicht vor ihm zuschlagen konnte.

Sie schrie erschrocken auf und taumelte zurück. John folgte ihr in die Wohnung und Grayson drängte sich direkt hinter ihm hinein.

„Hilfe!", schrie die Frau mit blanker Furcht in den Augen.

John hob seine Hand und gab Grayson ein Zeichen, zurückzutreten. „Ruhig, Ms. Young. Wir wollen Ihnen nichts Böses. Wir sind nur hier, um Antworten auf ein paar Fragen zu bekommen."

Die Frau wich weiter zurück, bis sie gegen den Esszimmertisch stieß. „Bleiben Sie weg." Sie blickte an ihm und Grayson vorbei. „Sie! Ich wollte Ihnen helfen!"

Savannah blieb zwischen John und Grayson stehen. „Ms. Young. Es ist nicht so, wie es aussieht. Ich schwöre Ihnen, niemand wird Ihnen etwas tun. Aber wir haben Fragen. Bezüglich der Fotos, die Sie von meiner Tochter Buffy gemacht haben. Sie wurde vor fünf Tagen entführt. Und die Bilder, die Sie gemacht haben, sind unsere einzige Spur."

Die Frau warf Savannah, Grayson und John einen Blick zu. „Sie sind nicht von der Polizei. Ansonsten hätten Sie es gesagt."

„Wir sind Privatdetektive", entgegnete John. „Leider lassen die meisten Leute uns nicht freiwillig in ihre Wohnungen, also müssen wir Tricks anwenden. Entschuldigung."

Sie zögerte immer noch, sah sie immer noch zweifelnd und ängstlich an. „Ich will, dass Sie gehen, dann werde ich nicht die Polizei rufen."

John schüttelte den Kopf. „Wir werden gehen – nachdem Sie uns unsere Fragen beantwortet haben."

„Ich verstehe nicht. Ich bin nur eine Fotografin."

John griff in seine Jackentasche. Ms. Young schrie auf, als würde sie erwarten, dass er eine Pistole herausholte. „Beruhigen Sie sich, Ms. Young." Er zog Buffys Bild heraus und hielt es hoch, sodass sie es sehen konnte. „Haben Sie dieses Bild gemacht?"

Sie starrte ihn einen Augenblick lang an und richtete ihren Blick dann auf das Foto. Langsam nickte sie. „Ja, ich erinnere mich an sie. Sie ist sehr fotogen. Es war schön, mit ihr zu arbeiten." Dann sah sie Savannah an. „Sie sagten, dass sie entführt wurde? Ist das wahr oder ist das noch ein Trick?"

Mit traurigem Gesichtsausdruck schüttelte Savannah den Kopf. „Sie wurde vor fünf Tagen entführt. Genau wie ein Dutzend anderer Kinder."

Erschrocken blickte Ms. Young auf das Foto und dann auf John. „Was hat dieses Foto damit zu tun?"

„Jedes Kind, das verschwunden ist, war vor seinem Verschwinden bei einem Fotoshooting bei Ihnen", sagte John ruhig, obwohl er noch keine Bestätigung von Ryder bekommen hatte.

Die Augen der Fotografin weiteten sich schockiert. „Nein, das kann nicht stimmen. A-a-aber das ist unmöglich", stotterte sie. Sie presste ihre Hand gegen ihre Brust und ihr Blick schoss zwischen Savannah, Grayson und John hin und her. „Sie denken, ich habe etwas damit zu tun?" Sie schüttelte den Kopf und zeigte auf Savannah. „Aber Sie waren mit ihr hier. Sie wissen, dass hier nichts passiert ist. Sie haben Sie wieder mit nach Hause genommen."

John räusperte sich. „Wir sagen ja nicht, dass Sie diejenige sind, die die Mädchen entführt hat. Aber Sie sind die Verbindung. Das *Einzige*, was die Mädchen gemeinsam haben, ist, dass Sie sie fotografiert haben."

„Aber das muss nichts bedeuten", protestierte sie.

„Doch", sagte John. „Deshalb sind wir hier. Wir müssen wissen, was Sie mit den Dateien der Bilder gemacht haben, wer sie gesehen hat, wer sie vielleicht kopiert haben könnte, wer Zugriff auf sie hatte."

„Niemand. Meine Dateien sind sicher." Sie zeigte auf einen Tisch in der Ecke, wo zwei große Computermonitore, eine Tastatur und eine Dockingstation mit Laptop standen. Verschiedene Fotos waren auf den Bildschirmen zu sehen.

John zeigte auf den Schreibtisch. „Grayson."

Der Hybride ging darauf zu und setzte sich auf den Stuhl, dann berührte er die Maus.

„Hey, Sie können nicht einfach meinen Computer benutzen." Aber Grayson drehte sich nicht einmal um, also wandte sie sich stattdessen an John. „Was, wenn er etwas löscht? Das sind vertrauliche Sachen."

„Keine Sorge, er kennt sich aus", sagte John ruhig und näherte sich dem Schreibtisch, als Grayson sich mit dem Stuhl umdrehte.

„Sicher, wie?" Grayson schnaubte. „Warum sind dann Bilder all dieser Kinder auf einer öffentlich zugänglichen Webseite?" Er zeigte auf einige davon. „Sieh dir das an, John. Ich erkenne die hier, die auch und diese beiden. Das sind die aus den Polizeiberichten."

„Fuck!" John drehte sich um. „Das nennen Sie sicher? Jeder Perversling des Landes kann diese Bilder sehen."

„Nein!", protestierte Ms. Young und trat näher. Sie sah jetzt eher wütend als ängstlich aus. „Der Grund, warum Sie sie auf der Seite sehen können, ist, dass ich eingeloggt bin." Sie zeigte auf eine Stelle in der oberen rechten Ecke des Bildschirms. „Ich habe vorhin daran gearbeitet, deshalb bin ich immer noch eingeloggt. Niemand hat ohne Login und Passwort Zugriff auf die Seite." Sie drehte sich um und sah Savannah an, die auch nähergekommen war. „Sie wissen das. Ich sagte Ihnen, dass ich jedem Kunden einen separaten Login mit Passwort gebe, damit sie sich die Abzüge online ansehen können. Aber jeder kann nur seine eigenen Fotos sehen, nicht die Bilder der anderen Kunden."

Savannah nickte und blickte John an. „Das stimmt. Ms. Young hat mir ein Passwort gegeben, damit ich mir die Bilder aussuchen konnte, von denen ich Abzüge wollte. Und der Zugang funktionierte nur eine Woche."

Ms. Young nickte eifrig. „Die Logins laufen nach sieben Tagen ab. Und wenn die Eltern sie nicht mit ihren Freunden oder jemand anderem geteilt haben, gibt es keine Möglichkeit, dass jemand anders die Bilder gesehen hat."

„Eigentlich doch", sagte Savannah langsam.

Alle Blicke schossen zu ihr.

„Wie?“, fragte John.

„Jemand hätte sich in das System hacken können. Das ist nicht so schwierig.“

Die Fotografin öffnete ihren Mund, um zu protestieren, aber Savannah hob die Hand. „Ich weiß, wovon ich spreche. Sie sind keine Regierungsbehörde oder große Firma. Sie haben nicht die Sicherheitsstandards, die diese nutzen.“ Sie zeigte auf den Computer. „Wenn jemand da rein wollte, konnte er das.“

„Ich kann das nicht glauben“, biss Ms. Young heraus.

„Es ist egal, ob Sie es glauben“, sagte John. „Ich glaube es. Sagen Sie mir, wo Sie die Namen und Adressen Ihrer Kunden aufbewahren.“

Ms. Young nickte mit dem Kinn in Richtung Computer. „In einer Datenbank.“

„Und ich nehme an, dass Sie die Adressen irgendwie mit den Fotos verlinken?“

Sie schüttelte den Kopf. „Nein, tue ich nicht. Die Datenbank ist separat.“

Das Klicken der Computermaus war hinter ihm zu hören und John blickte über seine Schulter und bemerkte, dass Grayson auf die Bilder klickte, um die Dateinamen anzuzeigen. Er drehte sich triumphierend grinsend zu der Fotografin um. „Nachname, Datum und eine fortlaufende Nummer? So benennen Sie Ihre Fotos, wirklich? Und Sie denken, dass die Person, die sich in Ihren Computer gehackt und Ihre Datenbank kopiert hat, die Fotos nicht mit den Namen und Adressen abgleichen kann?“ Grayson schnalzte mit der Zunge. „Amateurhaft.“

Ms. Young rang nach Luft und John sah, wie sie die Hand über ihren Mund presste. In ihren Augen war ein flehender Ausdruck zu erkennen. „Aber warum würde jemand ...“

„Weil pädophile Kinderschieber –“

„Klappe, Grayson!“ John wollte seine Fangzähne fletschen, aber starrte Grayson stattdessen finster an.

Grayson knurrte etwas Unverständliches, was einer Entschuldigung gleichkommen konnte, doch es war zu spät. John wandte seinen Blick zu Savannah und sah Tränen in ihren Augen. Fuck! Musste Grayson sie daran erinnern, welches Schicksal Buffy erwartete, wenn sie sie nicht rechtzeitig fanden? Unsensibler Bastard!

Obwohl er wusste, dass Savannah bereits vermutet haben musste, dass es sich um einen Kinderschieberring handelte, der die Kinder an Pädophile verschacherte, musste man das nicht auch noch laut sagen und ihren Schmerz noch schlimmer machen. Es war besser, gewisse Dinge unausgesprochen zu lassen. Er wünschte, er könnte Savannah trösten, doch dies war weder die rechte Zeit noch der rechte Ort.

Stattdessen wandte sich John wieder an die Fotografin. „Wir müssen Ihren Computer mitnehmen. Wir lassen ihn von unserem IT-Team durchsuchen, um Hinweise zu finden, ob Sie gehackt wurden."

„Aber ich brauche ihn für meine Arbeit. Ohne ihn –"

„Wenn ich Sie lieber zur Polizeiwache bringen und Sie wegen Beihilfe zu dreizehn Fällen von Entführung verhaften lassen soll, kann ich das einrichten", donnerte John.

Ms. Young zuckte sichtlich eingeschüchtert zusammen und legte ihre Arme um ihren Oberkörper, als würde sie frieren. „Bitte nehmen Sie ihn. Ich werde kooperieren. Was auch immer Sie brauchen. Logins, Passwörter. Fragen Sie einfach danach."

John nickte etwas beschwichtigt durch ihre Einwilligung. „Mein IT-Team ruft Sie vermutlich an, wenn wir noch etwas brauchen." Er zeigte auf einen Stapel Visitenkarten auf ihrem Schreibtisch. „Ist das Ihre Handynummer?"

„Nein, nur mein Geschäftstelefon."

Er nahm eine Karte und einen Stift und gab ihr beides. „Ich brauche eine Nummer, wo wir Sie jederzeit erreichen können."

Sie kritzelte schnell eine Nummer auf die Rückseite der Karte und gab sie ihm zurück.

„Noch eine Sache: Was heute hier passiert ist, alles, was wir Ihnen gesagt haben oder Sie uns, kein Wort zu niemandem. Nicht zu Ihrer Mutter, Ihrem Vater, Ihrer Schwester, Ihrem Bruder, Ihrer besten Freundin. Verstanden? Wenn Sie irgendjemandem von unseren Vermutungen erzählen, muss ich annehmen, dass Sie jemanden warnen wollen. Und dann werde ich zurückkommen müssen."

„Ja, ich verstehe." Ms. Young nickte schnell und ihre Unterlippe zitterte.

Er hasste es, Frauen Angst einzujagen, aber in diesem Fall war es wichtig, ihr zu verdeutlichen, dass sie niemandem erzählen durfte, dass sie dieser Spur folgten. Wenn die Leute hinter dieser Sache das mitbekamen, würden sie verschwinden, bevor er sie sich schnappen konnte.

21

Nachdem sie das Gebäude verlassen hatten, wandte sich John an Savannah. „Grayson kann den Computer zu unserem IT-Team bringen, während ich dich nach Hause fahre."

Sie starrte ihn an. „Ich will nicht nach Hause. Wir haben endlich eine Spur und du erwartest, dass ich zuhause sitze und Däumchen drehe?" Sicher, sie war etwas schockiert gewesen, wie John die Fotografin eingeschüchtert hatte, um sie zur Mitarbeit zu bewegen, doch es hatte die richtigen Resultate gebracht. Jetzt wusste sie, warum die Polizei vorgeschlagen hatte, Scanguards anzuheuern; sie waren nicht an die Regeln gebunden, an die die Polizei sich halten musste. Scanguards konnte ohne einen Durchsuchungsbefehl in Häuser eindringen und Leute bedrohen, um Antworten auf ihre Fragen zu bekommen.

„Das hätte ich mir denken können", sagte John schließlich und wechselte einen Blick mit Grayson, der den Laptop trug. „Triff uns im Computerlabor und bitte Thomas oder Eddie, dass sich einer von ihnen unverzüglich den Laptop ansieht. Lass sie das nicht an ihre Mitarbeiter delegieren. Ich will die Besten."

„Verstanden", sagte Grayson und stieg in seinen Wagen.

Savannah ging zur Beifahrerseite von Johns Auto und griff nach dem Türgriff.

„Ich nehme an, ich kann dich nicht umstimmen“, sagte er.

Sie schaute über ihre Schulter und sah ihn näherkommen. „Nein. Ehrlich gesagt weiß ich nicht, warum du den Laptop an euer IT-Team gibst. Ich kann genauso gut herausfinden, ob er gehackt wurde.“

„Ich weiß, dass du das kannst, aber genauso wie ein Herzchirurg nicht an seinem eigenen Herzen operiert, lasse ich dich das auch nicht tun. Wir wissen nicht, was wir vielleicht finden. Und ich will nicht, dass du, ähm –“

„Zusammenbrichst?“, beendete sie seinen Satz.

Sein Blick bestätigte ihr, dass er genau das hatte sagen wollen.

„Wegen dem, was Grayson gesagt hat?“ Sie schüttelte den Kopf, obwohl es sie wirklich erschrocken hatte, es laut ausgesprochen zu hören. „Denkst du wirklich, dass ich noch nicht daran gedacht habe? Seit dem Augenblick, als du mir gesagt hast, dass Buffy nicht das einzige kleine Mädchen ist, das verschwunden ist, und dass alle Mädchen im gleichen Alter sind, wusste ich, was das bedeutet.“ Sie seufzte. „Es war rücksichtsvoll von dir, es nicht auszusprechen, aber wir beide wissen, warum Kinder verschleppt werden und was diese Bastarde mit ihnen vorhaben.“

John legte seine Hand auf ihren Unterarm und drückte ihn. „Das bedeutet nicht, dass dich ständig jemand daran erinnern muss. Und ich habe guten Grund anzunehmen, dass sie sie noch nicht angefasst haben.“

„Du musst mich nicht anlügen.“ Sie wollte sich gerade wegdrehen, doch er ließ es nicht zu.

„Das tue ich nicht. Das Bild, das sie dir geschickt haben. Sie sah verängstigt darauf aus, doch sie hat ihre Unschuld noch nicht verloren. Ich habe Kinder gesehen, die das durchgemacht haben. Man kann in ihren Augen sehen, welchen Horror sie durchgemacht haben. Das konnte ich bei Buffy nicht sehen.“

Ein Schimmer Hoffnung blühte in ihrem Herzen auf. „Du sagst das nicht nur so?“

Er schüttelte leicht den Kopf. „Vertrau mir. Wenn es ein Kinderschieberring ist, bedeutet das, dass sie die Kinder an einen sicheren Ort bringen müssen, wo sie von ihren Käufern abgeholt werden können. Und diese Leute wollen ihre ... ähm ... wollen sie in einwandfreiem Zustand. Nicht beschädigt. Die Schieber sind normalerweise nicht die Endverbraucher. Ihr Job ist es, die Kinder auszuliefern, nichts weiter.“

„Ich hoffe, du hast recht. Ich hoffe, wir sind noch nicht zu spät.“

John ließ ihren Arm los und öffnete die Autotür, um sie einsteigen zu lassen. Kurz darauf fuhren sie wieder bei Scanguards in die Tiefgarage. Aber dieses Mal gingen sie nicht zurück zu Johns Büro. Stattdessen blieben sie in einem der Kellergeschosse, wo John sie durch ein Labyrinth aus Gängen führte, bis sie einen großen Raum mit einer Menge Computerarbeitsplätzen erreichten. An einer Seite, hinter einer Glaswand, lag ein kleinerer Raum, höchstwahrscheinlich klimatisiert, in dem mehrere Reihen Server standen. An der anderen Wand waren Dutzende von Monitoren montiert. Zusammen formten sie einen großen Bildschirm, wie man ihn in einem Kontrollraum der NASA finden würde.

Zu Savannahs Überraschung war praktisch jeder Arbeitsplatz besetzt. Sie warf einen Blick auf ihre Armbanduhr. Es war fast Mitternacht, doch dieser Raum war so belebt wie die Autobahn zur Rush Hour. Mehrere Männer und Frauen drehten die Köpfe und starrten sie an, als hätte sie einen Ort betreten, an dem sie nicht sein durfte. Aber als ihre Blicke auf John neben ihr fielen, wandten sie sich wieder ihren Computern zu.

„Da ist Grayson“, sagte John und zeigte zu einem Arbeitsplatz im hinteren Teil des Raums.

Als sie zu ihm gingen, bemerkte Savannah, dass er den Laptop bereits aufgestellt und hochgefahren hatte und mit einem großen blonden Mann sprach, der mit einer Lederhose und einem weißen Hemd bekleidet war, dessen Ärmel bis zu den Ellbogen hochgekrempelt waren. Sie kam nicht umhin zu bemerken, wie gut ihm diese Hose stand und wie fit er wirkte, als er sich plötzlich umdrehte, als hätte er ihre Augen auf sich gespürt. Stechend blaue Augen musterten sie – aber nicht auf die Art, wie Männer sie üblicherweise begutachteten. Er verweilte nicht auf ihren Brüsten oder Beinen, sondern hielt seinen Blick auf ihr Gesicht gerichtet, bevor er diesen, scheinbar zufrieden, auf John richtete.

„Hey, John“, sagte der Mann.

„Thomas, danke, dass du so schnell gekommen bist“, antwortete John und schüttelte seine Hand. „Das ist Savannah Rice. Savannah, das ist Thomas Brown-Martens, Chef der IT bei Scanguards.“

Sie hatte noch nie einen ITler gesehen, der so muskulös war wie dieser.

Und sie hatte schon viele Computernerds gesehen. Wie hatte er es so weit nach oben geschafft und immer noch Zeit zum Trainieren?

Sie bot ihm ihre Hand an und er schüttelte sie. „Freut mich, Sie kennenzulernen."

„Gleichfalls."

„Hat Grayson schon Zeit gehabt, dir zu sagen, wonach wir suchen?", fragte John.

„Die Zusammenfassung, ja. Ich bin sicher, dass jeder meiner Mitarbeiter das erledigen könnte." Thomas warf John einen fragenden Blick zu. „Willst du mir sagen, warum du mich dafür brauchst?"

„Weil du der Beste und Schnellste bist", sagte John, seinen Südstaatenakzent betonend.

„Schmeichelei, verstehe. Wie wäre es, wenn du Eddie deinen Akzent beibringst und wir sind quitt?" Thomas setzte sich vor den Laptop. Seine Hände flogen mit einem Selbstvertrauen, das selbst Savannah erstaunte, über die Tastatur. Sie hatte immer gedacht, dass sie gut wäre, dass sie ihr Handwerk verstand, aber Thomas dabei zuzusehen, wie er jede auch noch so kleine Information aus dem Laptop der Fotografin holte, brachte sie dazu, sich wie eine Amateurin zu fühlen.

Sie wandte den Kopf, um John anzusehen, und bemerkte seinen Blick auf ihr.

„Willst du etwas essen oder trinken?"

Sie schüttelte den Kopf. „Nein danke."

„Hattest du etwas zum Abendessen?", fragte John nach.

„Nein, aber das ist okay."

„Ist es nicht." Er blickte Grayson an. „Ruf mich auf dem Handy an, sobald ihr etwas habt. Wir sind in der M-Lounge."

„Aber ich bin nicht hungrig", protestierte Savannah.

„Gebt mir dreißig bis vierzig Minuten", sagte Thomas und schaute über seine Schulter. „Ihr könnt hier gerade sowieso nichts machen."

John nahm ihren Arm und führte sie hinaus. „Du glaubst vielleicht, dass du nicht hungrig bist, aber ich kann nicht zulassen, dass du aus Energiemangel zusammenbrichst. Du bist schon den ganzen Tag wach, du hast heute etwas Schreckliches durchgemacht und dann –" Er stoppte sich, als hätte er etwas hinzufügen wollen, was er seiner Meinung nach nicht erwähnen sollte: was sie zuvor getan hatten.

„Gut, ich esse etwas", sagte sie schnell, um eine peinliche Stille zu vermeiden.

Sie wollte nicht daran erinnert werden, dass sie nur ein paar Stunden zuvor wilden, heißen Sex mit John gehabt hatte, einem Mann, den sie kaum kannte. Sicherlich wollte er ebenso wenig daran erinnert werden. Schließlich war es ein Fehler gewesen. Ein beidseitiger Mangel an Urteilsvermögen. Ein Produkt, geboren aus der Gefahr, in der sie sich befunden hatten.

John führte sie zu einem großen Raum im Erdgeschoss und schloss die Tür hinter ihnen. Sie waren die Einzigen hier. Savannah blickte sich um. Der Raum sah aus wie die Erste-Klasse-Lounge am Flughafen. Sie wusste nicht wirklich, was sie erwartet hatte. Vielleicht eine Kantine? Aber dies hier war viel mehr. Es gab bequeme Sitzbereiche, Esstische, eine Bar und Kühltheken mit abgepacktem Essen sowie frischem Obst, Schokolade und anderen Süßigkeiten. Für jeden Geschmack war etwas dabei.

„Das ist die Cafeteria?", fragte sie und warf John einen überraschten Blick zu.

Er zuckte mit den Schultern. „Wir nennen es Lounge. Die Angestellten kommen zwischen ihren Schichten oder in ihren Pausen hierher. Wir haben stressige Jobs und es gibt immer Tage, an denen wir keine Zeit haben, nach Hause zu gehen. Das Management sorgt dafür, dass wir alle zufrieden sind." Er zeigte auf das Essen. „Nimm dir, was du willst."

Als sie auf den Bereich der Theke zuging, wo Obst und Joghurt gelagert waren, bemerkte sie, dass John sich auf eine der bequemen Couchen setzte. „Willst du nichts?"

„Ich hatte vorhin etwas zum Abendessen. Aber lass dich nicht abhalten. Du brauchst deine Kraft."

Sie wählte einen Joghurt, eine Schale Obst, eine Flasche Wasser und einen Schokoriegel und setzte sich in die andere Ecke des Sofas.

„Das sieht nicht nach viel aus", sagte er mit hochgezogenen Augenbrauen.

„Es ist mehr, als ich gerade essen kann", versicherte sie ihm und machte sich an den Joghurt. Erst als das Essen ihren leeren Magen erreichte, bemerkte sie, wie ausgehungert sie war. Sie hatte den Joghurt, das Obst und den Großteil der Schokolade verputzt, als sie aufblickte und bemerkte, dass John aufgestanden war und ihr Nachschlag geholt hatte.

„Iss“, sagte er einfach und stellte die Sachen vor ihr ab. „Ich bin gleich wieder da.“

Sie nickte und sah zu, wie er den Raum verließ. Die leise Musik aus den Lautsprechern in der Decke wirkte beruhigend und einen Augenblick lang lehnte sie sich in die bequemen Kissen zurück und schloss die Augen, um sich zu entspannen.

John und seine Kollegen bei Scanguards beeindruckten sie. Sie waren effizient und extrem kompetent. Thomas war offensichtlich ein IT-Genie und John wusste, wie man aus jedermann Informationen herausbekam. Sie wusste, dass sie in den richtigen Händen war. Scanguards hatte in ein paar Stunden mehr erreicht als die Polizei in den Wochen, seit das erste Kind verschwunden war.

Sie seufzte. Würde dieser Alptraum bald vorbei sein? Würden die Leute von Scanguards in der Lage sein, ihr Versprechen zu halten? Würden sie ihr Buffy zurückbringen?

22

John machte einen schnellen Abstecher in die V-Lounge, um sich ein Glas Blut zu holen. Savannahs Gegenwart verstärkte sein Verlangen nach Blut mehr als normal. Er wusste, dass er Vorkehrungen treffen musste, um bei ihr nicht den Kopf zu verlieren, also trank er zwei Gläser 0 negativ. Gerade als er die Lounge verließ, klingelte sein Handy. Er blickte auf das Display.

„Ryder?"

„Hey, John. Dein Verdacht war korrekt. Alle Kinder, die verschwunden sind, hatten ein Fotoshooting in Kerry Youngs Studio."

„Danke, Ryder. Wir waren gerade bei ihr. Es ist möglich, dass ihre Webseite gehackt wurde. Thomas sieht sich das gerade an. Ich bin wieder im Hauptquartier."

„Soll ich noch etwas für dich tun?"

„Schließ dich mit Damian und Benjamin kurz und finde heraus, ob sie schon wissen, ob Alexi Denault eine Immobilie besitzt, wo er die Kinder verstecken könnte. Momentan ist er unser Hauptverdächtiger. Er hatte die Gelegenheit und das technische Wissen."

„Ja, und er ist Russe. Ich habe die Polizeiberichte durchgesehen. Wenn er es ist, muss er einige Komplizen haben. Sie werden ein paar Leute brauchen, um die Kinder zu bewachen. Das ist keine Ein-Mann-Operation."

„Nein, ist es nicht. Aber es scheint, dass er sehr vorsichtig ist. Damian sagte, er bleibt für sich. Wir müssen ihn einfach überraschen."

„Bist du sicher, dass die Fotografin nicht involviert ist?"

„Ziemlich sicher. Sie war ehrlich überrascht, als ich sie konfrontiert habe. Es ist schwierig, das zu spielen." Er seufzte. „Jedenfalls danke, Ryder. Bleib fürs Erste im Hauptquartier, falls ich dich für irgendetwas brauche."

Er legte auf und ging wieder in die Menschen-Lounge.

Savannah saß immer noch auf demselben Platz wie zuvor, doch ihre Augen waren geschlossen und sie hatte sich in die Sofakissen zurückgelehnt. Er setzte sich leise, um kein Geräusch zu machen, und blickte in ihr friedliches Gesicht. Kein Wunder, dass sie eingedöst war. Sie hatte viel durchgemacht und sie war nicht an die Uhrzeiten gewöhnt, zu denen er und seine vampirischen Kollegen arbeiteten. Er brachte es nicht übers Herz, sie zu wecken, und gerade bestand dazu auch keine Notwendigkeit, also setzte er sich einfach mit angewinkeltem Bein in die andere Ecke des Sofas und sah ihr beim Schlafen zu.

Wären sie ein echtes Paar, zwei Leute in einer Beziehung, würde er sie oft so beobachten können. Er wusste, dass ihm das gefallen würde. Sicher unter seinem wachsamen Auge. Ja, das würde ihm gefallen. Aber er wusste auch, dass die Chancen, dass das passierte, die Chancen auf eine Beziehung zwischen ihnen, zweifelhaft waren. Falscher Ort, falscher Zeitpunkt. Falsche Spezies – nicht ihre, sondern seine. Denn würde eine Frau wie sie, eine Frau, die die Verantwortung für ein Kind hatte, es wirklich riskieren, einen Vampir in ihr Heim zu lassen? Würde sie nicht immer befürchten, dass er ihrer Tochter wehtun würde, selbst wenn er ihr beteuerte, dass er Buffy wie sein eigenes Kind behandeln würde? Warum sollte sie ihm glauben? Alles, was sie sehen würde, wäre die blutrünstige Kreatur und nicht der Mann, der die Kapazität zur Liebe hatte und Unschuldige beschützte.

Sein Handy klingelte leise. Eine Nachricht von Thomas. Er las sie.

Gute und schlechte Neuigkeiten. Kommt ins Labor.

John schob sein Handy wieder in die Tasche. Er sah, wie friedlich Savannah schlief, und einen kurzen Moment lang dachte er darüber nach, sie nicht aufzuwecken. Doch er wusste, dass sie aufgebracht wäre, wenn er es nicht täte. Sie hatte das Recht dabei zu sein, und wenn er sie ausschloss, wie könnte sie ihm dann je wirklich vertrauen?

Sanft legte er seine Hand auf ihre Schulter. „Savannah."

Sie schoss nach vorne und schüttelte dabei seine Hand ab. „Was?" Als ihre Augen auf ihm landeten, presste sie eine Hand auf ihre Brust und zog so seinen Blick auf ihre Brüste, die sich beim Einatmen schnell hoben. „Wie lange habe ich geschlafen? Ist etwas passiert?"

„Alles ist in Ordnung. Du bist nur ein paar Minuten eingenickt. Thomas hat Neuigkeiten. Wir sollen wieder ins Computerlabor kommen." Er bot ihr seine Hand an, um ihr aufzuhelfen, doch sie sah sie entweder nicht oder wollte seine Hilfe nicht. Er versuchte, es nicht persönlich zu nehmen. Doch die Reaktion unterstrich nur, dass sie die Intimität vergessen wollte, die sie zuvor geteilt hatten.

Als sie ein paar Minuten später im Labor ankamen, saß Thomas immer noch vor dem Monitor, während Grayson auf den Tisch gehüpft war.

„Also, was hast du gefunden?", fragte John ohne Umschweife.

„Erst die guten Neuigkeiten", fing Thomas an und Savannah atmete erschrocken ein. „Es gibt wirklich Beweise, dass jemand den Server der Fotografin gehackt und auf die Bilddateien und die Kundendatenbank zugegriffen hat."

„Sie sagten gute Neuigkeiten", sagte Savannah mit etwas zitternder Stimme. „Was sind die schlechten Neuigkeiten?"

Thomas blickte sie mit ernstem Gesichtsausdruck an. „Der Hacker ist gut. Sehr gut sogar. Er war in der Lage, seine Fährte auszulöschen. Ich konnte ihn nicht aufspüren. Ich habe keine Ahnung, wo er ist. Nach allem, was ich sehen konnte, könnte er genauso gut im Gebäude nebenan sein wie in China."

„Fuck", fluchte John.

„Ja", stimmte Thomas zu. „Aber das ist nicht alles." Er drehte sich in seinem Stuhl um und klickte auf ein Fenster. „Wir haben auch das hier in Buffys Kundendatei gefunden." Bilder von Buffy zusammen mit Savannah tauchten auf dem Bildschirm auf.

John warf Savannah einen Blick zu. „Du hast nicht erwähnt, dass die Fotografin auch von dir Fotos gemacht hat."

Sie zuckte mit den Schultern. „Wir haben nur ein paar gemacht, weil Buffy eines mit mir zusammen wollte. Und die Fotografin hatte nichts gegen ein paar extra Fotos für dasselbe Geld. Wieso ist das wichtig?"

Grayson hüpfte vom Schreibtisch. „Es ist wichtig, weil sie versucht haben, auch Sie zu entführen."

Überrascht, dass Grayson davon wusste, warf John dem jungen Hybriden einen fragenden Blick zu.

„Ich habe mit den Zwillingen gesprochen. Sie haben mich auf den neuesten Stand gebracht."

„Ich verstehe es immer noch nicht", unterbrach Savannah.

John drehte sich zu ihr. „Was Grayson damit sagen will, ist, dass die Kidnapper dieser Kinder dein Foto gesehen haben und sich aus irgendeinem Grund entschieden haben, dich auch zu entführen."

Thomas zeigte auf den Bildschirm. „Ich kann mir ein paar Gründe vorstellen."

Savannah drehte ihrem Kopf zu ihm, doch Thomas führte seine Vermutung nicht aus.

„Aber ..." Sie zeigte auf das Bild, doch beendete ihren Satz nicht.

John seufzte. „Wer auch immer Buffy wollte, hat dein Foto gesehen und sich entschieden, dass er auch dich wollte." Und jetzt erinnerte er sich an etwas, das erklären würde, warum die Entführer sie nicht zur selben Zeit entführt hatten. „Erinnerst du dich, dass du mir erzählt hast, dass du an dem Tag von Buffys Entführung länger in der Arbeit bleiben und deine Babysitterin schicken musstest?"

Savannah nickte. Dann schlug sie die Hand vor ihren Mund, als ihr anscheinend klar wurde, was das bedeutete. „Sie wollten uns beide entführen. Zusammen. Und als ich nicht da war, haben sie Buffy mitgenommen und sind später wegen mir zurückgekommen."

John nickte. „Das befürchte ich."

„Wir müssen diesen Bastard finden", presste sie durch ihre zusammengebissenen Zähne.

John seufzte. „Thomas, gibt es eine Möglichkeit, den Hacker aufzuspüren?"

Thomas schüttelte den Kopf. „Ich wünschte, ich könnte das, aber außer er versucht erneut, auf die Seite zuzugreifen, kann ich ihn nicht aufspüren."

„Das ist es", sagte Savannah plötzlich.

„Was?", fragte John.

„Wir müssen den Hacker dazu bringen, auf die Dateien zuzugreifen." Sie blickte Thomas an. „Wir können einen Tracing-Code in die Seite einbauen und ihm folgen. Sie wissen, wie man das macht, oder, Thomas? Wenn nicht, kann ich –“

Thomas hob die Hand. „Kein Problem, aber wir haben keine Ahnung, wie lange es dauert, bis der Hacker wieder auf die Seite zugreift.“

„Dann müssen wir ihm einen Grund geben“, sagte sie.

„An was denken Sie?“ Thomas stellte die Frage, die auch in Johns Kopf herumschwirrte.

„Wir müssen annehmen, dass er die Seite durch Spiderware beobachtet, die ihm mitteilt, wenn neues Material hochgeladen wird.“

Thomas nickte. „Ja, aber –“

„Wir müssen nur neue Fotos hochladen, einen Tracing-Code in sie einbauen und einen neuen Kunden in der Datenbank anlegen, damit es echt aussieht“, fuhr Savannah unbeirrt fort.

„Brillant“, lobte John und wandte sich dann an Thomas. „Kannst du das tun?“

„Nichts einfacher als das. Wir brauchen nur Bilder eines hübschen Mädchens zwischen neun und zwölf“, antwortete Thomas.

„Einfach“, behauptete Grayson. „Lass uns die Alterungssoftware benutzen, die Eddie vor ein paar Monaten angeschafft hat. Wir können Fotos einer unserer weiblichen Angestellten benutzen und sie auf etwa elf Jahre verjüngen.“

Wenn es funktionierte, war das die beste Idee, die der Hybride je gehabt hatte. John nickte ihm zu. „Mach das. Wer, denkst du, gibt uns die Erlaubnis, ihr Foto zu benutzen?“

„Erlaubnis?“, fragte Grayson stirnrunzelnd.

John blickte ihn finster an. „Ja, Erlaubnis.“

„Ich“, meldete sich eine weibliche Stimme ein paar Tische entfernt.

John wandte den Kopf dorthin. „Isabelle?“

Die zweiundzwanzigjährige Hybridin kam näher. „Sorry, ich konnte einfach nicht weghören.“

„Savannah, das ist Isabelle, Samsons Älteste. Isabelle, das ist Savannah Rice, unsere Klientin.“

Die zwei Frauen begrüßten sich.

„Ihr könnt mein Bild haben. Die Software funktioniert umso besser, je weniger Jahre zum Zielalter sind. Eddie hat mir gezeigt, wie sie funktioniert", sagte Isabelle.

„Das würden Sie tun?", fragte Savannah.

Isabelle lächelte. „Ich wurde selbst einmal entführt und ich weiß, wie furchteinflößend das ist. Wenn ich etwas beitragen kann, das Ihr kleines Mädchen zurückbringt, werde ich das tun."

Savannah griff nach Isabelles Hand und drückte sie. „Danke, vielen Dank."

„Gut", sagte Thomas und drehte sich wieder zu dem Computer. „Machen wir uns an die Arbeit."

23

Das Team bei Scanguards brauchte lediglich dreißig Minuten, um mehrere Bilder von Isabelles Originalfoto zu machen, sie auf die Seite der Fotografin zu laden und eine Kundendatei mit einer falschen Adresse anzulegen.

„Jetzt warten wir", sagte Thomas.

„Wie lange?", fragte John.

„Keine Ahnung. Es ist mitten in der Nacht. Nicht sicher, ob der Hacker gerade wach ist und seine Spiderware beobachtet. Falls ja, dauert es vielleicht nur ein paar Minuten. Falls nicht, könnten es Stunden werden."

„Okay. Ich glaube, du brauchst uns gerade nicht", sagte John und schaute nach Thomas' Bestätigung Savannah an. „Ich brauche noch etwas aus deiner Wohnung. Und du musst eine Tasche packen."

„Eine Tasche? Warum?"

„Weil du nicht in deiner Wohnung bleiben kannst. Nach dem, was wir jetzt wissen, glaube ich nicht, dass du dort sicher bist. Sie werden es wieder versuchen."

„Okay."

Zu Thomas sagte er: „Ich bin bald wieder zurück. Wenn du den Aufenthaltsort des Hackers vorher herausfindest, ruf mich an."

Er führte Savannah aus dem Computerlabor und zu seinem Auto.

Nachdem sie die Garage verlassen hatten, sagte Savannah: „Isabelle scheint ein sehr ausgeglichener Mensch zu sein, trotz dem, was ihr widerfahren ist."

John sah sie von der Seite an und vermutete, was sie dachte. „Mit der richtigen Hilfe und Unterstützung muss eine Entführung keine permanenten Narben hinterlassen. Isabelle hat eine traumatische Erfahrung durchgemacht, aber sie ist als starke junge Frau daraus hervorgegangen."

Es war hilfreich gewesen, dass ganz Scanguards mobilisiert worden war, um sie zu finden. Während ihrer Gefangennahme hatte sie an dem Glauben festgehalten, dass ihr Vater Himmel und Erde in Bewegung setzen würde, um sie zu retten. Und das hatte er auch. Buffy hatte keinen Vater, der sie beschützen konnte. Stattdessen würde nun John Himmel und Erde in Bewegung setzen, um sie zu retten.

„Das hat mir Hoffnung gegeben", gab Savannah zu. „Und deine Kollegen ... sie sind alle wundervoll. Klug und fähig. Ohne sie –"

„Stell dein Licht nicht unter den Scheffel. Deine Idee, neue Bilder hochzuladen, war brillant. Ich bin zuversichtlich, dass uns das zu dem Hacker führen wird. Und sobald wir ihn haben, sind wir fast am Ziel."

„Ich hoffe, du hast recht." Sie seufzte. „Du sagtest, du wolltest etwas aus meiner Wohnung holen. Was ist es?"

„Die Lösegeldforderung."

„Warum? Die ist nutzlos. Ich glaube nicht, dass der Kidnapper mich angelogen hat, als er behauptete, dass es keine Fingerabdrücke gibt."

„Dem stimme ich zu. So dumm ist er nicht. Er wird Handschuhe getragen haben, aber das Papier hat seltsam gerochen. Sehr spezifisch."

„Ich habe nichts gerochen."

Natürlich nicht, denn der Geruch war zu schwach für eine menschliche Nase. Aber sein vampirischer Geruchssinn hatte ihn bemerkt. „Ich lasse es von unseren Forensikern untersuchen. Vielleicht können wir so den Ort eingrenzen, wo sich unser Entführer versteckt." Denn wenn das Blatt Papier am selben Ort wie die Kinder aufbewahrt worden war, könnte der Duft Hinweise auf das Gebäude geben, in dem sich die Kinder befanden. „Ich wollte die Lösegeldforderung schon vorhin mitnehmen, aber –" Scheiße! Er wollte sie nicht an das erinnern, was sie in ihrer Wohnung getan hatten. „– als ich Buffys Foto sah, habe ich es vergessen."

Hatte sie seine Kehrtwende bemerkt? Er warf ihr einen Seitenblick zu, konnte jedoch nicht erraten, was sie dachte. Vielleicht war er der Einzige, der ihre leidenschaftliche Begegnung nicht aus dem Kopf bekommen konnte.

Sobald sie in Savannahs Apartment waren, sagte John: „Pack nur, was du für die nächsten paar Tage brauchst. Ich hole das Schreiben."

„Okay." Sie ging Richtung Badezimmer, hielt jedoch plötzlich inne und blickte über ihre Schulter. „Habe ich Zeit für eine kurze Dusche?"

Er nickte. „Nur zu."

Sie verschwand und er ging wieder ins Wohnzimmer, zog einen kleinen durchsichtigen Beutel heraus und steckte die Lösegeldforderung zusammen mit dem Foto von Buffy, das der Entführer mitgeschickt hatte, hinein. Vielleicht konnte sein Team herausfinden, wo das Foto gemacht worden war, aber auf den ersten Blick war das ein ganz gewöhnlicher Raum, der keine Hinweise preisgab. Doch vielleicht hatte jemand anderer bessere Augen.

John zog sein Handy aus der Tasche und scrollte durch seine Kontakte, dann wählte er Benjamins Nummer.

„Hey, John. Was brauchst du?"

„Wie weit bist du von Savannahs Wohnung entfernt?"

„Etwa fünf Minuten, warum?"

„Beschattet Damian immer noch Alexi?"

„Ja.

„Gut. Ich will, dass du zu Savannahs Wohnung kommst. Ich habe etwas, das du ins Hauptquartier bringen musst."

„Bin in fünf Minuten da."

Es klickte in der Leitung und der Hybride war weg.

Er lauschte nach Savannah, die im Badezimmer Schränke öffnete, und hörte dann das Wasser der Dusche laufen. Er wählte eine weitere Nummer und entfernte sich weiter von der Tür zum Gang.

Eine schläfrige männliche Stimme antwortete.

„John, was zum Teufel?"

„Hey, Wesley, ich brauche einen Gefallen."

„Um drei Uhr früh?"

„Du kennst meine Arbeitszeiten. Geht nicht anders."

„Ja, wie auch immer. Mach schnell."

„Du musst für ein paar Tage einen Gast aufnehmen."

„Welche Art Gast?“

„Eine Klientin.“

„Ist ihre Wohnung abgebrannt oder was?“

„Nein.“

„Soll ich sie beschützen?“

„Ja.“

„Ich nehme an, dass es einen Grund gibt, warum du das nicht selbst machen kannst.“

Einen Grund? Hunderte. „Ja.“

„Ich nehme an, das ist alles, was du mir sagen kannst“, meinte Wesley trocken.

„Leider. Kannst du mir helfen?“

„Sicher. Wann kommt sie an?“

„In etwa einer halben Stunde.“

„Ja, super. Und danke auch, dass du rechtzeitig Bescheid gegeben hast.“

„Oh, und Wes“, fügte John hinzu und blickte über seine Schulter, um sich zu versichern, dass Savannah nicht in der Nähe war. „Sie weiß nicht, was wir sind.“

„Okay, ich sage nichts.“

„Ich schulde dir was.“

„Keine Sorge, ich zähle mit.“

John legte auf und steckte sein Handy wieder in die Tasche.

Ein paar Minuten später war Savannah bereit. John ging zum Fenster und schaute hinaus. Ein schwarzer Porsche bog gerade in die Straße. Perfektes Timing.

„Gehen wir.“

Er nahm Savannahs Reisetasche und ging vor ihr nach unten. Als er durch die Eingangstür nach draußen trat, kam Benjamin bereits die Treppe hoch.

„Hey, John“, sagte der junge Hybride. Sein Blick fiel auf die Tasche in Johns Hand und wanderte dann an ihm vorbei zu Savannah, die gerade hinter ihm aus dem Haus kam und die Tür zuzog.

Sie keuchte erschrocken, als sie Benjamin auf der Treppe stehen sah, als würde er den Weg blockieren.

„Das ist einer meiner Kollegen“, sagte John. „Benjamin LeSang. Er hat

Alexi und Rachel und einige der anderen Leute, mit denen Buffy Kontakt hatte, überprüft."

Savannah schien erleichtert durchzuatmen. „Hi, Benjamin."

„Hi, Sav– ich meine, Ms. Rice."

Savannah machte eine wegwerfende Geste. „Savannah ist okay."

Benjamin nickte höflich. „Du hast etwas für mich, John?"

John zog den Plastikbeutel mit der Lösegeldforderung aus seiner Innentasche und gab sie dem Hybriden. „Lass das sofort untersuchen. Ich habe etwas Beißendes gerochen. Eine Art Chemikalie. Schwach, aber aussagekräftig. Es könnte uns zu dem Ort führen, wo die Kinder festgehalten werden."

„Geht klar. Kein Problem."

„Und sobald du die Resultate hast, melde dich. Und kontaktiere Detective Donnelly. Er ist vielleicht in der Lage, uns dabei zu helfen herauszufinden, wo in der Stadt diese Chemikalie benutzt wird, falls es wirklich eine Chemikalie ist." Und falls die Kinder wirklich in San Francisco festgehalten wurden und noch nicht weggebracht worden waren.

„Ich melde mich", versprach Benjamin, nickte Savannah zu, ging zu seinem Porsche und stieg ein.

John zeigte auf seinen Mercedes, sperrte ihn auf und stellte Savannahs Tasche hinter den Sitz, während sie auf dem Beifahrersitz Platz nahm. Er stieg kurz darauf ebenfalls ein und fuhr los.

„Wohin fahren wir?"

„Ich bringe dich zum Haus eines Freundes, wo du bleiben kannst, bis das alles vorbei ist."

„Zum Haus eines Freundes?"

Ihre Stimme klang angespannt, wodurch sich die Haare in seinem Nacken aufstellten. Warum hatte er plötzlich das Gefühl, dass er vorsichtig sein musste? „Ja, Wesley und seine Frau werden dich beschützen."

„Ich verstehe."

Sie hätte genauso gut einfach *gut* sagen können, denn es klang so. *Gut*, wenn eine Frau das sagte, bedeutete alles andere als gut. Es bedeutete, dass sie nicht zustimmte, dass ihr nicht gefiel, was er arrangiert hatte. Er verspürte den Drang, sich zu rechtfertigen.

„Hör zu, Savannah, du kannst nicht bei dir zuhause bleiben. Ich dachte, das hast du verstanden. Die Entführer wissen, wo du wohnst, und jetzt, da wir sicher sind, dass sie dich ebenfalls wollen, kann ich nicht riskieren, dass du ohne Schutz bist. Wesley ist ein ausgebildeter Bodyguard." Und ein Hexer. Und er hatte eine Frau, die Leute unsichtbar machen konnte. Er und Virginia waren die perfekten Leute, um auf Savannah aufzupassen.

„Und wieso kannst *du* mich nicht beschützen? Ich habe *dich* engagiert."

„Bitte versteh doch, ich kann nicht."

Es war zu riskant. Wenn sie bei ihm blieb, wie könnte er da der Versuchung widerstehen, sie erneut zu berühren? Und wer konnte sagen, was dieses Mal passieren würde? Um ihrer beider willen konnte er das nicht erlauben.

24

„Das verstehe ich voll und ganz“, sagte Savannah.

Denn es war offensichtlich: John wollte so wenig wie möglich mit ihr zu tun haben, denn er bedauerte es, mit ihr geschlafen zu haben. Und wenn sie schlau war, würde sie das Thema nicht ansprechen, aber sie konnte nicht riskieren, dass die Anspannung zwischen ihnen die Ermittlung beeinflusste.

„Es tut mir leid, John. Ich weiß, dass du es bereust, mit mir geschlafen zu haben.“

Er drehte den Kopf in ihre Richtung. „Bereuen?“

Sie wollte ihn nicht ansehen und starrte stattdessen zum Fenster hinaus. „Ja, bitte tu nicht so, als wäre es anders.“ Sie versuchte, die richtigen Worte zu finden, um fortzufahren. „Wir sind erwachsen. Und nur weil einer von uns etwas wollte und den anderen mit hineingezogen hat, bedeutet das nicht, dass das weitergehen muss. Ich erwarte nichts von dir. Ich werde dir nicht vorhalten, dass du getan hast, was die meisten Männer tun, wenn eine Frau sich an sie ranmacht.“

„Du hast dich an mich rangemacht?“

Sie konnte nicht sagen, ob er sie verspottete oder nicht, aber es war egal. Sie hatte schon lange keinen Stolz mehr. Alles, was sie wollte, war ein klarer Abschluss. „Das erste Mal, als ich dir meinen Körper für deine Hilfe angeboten habe. Das kannst du nicht vergessen haben. Und dann, nachdem du mich gerettet hast, habe ich mich praktisch in deine Arme geworfen. Ich gebe dir nicht die Schuld dafür, der ... der –"

„– der Versuchung nachgegeben zu haben?"

Sie zuckte mit den Schultern. „Wenn du es so nennen willst. Auf jeden Fall verstehe ich jetzt, dass du nichts mehr willst, und das ist in Ordnung. Ich werde dich nicht mehr in Versuchung führen." So sehr sie sich auch wieder nach seinen Armen sehnte, nach dem Trost, den sie ihr schenkten, der Stärke, die sie ihr verliehen.

„Ich glaube nicht, dass das funktionieren wird, Savannah", sagte John.

Sie drehte den Kopf zu ihm. „Bitte, John, ich verspreche es."

John verlangsamte plötzlich den Wagen und fuhr an den Straßenrand, wo er stoppte. Dann drehte er sich in seinem Sitz zu ihr und starrte sie an. „Ich glaube, du verstehst nicht, was ich zu sagen versuche."

Alarmiert durch seinen seltsamen Tonfall und die Tatsache, dass er den Wagen gestoppt hatte, fragte sie: „Was willst du sagen? Dass du den Fall an jemand anderen abgibst?" Ihr Herz donnerte.

John seufzte, fuhr mit einer Hand durch sein Haar und strich die langen Strähnen hinter seine Schultern. „Was ich sagen will, ist, dass ich, egal was du machst, egal wie du dich in meiner Gegenwart benimmst, immer versucht sein werde. Ich bin auch jetzt versucht."

Die Worte trafen sie wie ein Güterzug.

„Aber ich kann mir nicht erlauben, diesem Verlangen nochmals nachzukommen. Siehst du das nicht? Du warst verletzlich und ich habe das ausgenutzt. Und anstatt sanft mit dir umzugehen, habe ich dich wie ein Tier gefickt. Ich habe dich zu meinem Vergnügen benutzt, obwohl ich wusste, dass du mich nicht wirklich willst. Du hast nur wegen der Situation, in der du warst, mitgemacht. Du hattest ein schreckliches Erlebnis und brauchtest Trost. Und anstatt dir diesen Trost zu schenken, anstatt dich zu bestärken, habe ich dich gefickt."

Sein Geständnis machte sie sprachlos. Glaubte er wirklich, dass er sie ausgenutzt hatte?

„Jetzt weißt du es. Du solltest dich von mir fernhalten, zu deinem eigenen Besten. Ich kann mir in deiner Gegenwart nicht trauen. Wenn ich dich mit zu mir nehme, wenn ich dich dort wohnen lasse, kann ich nicht garantieren, dass das nicht noch einmal passieren wird. Es ist lange her, seit ich ...“ Er stoppte sich. „Du brauchst niemanden wie mich. Und das weißt du tief drinnen auch. Ich konnte es danach spüren. Nachdem wir Sex hatten. Du konntest mich nicht einmal ansehen.“

Ihr Herz schlug ihr bis zum Hals hinauf. John hatte Angst, sie zu verletzen. Er dachte, dass er sich ihr aufgezwungen hatte. Dass sie nicht aus freiem Willen gehandelt hatte. Dass er sie übermannt hatte.

Langsam schüttelte Savannah den Kopf. „Ich glaube, dass du derjenige bist, der nicht versteht, John. Ich wollte dich. In deinen Armen zu sein, dich zu spüren, war besser als alles ...“ Sie senkte die Augenlider und seufzte. „Aber die Schuld, die ich danach verspürte, die Schuld, mir erlaubt zu haben, Leidenschaft zu verspüren, mir etwas zu nehmen, das nur für mich war, während Buffy immer noch in Gefahr schwebt ... diese Schuld erdrückt mich. Ich habe mich danach so geschämt. Geschämt, dass ich nur an mich gedacht habe.“ Sie hob die Augen wieder und blickte ihn an. „Deshalb konnte ich dich nicht ansehen. Deshalb konnte ich dir nicht sagen, wie gut ich mich in deinen Armen gefühlt habe.“

„Verdammt!“, fluchte er und schlug mit der Faust gegen das Lenkrad. „Du sollst so etwas nicht sagen. Du sollst mir nicht sagen, dass du das willst, dass du mich willst. Wie soll ich dir widerstehen, wenn du mir sagst, dass du das willst?“ Qual spiegelte sich in seinen Augen wider.

„Du musst nicht widerstehen. Wir sind erwachsen. Niemand hält uns davon ab –“

„Ich fühle mich, als würde ich sie betrügen, weil ich dich begehre.“

Schock strömte wie Säure durch ihre Adern. „Sie?“

„Meine Frau.“ Er schloss die Augen und atmete schwer. „Ich schulde dir eine Erklärung.“ Er drehte sich wieder in seinem Sitz zurück und packte das Lenkrad. „Aber nicht hier. Das ist keine Unterhaltung, die ich in einem Auto führen will.“

Savannah saß schweigend da. John hatte eine Frau. Und doch hatte er mit ihr geschlafen. Sie begehrt. Und warum hatte er gesagt, *fühlte* sich, als würde er sie betrügen? Indem er mit ihr geschlafen hatte, *hatte* er sie betrogen. Aber ein Seitenblick zu John sagte ihr, dass er kein weiteres Wort sagen würde, bis sie an ihrem Ziel angekommen waren, wo auch immer das Ziel war.

Zehn Minuten später bog John in die Auffahrt eines kleinen Hauses in

Noe Valley und drückte den Garagentoröffner an seiner Sonnenblende. Das Tor hob sich und er fuhr hinein.

„Wo sind wir?", fragte Savannah schließlich.

Er schaltete den Motor ab. „Bei mir zuhause."

Bevor sie protestieren oder ihn noch etwas fragen konnte, stieg er bereits aus und nahm ihre Tasche mit sich.

Sie bewegte sich nicht. Er konnte sie doch unmöglich seiner Frau vorstellen wollen. Das wäre verrückt. Er öffnete ihr die Autotür.

„Kommst du?"

Mit einem Kloß in ihrer Kehle stieg sie aus dem Wagen und folgte ihm ins Innere des Hauses. John legte den Lichtschalter im Gang um und stellte die Tasche neben die Tür, durch die sie hereingekommen waren. Vor ihr war ein Durchgang ins Wohnzimmer. John zeigte darauf.

„Dort entlang." Er legte einen weiteren Lichtschalter um und gedämpftes Licht durchflutete das kleine, aber gemütliche Wohnzimmer. „Setz dich."

Sie folgte seiner Einladung und setzte sich auf die Couch. John ließ sich in einem breiten Sessel ihr gegenüber nieder. Savannah lauschte nach Geräuschen im Haus, doch es gab keine. Niemand außer ihnen war hier. Sie waren alleine. Was die Frage aufwarf: Wo war seine Frau? Verwandte besuchen? Hatte er deshalb mit ihr geschlafen, weil er wusste, dass seine Frau nicht in der Stadt war?

Unfähig die Spannung noch länger auszuhalten, fragte sie: „Wo ist deine Frau?"

Er sah ihr in die Augen. „Nicolette ist tot."

Sie rang nach Luft und presste die Hand auf ihren Mund, als könnte sie die Frage zurücknehmen, doch es war zu spät. „Es tut mir leid, ich –"

„Du musst das nicht sagen. Du kanntest sie nicht. Was mit ihr geschehen ist, ist schon vier Jahre her. Aber manchmal fühlt es sich an, als wäre es gestern gewesen."

Der Schmerz in seiner Stimme war fast greifbar.

„Siehst du, du bist nicht die Einzige, die sich schuldig fühlte, sich dem Vergnügen hingegeben zu haben. Ich weiß, wie es sich anfühlt. Ich weiß, wie Schuld schmeckt, wie man versucht, sich deshalb jegliche Freude zu verwehren. Deshalb bin ich so entschlossen, Buffy zu finden, damit du das nicht mehr durchmachen musst. Weil es dich auffrisst."

„Erzähl mir, was mit ihr passiert ist. Mit Nicolette", sagte Savannah, denn sie konnte spüren, dass er darüber reden musste, dass er vielleicht noch nie darüber geredet hatte. Dass er alles in sich vergraben hatte.

Einen langen Augenblick war John still und es sah so aus, als würde er nicht antworten, doch dann fing er plötzlich zu sprechen an. So leise, als würde er mit sich selbst reden. „Sie war mit unserem ersten Kind schwanger. Einem Sohn. Wir lebten in New Orleans und ich arbeitete dort als Leibwächter. Es gab in jener Nacht eine große Party. Ich habe die Feierlichkeiten beaufsichtigt. Mein Boss hatte Nicolette ebenfalls eingeladen und ich hatte dafür gesorgt, dass eine Limousine und ein Fahrer sie abholten, damit sie in ihrem Zustand nicht selbst fahren musste. Sie war im achten Monat. Kurz vor der Geburt."

Savannah bemerkte, dass er tief einatmete, so als wollte er sich beruhigen. Als sammelte er seine Stärke, um fortfahren zu können.

„Als sie nicht eintraf, wann sie sollte, rief ich den Fahrer an. Sie erreichten gerade die Ausfahrt der Autobahn und waren nur noch ein paar Kilometer entfernt. Ich hatte sie noch am Telefon, als ein großer Sattelschlepper in sie krachte. Später fanden wir heraus, dass der LKW-Fahrer zehn Stunden ohne Pause durchgefahren war und beinahe die Ausfahrt verpasst hatte. Er nahm sie zu schnell. Verlor die Kontrolle über den Laster und kam ins Schleudern."

Savannah presste die Hand auf ihren Mund und unterdrückte ein Schluchzen. Tränen brannten in ihren Augen. Sie wusste, wie die Geschichte enden würde, doch sie wusste, dass John sie zu Ende erzählen musste.

„Ich habe alles gehört und ich habe Nicolette gehört. Sie war noch am Leben. Ich sprang in den nächsten Wagen und raste zu ihr. Innerhalb weniger Minuten war ich bei ihr. Ich war kurz davor, sie zu retten. Doch der Unfall hatte ein Loch in den Benzintank geschlagen." Er hob den Kopf, um sie direkt anzusehen, obwohl Savannah nicht sicher war, ob er sie wirklich sah. „Die Limousine ging vor meinen Augen in Flammen auf. Es war ein Inferno. Aber ich konnte nicht aufgeben. Ich rannte auf das brennende Auto zu. Irgendwie schaffte ich es, sie aus dem brennenden Wagen zu ziehen. Doch ich war zu spät. Sie war bereits tot. Und unser Sohn ebenfalls. Ich wollte auch sterben. Leider hatte ich nicht so viel Glück. Mein Boss war mir gefolgt und stoppte mich."

„Du musst sie sehr geliebt haben“, würgte Savannah heraus.

„Das tue ich immer noch.“ John stand auf und ging zum Kamin.

Savannah folgte ihm mit den Augen und sah das Foto, das dort in einem goldenen Rahmen stand. Instinktiv erhob sie sich und ging zu ihm. Als sie nahe genug war, um einen Blick auf das Foto zu werfen, erstarrte sie. Die Frau auf dem Bild war eine dunkelhäutige Schönheit mit einem ansteckenden Lächeln und Augen, die voller Liebe funkelten.

John drehte sich zu ihr. „Du erinnerst mich an sie, obwohl du dich in vielen Dingen von ihr unterscheidest. Sie war Kreolin; ihre Mutter kam von den karibischen Inseln, ihr Vater aus Frankreich. Und sie akzeptierte mich mit all meinen Fehlern. Denn sie liebte mich.“ Er atmete tief ein. „Und jetzt betrüge ich diese Liebe. Ich betrüge sie, weil ich dich begehre. Ich habe dich von dem Moment an begehrt, als du mein Büro betreten hast. Ich sehne mich danach, das mit dir zu haben, was ich mit ihr hatte. Und ich fühle mich deshalb schuldig. Und ich habe Angst. Mehr Angst, als ich je in meinem Leben hatte.“ Zum ersten Mal, seit sie sein Haus betreten hatten, sah er ihr in die Augen.

„Oh, John.“ Sie konnte kaum glauben, was sie hörte. So viel Schmerz, so viel Qual.

Er schüttelte den Kopf. „Ich kann das nicht noch einmal durchmachen. Ich kann das kein zweites Mal überleben.“ Er stieß ein verbittertes Lachen aus. „Was sage ich da? Die meisten Leute finden diese Art Liebe nicht einmal ein einziges Mal in ihrem Leben. Wie kann ich da hoffen, sie ein zweites Mal zu finden?“ Er drehte sich abrupt um. „Ich bringe dich zu meinem Freund. Ich glaube, das ist das Beste für dich. Zumindest wirst du dort sicher sein. Du wirst dir keine Sorgen machen müssen, dass ich in dein Bett komme und mich dir aufzwinge.“

„Du bist nicht in der Lage, dich einer Frau aufzuzwingen, John“, sagte sie. Davon war sie überzeugt. Ein Mann, der so tiefe Liebe empfinden konnte, ein Mann, der so tiefe Schuld empfand, war nicht in der Lage, eine Frau zu verletzen, die er begehrte.

„Dessen kannst du dir nicht sicher sein. Bitte, Savannah, bitte lass mich dich zu Wesley bringen.“

Sie machte einen Schritt auf ihn zu und legte ihre Hand auf seine Schulter, sodass er sich zu ihr umdrehte. „Ich will hier bei dir bleiben. Für dich.

Du warst für mich da, als ich Trost brauchte. Als ich beinahe alle Hoffnung verloren hatte, Buffy zu finden. Jetzt bin ich für dich da. Nicolette würde wollen, dass ich dir den Trost spende, den sie dir nicht mehr spenden kann."

„Du weißt, was passieren wird, wenn du bleibst", warnte er sie ohne Böswilligkeit in der Stimme.

Sie hob die Hand an seine Wange und strich mit ihren Fingerknöcheln darüber. „Ja, ich weiß, was passieren wird. Weil wir beide das wollen. Wir brauchen einander. Ich weiß nicht, ob das, was auch immer zwischen uns ist, je die Chance haben wird zu gedeihen. Niemand weiß das. Ich weiß nur, dass ich dich gerade jetzt brauche und du mich."

„Savannah", murmelte er und dieses Mal flehte er sie nicht an, zu gehen. Er beugte sich vor, legte eine Hand auf ihre Taille und ließ die andere auf ihren Nacken gleiten. „Ich werde dieses Mal sanfter sein. Ich verspreche es."

„Mir ist egal, wie du mich nimmst, John. Solange du mich nimmst."

25

John legte seine Lippen auf Savannahs Mund und küsste sie langsam. Dieses Mal würde er sich nicht erlauben, wie ein Tier zu handeln. Sie schenkte ihm ihr Vertrauen und bot ihm eine zweite Chance, die er nicht vergeuden würde. Die Schuld, Nicolettes Andenken zu betrügen, war immer noch da, doch seine Vergangenheit mit Savannah geteilt zu haben, verlieh ihm ein Gefühl der Erleichterung. Seine Schultern fühlten sich jetzt leichter an, als wäre die Last von ihnen genommen worden.

Savannahs Lippen öffneten sich unter leichtem Druck und ihr Atem rauschte in ihn. Sie schmeckte süß und einladend. Sie hatte recht gehabt, als sie sagte, dass er sie brauchte. Doch sie hatte keine Ahnung, wie sehr. Er brauchte sie nicht nur in seinem Bett, um sein Verlangen nach ihr zu stillen, er brauchte auch noch etwas anderes von ihr. Ihr Blut. Doch obwohl sie ihm ihren Körper anbot, bezweifelte er, dass sie ihm auch ihr Blut so freizügig geben würde. Also hatte er fürs Erste keine andere Wahl, als sich mit dem zufriedenzugeben, was sie ihm anbot.

Als der Kuss leidenschaftlicher wurde und Savannah sich an ihn presste, sodass seine Brust ihren Busen zusammendrückte und sein harter Schwanz gegen ihren weichen Bauch stieß, zog er seinen Kopf zurück.

„Langsam, Savannah, wir machen dieses Mal langsam."

Ihre Lippen waren feucht, ihre Wangen gerötet und ihre Augen geweitet.

Nur ein Kuss und sie sah aus wie die verführerischste Kombination aus Lust und Verlangen, der er je begegnet war.

„Du musst wegen mir nicht langsam machen", behauptete sie und fuhr mit ihren Händen seinen Oberkörper hinab.

Bevor diese seinen Schritt erreichten und seine guten Vorsätze zunichtemachen konnten, nahm er sie mit seinen Händen gefangen.

„Eine Frau wie du verdient es, langsam und mit Bedacht geliebt zu werden. Das verschafft uns beiden mehr Vergnügen." Er hob sie in seine Arme und trug sie aus dem Wohnzimmer.

Im Schlafzimmer am Ende des kurzen Ganges legte er sie auf das große Bett und schaltete das Licht ein. Das warme Leuchten der Nachttischlampe warf einen goldenen Schimmer über den Raum.

Er beugte sich über Savannah und griff nach dem Saum ihres Pullovers. Sie hob ihren Rücken und ihren Kopf von der Matratze und erlaubte ihm, sie von diesem Kleidungsstück zu befreien. Darunter war sie nackt. Er ließ seine Augen über ihre Brüste schweifen, umfasste sie und genoss das Gefühl, sie in seinen Händen zu wiegen.

„Savannah, sag mir, warum du keinen BH trägst." Er hob den Kopf, um in ihr Gesicht zu schauen.

„Ich mag das Gefühl nicht. Die engen Träger schnüren mich ein. Es ist wie ein Gefängnis."

„Hmm." Er senkte seinen Blick wieder auf die zwei Kugeln in seinen Händen und drückte sie, womit er ihrer Besitzerin ein sanftes Stöhnen entlockte. „Weißt du nicht, was du einem Mann antust, der sieht, dass du unter deinem Oberteil keinen BH trägst? Weißt du nicht, wie verführerisch es aussieht, wenn du dich bewegst und deine Brüste bei jedem Schritt hüpfen? Oder liebst du es, zu wissen, dass du unsere Schwänze steif machst, wenn wir mitansehen müssen, wie deine Nippel in der kühlen Luft hart werden?"

Und genau da wurden ihre Nippel unter seinen Handflächen steif. Ungleichmäßige Atemzüge verließen ihre Lippen.

„Ich wusste das nicht", behauptete sie. „Es ist einfach bequemer."

„Wirklich?" Er senkte seinen Kopf und leckte erst über einen Nippel und dann über den anderen. „In dem Moment, als du mein Büro betreten hast, wusste ich, dass ich diese Brüste lecken wollte. Du kannst mir nicht erzählen, dass du das nicht gemerkt hast. Hast du nicht gesehen, wie sehr du mich erregt hast?“

„Zuerst nicht“, sagte sie schließlich.

„Deshalb hast du mich gezwungen, sie zu berühren, nicht wahr? Weil du meine Schwäche erkannt hast.“ Er saugte einen Nippel tief in seinen Mund und leckte ihn wild.

Savannah stöhnte und bäumte sich auf, wodurch sie ihm ihre Brust einladend entgegendrängte. „Ja, oh! Ich wusste, dass sie dir gefallen.“

John wechselte zur anderen Brust und überschüttete diese mit derselben Aufmerksamkeit: langes, feuchtes Lecken und starkes Saugen.

„Oh, ja, mehr!“

„Ich wollte dich gegen die Wand deines Wohnzimmers drücken und dich ausziehen und nehmen. Ich konnte mich kaum beherrschen. Als ich in jener Nacht nach Hause kam, als ich unter der Dusche stand ...“ Er blickte in ihr Gesicht und ihre Augen trafen sich. „... habe ich meinen Schwanz in die Hand genommen und mir vorgestellt, dass du mich berührst.“

Noch ein Stöhnen rollte über ihre Lippen und ihre Hüften bewegten sich, als würde sie sich an ihm reiben wollen. Er konnte sie jetzt riechen. Sie war feucht und ihre Erregung benetzte die weichen Blütenblätter ihrer Weiblichkeit. Bald würde er sich um ihr Verlangen kümmern, doch er hatte sich versprochen, nichts zu übereilen.

„Aber das war nicht genug. Für dich gibt es keinen Ersatz.“

„Ich bin jetzt hier.“ Sie griff nach seinem Hemd und fing an, es aufzuknöpfen.

Erfreut über ihren Eifer, ihn auszuziehen, half er ihr und warf sein Hemd im nächsten Augenblick auf den Boden. Sofort waren ihre Hände auf ihm, berührten ihn, liebkosten ihn, erforschten ihn.

„Ich liebe es, wie sich deine Haut unter meinen Händen anfühlt“, murmelte sie, während sie seine Brust küsste. „Und unter meinen Lippen.“

„Ich liebe deine Lippen auf meiner Haut.“ Und er erinnerte sich daran, wie sich diese Lippen um seinen Schwanz angefühlt hatten. Aber heute würde er ihr das nicht erlauben. Heute ging es um sie. Heute musste er ihr zeigen, dass er zärtlich und selbstlos sein konnte.

Er wich zurück und griff nach dem Bund ihrer Jeans. Schnell öffnete er den Knopf und senkte den Reißverschluss. Savannah schob bereits ihre Hose über die Hüften hinab und John zog sie noch weiter nach unten und befreite sie davon. Dann zog er ihr die Schuhe aus.

Sie trug ein schwarzes Höschen und griff danach. Doch er stoppte sie. „Lass mich." Es hatte etwas an sich, einer Frau aus ihrem Höschen zu helfen, denn es gab ihm das Gefühl, dass sie ihm ausgeliefert war, denn er entschied, wann er sie auszog.

Sie legte sich wieder zurück auf das Kissen. „Nur zu", flüsterte sie mit einem verführerischen Funkeln in den Augen. „Tu, was du willst."

Die Art, wie sie es sagte, die Art, wie sie ihm einen Freifahrtschein gab, ließ seinen Schwanz in der Beengtheit seiner Hose zucken. Sein Reißverschluss grub sich in die harte Rute und er verbiss sich ein Stöhnen.

Sanft glitt seine Hand unter den seidenen Stoff und streichelte ihre Haut. Er fuhr mit seinen Fingern durch das getrimmte Haar an ihrem Zentrum und tauchte tiefer hinab. Ihre Hüften neigten sich ihm entgegen und luden ihn ein. Doch er hielt sich zurück und kam nicht dem nach, worum sie ihn bat. Stattdessen packte er ihr Höschen und zog es über ihre Hüften und ihre Beine. Dann strich er mit seinen Händen wieder ihre Beine hinauf, bis er ihre Oberschenkel erreichte. Er drückte sie auseinander und Savannah spreizte sie weiter.

Als er sich in dem Platz zwischen ihren Beinen niederließ und den Kopf senkte, hob sich Savannahs Brust. Ihre aufgestellten Nippel waren noch härter als zuvor und sie zog ihre Unterlippe zwischen ihre Zähne.

„Ich hätte das schon früher tun sollen, aber als du mich geblasen hast, konnte ich kaum einen klaren Gedanken fassen."

Bevor sie reagieren konnte, brachte er seinen Kopf an ihr Geschlecht und atmete tief ein. Ihr Duft erfüllte ihn und schickte mehr Blut in seinen Schwanz. Seine Fangzähne juckten. Doch er unterdrückte dieses spezielle Verlangen. Stattdessen leckte er über ihr feuchtes Fleisch und schleckte die Säfte auf, die aus ihr tropften. Sofort wand sie sich unter ihm, doch er legte seine Hände an ihre Hüften und hielt sie fest.

„Langsam, Darling", murmelte er. „Das wird eine Weile dauern." Denn sie zu kosten, sie zu lecken, sie auf so intime Weise zu befriedigen, fühlte sich zu gut an, um es zu übereilen.

„Oh, John", sagte sie atemlos.

John senkte seine Lippen wieder auf die warmen Falten und erforschte sie weiter. Es war lange her, seit er so etwas gemacht hatte. Zu lange. Er hatte diese Intimität vermisst. Hatte es vermisst, eine Frau so zu befriedigen. Hatte es vermisst, ihre Reaktion auf seine sanften Liebkosungen zu spüren. Savannahs Hüften bewegten sich unter seinem Griff und er lockerte ihn und erlaubte ihr, sich mit mehr Druck an seiner Zunge zu reiben. Er ging auf sie ein und bewegte sich weiter nach oben, wobei er Feuchtigkeit zu ihrer geschwollenen Klitoris brachte, die zuckte und nach seiner Aufmerksamkeit verlangte. Er leckte über die sensible Knospe und spürte Savannah unter ihm zucken. Er wich einen Augenblick zurück und tat es dann erneut. Und erneut.

Ihr Stöhnen und Seufzen hallte von den Wänden seines Schlafzimmers wider und vermischte sich mit seinen eigenen Lauten des Vergnügens. Er konnte nicht genug von ihr bekommen, konnte nicht aufhören. Denn zu spüren, wie sie sich gehen ließ und ein paar Momente der Glückseligkeit genoss, war alles, was er wollte. Sie verdiente es. Sie brauchte es. Genauso wie er spüren musste, dass er dieser Frau geben konnte, wonach sie sich sehnte.

Mit jeder Sekunde ihres Liebesspiels wurde sein Saugen härter und schneller. Er konnte spüren, wie Savannahs Herzschlag sich erhöhte, konnte hören, wie ihr Blut in ihren Adern pochte, wie ihr Puls unter ihrer Haut trommelte, und er wusste, dass sie kurz davor war. Er saugte ihre Klitoris in seinen Mund und presste die Lippen zusammen.

Savannah schrie auf, als sich ihr Körper zu verkrampfen begann. Er liebte die Vibrationen, die seine Lippen trafen, als ihr Orgasmus sie umflutete. Es dauerte Minuten, bis sie sich schließlich beruhigte und er seinen Kopf hob und sie anblickte. Ein winziges Rinnsal aus Schweiß lief zwischen ihren Brüsten hinab, während sie sich in rapidem Rhythmus hoben und senkten und sie mit geschlossenen Augen keuchte.

Er liebte es, sie anzusehen. Entspannt, befriedigt, glücklich. So wollte er sie immer sehen.

Er erhob sich langsam, weil er ihre Glückseligkeit nicht stören wollte, als sie plötzlich die Augen öffnete und ihn ansah.

„John." Ihre Stimme klang träge und so vertraut. Als hätte er schon Millionen Male gehört, wie sie seinen Namen sagte.

Sie streckte ihre Hand nach ihm aus. „Wir sind noch nicht fertig." Sie zeigte auf seine Hose, wo sein Schwanz eine große Beule erzeugt hatte. „Zieh sie aus. Sofort."

John schmunzelte. „Detective Donnelly hat mich gewarnt, dass du etwas herrisch bist."

„Dann hat er gute Menschenkenntnis." Sie zeigte erneut auf seine Hose. „Und versuch nicht, das Thema zu wechseln."

Er kam ihrem Befehl nach und zog seine Schuhe und seine Hose aus, bevor er seine Boxershorts abstreifte. Genau wie schon einmal starrte sie seinen Schwanz an und leckte sich über die Lippen. Aber bevor sie sich aufsetzen und wiederholen konnte, was sie während ihrer ersten Begegnung mit ihm gemacht hatte, rollte er sich bereits über sie. Er brachte seinen Schwanz an ihr Zentrum und trieb ihn sanft in sie. Dieses Mal genoss er jeden Zentimeter des Eintauchens.

„Oh Gott, das ist noch besser als beim ersten Mal", sagte er zu ihr, wobei er in ihre blauen Augen blickte. „Es tut mir leid, dass ich so schroff war. Es ist nur ..." Als sie ihre Hand an seine Wange legte und ihn streichelte, fuhr er fort: „... es ist lange her, seit ich eine Frau berührt habe. Seit ..."

Verständnis schimmerte in ihren Augen und sagte ihm, dass er es nicht aussprechen musste.

„Ich weiß", murmelte sie.

Und weil es nichts mehr zu sagen gab, senkte er seinen Kopf zu ihrem Gesicht und küsste sie. Sie erwiderte seinen Kuss mit Zärtlichkeit und Leidenschaft. Sie küsste ihn, als würde sie alles über ihn wissen, alles wissen, das wichtig war. Weil sie sich jetzt verstanden. Sie würden füreinander da sein, einander geben, was sie brauchten, ohne etwas zu erwarten. Denn fürs Erste war es genug.

Er genoss jede Sekunde, in der ihre Körper vereint waren und sich in perfekter Harmonie bewegten, auseinander und wieder zusammen. Dieses Mal herrschte keine Eile. Sie fickten nicht wild, sondern liebten sich, lernten den Körper des anderen kennen.

Immer wenn er zu nahe an seinen Höhepunkt kam, oder Savannah an ihren, wurde John langsamer und zog sich zurück, bis die Gefahr zu früh zu kommen vorbei war. Dann fing er wieder an, erst mit zärtlichen Küssen an ihrem Hals und auf ihrer Brust, dann mit leichten Stößen, bevor er das Tempo wieder steigerte und sich erlaubte, sie härter zu nehmen.

Aber als er plötzlich spürte, wie sich ihre Fingernägel in seinen Rücken gruben und ihre Fersen seine Oberschenkel hinaufwanderten, um ihn tiefer in sich zu drängen, konnte er nicht länger Widerstand leisten.

„Willst du mit mir kommen, Darling?“, fragte er.

„Oh ja, John, ja bitte.“

Jeder Stoß wurde tiefer und härter und schneller. Er konnte spüren, wie sie antwortete, verstand die Reaktion ihres Körpers so deutlich, dass er wusste, wie er seinen Winkel anpassen musste, wie er gegen sie reiben musste, wie er sie berühren musste.

Sie musste ihm nicht sagen, wie kurz davor sie war, denn er konnte es fühlen, konnte es in der Art spüren, wie ihr Herz gegen ihren Brustkorb schlug und ihr Atem aus ihrer Lunge strömte. Als sie kam, war er bei ihr und schoss seinen Samen in heißen Strömen in sie, und ihre inneren Muskeln drückten seinen Schwanz, als würde sie den letzten Tropfen aus ihm melken wollen.

Schwer atmend rollte er sich mit ihr auf die Seite und dann auf den Rücken, sodass sie auf seiner Brust zu liegen kam. Einen Augenblick lang sagte keiner von ihnen etwas, doch dies war nicht wie jene Stille, die sich nach ihrer ersten Begegnung über sie gelegt hatte. Diese Stille war anders, voller Verständnis.

John streichelte mit seiner Hand über ihr Haar und strich ihr mehrere Haarsträhnen aus dem Gesicht. „Savannah?“

„Mmm?“ Sie hob den Kopf und blickte ihn an.

„Ich will, dass du etwas weißt.“

„Ja?“

„Was auch immer in den nächsten paar Tagen passieren wird, glaub mir, wenn ich dir sage, dass ich alles tun werde, um dir Buffy zurückzubringen. Es gibt vielleicht Dinge, die ich tun muss, die du nicht mögen wirst, oder die dich vielleicht verängstigen.“

„Du meinst, so wie der Zwischenfall, als du in die Wohnung der Fotografin gestürmt bist und ihr Angst eingejagt hast?“

„Das und Schlimmeres. Die Arbeit, die ich mache, kann brutal sein. Aber ich verspreche dir, dass ich dir oder Buffy nie wehtun werde. Ich werde alles tun, dich und sie zu beschützen. Selbst wenn das bedeutet, dass ich anderen Leuten wehtun muss.“

„Warum sagst du das, John?“ Sie hob ihren Oberkörper weiter. „Redest du davon, jemanden zu töten?“

Er wich ihrem prüfenden Blick nicht aus. Er schämte sich nicht für die Taten, die seine Arbeit manchmal verlangte. „Wenn es dazu kommt, die Drahtzieher zu töten, werde ich nicht zögern.“

Savannah zitterte sichtlich, während sie wirkte, als würde sie über seine Worte nachdenken. „Hast du schon einmal getötet?“

„Um die zu beschützen, die sich auf mich verlassen. Stößt dich das ab?“

„Nein. Ich bin erleichtert. Es bedeutet, dass ich den Bastard, der dahintersteckt, nicht selbst töten muss.“

John griff nach ihr, legte seine Hand an ihren Nacken und zog ihren Kopf zu seinem. „Du bist eine erstaunliche Frau. So stark. So mutig.“

So eine Frau könnte er lieben.

26

Es war etwa Mittag, als Johns Handy klingelte. Er hatte bereits geduscht und sich leise angezogen, Savannah hatte er jedoch schlafen lassen. Schließlich brauchte sie Ruhe – ebenso wie er sie gebraucht hatte – und es gab nicht viel, was sie tagsüber machen konnten. Er hatte sich gerade eine Flasche Blut holen und sie im Geheimen trinken wollen, bevor Savannah wach wurde und ihn dabei ertappen könnte, als der Anruf kam. Er stellte die Flasche wieder in den Kühlschrank und schloss ihn, bevor er ans Telefon ging.

„Grayson?“

„Ich habe Neuigkeiten, John“, fing Grayson an.

„Lass hören.“

„Wir haben den Aufenthaltsort des Hackers entdeckt. Er heißt Otto Watson. Wir haben seine IP-Adresse zu einer Wohnung in Marin City zurückverfolgt. Wir holen ihn uns gerade.“

„Ihr macht was?“

„Wir gehen rein.“

„Wir?“

„Ja, Ryder, die Zwillinge und ich.“

„Und wer zum Teufel hat diese Entscheidung gefällt? Dein Vater wird mir den Kopf abreißen, wenn etwas schiefgeht.“ Und vieles konnte schiefgehen, wenn vier unerfahrene Hybriden auf eigene Faust eine Mission durchführten. Sie hatten schon an vielen Missionen teilgenommen, doch diese Missionen waren immer von jemandem mit mehr Erfahrung geleitet worden, dessen Befehle die Hybriden ausführten.

„Entspann dich, John, wir sind keine Anfänger. Wir vier schaffen das schon."

Da traf es ihn. „Vier? Einer von euch sollte doch Alexi beschatten."

„Damian sagte, dass bei dem Kerl nichts los ist. Alexi besitzt keine Immobilien, die wir finden konnten. Er ist eine Sackgasse. Also habe ich Damian von der Überwachung abgezogen."

„Das kannst du nicht einfach machen."

„Naja, jemand musste die Führung übernehmen."

„Wer zum Teufel hat dich zum Boss erklärt? Das letzte Mal, als ich nachgesehen habe, hat dein Vater dir gesagt, dass du meinen Befehlen folgen sollst und nicht andersrum."

Grayson schnaubte. „Ja, und das letzte Mal, als ich nachgesehen habe, warst du ein vollblütiger Vampir, der in der Sonne verbrennt. Also, wäre es dir lieber, wir warten bis zum Abend, dass du dir den Hacker selbst schnappen und Zeit vergeuden kannst, oder würdest du lieber darauf vertrauen, dass wir den Job erledigen können?"

Widerwillig musste John zugeben, dass Grayson nicht ganz unrecht hatte. Er wünschte sich nur, dass sie zumindest einen voll ausgebildeten Vampir bei sich hätten, selbst wenn dieser im Van bleiben und die Operation von dort aus beaufsichtigen müsste.

„Ich will, dass ihr jegliche Vorsichtsmaßnahmen ergreift. Wir haben keine Ahnung, ob er Verstärkung hat, bewaffnet ist, oder –"

„Ja, ja, ich weiß, wie es läuft. Wir sehen uns in ein paar Stunden im Hauptquartier."

„Grayson –"

Aber der sture Hybride hatte bereits aufgelegt.

John fluchte.

„Stimmt etwas nicht?"

Er drehte sich um. Seine Wut auf Grayson verflog unverzüglich.

Savannah stand am Eingang zur Küche. Sie trug eines seiner Hemden und sonst nichts. Ihre Haare waren zerzaust und ein Ausdruck von Sorge blitzte in ihrem Gesicht auf. Trotzdem sah sie für einen Vampir mit einem leeren Magen viel zu köstlich aus.

„Wir haben den Hacker gefunden. Meine Jungs sind auf dem Weg, ihn abzuholen."

„Das sind großartige Neuigkeiten." Sie zögerte und musterte ihn. „Aber du scheinst nicht glücklich zu sein."

„Ich bin nicht begeistert, dass sie das ohne mich machen."

„Aber sie haben doch dieselbe Ausbildung wie du, oder?"

Wenn er zuließ, dass Savannah die Kompetenz seiner Kollegen anzweifelte, würden ihre Hoffnungen zerstört werden, und das durfte er nicht riskieren. „Natürlich. Sie sind die Besten." Er zwang sich zu lächeln. „Ich bin nur ein Kontrollfreak." Dann ging er zu ihr und zog sie in seine Arme. „Wie wäre es, wenn du duschst und dich anziehst und wir zu Scanguards fahren, um uns mit ihnen zu treffen, wenn sie den Kerl fürs Verhör zurückbringen?"

„Klingt gut." Sie blickte sich in der Küche um. „Ich hätte nichts gegen eine Tasse Kaffee, wenn du einen machst."

„Sorry, ich habe gerade bemerkt, dass mir der Kaffee ausgegangen ist. Ich hatte keine Zeit einzukaufen", log er. „Aber du bekommst etwas zum Frühstücken, wenn wir wieder im Hauptquartier sind. Dort gibt es sowieso besseren Kaffee. Kannst du so lange warten?"

„Sicher." Sie lächelte ihn an und löste sich aus seinen Armen, dann schlenderte sie auf eine so erotische Art den Gang hinunter, dass er ihr folgen, sie gegen die nächste Wand drücken und seinen Schwanz in ihr vergraben wollte.

Aber dafür war jetzt keine Zeit.

Während Savannah sich duschte und anzog, nahm John zwei Flaschen Blut zu sich, das doppelte seiner normalen Ration. Und er brauchte es, denn je mehr Zeit er in Savannahs Nähe verbrachte, umso größer wurde das Verlangen nach ihrem Blut.

Nachdem er die Flaschen ausgewaschen und entsorgt hatte, stellte er sicher, dass der Küchentresen sauber war und er keine Spuren von Blut zurückgelassen hatte.

Wieder war Savannah schneller fertig, als er erwartet hatte. „Ich bin bereit", verkündete sie von der Küchentür aus.

Er drehte sich zu ihr und lächelte. „Gehen wir."

Sie runzelte die Stirn und kam näher. „Hast du dich verletzt?“ Sie machte Anstalten, nach seinem Kinn zu greifen. „Du blutest.“

Fuck! Er drehte sich schnell weg, bevor sie ihn berühren konnte, und schnappte sich ein Küchentuch, um sein Kinn abzuwischen und es auf die Stelle zu drücken, wo offensichtlich ein Tropfen menschliches Blut heruntergetropft war, weil er zu hastig getrunken hatte. „Hab mich wohl beim Rasieren geschnitten.“ Er tat so, als würde er das Tuch länger auf die Stelle drücken, um den Schnitt zu verschließen, obwohl er wusste, dass dort keine Wunde war.

„Kein Wunder.“ Sie zeigte hinter sich. „Du hast keinen Spiegel im Badezimmer.“

Scheiße! Das hatte er vergessen. Da Vampire kein Spiegelbild hatten, waren Spiegel unnötig. Und da er nie menschliche Besucher hatte, bestand kein Bedarf, zum Anschein falsche Spiegel zu installieren. Diese waren eigentlich große Computerbildschirme mit einer spiegelähnlichen Oberfläche und Linsen dahinter, die alles vor dem Spiegel in Echtzeit aufnahmen und so wie ein Spiegel fungierten. Viele seiner Kollegen benutzten sie und fanden sie praktisch.

„Oh, ja“, sagte er langsam und versuchte sich etwas Zeit zu verschaffen, „ich habe ihn vor ein paar Wochen zerbrochen und hatte noch keine Gelegenheit gehabt, von einem Handwerker einen neuen einbauen zu lassen.“ Er grinste. „Üble Arbeitszeiten, weißt du.“

Sie schien es ihm abzukaufen. „Lass mich dein Kinn sehen.“

Widerwillig entfernte er das Küchentuch.

Sie starrte auf die Stelle. „Sieht gut aus.“

„Großartig. Lass uns gehen. Du musst am Verhungern sein.“

Erpicht darauf, Savannah schnell aus dem Haus zu schleusen, bevor sie noch etwas Seltsames fand, führte John sie zur Garage und half ihr ins Auto. Kurz darauf waren sie auf dem Weg zu Scanguards. Als sie dort ankamen, brachte er sie wieder in die M-Lounge, die zu dieser Zeit viel belebter war. Aber er wusste, dass er nicht bleiben konnte, ansonsten würde Savannah es seltsam finden, dass er nichts aß.

„Kann ich dich eine halbe Stunde alleine lassen, während ich mich in meinem Büro um ein paar Sachen kümmere?“

„Bist du nicht hungrig?“

„Ich hole mir später etwas." Er küsste sie auf die Wange, bevor sie protestieren konnte. „Bleib hier. Ich hole dich später wieder ab, wenn das Team mit dem Hacker wiederkommt."

„Versprochen?" Sie blickte ihn direkt an und er wusste, worum sie bat.

„Keine Sorge. Ich lasse dich zusehen, wenn wir ihn verhören. Aus sicherer Entfernung."

„Was bedeutet das?"

„Du wirst im Überwachungsraum neben dem Verhörzimmer sein. Genau wie in einer Polizeiwache. Aber ich kann dich nicht ins Verhörzimmer lassen, falls der Kerl ausflippt und dich angreift."

„Okay."

„Jetzt iss etwas." Er brachte seinen Mund an ihr Ohr. „Denn ich liebe deine Kurven. Ich möchte nicht, dass du abnimmst."

Dann machte er kehrt und verließ die Lounge und ließ Savannahs verlockenden Duft hinter sich zurück.

27

Savannah war gerade mit dem Frühstück und einer zweiten Tasse Cappuccino fertig, als der junge Mann, der in ihre Wohnung gekommen war, um die Lösegeldforderung abzuholen, auf sie zukam.

„Ms. Rice?"

„Oh, Benjamin, wie ich schon sagte, dürfen Sie mich Savannah nennen."

Er grinste. „Ich bin nicht Benjamin. Ich bin Damian."

Verwirrt starrte sie ihn an. Sie erinnerte sich genau an seinen Namen, oder wurde sie verrückt? „Es tut mir leid, ich bin wohl nicht gut mit Namen."

Damian lachte leise. „Benjamin und ich sind Zwillinge. Das passiert ständig."

„Oh, ich wusste nicht, dass es zwei von Ihnen gibt."

„John bat mich, Sie zu holen. Er beginnt jetzt mit dem Verhör."

„Sie sind mit dem Hacker zurückgekommen?"

Damians Brust schwoll stolz an. „Oh ja, Kinderspiel. Wir haben ihn uns geschnappt. Er hatte keine Ahnung, dass wir kommen." Dann zeigte er zur Tür. „Ich bringe Sie in den Überwachungsraum."

„Danke."

Sie folgte ihm, als er sie zum Aufzug führte, den sie in den Keller nahmen. Als sie in einem der Untergeschosse ankamen, geleitete er sie den langen Korridor entlang und benutzte dann seine Zugangskarte, um eine Tür zu öffnen. Er hielt sie ihr auf.

„Bitte. Setzen Sie sich."

Sie ging hinein und sah Ryder an einem Computer vor einem großen Fenster sitzen, durch das man in den anderen Raum sehen konnte.

„Hi", sagte er.

Damian trat hinter ihr ein und schloss die Tür.

„Sie haben gerade erst angefangen", sagte Ryder und zeigte auf den Stuhl neben ihm. Dann drückte er auf einen Knopf an einem Mikrofon. „Wir sind alle anwesend."

Savannah setzte sich und blickte in den Verhörraum hinunter. Mehrere Leute waren dort versammelt. John, Grayson und Benjamin. Nach Ryders Ankündigung drehten sie kurz die Köpfe. Einen Mann kannte sie nicht: den Hacker. Er saß auf einem Stuhl, während die drei Mitarbeiter von Scanguards einige Meter vor ihm standen. Sie hatten dem Fenster, durch das sie den Raum beobachtete, wieder den Rücken gekehrt.

„Versuchen wir es noch einmal, Otto", fing John an. Sie konnte seine Stimme durch die Lautsprecher im Überwachungsraum so klar hören, als würde sie bei ihm im Verhörraum sitzen.

„Ich kenne meine Rechte. Sie können mich nicht hier festhalten. Und Sie sind nicht die Polizei", sagte der Verdächtige mit einer trotzigen Kinnbewegung.

„Da hast du recht", gab John zu. „Wenn wir die Polizei wären, würdest du einen Anruf und einen Anwalt bekommen. Aber, schau mal. So großzügig sind wir nicht."

Furcht zog über das Gesicht des Hackers, doch dann sammelte er sich wieder. „Ich werde Sie verklagen!"

John wechselte einen Blick mit seinen zwei jungen Kollegen, die ihn flankierten. „Hört ihr den Witzbold, Jungs? Ich glaube nicht, dass er weiß, mit wem er es zu tun hat."

Unerwartet machte John mehrere Schritte auf ihn zu und sprang ihn beinahe an. Ottos Augen weiteten sich und er versuchte, aus seinem Stuhl aufzustehen, aber John packte die Armlehnen und ging auf Tuchfühlung.

„Reden wir, Otto. Lass mich erklären, wie das hier ablaufen wird: Ich stelle die Fragen und du beantwortest sie. Einfach. Verstehst du das?"

Der Verdächtige nickte mit angsterfüllten Augen. Sie wusste, dass John einschüchternd aussehen konnte, aber in einem Stuhl in einem leeren Raum zu sitzen, während drei große und muskulöse Kerle sich über ihn beugten, musste den Mann zu tiefst erschrecken. Savannah wrang ihre Hände erwartungsvoll. Ihr Herzschlag beschleunigte sich.

„Du hast dich in Kerry Youngs Datenbank gehackt, um Zugriff auf die Fotos und Adressen von jungen Mädchen zwischen neun und zwölf zu bekommen. Was hast du mit diesen Daten gemacht?"

„Ich weiß nicht, was Sie meinen", sagte Otto. „Ich habe nichts gehackt."

„Wir haben Beweise für deine Taten, also weich nicht aus. Dreizehn Mädchen wurden in den letzten paar Wochen entführt, alle nach Fotoshootings in Miss Youngs Studio. Wenn du meine Fragen nicht beantwortest, werde ich annehmen müssen, dass du der Entführer bist. Und ich bin nicht sehr nett zu Leuten, die kleinen Mädchen wehtun."

Savannah dachte, dass sie ein Knurren aus den Lautsprechern gehört hatte, aber es war wahrscheinlich nur statisches Rauschen.

„Ich habe niemanden entführt. Wirklich. Ich schwöre es."

„Wer dann?"

„Ich weiß es nicht. Ich schwöre es."

„Du schwörst viel. Denk lieber genau nach, denn wenn ich das Gefühl bekomme, dass du keinen Nutzen mehr für mich hast, muss ich dich aussondern." Er drehte den Kopf leicht. „Jungs, warum sagt ihr unserem Gast nicht, was ich mit aussondern meine, da er wahrscheinlich nicht mit meinem Vokabular vertraut ist."

Grayson trat näher. „Ich glaube, die korrekte Übersetzung dafür ist, zu Brei schlagen."

Der Hacker rang vor Angst nach Luft.

„Danke, Grayson", sagte John höflich. „Also, Otto, wie wäre es, wenn ich meine Frage wiederhole und du genau nachdenkst und mir sagst, was ich wissen will?"

„Bitte tun Sie mir nicht weh. Ich wusste es nicht." Plötzlich schossen Tränen in die Augen des Hackers.

„Was wusstest du nicht?"

„Ich wusste nicht, was mit den Mädchen passieren würde. Ich sollte nur Zugriff auf die Webseite bereitstellen und dann, wenn mein Kunde ein

Mädchen mochte, habe ich ihm ihre Daten geschickt. Sie wissen schon, die aus der Datenbank. Ich schwöre es. Das war alles."

„Wer ist dein Kunde?"

„Ich weiß es nicht."

„Ich frage noch einmal: Wer ist dein Kunde?"

„Ich weiß es nicht." Der Hacker fing zu weinen an. „Wirklich nicht. Er hat mir vor ein paar Monaten gemailt. Ich habe ihn noch nie getroffen. Er bezahlt mich über einen toten Briefkasten. In bar."

„Lügner!"

„Nein, das ist die Wahrheit."

„Also irgendein Unbekannter hat dich ganz zufällig kontaktiert, damit du dich in die Webseite und die Datenbank irgendeiner Fotografin hackst, und du erwartest, dass ich dir das abkaufe? Wie dumm denkst du bin ich?"

„Sie ist nicht irgendeine Fotografin. Kerry und ich sind eine Zeit lang miteinander ausgegangen."

John wich etwas zurück und gab dem Hacker etwas Freiraum.

Savannah konnte nicht glauben, was sie hörte. Der Hacker und die Fotografin kannten sich. Bedeutete das, dass die Fotografin doch involviert war?

„Nur zu", sagte John jetzt etwas beherrschter.

„Ich habe vielleicht bei einigen meiner Freunde damit geprahlt, wie erfolgreich meine Freundin ist und was sie macht. Sie wissen schon, Kinderfotos und dass die Kinder wirklich süß sind. Egal, nach der Trennung bekomme ich diese E-Mail und vermutlich war ich etwas sauer auf Kerry, weil sie mich abserviert hat, also wollte ich es ihr heimzahlen." Er schniefte. „Ich hatte keine Ahnung, was der Kerl wirklich wollte. Ich dachte, dass er vielleicht ein Konkurrent war, der ihr die Klienten stehlen oder sie aus dem Geschäft drängen wollte. Was weiß ich schon?"

„Ja, was weißt du schon?" John schüttelte den Kopf. „Und dann?"

„Es waren Berichte in der Zeitung, dass einige Mädchen verschwunden sind, und ich kannte drei davon von den Fotos. Also wurde ich misstrauisch. Also habe ich ihm bei seiner nächsten Kontaktaufnahme gesagt, dass ich raus wollte. Er sagte, das sei nicht möglich. Ich hatte Angst." Er warf Grayson und Benjamin einen Blick zu und sah dann John wieder an. „Verstehen Sie, ich konnte nicht aufhören. Er hat mich nicht aufhören lassen."

„Wie kontaktierst du ihn?"

„Nur per E-Mail."

„Du bist ein Hacker. Hast du versucht, ihn ausfindig zu machen?"

„Ja. Nachdem mir klar wurde, dass er mich nicht aufhören lassen würde, habe ich ihm eine E-Mail mit dem üblichen Link zu den Fotos geschickt, aber dieses Mal habe ich Malware darin versteckt, um mit dem Programm seinen Aufenthaltsort herauszufinden."

Savannah nickte. Das hätte sie ebenfalls getan. Der Hacker war clever.

„Aber er bewegt sich ständig", fuhr Otto fort. „Immer wenn er mich kontaktierte, machte er das von einem anderen Ort aus. Er hat nie denselben Ort zweimal benutzt."

„Also willst du mir sagen, dass du keine Ahnung hast, wer oder wo er ist?" John lehnte sich wieder vor. „Gar keine?"

Savannah bemerkte, wie der Hacker die Augenlider senkte, ein Anzeichen, dass er etwas versteckte. John musste es ebenfalls bemerkt haben, da er hinzufügte: „Otto?"

„Er wird mich umbringen."

„Nicht, wenn ich ihn zuerst umbringe", sagte John.

Ottos Augen weiteten sich. Dann schluckte er. „Vor ein paar Wochen gab ich ihm den Namen und die Adresse eines weiteren Mädchens. Aber dieses Mal folgte ich dem Mädchen und beobachtete, wie sie entführt wurde."

Savannah rang nach Luft und ihr Herz schlug nun wild bis in ihre Kehle.

„Ich bin ihnen gefolgt. Zwei Kerlen in einem Lieferwagen."

Genau wie die beiden Kerle, die versucht hatten, sie zu entführen. Savannah zitterte.

„Wohin?", fragte John.

„Zum Hafen in Oakland. Sie haben sie dorthin gebracht."

„Weißt du, wohin genau?", fragte John.

Otto nickte. „Ich weiß die Dock-Nummer und das Gebäude. Ich kann es Ihnen aufschreiben. Es Ihnen auf einer Karte zeigen, wenn Sie möchten."

„Warum bist du nicht zur Polizei gegangen, nachdem du gesehen hast, dass sie das Mädchen entführt haben?"

Otto schüttelte den Kopf. „Er weiß, wer ich bin, wo ich wohne. Er hätte mich umgebracht."

John richtete sich auf. „Gut." Dann drehte er sich zu Grayson und Benjamin. „Lasst euch den genauen Aufenthaltsort von ihm geben." Dann verließ er den Raum.

Savannah drehte sich zu Ryder und Damian. „Was jetzt?"

Die zwei jungen Bodyguards wechselten einen Blick.

„Was wird mit dem Hacker passieren?"

„Oh", sagte Ryder schulterzuckend, „er wird dem SFPD übergeben, wenn wir mit ihm fertig sind. Er hat Beihilfe geleistet. Er wird einsitzen."

Savannah nickte. „Gut. Also ist eure Arbeit jetzt getan."

Damian schüttelte den Kopf. „Zeit, uns fertig zu machen. Wir gehen rein."

„Was meinen Sie?", fragte Savannah. „Schalten wir jetzt nicht die Polizei ein?"

Ryder zwinkerte ihr zu. „Damit sie es vermasseln können? Vertrauen Sie uns. Das hier ist unsere Spezialität." Dann lächelte er. „Jetzt holen wir Ihnen Ihr kleines Mädchen zurück."

Und das waren die besten Worte, die sie in den letzten fünf Tagen gehört hatte.

28

Es war immer noch hell, als zwei verdunkelte Vans das Hauptquartier von Scanguards verließen und Richtung Oakland fuhren. Samson hatte zusätzlich zu den Hybriden drei weitere Männer für diese Mission autorisiert: Zane, Quinn und Oliver. Zane hatte sich freiwillig gemeldet, da er offensichtlich auf einen blutigen Kampf aus war. Die drei Vampire fuhren mit Damian, während John in dem Van mit Benjamin, Grayson und Ryder saß.

Alle waren bis an die Zähne bewaffnet. Zusätzlich trug John den Kevlar-Anzug mit Visierhelm, den Luther für Notfälle im Untergeschoss von Scanguards aufbewahrte. Das war die Uniform der Gefängniswärter im Vampirgefängnis in den Sierras, wo Luther, Wesleys Schwager, als Sicherheitsberater arbeitete. Mit der Ausrüstung würde John den Hybriden dabei helfen können, sich Zugang zu dem Gebäude zu verschaffen, in dem die Entführer die Mädchen versteckt hielten, und dem Rest der Mannschaft die Tore zu öffnen, damit sie hineinfahren konnten, ohne sich den Strahlen der Nachmittagssonne auszusetzen.

Als sie sich dem Ort, den Otto Watson ihnen gegeben hatte, näherten, sagte John: „Ihr wisst, was zu tun ist?“

„Sicher“, sagte Grayson zuversichtlich. Er klopfte auf die Wärmebildausrüstung auf seinem Schoß. „Wir dürften sehr schnell herausfinden, wo im

Gebäude sie die Mädchen festhalten und mit wie vielen Männern wir es zu tun haben."

„Sollten nicht zu viele sein", vermutete Benjamin. „Es sind nur dreizehn Mädchen. Ich bezweifle, dass mehr als drei oder vier Typen auf sie aufpassen."

John musste dieser Annahme zustimmen, aber er verließ sich nicht darauf. Aber worauf er sich verließ, war, dass sie es mit Menschen zu tun hatten. Und acht Vampire und Hybriden konnten mit Leichtigkeit eine kleine Armee von Menschen besiegen.

„Wir sind da", verkündete Ryder und verlangsamte das Fahrzeug. „Ich bringe uns so nahe wie möglich, ohne dass sie uns sehen können, an den Eingang." Ryder hielt den Van neben einem Müllcontainer und einem Stapel Paletten an.

John blickte durch die verdunkelten Scheiben des Vans hinaus. Das Gebäude war ein Lagerhaus wie viele an den Docks. Auf dem großen Hinterhof, der sich zum Wasser hin öffnete, waren Transportcontainer gestapelt, die durch schmale Gänge voneinander getrennt waren. Das Gebäude selbst sah baufällig und verlassen aus, doch das taten fast alle Gebäude am Hafen, auch wenn sie noch regelmäßig von Firmen benutzt wurden. Es gab zwei große verschlossene Tore und eine kleinere Tür daneben. Darüber bemerkte John etwas.

„Ryder, kannst du das sehen, ist das eine Kamera über der Tür?"

Ryder zögerte und sagte dann: „Ja. Sieht so aus." Er griff nach seiner Waffe und schraubte einen Schalldämpfer auf die Mündung. „Ich kann sie ausschalten. Gib mir ein paar Sekunden." Er öffnete die Autotür und stieg aus.

John verlor ihn kurz aus den Augen, dann tauchte Ryder zwischen den Paletten und dem Müllcontainer auf. Er zielte. Trotz des Schalldämpfers vernahm Johns sensibler Gehörsinn den Schuss. Die Kameralinse zersplitterte und die Stücke rieselten zu Boden, doch John bezweifelte, dass jemand im Inneren des Gebäudes etwas gehört haben konnte. Kräne arbeiteten in der Nähe und lieferten genügend Hintergrundlärm, um die zerbrechende Linse zu übertönen.

Er gab den beiden Hybriden im Van ein Zeichen und schob die Tür auf. Dann sprang er gefolgt von Benjamin und Grayson hinaus. John benutzte die

Paletten und den Müllcontainer als Deckung und näherte sich der Tür. Ryder hatte auf sein Zeichen gewartet und versuchte nun den Türknauf zu drehen. Die Tür war abgeschlossen.

Das war keine große Hürde, nicht für einen Hybriden, der darin ausgebildet war, in Gebäude einzubrechen. Ryder brauchte nur zwanzig Sekunden, um das Schloss zu knacken. Dann nickte er.

„Schloss ist auf", flüsterte John ins Mikro. „Grayson, was zeigt die Wärmebildkamera an?"

„Im vorderen Teil des Gebäudes ist nichts zu sehen. Ihr könnt rein."

„Und weiter hinten?"

„So weit sehe ich nicht. Zu verschwommen. Da ist etwas, aber es könnte auch nur eine Heizung sein. Noch nicht sicher. Ich komme mit euch rein."

„Warte! Benjamin, ich will, dass du um das Gebäude gehst und nachsiehst, ob du die Wände von der anderen Seite mit der Wärmebildkamera durchdringen kannst. Wir müssen sichergehen."

„Wird gemacht."

Es fühlte sich wie eine Ewigkeit an, bis Benjamin sich meldete, obwohl es wahrscheinlich nur dreißig Sekunden gedauert hatte. „Nur ein paar Hitzesignaturen im hinteren Teil des Gebäudes. Nordöstliche Ecke. Entweder zwei oder drei. Sehr wahrscheinlich Erwachsene. Die Kinder sehe ich nicht, aber es sieht so aus, als wäre da noch eine zweite Wand, durch die ich nicht durchkomme."

„Danke, Benjamin. Irgendwelche anderen Ausgänge da hinten?"

„Eine Tür, aber sie sieht verriegelt aus."

„Gut. Komm zurück."

John gab Ryder ein Zeichen. „Auf mein Kommando gehen Grayson und ich hinein. Ryder, du wirst das Tor für Team zwei aufmachen und Benjamin gibt uns Deckung."

Ryder nickte.

„Wir gehen rein."

Ryder drückte die Tür auf und John huschte mit gezogener Waffe so leise wie möglich hinein. Grayson tat dasselbe.

Das Lagerhaus war etwa zur Hälfte mit Paletten mit Kartons und Kisten vollgestellt. Deswegen konnte John nicht bis zum anderen Ende des Gebäudes sehen. Doch dadurch hatte er auch einen Vorteil: Er konnte die

Kisten als Deckung benutzen, während er sich zu dem Bereich vorarbeitete, wo Benjamin Personen entdeckt hatte.

John zeigte auf die zwei Hybriden und sie gaben sich abwechselnd Deckung, während sie sich in Richtung des hinteren Teils des Gebäudes vorarbeiteten. Als sie das Ende der Kisten erreichten, blickte John daran vorbei. Es gab mehrere Türen, zwei rechts von ihnen und eine in der nordöstlichen Ecke des Gebäudes. Die Tür dort lag neben einem Fenster, was ihm einen guten Blick in den dahinterliegenden Raum verschaffte. Es schien sich um ein Büro zu handeln. Er hörte leise Stimmen von dort.

„Die einzigen Hitzesignaturen, die ich bekomme, sind in dem Büro", flüsterte Grayson ins Mikro.

„Nichts hinter den anderen beiden Türen", bestätigte Benjamin neben John.

„Okay, ich gehe in das Büro. Bleibt hinter mir", befahl John und stürmte vor.

Es waren nur ein paar Schritte bis zur Tür. Er trat sie mit dem Fuß ein und zielte mit seiner Waffe auf die Männer darin. Es waren nur zwei. Beide sprangen von ihren Stühlen auf, in denen sie mit Bierflaschen in den Händen gefaulenzt hatten. Die Flaschen fielen zu Boden und zersplitterten.

„Fuck!", schrie ein Mann.

„Scheiße!", knurrte der andere und sprang in Richtung einer Pistole, die auf dem Schreibtisch lag.

Er erreichte sie nicht. John war schneller und eine Sekunde später hatte er die Mündung seiner halbautomatischen Pistole an die Stirn des Mannes gepresst. „Eine Bewegung und ich verteile dein Gehirn auf dem Boden."

Der Gauner erstarrte. Der andere Mann bewegte sich ebenfalls nicht. Grayson zielte mit seiner Pistole auf den Kopf des Kerls. Aus dem vorderen Teil des Gebäudes konnte John den Van hereinkommen hören, dann das Geräusch des sich wieder senkenden Tores.

John drehte den Kopf Richtung Tür. „Wir haben zwei Kerle im Büro", sagte er seinen Kollegen übers Mikro. „Überprüft die anderen Räume."

Er hörte eine Bestätigung und blickte dann wieder auf die zwei Männer. „Wo sind die Mädchen?"

Die Augen der beiden Männer weiteten sich.

„Redet. Irgendeiner", befahl John zähneknirschend. Als keiner der beiden

den Mund öffnete, presste er die Mündung seiner Pistole fester gegen die Stirn seines Opfers. „Ich bin kein Polizist. Also muss ich mich nicht an die Regeln bezüglich Gewaltanwendung bei einem Verdächtigen halten. Ich könnte einen von euch töten, vielleicht redet dann der andere. Sollen wir das versuchen?"

„Nicht schießen", flehte sein Opfer. „Ich rede."

„Ich auch", sagte der andere schnell, wahrscheinlich verängstigt, dass er getötet würde, sollte er es nicht tun.

„Gut." John verringerte den Druck seiner Waffe. Hinter ihm hörte er weitere Männer von Scanguards eintreten.

„Die Räume sind leer", verkündete Zane. „Jede Menge Matratzen, Bettzeug und so. Ich kann sie immer noch riechen."

„Danke, Zane." John blickte den Gauner vor ihm finster an. „Wo sind die Mädchen?"

„Sie sind schon lange weg."

„Wo sind sie?"

„Auf einem Containerschiff. Auf dem Weg nach Russland."

„Fuck!", fluchte John. „Wer steckt dahinter?"

„Ich weiß es nicht", behauptete der Mann.

John schlug ihm mit seiner Waffe ins Gesicht, sodass ihm Blut aus dem Mund rann und er vor Schmerz jaulte. „Wer?"

„Ich habe ihn nie getroffen."

John blickte zu dem anderen Mann, der von Grayson in Schach gehalten wurde.

„Ich habe ihn auch nicht getroffen. Er schickt uns nur Textnachrichten. Sagt uns, wo wir uns die Mädchen schnappen sollen und welche. Er gibt uns alle Details. Auf welches Schiff wir sie bringen sollen."

John blickte wieder auf seinen Gefangenen. „Ist das wahr?"

Der Mann zeigte auf das Handy auf dem Schreibtisch. „Seht selbst nach. Aber wir haben keine Nummer. Wir können ihn nicht anrufen, nur er kann uns anrufen."

„Wie werdet ihr bezahlt?"

„Bargeld. Er sagt uns, wo er es platziert, und wir holen es ab. Immer an einem anderen Ort."

John blickte über seine Schulter zu Benjamin. „Überprüf das Handy."

Benjamin machte, was ihm aufgetragen wurde, während Oliver ebenfalls zum Schreibtisch ging und die Papiere durchwühlte.

„Er sagt die Wahrheit", sagte Benjamin nach ein paar Augenblicken der Stille.

John nickte. „Und die Mädchen, was passiert mit ihnen, sobald das Schiff in Russland ankommt? Wer übernimmt sie dort?"

Beide Kerle schüttelten die Köpfe.

„Wir bringen sie nur auf das Schiff", sagte Graysons Gefangener. „Sobald sie verladen sind und das Schiff weg ist, sind wir fertig."

John kniff die Augen zusammen und knurrte.

„Ihr müsst mir glauben", flehte der Gauner neben ihm. „Wir wissen nur, dass die Mädchen Spezialbestellungen von irgendwelchen hohen Tieren in Russland sind. Sie wählen sie gezielt aus. Wir müssen nur sicherstellen, dass sie auf das Schiff kommen. Ich weiß es nicht sicher, aber ich nehme an, dass der Boss eine Bande hat, die die Mädchen an diejenigen verteilen, die sie bestellt haben."

„Oh fuck", fluchte Oliver plötzlich.

John drehte den Kopf zu ihm und sah, wie er ein Blatt Papier hochhielt. „Was?"

Oliver wandte sich an die zwei Gauner: „Ist das das Ladungsverzeichnis des Schiffs, auf dem die Mädchen sind?"

Beide nickten.

Oliver fluchte. „John, wenn ich mich mit dem Zeitunterschied nicht irre, kommt das Schiff mit den Mädchen in weniger als vier Stunden in Wladiwostok an."

„Scheiße!" Johns Herz sank in seine Knie.

„Es ist unmöglich, dass wir dort ankommen, bevor sie anlegen", bestätigte Oliver. „Sobald das Schiff angelegt hat, sind unsere Chancen, die Mädchen zu finden, praktisch null."

John schloss die Augen. Nein, er konnte nicht aufgeben. Er könnte Savannah nie gegenübertreten, wenn er ihr Töchterchen nicht zurückbringen konnte. Es würde ihr das Herz brechen. Da bemerkte er plötzlich, dass es auch ihm das Herz brechen würde. In den letzten paar Tagen war Buffy ein Teil seines Lebens geworden, obwohl er nicht wusste, wie das passiert war. Es musste einen anderen Weg geben, zu Buffy zu gelangen. Einen schnelleren Weg.

„Dann müssen wir uns Hilfe holen“, sagte Ryder hinter ihm.

John drehte sich zu ihm und schaute ihm in die Augen, als er plötzlich verstand, worauf Ryder sich bezog. „Du hast recht. Mach den Anruf.“ Dann steckte er seine Pistole ins Halfter. „Zane, sperr diese Bastarde in unsere Zellen. Wir übergeben sie an Donnelly, sobald die Mädchen in Sicherheit sind und wir ihren Boss haben.“

„Mit Vergnügen“, sagte Zane und an seinem Gesichtsausdruck konnte John sehen, dass Zane sich darauf freute, den Arschlöchern beim Transport zum Hauptquartier ein paar Schmerzen zuzufügen.

Und John machte das gar nichts aus.

29

John kam etwa eine halbe Stunde später wieder bei Scanguards an. Savannah wartete in seinem Büro auf ihn. Als er die Tür erreichte, stoppte er kurz und atmete tief durch. Die Nachricht, die er für sie hatte, war nicht, was sie beide erhofft hatten. Darüber hinaus wusste er, dass es an der Zeit war, ehrlich mit ihr zu sein. Denn die Lösung, die er und seine Kollegen gefunden hatten, um nach Wladiwostok zu gelangen und die Mädchen zu retten, bevor sie über ganz Russland verstreut waren, bedurfte übernatürlicher Kräfte.

Er spürte, wie sein Herz in seiner Brust donnerte. Der Moment der Wahrheit war gekommen. Und er hatte keine Ahnung, wie Savannah reagieren würde.

Er klopfte, um sich anzukündigen, dann öffnete er die Tür und trat ein. Savannah drehte sich um. Sie hatte aus dem Fenster gesehen, wo der Tag langsam zur Nacht wurde. Genau wie bei ihm zuhause waren auch die Fenster bei Scanguards mit einer speziellen UV-undurchlässigen Beschichtung versehen, die es einem Vampir ermöglichte davorzustehen, ohne zu verbrennen.

Immer noch in seinen Kevlar-Anzug gekleidet, legte er Helm und Handschuhe auf den Schreibtisch.

„Du bist zurück. Wo ist sie?“ Savannah blickte an ihm vorbei. „Wo ist Buffy?“

Er ließ die Tür hinter sich ins Schloss fallen und ging auf sie zu. „Es tut mir leid, Savannah, die Mädchen waren nicht mehr an den Docks. Sie sind bereits weggebracht worden.“

Tränen schossen in Savannahs Augen und ein verzweifelter Seufzer riss sich aus ihrer Kehle. „Neiiiin!“

Er zog sie an sich und legte seine Arme um sie. „Ruhig! Nicht weinen. Wir haben noch nicht verloren. Wir haben die zwei Kerle, die sie entführt haben, und sie haben geredet. Wir wissen, wo sie sind. Wir wissen, wo Buffy ist.“

Sie hob den Kopf und blickte ihn mit furchterfüllten Augen und nur einem winzigen Funken Hoffnung an. „Wo? Wo ist mein Baby?“

„Auf einem Schiff auf dem Weg nach Russland.“

„Oh Gott!“

Er konnte in ihren Augen sehen, was ihr durch den Kopf ging: die Tortur, die ihre Tochter durchmachte, die Verzweiflung, die sie fühlen musste, weil sie dachte, dass niemand sie retten würde. Die Einsamkeit, die Hoffnungslosigkeit.

„Wir wissen, auf welchem Schiff sie ist, und wir wissen, wann und wo sie ankommen soll. Wir werden dort auf sie warten.“ Er zögerte.

Sie studierte sein Gesicht. „Da ist noch etwas, oder?“

Er war nicht mehr überrascht, dass sie ihn so einfach lesen konnte. Vielleicht würde es letztendlich helfen. Ihr dabei helfen, zu verstehen, dass er ihr nicht wehtun würde, ihr dabei helfen, zu verstehen, dass er trotz dem, was er ihr jetzt sagen musste, kein Monster war.

„Da gibt es etwas, was du wissen musst.“

„Oh Gott, sie haben ihr etwas angetan, nicht wahr? Sie haben meinem Baby etwas angetan!“

Er schüttelte schnell den Kopf und packte Savannah an den Schultern. „Nein, haben sie nicht. Das ist es nicht. Aber es gibt da etwas.“ Er hielt inne, weil er nicht wusste, wie er anfangen sollte.

„Du machst mir Angst, John. Bitte, worum geht es?“

„Das Schiff, auf dem Buffy und die anderen Mädchen sich befinden, wird in drei Stunden in Wladiwostok anlegen.“

„In drei Stunden?“ Als die Worte ihre Lippen verließen, verdunkelte ein Ausdruck von Schrecken und Verzweiflung ihr Gesicht. „Nein, nein, nein!“

„Hör mir zu. Es gibt einen Weg, wie ich und mein Team rechtzeitig dort sein können.“

Sie stieß ein schrilles Lachen aus. „Wie? Es dauert wie lange, acht Stunden, zehn Stunden, um dorthin zu fliegen? Ihr werdet zu spät ankommen.“

„Nein. Wir werden am Dock auf sie warten. Wir werden vor ihnen dort sein. Denn wir haben etwas, das sie nicht haben. Wir haben Verbündete, die uns dorthin bringen können.“

„Was?“ Sie blickte ihn verwirrt an.

„Savannah, unsere Verbündeten, die Leute, die uns helfen werden, Buffy und die anderen Mädchen zu retten, sind nicht menschlich.“ Sie schluckte. „Und ich bin das ebenfalls nicht.“

Sie riss sich von ihm los und trat einen Schritt zurück. Er ließ es geschehen. „Das ist verrückt.“

„Das klingt vielleicht verrückt. Aber es stimmt. Meine Freunde nennen sich Hüter der Nacht. Sie sind eine alte Rasse, die in der Lage ist, mit der Hilfe von Portalen an jeden Ort der Welt zu teleportieren. Sie können uns innerhalb weniger Minuten nach Russland bringen.“

Sie starrte ihn an, als hätte er den Verstand verloren. An ihrer Stelle hätte er genauso gedacht, denn der alte Traum der Menschen, zu teleportieren, war eben genau das – ein Traum, den die Wissenschaftler noch nicht hatten umsetzen können.

„Sie gehören zu einer wohlwollenden Rasse, die es sich zur Aufgabe gemacht hat, die Unschuldigen zu beschützen. Genau wie wir, meine Kollegen und ich bei Scanguards. Wir sind nicht nur eine gewöhnliche Security-Firma. Wir sind keine Menschen, auch wenn wir das einst waren.“ Er sah sie jetzt genau an. „Wir waren Menschen, bevor wir verwandelt wurden.“ Er wartete. Sah, wie sie über seine Worte nachdachte, bemerkte, wie sie den Kopf schüttelte, wurde Zeuge, wie sie langsam verstand. „Ich bin ein Vampir, Savannah.“

~

Zuerst dachte sie, sie hätte ihn falsch verstanden. Vampir. Das Wort brachte sie mit Romanen, Filmen, Fernsehserien in Verbindung, mit der weiblichen TV-Heldin, nach der sie Buffy benannt hatte. Es war nicht echt, das wusste sie. Sie hatte nie auch nur eine Sekunde geglaubt, dass hinter dieser jahrhundertealten Legende über Kreaturen der Nacht, die sich von menschlichem Blut ernährten, etwas Wahres steckte. Aber John würde nicht über so etwas scherzen, würde sich nicht genau diesen Moment, in dem sie alle Hoffnung verlor, Buffy je wieder zu sehen, für eine Lüge aussuchen. Nicht nach allem, was sie zusammen durchgemacht hatten. Nicht nach den Dingen, die sie einander gestanden hatten, dem Versprechen, das sie einander gegeben hatten, dass sie einander unterstützen und füreinander da sein würden.

Sie musterte ihn. John stand da – schweigend, bewegungslos und starr. In dieser Stille kam jeder Moment, den sie zusammen verbracht hatten, wieder zurück. Einzelheiten, die sie abgetan hatte, kamen ihr plötzlich wieder in den Sinn: die Tatsache, dass sie ihn nie hatte essen sehen; dass er keine Spiegel in seinem Haus hatte; die Behauptung, dass ihm der Kaffee ausgegangen wäre; das Blut an seinem Kinn.

Aber es gab andere Dinge, die seiner Behauptung, ein Vampir zu sein, widersprachen. Sie blickte aufs Fenster. Die Sonne ging gerade unter, aber zuvor, während des Tages, als die Sonne den Raum durchflutet hatte, war John in diesem Büro gewesen. Und er war tagsüber mit dem Auto gefahren, hatte sich frei in seinem Haus bewegt, ohne Angst vor der Sonne zu haben.

Langsam schüttelte Savannah den Kopf. „Aber die Sonne ... sie hat dich nicht verbrannt. Wir waren zusammen draußen. Du kannst unmöglich sein, was du behauptest.“ Sie konnte das Wort nicht aussprechen, obwohl sie überrascht war, dass sie so ruhig war. Vielleicht konnte ihr nichts mehr Angst machen. Denn das Schlimmste, was passieren konnte, war ihr bereits zugestoßen: Buffy war weg und ihre Hoffnung, sie zurückzubekommen, verblasste schnell.

„Denk genau nach und du wirst dich erinnern, dass ich nie draußen war. Immer in einem Zimmer oder im Auto, meinem Haus, diesem Gebäude. Nie draußen, solange die Sonne noch schien.“

„Aber die Sonne kommt durch die Fenster.“

„Spezielle UV-Beschichtung. Wir benutzen sie überall in diesem

Gebäude, in unseren Häusern, unseren Fahrzeugen. Denn die Sonne verbrennt und tötet uns, wenn wir ihr zu lange ausgesetzt sind."

Sie akzeptierte die Erklärung, aber bedeutete das, dass er die Wahrheit sagte? Konnte sie seine Aussage für bare Münze nehmen? „Ich will dir glauben, John. Ich will glauben, dass alles, was du sagst, die Wahrheit ist, dass die Hüter, von denen du sprichst, echt sind und dass es Teleportation gibt. Dass es eine Möglichkeit gibt, Buffy zurückzubekommen. Ich will es glauben, aber ich ... ich weiß nicht, wie. Ich habe keine Hoffnung mehr. Und ich fürchte, dass ich mir nur einbilde, was du sagst, dass diese Unterhaltung nicht einmal stattfindet, dass sie nur in meinem Kopf passiert, weil ich Buffy unbedingt retten will."

„Du brauchst Beweise."

Savannah nickte.

„Ich kann dir zeigen, wer ich wirklich bin. Ich will nur, dass du auf das vorbereitet bist, was du sehen wirst. Die meisten Leute haben Angst, wenn ein Vampir sein wahres Gesicht zeigt. Aber ich will, dass du daran denkst, dass ich dir nie wehtun würde. Ich habe Fangzähne und scharfe Klauen, rote Augen und die Stärke von hundert Männern, aber du hast nichts von mir zu befürchten. Ich werde dich immer beschützen. Und Buffy auch. Glaubst du mir?"

„Ja", sagte sie ohne zu zögern. Sie wusste mit Sicherheit, dass John ihr nichts Böses wollte. Sie hatte das immer gefühlt, hatte es seit dem Augenblick gefühlt, als sie ihn das erste Mal gesehen hatte. Dieser Glaube war in den letzten paar Tagen nur weiter gewachsen.

„Dann sieh mich an", verlangte er leise.

Er hob die Arme und zog ihren Blick darauf. Seine schönen starken Hände hatten sich plötzlich verwandelt. Seine Finger waren zu langen scharfen Krallen geworden. Savannah atmete scharf ein und blickte hinauf in sein Gesicht, wobei ihr Herz wild zu schlagen begann.

„Hab keine Angst", flehte John. Seine Lippen öffneten sich und langsam wurden zwei Zähne länger, einer an jeder Seite seiner Schneidezähne, bis sie zu scharfen Reißzähnen geworden waren.

„Oh mein Gott."

Sie presste beide Hände an ihre Brust und befahl ihrem Herzen, langsamer zu schlagen, als sie bemerkte, dass Johns Augen die Farbe wechselten.

Zuerst wurden die braunen Iris golden, dann rot. Sie hatte diese goldene Farbe schon zuvor gesehen, hatte sie bemerkt, als er mit ihr geschlafen hatte, und hatte es für ein Lichtspiel gehalten. Jetzt wusste sie es. Sie hatte einen Teil seiner vampirischen Seite gesehen, einen Teil, der in einem Moment der Leidenschaft durchgedrungen war.

Jetzt gab es keinen Zweifel mehr. Er war ein Vampir. Eine Kreatur, die sich vom Blut der Menschen ernährte.

Sie streckte ihre Hand nach ihm aus und machte ein paar Schritte auf ihn zu.

„Nein", verlangte er. „Bitte, Savannah, berühr mich jetzt nicht."

Ihr Atem stockte. „Du sagtest, du würdest mir nicht wehtun." Oder war das eine Lüge gewesen?

„Werde ich nicht." Er schluckte. „Aber wenn ich in meiner vampirischen Form bin, bin ich nicht so zivilisiert wie sonst. Es fällt mir schwerer, mein Verlangen nach dir zu kontrollieren. Wenn du mich jetzt anfasst, werde ich versuchen, dich zu küssen, und du wirst mich nicht stoppen können."

Ein erleichtertes Seufzen arbeitete sich ihre Kehle hinauf und rollte über ihre Lippen. „Wieso denkst du, dass ich dich davon abhalten würde, mich zu küssen? Wir haben gestern miteinander geschlafen."

„Bevor du wusstest, was ich bin. Ich erwarte nicht, dass du mich immer noch willst, jetzt, wo du weißt, was ich bin. Was ich vor dir verborgen habe."

Sie nickte langsam. „Ich sollte wütend auf dich sein, weil du es mir nicht gesagt hast."

„Ja. Ich habe dich ausgenutzt. Deine Verwundbarkeit."

„Du hast gemacht, was zu der Zeit am besten war. Ich war nicht bereit, die Wahrheit zu sehen. Jetzt bin ich es. Weil die Wahrheit meine einzige Hoffnung ist. Die Wahrheit über dich und deine Verbündeten, weil nur ein Wunder Buffy noch retten kann. Und du bist dieses Wunder. Du und deine Freunde. Also werde ich mich nicht weigern zu sehen, was direkt vor mir ist. Ich werde nicht in Frage stellen, was ich mit eigenen Augen sehen kann." Sie machte einen weiteren Schritt auf ihn zu und fuhr mit ihrem Zeigefinger über seine Lippen. „Oder was ich spüren kann."

Sie bewegte ihre Finger, um seine Fangzähne zu berühren.

Eine Hand legte sich bestimmt um ihr Handgelenk, so schnell, dass sie es nicht hatte kommen sehen.

Sie atmete ruckartig ein, aber sie hatte keine Angst, sie war nur überrascht. „Lass mich sie berühren."

Ein zittriger Atem kam aus Johns Mund. „Savannah, die Fangzähne eines Vampirs sind sehr empfindlich."

„Ich werde dir nicht wehtun", versprach sie.

Er lachte unerwartet. „Das meinte ich nicht. Wenn du meine Fangzähne berührst, wird es sich wie ein Orgasmus für mich anfühlen."

„Oh!" Das hatte sie nicht erwartet, aber jetzt, wo sie das wusste, war die Verlockung, ihn zu berühren, noch größer. „Lass bitte meine Hand los."

Er ließ sofort ihre Hand los und bewies ihr somit, dass er immer noch die Kontrolle über sich hatte, selbst in seiner vampirischen Form. Er war der Südstaatengentleman, der er immer gewesen war.

„Ich muss das tun", sagte sie, „damit ich weiß, dass ich nicht träume."

„Savannah, Darling, ich hoffe, du weißt, was du machst." Trotz seiner Worte protestierte John nicht weiter und ließ sie gewähren.

Langsam ließ sie einen Finger auf seine Zähne gleiten und strich über seine Schneidezähne zu einem der Fangzähne. Als sie den rasiermesserscharfen Reißzahn berührte, ging ein Ruck durch John und plötzlich änderte sich die Farbe seiner Augen wieder.

„Deine Augen schimmern golden", murmelte sie.

„Weil ich erregt bin." Seine Hände waren jetzt auf ihren Schultern, aber sie fühlte die Klauen an seinen Fingern nicht mehr. Sie fühlte, wie er sie näher an seinen Körper zog und an sich drückte. „Ich muss dich küssen. Ich muss dich fühlen."

Unter ihrem Finger zog sich sein Fangzahn wieder zurück und wurde wieder zu einem normalen Zahn. Sie schaute ihm in die Augen und ließ ihre Hand an seinen Nacken gleiten, um seinen Kopf näher an sich zu ziehen.

„Ja", murmelte sie.

Seine Lippen waren auf ihren, bevor das Wort überhaupt ihren Mund verlassen hatte, und er küsste sie mit einer Leidenschaft, die sie jetzt verstand. Der Leidenschaft eines Mannes, der eine mächtige Bestie in sich trug. Eine Bestie, die sie umarmen konnte, da sie wusste, dass sie die Rettung ihrer Tochter war. Und auch ihre eigene. Eine Bestie, von der sie wusste, dass sie sie ohne Vorbehalt lieben konnte.

30

John spürte, wie Savannah sich so vertrauensvoll an ihn schmiegte, dass er sein Glück kaum glauben konnte. Sie hatte keine Angst vor ihm, rannte nicht schreiend aus seinem Büro, starrte ihn nicht mit Verabscheuung an. Sie hatte ihn akzeptiert. Den Vampir in ihm akzeptiert. Den Vampir, der sie jetzt noch mehr begehrte.

Ein lautes Klopfen an der Tür zwang ihn, seine Lippen von Savannahs zu lösen und über seine Schulter zu blicken. „Ja?“

Die Tür öffnete sich und Virginia trat ein. Die Rothaarige war nicht nur eine Hüterin der Nacht und ein Mitglied der Regierung ihrer Rasse, sondern auch Wesleys Gefährtin.

„Wir sind bereit, John“, verkündete sie.

„Danke, dass du so schnell gekommen bist, Virginia.“ Er ließ Savannah widerwillig los. „Savannah, das ist Virginia. Sie ist eine Hüterin der Nacht, von denen ich dir erzählt habe.“

Virginia zog eine Augenbraue hoch. „Ich wusste nicht, dass sie Bescheid weiß.“

„Ich habe es gerade erst herausgefunden“, sagte Savannah und schüttelte Virginia die Hand. „Ich bin Ihnen allen so dankbar, dass Sie versuchen, meine Tochter zu retten.“

„Für eine Frau, die gerade herausgefunden hat, dass es übernatürliche Wesen auf dieser Welt gibt, sind Sie überraschend ruhig", sagte Virginia.

„Ich hoffte auf ein Wunder. Und ich werde es jetzt nicht ablehnen, nur weil es in der Form von Vampiren und Hütern der Nacht eingetroffen ist."

Virginia richtete ihren Blick auf John. „Kluge Frau." Dann zeigte sie zur Tür hinter sich. „Wir müssen los. Wir haben ein Portal in Wladiwostok gefunden. Logan und Enya teleportieren bereits dorthin und warten auf uns."

John nickte zustimmend, dann wandte er sich zu Savannah. Er legte seine Hand an ihre Wange. „Ich werde sie dir zurückbringen. Ich verspreche es."

„Ich weiß. Ich vertraue dir."

„Ich rufe meinen Schützling Deirdre an. Sie soll herkommen und dir Gesellschaft leisten, solange ich weg bin. Bleib in meinem Büro, bis sie kommt. Okay?"

„Ist sie auch ein Vampir?"

„Ja. Und sie ist eine gute Frau. Du kannst ihr vertrauen."

„Wenn du ihr vertraust, vertraue ich ihr ebenfalls."

Als sie ihn anlächelte, drehte John sich um, schnappte sich seinen Helm und die Handschuhe vom Tisch und verschwand mit Virginia. Auf dem Weg nach unten rief er Deirdre an, um ihr die Anweisung zu geben, sich um Savannah zu kümmern. In der Lobby warteten mehrere Leute auf sie: die vier Hybriden und Zane. Zane trug die gleiche Kevlar-Ausrüstung wie John und hielt einen Helm in der Hand. Glücklicherweise war Luther diese Woche in San Francisco und hatte Zane für die Mission seine Ausrüstung geliehen. Sie würden den Schutz brauchen: In Wladiwostok würde es gerade früher Nachmittag sein, wenn sie ankamen.

„Das sind nicht genügend Leute", sagte John.

„Ich kann nur eine begrenzte Anzahl mit durch das Portal nehmen, oder wir müssen mehrere Trips machen. Und mit Logan und Enya sind wir mehr als genug, um uns um die Schieber zu kümmern." Virginia zeigte auf Zane. „Zane hat mir bereits alles Wichtige mitgeteilt. Die Schieber sind Menschen und nach allem, was ihr vorhin am Hafen gesehen habt, handelt es sich nicht gerade um eine Armee. Glaub mir: Vier Hybriden, zwei Vampire und drei Hüter der Nacht können locker fünfzig Menschen besiegen."

John wusste das, aber es ging um Kinder, Kinder, die sie beschützen mussten. Und wenn es um Kinder ging, konnte man nicht vorsichtig genug sein.

„Ich hoffe, dass es genügend sind, dass wir alle etwas zu beißen bekommen", warf Zane ein und seine Augen funkelten blutrünstig. „Oakland hat mir nicht viel gebracht. Die zwei Gauner in Angst und Schrecken zu versetzen, hat kaum Spaß gemacht."

Das einzige Portal in San Francisco, durch das die Hüter der Nacht reisen konnten, lag in einem Tunnel in der 16th Street BART Station im Mission District, nur ein paar Blocks von Scanguards' Hauptquartier entfernt. Virginia führte sie zu Fuß dorthin. In der Station angekommen, stiegen sie die Treppe hinab und bogen dann um eine Ecke, wo die Fahrgäste, die auf den nächsten Zug warteten, sie nicht sehen konnten.

„Nehmt euch an den Händen."

„Was?", fragte Zane angewidert.

„Ich muss euch alle unsichtbar machen, aber weil wir so viele sind, kann ich das nicht alleine mit Geisteskraft; das bedarf zu viel Energie. Ich muss es über Berührung machen." Sie nahm Zanes Hand. „Jetzt nehmt euch an den Händen. Wir müssen eine Kette bilden."

„Tut es!", befahl John und streckte die Hand aus.

Es gab keine weiteren Proteste und kurz darauf kamen sie unsichtbar aus ihrem temporären Versteck und verschwanden in den Tunnel. Ein paar hundert Meter weiter drinnen stoppte Virginia und legte ihre Hand auf die Steinwand. Innerhalb weniger Sekunden verschwand ein Teil der Wand und legte eine Höhle frei.

„Geht hinein", befahl sie und einer nach dem anderen gingen die Hybriden sowie Zane und John durch die Öffnung. Virginia gesellte sich zu ihnen. „Zwei von euch müssen sich an mir festhalten. Und alle anderen halten sich an ihnen fest. Lasst nicht los, oder ihr werdet zurückgelassen." Plötzlich schloss sich die Öffnung und sie wurden von Dunkelheit umhüllt. „Oh, und es könnte etwas holprig werden, wenn das eure erste Reise ist."

Holprig war eine Untertreibung.

John fühlte sich, als würde er in die Luft geworfen und wie eine Puppe in einem übergroßen Trockner herumgewirbelt. Aber er ließ Virginia nicht los und auch nicht Benjamin, der sich verzweifelt an ihn klammerte. Glücklicherweise dauerte es nur ein paar Sekunden. Bevor er es überhaupt realisierte, fühlte er wieder festen Boden unter den Füßen und das Herumwirbeln stoppte.

„Holprig“, knurrte Zane. „Du hättest uns genauso gut in die Hölle katapultieren können.“

Unwillkürlich musste John grinsen. Zane war normalerweise furchtlos und zeigte nie, dass ihm etwas unbehaglich war, doch es schien, als würde er diese spezielle Erfahrung nicht noch einmal durchmachen wollen.

„Das war cool!“, rief Grayson.

„Oh ja!“, bestätigte Damian.

Ryder verdrehte die Augen, als würde er Damian und Grayson ihre Bravade nicht abnehmen.

Logan und Enya warteten bereits auf sie, als sie aus dem Portal traten. John machte sich mit der Umgebung vertraut. Sie befanden sich in einer verlassenen Fabrik. Er zog seinen Helm und seine Handschuhe an und wies Zane an, es ihm gleichzutun.

„Wir haben einen Truck besorgt“, informierte sie Logan.

„Was Logan meint, ist, dass wir einen gestohlen haben“, korrigierte ihn Enya. Die Blondine sah zierlich aus, doch laut Wesley war sie eine ausgezeichnete Kämpferin und nicht weniger fähig als ihre männlichen Kollegen. „Wir haben schon eine Route geplant. Es sind etwa zwanzig Minuten bis zum Hafen.“

Beim Verlassen der Fabrik blickte John nach oben. Der Himmel war bewölkt und in der Ferne waren dunkle Wolken zu erkennen. Er hatte nichts gegen düsteres Wetter, denn es würde zusätzlichen Schutz vor der Sonne bieten. Doch die dunklen Wolken beunruhigten ihn auch etwas, da sie schnell zu Gewitterwolken werden konnten.

Sie stiegen in den großen Truck und fuhren los. Enya benutzte ihr Handy, um Logan durch die fremde Stadt in Richtung des Hafens zu lotsen, wo das Frachtschiff mit den Mädchen ankommen sollte.

In dem alten, heruntergekommenen Lastwagen wirkten sie nicht fehl am Platze, als sie an den Docks ankamen. Niemand beachtete sie.

„Da lang“, befahl Enya und zeigte auf einen Kai hinter einer Biegung, abseits von dem belebten Treiben am Hauptanlegebecken, wo die Container be- und entladen wurden.

Als sie mit dem Truck um die Ecke bogen, war John froh, dass der Bereich von den anderen Docks aus nicht gut einsehbar war. Das würde es einfacher machen, nicht von unbeteiligten Personen gesehen zu werden. Wahrscheinlich hatten die Entführer den Ort deshalb gewählt, damit niemand sie beim Entladen der Mädchen entdecken und Fragen stellen würde.

„Park da drüben", sagte Enya jetzt und Logan stoppte den Truck hinter einem großen Container.

„Das Schiff legt bereits an, schaut mal!", sagte Grayson von hinten.

John drehte den Kopf und schaute aus dem Seitenfenster. Der Hybride hatte recht. Das Schiff war bereit, an seinem Anlegeplatz vertäut zu werden. Trotzdem dauerte es noch fast eine Stunde, bis das Entladen begann. Das Warten war eine Folter, doch John wusste, dass es einfacher war, die Entführer zu bekämpfen, sobald sie anfingen, ihre Opfer zu entladen. Wenn Scanguards eingriff, bevor die Kinder auf festem Boden waren, konnte zu viel schiefgehen.

„Grayson, Ryder, ihr seid dafür verantwortlich, die Container mit den Wärmebildkameras abzusuchen. Wir müssen wissen, in welchem Container die Mädchen sind", wies John an. „Ich bezweifle, dass sie sie vom Schiff spazieren lassen werden, wo sie von jemandem gesehen werden könnten."

Zane nickte zustimmend. „So würde ich es machen."

John blickte Virginia an. „Virginia, wie viele von uns kannst du mit deinem Geist verhüllen, sodass wir uns frei bewegen können und nicht Händchen halten müssen?"

„Wir können je zwei unsichtbar machen, also passt das." Sie wechselte einen Blick mit Enya und Logan. „Ich nehme dich und Zane, Logan kümmert sich um die Zwillinge und Enya nimmt Grayson und Ryder."

Enya und Logan nickten.

„Okay, Enya, du, Grayson und Ryder, ihr sichert die Mädchen, sobald wir ihren Aufenthaltsort haben. Der Rest von uns schnappt sich die Entführer. Ich will, dass niemand entkommt. Verstanden?"

„Das ist mal ein Wort", sagte Zane.

„Willst du sagen, wir sollen sie alle töten?", fragte Virginia. „Willst du sie nicht verhören?"

„Wenn es sicher ist, einen am Leben zu lassen, sicher. Aber die Sicherheit der Mädchen steht an erster Stelle. So wie der Drahtzieher hinter dieser Operation den Hacker und die Gauner in Oakland befehligt hatte, bezweifle ich, dass irgendjemand hier weiß, wer er ist. Er ist zu vorsichtig. Wenn es sicher ist, werden wir Fragen stellen, aber wenn sie versuchen zu fliehen, tötet sie."

„Und wenn sie nicht versuchen zu fliehen?", fragte Zane. „Willst du sagen, dass wir sie leben lassen, wenn sie reden?" Unmut zeigte sich auf Zanes Gesicht.

„Keine Sorge. Sobald sie uns gesagt haben, was sie wissen, sterben sie auch." Schließlich konnten sie die Kriminellen hier in Russland nicht an die Behörden übergeben. Und sie mussten irgendwie bestraft werden.

„Gut, dass das geklärt ist", sagte Zane trocken.

„Hey Jungs", sagte Ryder plötzlich. „Dieser Container, der rote, den sie gerade herablassen ... ich sehe dort einige Hitzesignaturen. Alle in einer Ecke zusammengekauert."

„Ja, ich sehe es auch", bestätigte Grayson. „Könnte ein gutes Dutzend Kinder sein. Das müssen sie sein."

„Okay, macht euch bereit. Wartet, bis der Container auf dem Boden ist und vom Kran abgekoppelt wurde. Wir wollen nicht, dass sie ihn wieder hochziehen, wenn sie etwas bemerken", wies John an.

Mit einem Auge beobachtete John den Container, mit dem anderen die Landungsbrücke, wo drei Männer auftauchten. Sie trugen kleine Reisetaschen und marschierten auf den roten Container zu.

„Sie sind bewaffnet", sagte Damian.

John hatte die Ausbeulungen unter ihren Jacken ebenfalls bemerkt. Pistolen.

„Gehen wir", befahl John. „Virginia, Enya, Logan. Verhüllt uns."

„Erledigt", sagten alle drei im Einklang.

Alle stiegen aus dem Truck und obwohl John immer noch alle Mitglieder des Teams sehen konnte, vertraute er darauf, dass sie für alle anderen unsichtbar waren. John sah sich um, aber er konnte niemand anderen auf den Container zugehen oder das Schiff verlassen sehen. Könnten sie das Glück haben, es nur mit drei Männern zu tun zu haben? Das lief zu gut.

Plötzlich durchzog ein Blitz, gefolgt von einem Donnerschlag, den

Himmel. John blickte nach oben. Die dunklen Wolken, die er in der Ferne gesehen hatte, waren nun genau über der Stadt und den Docks.

„Scheiße!“, zischte John und wechselte einen Blick mit Virginia.

„Regen“, sagte sie besorgt, als die ersten Tropfen den Boden berührten. „Wenn das anhält, werden wir nicht lange unsichtbar bleiben.“

„John“, kam Graysons Stimme durch das Mikro. „Zollfahrzeug nähert sich. Zu deiner Linken.“

John drehte den Kopf in besagte Richtung und sah den weißen Van mit der kyrillischen Schrift an der Seite und auf der Motorhaube. „Woher weißt du, dass das der Zoll ist?“

„Ich habe ein paar Jahre lang Russisch gehabt. Vertrau mir.“

„Fuck!“, fluchte John. „Raus aus dem Regen, alle, geht irgendwo in Deckung. Wir müssen warten, bis sie verschwinden.“

Er sah, wie seine Kollegen sich verteilten und versteckten. John zeigte auf einen Stapel Paletten, der mit einer Plane abgedeckt war, und lief darauf zu. Virginia und Zane folgten ihm. Sie drückten sich eng daran, sodass die Plane ihnen etwas Schutz vor dem Regen bot.

Der Van stoppte neben dem roten Container und zwei Männer stiegen aus. Sie marschierten auf die drei zu, die gerade von der Landungsbrücke gestiegen waren. Die drei wirkten nicht überrascht oder verängstigt. Stattdessen gingen sie direkt auf die Zollbeamten zu und schüttelten ihnen die Hände. Dann zog einer der drei Männer einen dicken Umschlag aus seiner Jacke und gab ihn einem der Beamten.

„Schmiergeld“, sagte John mit einem Seitenblick auf Zane. Dieser nickte. „Der Zoll weiß, was in dem Container ist. Sie wollen ihren Anteil.“

Das änderte alles. John würde nie das Leben von unschuldigen Regierungsbeauftragten aufs Spiel setzen, aber diese Kerle hatten Dreck am Stecken. Und wenn sie Kinderhandel erlaubten, mussten sie ausgeschaltet werden, oder diese Praxis würde weitergehen.

„Planänderung“, sagte John ins Mikro. „Betrachtet die Zollbeamten als Feinde. Sie sind ebenfalls dran.“

Die zwei Beamten drehten sich um und gingen zu ihrem Van.

„Greift sie euch, jetzt! Lasst sie nicht entkommen. Damian, Benjamin, Logan, ihr nehmt die Zolltypen. Enya, dein Team sichert die Mädchen. Wir nehmen die drei vom Schiff. Angriff!“

John stürmte auf die drei Verbrecher vom Schiff zu, als sie sich auf den Weg zum Container aufmachten. Zane und Virginia waren an seiner Seite. Er fühlte, wie der Regen nun auf ihn hereinprasselte, und obwohl er seine Kevlar-Ausrüstung nicht durchdrang, hafteten die Tropfen an dem Material und machten seine Silhouette für alle sichtbar, die in seine Richtung blickten. Was einer der Männer plötzlich tat.

Erschrocken erstarrte der Mann. Dann schoss sein Kopf von links nach rechts und wieder zurück und mit einem russischen Fluch alarmierte er seine Freunde. Alle drei zogen die Waffen und zielten.

„Fuck!"

Im Laufen entsicherte John seine Pistole, als ein Schuss ihn traf. Er spürte den Treffer und wurde davon leicht zurückgerissen, doch er fing sich schnell wieder und rannte weiter, wobei er nun selbst zielte. Doch der strömende Regen, der an sein Visier klatschte wie an ein Auto, dessen Scheibenwischer nicht funktionierten, beeinträchtigte seine Sicht.

Lauter Donner explodierte im Himmel, während weitere Schüsse erklangen, Schüsse aus seiner eigenen Pistole und aus denen seiner Kollegen. Einer der Männer vom Schiff fiel wie ein gefällter Baum zu Boden, während die anderen beiden in Deckung rannten.

John hatte keine Zeit, nachzusehen, wie es den Zwillingen mit den Zollbeamten erging, während er den Kugeln der Entführer auswich. Sie hatten sich hinter einem Stapel Paletten Deckung gesucht, während John immer noch im Freien war und über den großen Platz zwischen dem Lagerhaus und dem Schiff rannte.

Sein Plan, die Kriminellen leise und unentdeckt auszuschalten oder sie zu verhören, bevor er sie tötete, war in Rauch, oder besser gesagt in Regen aufgegangen. Jetzt wurde es blutig.

„Ich gehe auf die andere Seite", sagte Zane übers Mikro und rannte zwischen zwei Container zu seiner Rechten.

„Scheiße, Zane!", zischte Virginia. „Du wirst außer Reichweite sein."

Aber Zane antwortete nicht. Und es war sowieso egal. Sie waren bereits teilweise sichtbar.

Endlich erreichte John den Stapel Paletten, hinter dem die Gauner sich versteckten. Er versuchte, durch die Aussparungen zwischen dem Holz zu blicken und sah Bewegung. Doch durch sein nasses Visier konnte er sie nicht genau ausmachen. Trotzdem zielte er mit der Waffe durch die Aussparung und drückte den Abzug.

Ein Mann schrie auf und fluchte dann auf Russisch. Er hatte den Kerl getroffen, ihn jedoch nicht getötet. Neben John tauchte Virginia, ebenfalls mit gezogener Waffe, auf. John zielte erneut und versuchte herauszufinden, in welche Richtung der Kerl gerannt war, als er plötzlich eine Mündung sah, die auf ihn gerichtet war.

„Runter!", schrie er Virginia zu und beide tauchten zum Boden.

Erneut erhellte ein Blitz den Himmel und Donner rollte wie ein Panzer in einem Kriegsgebiet über sie. John blickte zu Virginia, aber sie war unverletzt. Er gab ihr ein Zeichen, unten zu bleiben, und sah sich dann nach etwas um, mit dem er die zwei Verbrecher ablenken konnte. Er riss ein Brett von einer der äußeren Paletten, hob es mit seiner linken Hand an und winkte damit, während seine rechte die Pistole fester umklammerte.

Wie erwartet gab es eine Bewegung auf der anderen Seite des Stapels. Der Gauner zielte auf das Brett und feuerte. Es zersplitterte. John schoss hoch und zielte. Dieses Mal traf die Kugel ihr Ziel. Der Mann ging wie ein Sack Kartoffeln zu Boden.

Dann ertönte ein weiterer Schuss hinter dem Stapel.

„Erwischt", bestätigte Zane durch das Mikro.

„Die drei vom Schiff sind tot", verkündete John durchs Mikro. „Was ist mit den Zolltypen?"

„Beide mausetot", bestätigte Benjamin.

„Sehen sich die Radieschen von unten an", fügte Damian hinzu.

„Gierige Bastarde", sagte Logan trocken ins Mikro. „Sie haben mir nichts übrig gelassen."

„Grayson? Die Mädchen?", fragte John.

„Der Container ist mit einer Kette verschlossen. Ryder holt einen Bolzenschneider."

„Ryder? Melde dich."

„Auf dem Weg zurück."

„Beeil dich! Ich bin sicher, wir bekommen bald Gesellschaft. Jemand muss die Schüsse gehört haben." Obwohl John hoffte, dass der Donner und der strömende Regen einen Teil des Lärms übertönt hatten.

John marschierte auf den roten Container zu und an dem Zollfahrzeug vorbei, in das die Zwillinge die Leichen verfrachteten.

„Gute Idee", lobte er sie beim Vorbeigehen. Zumindest aus der Ferne würde man nur einen leeren Van sehen und keine Leichen. Das würde seinem Team kostbare Zeit verschaffen, um zu verschwinden.

Er drückte auf sein Funkgerät. „Zane, lass die Leichen der drei Typen verschwinden."

„Schon dabei."

John schaute über seine Schulter und sah Zane einen der Kerle ins Wasser werfen. Virginia war damit beschäftigt, die Taschen des zweiten Kerls zu durchsuchen. Zufrieden, dass das Team erledigte, was erledigt werden musste, näherte er sich dem roten Container, als Ryder gerade um die Ecke kam und sich zu Enya und Grayson gesellte, die dort warteten und sich umsahen, ob jemand sie beobachtete.

„Sind wir alle wieder sichtbar?", fragte John Enya.

Sie nickte. „Es machte nicht viel Sinn Energie zu verschwenden, wenn wir sowieso alle durchnässt waren."

„Okay." Er nickte Ryder zu. „Öffne ihn." Dann fügte er hinzu. „Und macht euch bereit, falls sie eine Wache bei den Kindern haben."

Sowohl Enya als auch Grayson zielten mit ihren Pistolen auf die Tür. Ryder benutzte den Bolzenschneider, um die Metallkette durchzutrennen und nahm sie von der Tür. Er blickte über seine Schulter.

„Öffne sie", wies John an, „und bleib zurück. Ich gehe als Erster rein."

Ryder zog die schwere Türe auf. Als John hineinsehen konnte, fokussierte er seine Augen. Dann entspannte er sich.

„Waffen runter", sagte er leise, um die wertvolle Fracht nicht zu verängstigen. „Enya kommt mit. Virginia kommt nach. Der Rest von euch bleibt draußen und gibt uns Deckung."

John ging langsam in das dunkle Innere. Mit seinem vampirischen Sehvermögen konnte er bereits sehen, was ein Mensch nicht konnte: Im hinteren Teil des Containers kauerten die entführten Mädchen angsterfüllt und klammerten sich auf ihren Matratzen aneinander.

John hob sein Visier. Er seufzte, als er die verängstigten Gesichter der Mädchen sah. „Keine Angst. Wir bringen euch jetzt nach Hause zu euren Eltern", sagte er leise. „Ich bin John, das ist Enya."

Es waren Schluchzer und Seufzer zu hören, als würden die Kinder ihm nicht glauben. Und warum sollten sie das auch?

Hinter ihm öffnete sich die Tür weiter und ließ mehr Licht hinein.

Mit Enya an seiner Seite näherte sich John den Mädchen und ging dann in die Hocke, als er die Matratzen erreichte. „Jennifer? Mary? Carol?“ Er kannte ihre Namen aus den Akten und hoffte, dass ihre Angst verfliegen würde, wenn er sie direkt ansprach. „Sarah? Jane? Cindy? Seid ihr okay? Andrea? Heather?“

„Ich bin Jane“, antwortete eines der Mädchen.

„Bringen Sie uns jetzt nach Hause?“, wimmerte ein anderes.

„Ja, Liebes, wir bringen euch heim.“

Ein paar Mädchen fingen zu weinen an, aber einige kamen langsam näher. Endlich konnte er sie alle sehen. Seine Augen wanderten von einer zur anderen. Mit jeder Sekunde pochte sein Herz wilder.

„Buffy?“ Sein Puls schlug bis in seine Kehle. „Buffy? Wo bist du?“

Aber das einzige schwarze Mädchen, das er sah, sah nicht wie Buffy aus. Er zählte die Mädchen. Zwölf.

„Es sollten dreizehn sein.“ Er wechselte einen panischen Blick mit Enya und starrte dann wieder auf die Mädchen. „Wo ist Buffy? Wo ist sie?“

Das Mädchen, das sich als Jane identifiziert hatte, kam näher. „Buffy?“

Er nickte und zog ein Foto aus einer Tasche in seiner Weste, und drehte es dann, sodass sie es sehen konnte. „Das ist Buffy. Hast du sie gesehen?“

Sie schaute auf das Foto, konzentrierte sich und blickte dann auf. „Ja.“

„Wo ist sie?“

„Der Mann hat sie mitgenommen.“

Schrecken erfüllte ihn. „Welcher Mann? Wo? Wann?“

„Bevor sie uns auf das Schiff gebracht haben. Der Mann ist gekommen und hat sie abgeholt.“

„Sie war nicht mit euch auf dem Schiff?“

Jane schüttelte den Kopf.

Tränen drangen in seine Augen und er ließ es geschehen. „Oh Gott!“

Zu seiner Überraschung fragte das Mädchen plötzlich: „Sind Sie ihr Daddy?“

Er blickte in ihre Augen. Und weil er nicht wusste, wie er seine Beziehung zu Buffy beschreiben sollte, sagte er: „Ich habe ihrer Mommy versprochen, sie nach Hause zu bringen.“

31

In Johns Büro legte Deirdre den Hörer wieder aufs Telefon. „Sie sind zurück."

Savannah presste die Hand auf ihre Brust und seufzte. „Wo ist Buffy?"

„Alle Mädchen sind unten auf der Krankenstation und werden untersucht."

Bevor Deirdre ihren Satz überhaupt beenden konnte, war Savannah bereits an der Tür und riss sie auf. „Gehen wir. Zeig mir, wo sie ist."

„Wir können nicht einfach nach unten gehen."

„Wenn du mir nicht zeigst, wo sie ist, gehe ich alleine."

„Ah, Scheiße!", fluchte Deirdre, sprang jedoch auf und folgte ihr. „Du bist eine Nervensäge."

„Du auch."

„Ja, naja, wir können ja nicht alle so zum Knuddeln sein wie John." Deirdres Stimme triefte vor Sarkasmus.

Sie eilten zu den Aufzügen. „Du magst ihn nicht besonders, oder?"

Deirdre zuckte mit den Schultern. „Er hätte mich mit nach Russland nehmen sollen, aber nein, ich musste Babysitter für dich spielen." Als Savannah ihre Augenbrauen hochzog, fügte sie hinzu: „Nichts für ungut, aber ich würde lieber dabei helfen, diese Arschlöcher, die die Kinder entführt haben, auszuschalten, anstatt hier zu sitzen und Däumchen zu drehen."

Die Aufzugtüren gingen auf und sie eilten hinein. Deirdre blickte auf die Knöpfe und zögerte.

„Also, gehen wir oder nicht?"

„Hey, sei nicht so zickig." Jemand ging am Aufzug vorbei und Deirdre rief ihm zu: „Hey, in welchem Stockwerk befindet sich die Krankenstation?"

Der Kerl stoppte, warf ihr einen seltsamen Blick zu und antwortete dann: „Zweites Untergeschoss."

Deirdre drückte auf den Knopf und die Türen schlossen sich.

Bevor Savannah einen Kommentar über die Tatsache abgeben konnte, dass Deirdre nicht wusste, wo sich die Krankenstation befand, brachte Deirdre sie mit einem finsteren Blick zum Schweigen. „Ich habe gerade erst hier angefangen, okay? Und es ist ja nicht so, als würde ich ärztliche Hilfe brauchen."

„Ich habe nichts gesagt."

„Wolltest du aber."

Savannah verbiss sich eine Antwort. Offensichtlich hatte die Frau Probleme. Als die Aufzugtüren sich endlich öffneten, trat Savannah in den Gang hinaus. Es war nicht sehr schwierig zu erraten, in welcher Richtung die Krankenstation lag, da jede Menge Stimmen aus der Richtung einer großen Doppeltür zu ihr drangen. Kinderstimmen.

Savannahs Herz machte einen Satz und sie fing an zu laufen. Sie drückte die Tür auf und stürmte in den großen Raum. Mehrere Türen führten von dort aus in kleinere Zimmer. Einige standen offen und sie konnte Mädchen auf den Untersuchungstischen sitzen sehen. Im Hauptraum gab es mehrere abgetrennte Bereiche. Auch hier sah sie viele Kinder, sowie mehrere Erwachsene, Vampire, wie sie annahm.

Eine Person erkannte sie von hinten. „John!"

Er wirbelte herum. Ihre Augen trafen sich. Aber was sie darin sah, ließ ihr Blut gefrieren. „Nein!" Sie schüttelte den Kopf und ließ ihren Blick durch den großen Raum schweifen und auf jedes Kind fallen. Sie ging weiter in den Raum und drehte sich in alle Richtungen. Doch sie sah keine Spur von Buffy.

Sie drehte sich wieder zu John und er stand bereits vor ihr und packte ihre Schultern, damit sie nicht zusammenbrach.

„Wo ist sie, John? Wo ist mein Baby?" Tränen stachen in ihren Augen.

„Sie war nie auf dem Schiff. Sie wurde abgeholt, bevor das Schiff nach Russland in See stach. Die Kinder haben es bestätigt. Ein Mann ist, kurz bevor sie aufs Schiff gebracht wurden, gekommen und hat sie mitgenommen."

Sie schlug die Hand auf ihren Mund, doch trotzdem riss sich ein Schluchzer aus ihrer Brust. „Nein, nein, John, nein!"

John legte seine Arme um sie und zog sie an seine Brust. „Gib nicht auf, Savannah, denn ich gebe nicht auf. Sie ist noch im Land. Sie ist immer noch hier. Und ich werde sie finden."

„Aber wie?", jammerte sie. „Sie ist weg, mein Baby ist weg."

„Die Mädchen haben uns eine Beschreibung des Mannes gegeben und wir haben immer noch die zwei Kerle, die die Mädchen in Oakland festgehalten haben."

Sie blickte zu ihm hinauf. „Wieso glaubst du, dass sie dir sagen werden, wer er ist?"

„Sie werden reden, denn ich werde dafür sorgen, dass sie mich fürchten. Ich werde ihnen zeigen, was ich mit ihnen mache, wenn sie mir nicht alles sagen, was ich wissen will." Er ließ sie langsam los.

„Du wirst sie foltern." Sie verurteilte ihn nicht, machte nur eine Feststellung.

„Ja."

„Ich will dabei sein."

„Nein. Ich will nicht, dass du das siehst."

„Ich muss es sehen", beharrte sie.

Er zögerte mehrere Sekunden und griff dann nach ihrer Hand. „Komm."

John führte sie hinaus und den Gang hinunter, dann öffnete er die Tür zum Treppenhaus. Sie stiegen ein Stockwerk hinab und betraten dann einen weiteren Korridor.

„Was ist in Russland passiert?", fragte sie schließlich.

John sah sie von der Seite an. „Die Männer, die daran beteiligt waren, sind tot. Sie haben ein paar Zollbeamte geschmiert, damit sie die Mädchen ins Land schmuggeln konnten. Wir haben auch sie erledigt. Wir haben ihre Papiere durchgesehen, alles, was sie bei sich hatten. Mein Team durchforstet gegenwärtig alles, um zu sehen, ob sich etwas darin befindet, womit wir ihren Boss identifizieren können. Die Mädchen haben uns eine Beschreibung des Mannes gegeben, der Buffy mitgenommen hat. Detective Donnelly ist auf dem Weg hierher. Er bringt einen Phantombildzeichner mit, damit wir ein Bild bekommen."

Sie nickte. Es hatte wenig Aussicht auf Erfolg, aber sie wusste zu schätzen, dass John nicht aufgab.

„Was passiert mit den Mädchen?"

„Wir versichern uns zuerst, dass sie wohlauf sind, und geben ihnen Essen und Kleidung. Aber wir können sie noch nicht ihren Eltern übergeben, bis wir wissen, wo sich der Drahtzieher dieser Operation versteckt."

„Warum nicht?"

„Weil er vielleicht für immer untertaucht, wenn er herausfindet, dass wir die Mädchen gerettet haben, und dann verlieren wir unsere Chance, Buffy zu finden."

„Oh, Gott."

„Dazu kommt es nicht. Wir passen solange auf die Mädchen auf."

Furcht raubte ihr fast den Atem. „Aber, was wenn er bereits weiß, dass ihr die Mädchen gerettet habt?"

„Tut er nicht. Die Kerle in Russland hatten keine Chance jemanden zu kontaktieren, bevor sie starben. Soweit wir wissen, sollten die drei Männer, die auf dem Schiff waren, die Mädchen mit einem Truck ins Landesinnere fahren. Der Trip hätte mehrere Tage gedauert. Niemand wird in den nächsten Tagen bemerken, dass die Mädchen nicht auf dem Weg zu ihrem Ziel sind. Erst wenn sie nicht ankommen, werden die Kunden den Drahtzieher kontaktieren und sich beschweren. Solange haben wir Zeit."

„Ich hoffe, du hast recht."

John zeigte auf die Tür. „Sie sind da drinnen. Bist du sicher, dass du dabei sein willst? Es könnte blutig werden."

Savannah hob ihr Kinn. „Du kannst mich nicht davon abhalten."

„Ich glaube, das wusste ich bereits."

John öffnete die Tür mithilfe des Tastaturfeldes und marschierte vor ihr hinein. Sie folgte ihm. Der Raum war genauso groß wie ihr Schlafzimmer, aber er war spärlich eingerichtet. Eigentlich gab es gar keine richtigen Möbel. Die zwei Pritschen und der kleine Tisch waren an der Wand befestigt und die Stühle am Boden festgeschraubt. Eine Metalltoilette ohne Klobrille und ein winziges Waschbecken befanden sich in einer Ecke. Die Wände waren leer. Leuchtstoffröhren an der Decke erhellten den Raum.

Die zwei Männer in der Zelle setzten sich auf ihren Betten auf. Sie sahen ausgemergelt aus und sie blickten John misstrauisch an. Dann fielen ihre Blicke auf sie und beide Männer zuckten zusammen. Sie erkannten sie, auch wenn sie sie nicht erkannte. Schließlich hatten sie Masken getragen.

„Aufstehen!", verlangte John mit eisiger Stimme.

Beide Männer sprangen sofort hoch.

„Ihr habt Informationen zurückgehalten!", brüllte John. „Und wisst ihr, was mit Leuten passiert, die mir Informationen vorenthalten? Sie müssen leiden." Er schnitt mit seiner Hand über die Brust einer der Männer und riss sein Hemd in Stücke.

Der Mann schrie vor Schmerzen auf. „Nein! Nein! Stopp!"

Savannah bemerkte, dass das Shirt jetzt blutverschmiert war. John hatte seine Klauen benutzt. Und obwohl sie Angst haben sollte, dass der Mann, mit dem sie geschlafen hatte, ohne mit der Wimper zu zucken, Gewalt anwendete, blieb sie ruhig und furchtlos. Er machte das für sie, für Buffy.

John schubste den verletzten Mann, der seine Hand auf seine blutende Wunde presste, zurück auf die Pritsche und wandte sich dem zweiten Verbrecher zu. „Wenn du nicht willst, dass ich dir das Gleiche oder sogar noch Schlimmeres antue, dann redest du lieber." John fletschte seine Fangzähne.

„Oh Gott! Nein! Was sind Sie?" Er stolperte rückwärts und stieß mit den Kniekehlen gegen die Kante der Pritsche.

Aber John ließ ihn nicht umfallen. Er packte ihn an seinem Hemd und zog ihn zu sich. „Verstehen wir uns?"

Zitternd nickte der Mann. „Alles, was Sie wollen. Bitte tun Sie mir nicht weh."

Savannah erkannte jetzt seine Stimme. Er war in jener Nacht, in der sie versucht hatten, sie zu entführen, der Fahrer gewesen.

„Es gab noch ein dreizehntes Mädchen." Er zeigte auf Savannah. „Die Tochter meiner Freundin. Sie war nicht auf dem Schiff. Laut der Mädchen, die wir gerettet haben, war sie nie auf dem Schiff. Wer war der Mann, der sie abgeholt hat?"

„Ich weiß es nicht."

John grub seine Klauen in die Schultern des Mannes und ließ ihn vor Schmerzen aufschreien.

„Ich weiß es wirklich nicht“, sagte er schnell. „Der Boss hat ihn geschickt. Er hat uns eine SMS geschickt. Sagte, wir sollen das Mädchen nicht aufs Schiff bringen; dieser Klient, der Mann, der sie bestellt hatte, würde sie selbst abholen. Wir sollten sie ohne Fragen aushändigen. Das haben wir gemacht.“ Er blickte zu seinem Komplizen, damit er es bestätigte.

Der verwundete Mann nickte. „Es ist wahr. Dieser Mann hat sie abgeholt.“

„Hatte er einen Namen?“

„Er hat uns keinen gesagt. Und wir haben nicht gefragt.“

„Wie hat er ausgesehen?“

Der Mann in Johns Griff versuchte, mit den Schultern zu zucken, aber Johns Klauen hielten ihn davon ab. „Wie ein Geschäftsmann, Sie wissen schon, Anzug, gut aussehend, blond, vielleicht so um die Fünfzig. Das ist alles, ich schwöre es. Ich weiß nicht, wer er war.“

„Was noch?“

Der Mann zögerte. Dann schien er sich an etwas zu erinnern. „Ja, er hatte einen Akzent. Nicht sicher, aber er klang osteuropäisch, vielleicht russisch oder slawisch. Ich weiß es nicht, ich kenne mich da nicht aus.“

„Noch etwas: Als ihr das Mädchen entführt habt, solltet ihr da ihre Mutter auch entführen?“

Der Mann wagte es, Savannah anzusehen und senkte dann beschämt seine Augen. „Ja. Aber sie war nicht da. Also haben wir nur das Mädchen mitgenommen.“

„Euer Boss hat euch befohlen, es noch einmal zu versuchen, nicht wahr?“

Wieder nickte der Mann.

„Gott, ihr beide seid nicht nur böse, ihr seid auch dumm, oder?“ John ließ den Mann los und stieß ihn wieder auf seine Pritsche. „Meinetwegen könnt ihr hier drinnen verrotten.“

John drehte sich um und nahm Savannahs Ellbogen. „Wir sind hier fertig.“ Wieder benutzte er das Tastenfeld, um die Zellentür zu öffnen und führte sie hinaus.

Im Gang blickte er sie an. „Bist du in Ordnung?“

Sie nickte. „Was meintest du damit, dass sie dumm sind?“

John seufzte. „Sie sind zu dumm, um zu sehen, was offensichtlich ist: Der Mann, der Buffy abgeholt hat, war ihr Boss."

„Was?" Ihr Atem stockte. „Woher weißt du das?"

„Der Mann hinter der Operation ist extrem vorsichtig, damit niemand, der für ihn arbeitet, zu viel weiß. Aber dann schickt er einen Kunden, um ein Kind von den Entführern abzuholen, die für ihn arbeiten? Und gibt damit den Ort preis, an dem die Mädchen verwahrt werden, bis sie auf ein Schiff gebracht werden können? Einen Ort, den er wahrscheinlich weiterhin nutzen wird? So dumm ist er nicht. Aber er hat darauf vertraut, dass seine Lakaien zu dumm sind, um eins und eins zusammenzuzählen. Er hat Buffy für sich gewollt; sie war nie für einen Kunden aus Russland bestimmt. Und er hat versucht, dich entführen zu lassen, nachdem das Schiff bereits nach Russland ausgelaufen war. Er wollte dich und Buffy für sich selbst."

„Oh John, wie sollen wir ihn finden? Laut der Beschreibung, die die Kidnapper gegeben haben, kann es unmöglich Alexi sein. Alexi ist blond und er hat einen starken Akzent, aber er ist mindestens zwanzig Jahre zu jung. Und wenn es nicht Alexi ist, wer dann?"

„Wir wissen bald, wie er aussieht. Und dann werden wir ihn aufspüren."

32

Auf dem Weg in sein Büro bekam John eine SMS-Nachricht vom Empfang.

Detective Donnelly ist hier.

Komme, schrieb John zurück.

Er legte seine Hand auf Savannahs Kreuz und führte sie den Gang hinunter. „Donnelly ist hier. Lass uns herausfinden, was er für uns hat."

„Glaubst du, er wird uns helfen können? Ich meine, er hat mich doch zu euch geschickt", sagte sie zweifelnd.

„Da gibt es etwas, das du über unsere Beziehung zur Polizei wissen musst."

„Ja?"

„Donnelly weiß, dass wir Vampire sind, und immer wenn die Polizei vermutet, dass übernatürliche Wesen wie Vampire oder dergleichen in einen Fall verwickelt sein könnten, schickt er uns die Akten. Als er also keine Spuren in der menschlichen Welt finden konnte, hat er mich gebeten, die Situation zu evaluieren und herauszufinden, ob es Verbindungen zu Vampiren gibt. Wenn wir nichts finden, schicken wir den Fall wieder zurück."

„Willst du damit sagen, dass hinter all dem Vampire stecken?"

„Nein. Die Tatsache, dass viele der Mädchen tagsüber entführt worden sind, führte zu der Schlussfolgerung, dass keine Vampire darin involviert sind. Ich glaube das immer noch, jetzt mehr denn je. Keiner der Verbrecher, denen wir bis jetzt begegnet sind, war ein Vampir."

„Aber wenn keine Vampire involviert sind, warum hast du Donnelly den Fall dann nicht zurückgegeben?"

John blickte in ihre fragenden Augen. „Ich hätte es tun müssen. Aber das konnte ich nicht."

Verständnis flackerte in ihren Augen auf. „Darum ging es also bei dem Streit zwischen dir und Samson. Er wollte nicht, dass du mir hilfst, oder?"

John seufzte. Er wollte nicht, dass sie einen falschen Eindruck von Samson bekam. „Samson tat nur, was er tun musste. Wir sind unterbesetzt. Wir hatten nicht die Leute, um den Fall anzunehmen."

„Aber du hast ihn trotzdem angenommen."

Er nahm ihre Hand und drückte sie. „Weil ich nicht ertragen konnte, dich leiden zu sehen."

„Aber wie hast du Samson überzeugt?"

John atmete langsam aus. „Ich habe ihm gesagt, dass ich kündigen würde, wenn er mich nicht an dem Fall arbeiten lässt."

Sie stoppte und drehte sich zu ihm. „Du hast deinen Job für mich riskiert?"

Er würde noch viel mehr für sie riskieren, wenn es sein musste. Er würde sein Leben für sie riskieren. Für sie und für Buffy. Aber sie musste das nicht wissen. „Es ist nur ein Job."

„Oh John, ich weiß nicht, was ich sagen soll."

„Du musst nichts sagen. Du musst einfach stark bleiben. Wir werden das schaffen. Kannst du das?"

„Ja, John."

Er zog an ihrer Hand. „Jetzt lass uns mit Donnelly reden." Er drückte die Tür am Ende des Korridors auf und betrat den Empfangsbereich.

Donnelly schoss von seinem Platz hoch und die Frau neben ihm ebenfalls. Er winkte. „John."

John ging auf ihn zu und schüttelte ihm die Hand. „Mike, schön, dich zu sehen."

Donnelly drehte sich zu Savannah. „Guten Abend, Ms. Rice."

„Hallo, Detective Donnelly."

„Grayson hat mich über alles informiert. Ich habe eine Phantombildzeichnerin mitgebracht, um mit den Kindern zu arbeiten. Das ist Emily Bolton."

Sie begrüßten sich, dann sagte John: „Ms. Bolton, ich lasse Sie auf die Krankenstation bringen. Ich glaube, die Kinder sind immer noch dort und werden untersucht."

Es dauerte nur eine Minute, um eine Begleitung zu organisieren, die die Zeichnerin zu den Kindern brachte, bevor die drei in Johns Büro gingen. Als die Tür hinter ihnen geschlossen war, seufzte Donnelly.

„Ich habe auch ein paar Neuigkeiten für dich", kündigte Donnelly an.

„Ich hoffe, es sind gute Neuigkeiten. Die könnten wir brauchen", sagte John.

„Das lasse ich dich entscheiden. Erinnerst du dich an die Lösegeldforderung, die du hast analysieren lassen? Nun, wir fanden tatsächlich eine chemische Substanz. Es handelt sich um eine Chemikalie, die in Reinigungen verwendet wird. Was uns zu der Schlussfolgerung kommen lässt, dass das Papier in einer Reinigung aufbewahrt wurde."

„Können wir es weiter einschränken?"

„Leider nicht."

„Es muss Hunderte von Reinigungen in der Bay Area geben", sinnierte John.

„Das ist alles, was ich habe. Es wird Wochen dauern, sie alle überprüfen zu lassen, um herauszufinden, ob eine davon Verbindungen zu dem Schieberring hat."

„Wir haben keine Zeit", sagte Savannah mit zittriger Stimme. „Wir müssen Buffy jetzt finden."

„Ich weiß, Ms. Rice. Ich verstehe. Aber ich habe keinen Anhaltspunkt, woher das Papier ist. Es gab keine Fingerabdrücke, keine DNS, nichts." Er schaute John an. „Warst du in der Lage, die Nummer zurückzuverfolgen, die benutzt wurde, um die Entführer zu kontaktieren?"

John schüttelte den Kopf. „Nein. Ich habe Thomas darauf angesetzt. Aber wir haben nichts, keinen Standort, keine IP-Adresse."

„IP-Adresse, das ist es!", sagte Savannah plötzlich aufgeregt. „Der Hacker."

„Was ist mit dem Hacker?", fragte John.

„Erinnerst du dich, dass er uns gesagt hat, dass er seinen Boss über dessen E-Mail-Adresse verfolgt hat, und gesagt hat, dass sie jedes Mal von einem anderen Ort kam? Er war in der Lage, die IP-Adressen mithilfe der Malware zurückzuverfolgen, die er ihm mit dem Link geschickt hatte.“ Sie atmete rasch ein. „Ist der Hacker immer noch in einer eurer Zellen?“

„Ja. Was brauchst du?“

„Ich muss wissen, ob er eine Liste der IP-Adressen hat. Und ob die Malware immer noch aktiv ist und ihm Daten schickt.“

John griff nach dem Telefon und wählte eine Nummer. Der Anruf wurde sofort angenommen. „Thomas? Kannst du mit Otto Watson reden, dem Hacker, den wir unten eingesperrt haben, und ihn fragen, ob er eine Liste mit den IP-Adressen hat, zu denen er die E-Mail-Adresse seines Bosses zurückverfolgt hat? Er hat anscheinend seinen Boss ausgetrickst, um Malware auf dessen PC zu installieren und an seine IP-Adresse zu kommen.“

„Cleverer Kerl. Wann brauchst du das?“

„Vor fünf Minuten.“

„Ich bin dran.“

„Oh, und Thomas, wenn du diese IP-Adressen hast, schick sie an meinen Computer. Und kannst du irgendwie herausfinden, ob die Malware immer noch Daten schickt, die wir nutzen können, um ihn in Echtzeit aufzuspüren?“

„Sicher.“

John legte auf und sah Savannah an. „Das dauert nicht lange.“ Er ging hinter seinen Schreibtisch und setzte sich, dann meldete er sich an seinem Computer an. Er drehte die Lautstärke seiner Benachrichtigungen auf und trommelte ungeduldig mit den Fingern auf den Schreibtisch.

Savannah fing an, auf und ab zu wandern. Donnelly umrundete den Schreibtisch und lehnte sich dagegen, während er auf John hinabblickte.

„Also, ähm, Grayson sagte, die Entführer waren nur, ähm, gewöhnliche Kerle, richtig? Besteht die Chance, dass ihr Boss anders ist?“, fragte er vorsichtig.

„Mike, du kannst aufhören, so geheimnistuerisch zu sein. Savannah weiß von uns. Sie weiß, was ich bin.“ Er warf Savannah einen Blick zu und sie erwiderte ihn. „Und sie hat keine Angst vor uns.“ Sie hatte seine Fangzähne berührt, ihn geküsst, ihm vertraut. Mehr konnte er sich nicht wünschen.

Donnelly sagte: „Oh gut, dann sind wir alle auf demselben Stand. Also, du glaubst also nicht, dass der Drahtzieher ein Vampir ist?“

„Ich kann es nicht sicher sagen, aber gegenwärtig sehe ich nichts, was mich vermuten lässt, dass er einer ist. Die Kinder wissen nicht, wie spät es war, als er kam, um Buffy zu holen.“

Genau da ertönte ein Klingeln von seinem Computer und John blickte auf den Bildschirm. Thomas hatte ihm eine Datei geschickt. Er öffnete sie. „Die IP-Adressen. Und eine Notiz. Thomas glaubt, dass der Kerl vielleicht seinen Computer entsorgt hat. In den letzten paar Tagen kamen keine Daten zurück.“ Er blickte Savannah an. „Was soll ich jetzt tun?“

Savannah ging bereits um den Schreibtisch herum. „Lass mich mal ran.“

Er stand auf und sie setzte sich auf seinen Platz.

Er sah zu, wie ihre Finger über die Tastatur flogen und ihre rechte Hand die Maus klickte, Daten kopierte und einfügte, sie auf einer Karte anzeigen ließ und das mehrmals wiederholte. Sie arbeitete zuversichtlich und entschlossen. Zehn Minuten später drehte sie den Kopf. „Ich habe alle Standorte geplottet. Detective, wir müssen diese Karte nur mit einer vergleichen, auf der alle Reinigungen in der Gegend aufgeführt sind und nach einer Übereinstimmung suchen.“

Donnelly nickte. „Kein Problem. Ich erledige das.“ Er zeigte auf die Tastatur. „Darf ich?“

Savannah stand auf und Donnelly setzte sich auf ihren Platz. „Ich muss mich nur in unsere Datenbank einloggen“, erklärte er. „Eine Sekunde.“

John legte seine Hand auf Savannahs Schulter und drückte sie leicht. Zum ersten Mal, seit er mit schlechten Nachrichten aus Russland zurückgekehrt war, lächelte sie ihn an. Endlich konnte er wieder Hoffnung in ihren Augen aufblühen sehen.

„Hier“, sagte Donnelly nach ein paar Augenblicken und zeigte auf einen Stadtplan auf dem Bildschirm. „Bingo.“ Er deutete auf mehrere Orte, die Savannah markiert hatte. „Das sind alles Reinigungen oder Reinigungsfirmen. Das ist gut. Ich mache ein paar Anrufe, um herauszufinden, was das Revier über diese Geschäfte und die Besitzer und Angestellten hat. Es dauert vielleicht eine Stunde oder zwei. Kann ich hier bleiben und dein Büro benutzen?“

„Natürlich“, sagte John. „Wir helfen dir mit allem, was du brauchst.“

Donnelly winkte ab. „Gerade könnt ihr nichts tun. Warum ruht ihr euch nicht etwas aus und lasst mich daran arbeiten?"

„Ich bekomme das Gefühl, dass du mich aus meinem eigenen Büro wirfst", sagte John mit einer hochgezogenen Augenbraue.

„Gut, dass du die Anspielung verstanden hast. Ich schicke dir eine SMS, wenn ich etwas habe."

John nickte. „Komm, Savannah."

„Ich kann nicht einfach nichts tun."

„Du hast bereits genug getan", versicherte er ihr.

„Aber es muss doch etwas geben, was ich tun kann."

Donnelly blickte vom Computer hoch. „Warum seht ihr nicht nach den Kindern? Ich bin sicher, sie würden gerne ein freundliches Gesicht sehen."

Dankbar für Donnellys Vorschlag nahm John Savannahs Hand. „Ich glaube, das ist eine ausgezeichnete Idee."

33

Als Savannah und John die Krankenstation im Untergeschoss erreichten, war diese bis auf die Ärztin, die John als Maya vorstellte, und ein Kind, das an Dehydrierung litt und mit einem Tropf in einem Krankenbett lag, verlassen.

„Wo sind denn alle?“, fragte John.

„Wir konnten alle Kinder entlassen; es geht ihnen gut. Aber sie haben Hunger. Sie sind alle in der M-Lounge“, sagte Maya. „Ich habe für die Kleine hier etwas zu essen bestellt.“ Sie lächelte das Kind im Bett an und strich ihr mit der Hand über den Kopf. „Schokoeis und Kekse, richtig?“

Das kleine Mädchen, das etwas kleiner als Buffy und wahrscheinlich erst neun Jahre alt war, lächelte schwach.

„Warum geht ihr nicht in die M-Lounge und seht nach, wieso sie so lange brauchen?“, schlug Maya vor.

„Sicher“, stimmte John zu.

Auf dem Weg nach oben fragte Savannah: „M-Lounge, das war die Lounge, in die du mich gebracht hast, richtig? Wofür steht das M?“

„Mensch“, sagte John ohne Zögern. „Sie ist für die menschlichen Angestellten und für Gäste. Es gibt auch eine V-Lounge.“ Er warf ihr einen flüchtigen Blick zu, als wollte er herausfinden, ob er fortfahren sollte. „Nur Vampire sind dort erlaubt, weil wir dort Blut servieren.“

„Was meinst du mit servieren? Habt ihr dort Menschen, von denen ihr trinkt?“

John lachte unerwartet. „Nein. Natürlich nicht. Es gibt eine Bar, wo Blut ausgeschenkt wird. Die Firma kauft es von einer Blutbank.“

„Bedeutet das, dass ihr nicht von Menschen trinkt? Ihr beißt sie nicht?“ Wenn das der Fall war, würde das bedeuten, dass sie ziemlich zivilisiert waren.

„Ja und nein.“

Als sie die Augenbrauen hochzog, fuhr er fort: „Einige von uns ernähren sich nur von abgefülltem Blut, andere trinken von ihren menschlichen Gefährtinnen, nur wenige von uns jagen heutzutage noch. Wir ziehen es vor, die Erlaubnis zu haben, von einem Menschen zu trinken. Das ist befriedigender.“

„Befriedigender?“ Sie war sich nicht sicher, was er damit meinte.

Er seufzte. „Der Biss eines Vampirs ist etwas sehr Sinnliches. Viele von uns kombinieren das Trinken gerne mit Sex, da es das Vergnügen verstärkt.“

„Für den Vampir?“

„Für beide Partner, den Menschen auch. Deshalb ziehen wir es vor, von denen zu trinken, zu denen wir uns sexuell und emotional hingezogen fühlen. So können wir uns tiefer mit unseren menschlichen Partnern verbinden.“

„Aber bedeutet das nicht, dass ihr sie auch zu Vampiren macht, ich meine, indem ihr sie beißt?“

„So funktioniert das nicht. Nur im Tode kann ein Mensch verwandelt werden.“

„Ich glaube, dass das Fernsehen da vieles falsch dargestellt hat.“

„Sie liegen aber auch bei vielem richtig. Aber wir sind keine blutrünstigen Monster, wie sie uns in *Buffy – Im Bann der Dämonen* darstellen. Wir sind eher *Angel* als *Nosferatu.* Manchmal werden wir von unserem Wunsch, an unserer Menschlichkeit festzuhalten, angetrieben, und manchmal von unserem Verlangen nach Blut. Das ist ein heikler Balanceakt.“

Sie dachte über seine Worte nach. „Das kann ich verstehen. Aber du scheinst dieses Verlangen unter Kontrolle zu haben.“

Sie stoppten vor der M-Lounge und John sah sie lange an. „Savannah, ich wünschte, ich könnte sagen, dass du recht hast. Aber ich habe mich nicht unter Kontrolle, nicht wenn ich in deiner Nähe bin. Es gab viele Momente, wo ich nichts lieber tun wollte, als meine Fangzähne in deinen liebreizenden Hals zu stechen und von dir zu trinken. Und es bedurfte meiner ganzen Kraft, das nicht zu tun. Ich weiß nicht, wie lange ich dieses Verlangen noch zurückhalten kann."

Sie rang nach Luft und ihre Brust hob sich. Mit geöffneten Lippen starrte sie ihn an. Aber es war nicht Furcht, die sie paralysierte. Es war etwas, was er zuvor gesagt hatte, dass der Biss ihr Vergnügen vergrößern würde.

„Ich will nicht, dass du Angst vor mir hast. Ich weiß, dass jetzt nicht der richtige Zeitpunkt ist, dich um Erlaubnis zu bitten, nicht mit allem, was du durchmachst. Und ich würde nie ohne deine Zustimmung handeln, aber wenn das vorbei ist ... wenn all das hinter uns liegt ... werde ich dich um Erlaubnis bitten."

Sie erbebte unwillkürlich.

John öffnete ihr die Tür zur Lounge, da er offensichtlich keine Antwort erwartete, und führte sie hinein. Die Kinder rannten herum und beluden ihre Teller mit Essen. Sie freuten sich über die große Auswahl und wirkten glücklich und entspannt. Eine Menge Erwachsene, hauptsächlich Frauen, waren ebenfalls anwesend. Jede Frau schien sich um ein Kind zu kümmern und diesem ihre ganze Aufmerksamkeit zu schenken.

„Wer sind all diese Frauen? Sind sie Vampire?", flüsterte Savannah John zu.

„Einige ja, aber einige sind auch Menschen. Die meisten sind die Frauen und Töchter der Vampire, die Scanguards leiten. Samsons Frau ist dort, Delilah." Er zeigte auf eine schöne Frau mit langen dunklen Haaren und einem herzlichen Lächeln, die einem kleinen Mädchen, dessen Mund mit Schokolade verschmiert war, eine Serviette reichte. „Und ihre Tochter hast du bereits kennengelernt, Isabelle. Sie ist eine Hybridin."

„Eine Hybridin? Was ist das?"

„Sie ist zum Teil Mensch, zum Teil Vampir."

„Bedeutet das, dass ihre Mutter ein Mensch ist?"

„Ja."

Savannah ließ ihre Augen über Delilah wandern. Sie trug ein legeres Kleid mit einem tiefen Ausschnitt, der ihren makellosen Hals enthüllte. Es gab keine Narben auf ihrer Haut. „Du sagtest, dass Vampire ihre Partner beißen. Aber ich sehe keine Anzeichen dafür an ihrem Hals."

„Und das wirst du auch nicht, auch wenn Samson vermutlich jede Nacht von ihr trinkt." Sie spürte, wie Johns Hand ihr Kreuz sanft berührte. „Wenn wir unsere Partner beißen, versiegeln wir die Wunde mit unserem Speichel, damit sie sofort verheilt. Das verhindert, dass die Haut vernarbt."

Savannah spürte, wie Hitze sich in ihr ausbreitete. „Oh."

„Und wir trinken nicht immer nur vom Hals." Sie spürte, wie er sich näher beugte, sodass sie seinen heißen Atem an ihrem Ohr spüren konnte. „Es gibt viele einladende Orte." Ihre Nippel wurden hart. „Die zum Beispiel."

Plötzlich trat er zurück und senkte die Augen, als würde er sich schämen. „Es tut mir leid, Savannah. Ich habe mich treiben lassen. Ich sollte so nicht mit dir reden. Das ist nicht der richtige Zeitpunkt. Nicht der richtige Ort."

Sie griff nach seiner Hand und drückte sie. „Ich schulde dir so viel. Für alles, was du tust."

Er schüttelte den Kopf. „Bitte versprich mir etwas. Falls du irgendwann ja sagst, tu es nicht, weil du denkst, dass du mir etwas schuldest. Das tust du nicht. Ich tue das genauso für mich wie für dich. Ich habe ein Kind verloren. Ich weiß, wie sich das anfühlt. Und ich will nicht, dass du das durchmachen musst. Ich tue das, weil ich mein eigenes Kind nicht retten konnte. Du schuldest mir nichts. Du schuldest mir nur eine ehrliche Antwort. Wann auch immer du bereit dafür bist."

„Du bist ein ehrenhafter Mann, John. Du bist mehr, als sich eine Frau nur wünschen könnte."

Er lächelte. „Komm, warum stelle ich dich nicht Delilah vor?"

Als hätte sie sie gehört, blickte Delilah in ihre Richtung und winkte John und Savannah zu, sich zu ihr zu gesellen.

„Delilah, das ist Savannah", stellte John sie einander vor. „Savannah, das ist Delilah, Samsons Frau."

Als Savannah Delilahs Hand schüttelte, fügte John hinzu: „Ich habe Savannah alles erzählt. Sie weiß über uns Bescheid."

Delilah lächelte. „Das freut mich. Ich hasse es, Dinge geheim zu halten, aber manchmal ist es notwendig."

Dann blickte John an ihr vorbei und sagte: „Da ist Samson. Entschuldigt mich kurz." Er marschierte zum anderen Ende der Lounge, wo Samson sich mit Amaury unterhielt. Sie waren die einzigen anderen Männer im Raum und blieben unter sich, vielleicht um die jungen Mädchen nicht zu erschrecken, die sich in der Gesellschaft der Frauen wohlfühlten.

In einer anderen Ecke saß die Phantombildzeichnerin, die Detective Donnelly mitgebracht hatte, mit zwei Mädchen an einem Tisch. Sie unterhielten sich lebhaft und gestikulierten, um den Mann, den sie gesehen hatten, zu beschreiben.

„Es tut mir leid zu hören, dass Ihre Tochter immer noch vermisst wird", sagte Delilah.

Savannah seufzte. „Ich glaube, wir haben eine Spur. Detective Donnelly arbeitet gerade daran. Aber das Warten macht mich verrückt."

Delilah lächelte das Mädchen an, das neben ihr auf der großen Couch saß. „Mehr Eis?", fragte sie.

„Darf ich?", fragte das Mädchen aufgeregt.

Als Delilah nickte, sprang das Mädchen auf und rannte zu einem Wagen, der anscheinend speziell für die Kinder hereingebracht worden war, und sah sich die verschiedenen Eissorten an.

„Es ist nett von Ihnen allen, das für die Kinder zu tun", sagte Savannah.

„Wir dachten, dass sie hungrig sein würden, und wir wollten sie von dem ablenken, was sie durchgemacht haben. Als Samson sagte, dass die Kinder eingetroffen waren, rief ich die anderen Frauen an und bat sie zu kommen." Sie deutete im Raum umher. „Die Blondine mit dem Pixie-Haarschnitt ist Nina, Amaurys Frau. Und ihre Jungs, die Zwillinge, kennen Sie ja bereits, Benjamin und Damian."

„Sie ist ihre Mutter?" Savannahs Mund klaffte auf. „Aber sie kann kaum älter als fünfundzwanzig sein!"

„Eigentlich ist sie schon achtundvierzig oder neunundvierzig. Ich bin mir nicht ganz sicher."

„Das ist unmöglich. Und Sie sehen auch nicht aus, als könnten Sie einen Sohn in Graysons Alter haben."

„Danke. Aber ich versichere Ihnen, er ist mein Sohn. Aber wir altern nicht, Nina, ich und die anderen Frauen."

Savannah lehnte sich zu ihr und senkte die Stimme, damit keines der Kinder sie hören konnte. „Aber John sagte, dass Sie ein Mensch sind."

„Das bin ich. Aber wir sind an unsere vampirischen Ehemänner blutgebunden. Und solange sie leben, bleiben wir so alt wie zu dem Zeitpunkt, als wir uns gebunden haben."

„Sie sind unsterblich?"

„Nicht wirklich. Wir können sterben."

„Wie Johns Frau?"

Ein trauriges Lächeln huschte über Delilahs Gesicht. „Er hat Ihnen davon erzählt?"

Savannah nickte.

„Es war tragisch. Aber, ja, wir können wie jeder Mensch bei Unfällen sterben, aber wir bleiben jung und gesund, und das Blut unserer Ehemänner kann Verletzungen und Krankheiten, die wir bekommen, heilen."

„Das Blut Ihres Ehemanns. Wollen Sie damit sagen ..." Sie konnte weder den Satz noch den Gedanken beenden.

„Ja, ich trinke gelegentlich sein Blut. Das hält unseren Bund stark und meinen Körper jung."

Erstaunt starrte Savannah Delilah an. Ein Mensch, der Vampirblut trank? Das hätte sie nie gedacht. Es gab vieles, was sie nie gedacht hätte. Sie hätte nie gedacht, in was für eine Welt sie katapultiert werden würde. Aber diese Welt war echt.

Delilah kicherte, als eine junge chinesische Frau, die ein kleines asiatisches Mädchen an der Hand hielt, an ihnen vorbeiging. „Ursula, lass mich dich vorstellen."

Sie kam mit dem Kind näher.

„Das ist Savannah Rice; Savannah, das ist Ursula. Sie ist Olivers Frau. Sie haben ihn wahrscheinlich noch nicht kennengelernt, aber das werden Sie noch."

„Freut mich, Sie kennenzulernen, Ursula", sagte Savannah und schüttelte ihr die Hand.

„Wir denken alle an Buffy", sagte sie. „Sie wird das schaffen. Ich kann es spüren." Dann zeigte sie auf das Mädchen, das an ihrer Hand zerrte. „Ich glaube, jemand will noch ein paar Kekse." Sie erlaubte dem Mädchen, sie zur Essenstheke zu ziehen.

Delilah lachte. „Die Eltern werden es uns übelnehmen, wenn wir ihre Kinder so verziehen."

„Ihre Eltern werden nichts dagegen haben, solange sie ihre Kleinen zurückbekommen.“ Tränen stachen in Savannahs Augen.

Das Mädchen, um das Delilah sich kümmerte, kam mit einer großen Schüssel Eis zurück. „Weinen Sie?“

Savannah schniefte. „Nein, Liebes, ich habe nur etwas im Auge.“

„Oh, okay. Aber es sieht aus, als würden Sie weinen.“ Sie bot Savannah ihre Schüssel an. „Wollen Sie etwas von meinem Eis?“

Bei den Worten begannen die Tränen über Savannahs Wangen zu fließen. Ein Mädchen, das noch vor wenigen Stunden in einem dunklen, dreckigen Container eingesperrt gewesen war, bot ihr Trost an. Es gab immer noch so viel Gutes in dieser Welt, trotz allem Bösen.

Und jetzt hatte Savannah die Unterstützung von Scanguards, einer Firma voller Vampire und übernatürlicher Kreaturen, die mächtiger waren als alles, was sie sich vorstellen konnte.

„Wir werden Buffy finden“, sagte Delilah leise. „Wir werden sie finden.“

34

John betrachtete Savannah von einer Ecke der M-Lounge aus, wohin sich die Männer zurückgezogen hatten, um die Kinder nicht zu verstören, als die Tür sich öffnete und Donnelly eintrat. John winkte dem Polizisten und dieser gesellte sich zu ihm, Samson und Amaury. John war erleichtert gewesen, dass Samson hier war. Das hatte ihm eine Ausrede verschafft, für eine Weile etwas Abstand von Savannah zu nehmen. Gerade noch rechtzeitig, denn seit sie über Blut gesprochen hatten, war sein Verlangen, sie zu beißen, fast unerträglich geworden. Und er wusste, dass dies auf so viele Arten falsch war. Sie war eine Mutter, die Angst um ihr Kind hatte und nicht in der geistigen Verfassung war, Entscheidungen zu treffen, geschweige denn die Entscheidung, einem Vampir zu erlauben, sie zu beißen. Er war ein Bastard, weil er zu so einer ungelegenen Zeit auch nur daran dachte.

Donnelly begrüßte alle und berichtete sofort von seinen Neuigkeiten. „Ich habe etwas. Die Abteilung für Organisiertes Verbrechen beim SFPD ermittelt gegen ein Individuum, das unter dem Verdacht steht, Geld zu waschen. Bis jetzt konnten sie noch nichts beweisen, weshalb ich noch nichts über den Fall gehört hatte. Aber hört zu: Dieser Kerl besitzt eine Reihe von Reinigungen unter verschiedenen Firmennamen. Die IP-Adressen, die unser

Hacker Otto Watson zurückverfolgen konnte, führten uns zu mehreren dieser Reinigungen."

„Endlich etwas!", sagte John.

„Nicht so schnell, John. Wir haben einen Namen, aber sonst nichts. Die Einheit gegen Organisiertes Verbrechen kennt seinen Aufenthaltsort nicht. Er ist viel in Bewegung und sie haben nicht die Ressourcen, um jedes einzelne seiner Geschäfte zu beschatten."

„Wer ist er?", fragte John.

„Sein Name ist Sergei Viktorov, ein russischer Staatsbürger. Die Einwanderungsbehörde hat keine Informationen darüber, dass er je das Land betreten hat. Wir nehmen an, dass er unter falschem Namen hier ist, aber wir haben bisher nichts weiter finden können."

„Ein Russe, das passt", sagte John. „Was noch?"

„Sie haben ein Foto geschickt, aber wie ich schon sagte, da die Einwanderungsbehörde nichts über ihn hat und auch bei der Kraftfahrzeugbehörde keine Informationen über Sergei Viktorov vorliegen, können wir nicht sicher sein, dass er es ist." Er griff in seine Tasche und zog ein Foto heraus. „Ich habe es auf deinem Drucker ausgedruckt. Aber die Farben stimmen nicht ganz."

„Lass mich sehen", verlangte John und nahm Donnelly das Bild ab.

John studierte das Foto. Genau wie die Kinder und die zwei Entführer gesagt hatten, war der Mann um die Fünfzig und blond.

„Meine Kollegen haben mir noch etwas gesagt."

John sah wieder Donnelly an. „Was?"

„Es geht das Gerücht um, dass Viktorov auf junges Fleisch, Schwestern, Zwillinge, Mütter und Töchter steht. Laut Vice haben Prostituierte im Tenderloin District berichtet, dass ein Mann, auf den diese Beschreibung passt, angeboten hat, für Frauen zu zahlen, die jungfräuliche Töchter mitbringen, damit sie zusehen, wie er sie fickt."

„Widerliches Arschloch!", fluchte Samson.

„Verdammter Bastard", knurrte John. „Das klingt nach ihm." Und dieses Schwein hatte ein Auge auf Savannah und Buffy geworfen. Johns Blut fing an zu kochen, wenn er daran dachte, was Viktorov vorhatte.

„Ist es okay, wenn ich den Mädchen dieses Bild zeige?", fragte Donnelly.

„Vergleichen wir es zuerst mit dem, was deine Phantombildzeichnerin hat", schlug John vor.

Donnelly wandte sich bereits in Richtung der Zeichnerin, als John Savannah näherkommen sah. Schnell sagte er zu Donnelly: „Mike, kein Wort über Viktorovs Ruf zu Savannah. Das wird sie nur aufregen und das bringt nichts."

„Verstanden."

Savannah kam direkt auf Donnelly zu. „Haben Sie Neuigkeiten?"

Donnelly warf John einen flüchtigen Blick zu und nickte dann. „Wir denken, wir wissen, wer er ist. Ein Russe namens Sergei Viktorov. Ich wollte gerade das Foto, das wir von ihm haben, mit der Zeichnung der Phantombildzeichnerin vergleichen."

„Lassen Sie es mich sehen." Sie nahm Donnelly das Foto aus der Hand und sah es an. Ihr Mund klaffte auf. „Oh, nein! Oh Gott nein!"

Mit einem Schritt war John an ihrer Seite und packte ihren Arm. „Was ist los?"

Sie starrte ihn mit geweiteten Augen an, während sie das Foto hochhielt. „Dieser Mann, ich kenne ihn. Er ist in mein Büro gekommen. Er schüttelte mir die Hand." Sie verzog angewidert das Gesicht.

„Wer ist er?", fragte John.

„Viktor Stricklund. Er behauptete, er sei aus Schweden. Er wollte ein Meeting bezüglich Cyber Security für seine Firma." Sie würgte die Worte heraus. „Oh Gott, John, so wusste er von dir. Er sagte, dass meine Assistentin einen Termin gemacht hätte, aber ich konnte Rachel nicht fragen, weil sie krank war. Er hatte wahrscheinlich gar keinen Termin. Er muss irgendwie herausgefunden haben, dass Rachel sich krank gemeldet hat und deswegen behauptet haben, dass sie den Termin gemacht hatte, weil er wusste, dass ich es nicht nachprüfen konnte. Und als Alexi ihm gesagt hat, dass ich einen Familiennotfall hatte, habe ich ihm gesagt, dass meine Tochter verschwunden ist." Sie schluckte. „Er tat, als wäre er besorgt. Er hat mir seine Hilfe angeboten, hat gesagt, dass er Leute kennt, die sie suchen könnten. Um ihn loszuwerden, sagte ich ihm, dass ich bereits einen Privatdetektiv angeheuert habe." Tränen liefen ihre Wangen hinunter. „Er hat mit mir gespielt. Und ich habe es nicht gesehen."

John nickte. „Er ist dreist. Er wollte sichergehen, dass er wusste, welche Schritte du eingeleitet hast. Ich nehme an, er ist in deinem Büro aufgetaucht, bevor du die Lösegeldforderung bekommen hast?"

Sie nickte.

John wechselte einen Blick mit Donnelly. „Zeig den Kindern das Bild. Bestätige, dass er derselbe Kerl ist, der Buffy mitgenommen hat."

Donnelly nickte, nahm dann das Foto zurück und ging zu der Phantombildzeichnerin und den beiden Kindern, mit denen sie arbeitete. John zog Savannah in seine Arme. „Wir werden ihn schnappen, Darling, jetzt werden wir ihn schnappen."

John bemerkte Samsons Blick, als der CEO von Scanguards sagte: „Ich lasse Thomas das Foto durch unsere Datenbank jagen, nur für den Fall."

John wusste, dass er die Datenbank bekannter Vampire im Land meinte, die Scanguards zusammengestellt hatte. „Danke."

„Und ich bin sicher, Thomas und Eddie können sich in die Server von Homeland Security hacken, um zu sehen, ob sie etwas über einen Schweden namens Viktor Stricklund finden. Vielleicht ist das der Pass, mit dem er reist", fügte Amaury hinzu.

Savannah drehte sich in Johns Armen um und wischte sich die Tränen aus den Augen. Dann wandte sie sich an Samson und Amaury: „Es tut mir leid. Ich sollte nicht so zusammenbrechen. Danke für Ihre Hilfe. Ich bin Ihnen unendlich dankbar. Aber ich bin sicher, dass der Name, den er mir gegeben hat, so falsch war wie alles an ihm. Wir werden ihn so nicht aufspüren." Sie schniefte. „Es gibt nur eine Möglichkeit, wie er sich zeigen wird."

John packte sie an den Schultern und brachte sie dazu, ihn anzusehen.

Sie blickte ihm in die Augen. „Und wir wissen alle, was ihn rauslocken wird."

John schüttelte den Kopf. Ohne dass sie es sagte, wusste er, was sie meinte. „Nein! Das lasse ich nicht zu."

„Das ist nicht deine Entscheidung, John. Es ist meine."

Genau da sah er rot. Mit einem schnellen Nicken zu seinen Bossen biss er ein „Entschuldigt uns" heraus, packte Savannah am Arm und zog sie in Richtung der nächsten Tür.

„John, lass mich los!", protestierte sie, aber er ignorierte sie und schwang die Tür auf, die in die Küche und den Lagerraum führte.

„Wir müssen uns unterhalten", knurrte er und zog sie den Gang entlang und um die Ecke, wobei er auf die Schilder an den Türen blickte, bis er die fand, auf der *Pausenraum* stand. Er drückte die Tür auf und stürmte mit Savannah im Schlepptau hinein.

Eine Angestellte saß an einem Tisch, las eine Zeitschrift und trank Kaffee. Sie drehte den Kopf in ihre Richtung.

„Raus!", befahl John und die Frau sprang auf und eilte aus dem Raum. Als sich die Tür hinter ihr schloss, ließ John Savannah los und sperrte ab, damit niemand hereinplatzen und sie stören konnte.

Als er sich wieder zu Savannah drehte, funkelte sie ihn mit in die Hüften gestemmten Händen finster an. „Was zum Teufel, John?"

„Das wollte ich gerade sagen!", antwortete er genauso wütend. „Bist du verrückt, vorzuschlagen, was ich vermute? Dich als Köder für diesen Verrückten anzubieten?"

Sie kniff die Augen zusammen. „Nicht als Köder! Ich werde mich im Austausch für Buffy anbieten. Damit sie diesen Alptraum nicht länger durchmachen muss."

„Das ist absolut verrückt! Er wird sie nie freilassen, wenn du dich zum Tausch anbietest. Er wird euch beide nehmen! Das war von Anfang an sein Plan. Und jetzt willst du dich ihm auf einem silbernen Tablett servieren? Nur über meine verkohlte Leiche!"

„Das ist nicht deine Entscheidung! Sie ist meine Tochter! Und ich werde verdammt nochmal tun, was ich für das Beste halte."

„Den Teufel wirst du!"

„Du kannst mich nicht aufhalten!"

„Kann ich das nicht? Dann sieh mal zu!"

„Du hast kein Recht, mir zu sagen, was ich tun soll!"

„Mir ist egal, ob ich das Recht dazu habe oder nicht! Ich werde nicht hier stehen und zusehen, wie du dich in Gefahr begibst." Weil es ihn zerstören würde. Es würde all das zerstören, was von seinem Herzen noch übrig war.

„Das musst du aber."

„Nein! Ich werde dich nicht verlieren. Ich habe das schon einmal durchgemacht. Ich werde es nicht noch einmal tun. Ich werde die Frau, die ich liebe, nicht ins sichere Verderben laufen lassen. Das werde ich nicht tun. Verdammt!"

Savannahs Augen weiteten sich und sie atmete zittrig ein.

Hatte er ihr plötzlich so viel Angst gemacht, dass sie klein beigab? „Was? Verdammt nochmal, Savannah!"

Sie schüttelte den Kopf. „Du liebst mich?"

Erst da wurde ihm bewusst, was er gesagt hatte. Eine Sekunde lang erstarrte er. Aber er wusste, dass es wahr war. „Ich liebe dich mehr, als ich geglaubt hatte, je wieder lieben zu können. Und nicht nur dich. Ich liebe Buffy. Ich liebe sie wie das Kind, das ich verloren habe. Ich liebe sie, weil sie ein Teil von dir ist. Und ich werde alles tun, um sie dir zurückzubringen. Aber ich kann dich das nicht tun lassen. Ich kann euch nicht beide verlieren."

Tränen drangen in ihre Augen und sie schniefte. „Oh, John. Ich wusste das nicht ... Nach dem, was du mir über Nicolette erzählt hast ... dachte ich nicht, dass du irgendetwas fühlen könntest ..."

Er holte tief Luft und dabei verflog ein Teil seiner Wut. „Ich auch nicht. Aber du, Savannah, du lässt mich wieder fühlen. Und ich kann das nicht wegwerfen. Ich kann nicht zulassen, dass mir dieser Bastard das stiehlt. Dass er uns das stiehlt."

Sie machte einen Schritt auf ihn zu und legte ihre Hand auf seine Brust. Als sie ihren Blick hob, um ihn anzusehen, leuchtete ruhige Entschlossenheit in ihren Augen. „Wenn du mich wirklich liebst, dann musst du mich gehen lassen. Buffy ist ein Teil von mir. Wenn ich das nicht für sie tue, werde ich mir das nie verzeihen. Und ich werde nie wieder glücklich sein. Es würde die Liebe töten, die ich für dich empfinde. Denn ich liebe dich. Ich weiß nicht, wie es passiert ist oder warum."

John legte seine Hand über ihre. Zu wissen, dass sie ihn liebte, dass sie für ihn empfand, was er für sie empfand, wäre die schönste Offenbarung gewesen, die er sich je hätte vorstellen können, hätte Savannah ihn nicht gleichzeitig gebeten, sie gehen zu lassen.

„Aber was, wenn er euch beide schnappt?"

„Du wirst dafür sorgen, dass er das nicht tut. Ich vertraue dir. Ich vertraue darauf, dass du Buffy rettest. Und sobald sie sicher ist, holst du mich zurück. Darauf vertraue ich ebenfalls. Und dann werden wir zusammen sein. Wir alle drei."

Er wusste, dass sie ihren Entschluss gefasst hatte. Egal wie lange er mit ihr diskutierte, Savannah würde ihre Entscheidung nicht ändern. Niedergeschlagen sagte er: „Wir machen, was du sagst. Unter einer Bedingung."

„Welche Bedingung?"

„Du lässt mich jetzt dein Blut trinken."

35

Johns Bitte machte sie sprachlos. Seit er ihr gesagt hatte, welchen Effekt der Biss eines Vampirs auf einen Menschen hatte, war Savannah nicht in der Lage gewesen, den Gedanken aus ihrem Kopf zu bekommen.

„Ich frage nicht, weil ich mich nach deinem Blut sehne, obwohl ich das tue. Ich frage dich, weil es mir helfen wird, dich zu finden, sollte während der Übergabe etwas schieflaufen."

Sie neigte den Kopf zur Seite und blickte ihn fragend an. „Mich finden? Wie?"

„Wenn ich dein Blut in mir habe, werde ich in der Lage sein, deiner Spur zu folgen, sollte er dich verschleppen. Vampire haben einen sehr starken Geruchsinn, so wie Spürhunde. Mit deinem Blut in mir wird es mir möglich sein, dich über weite Entfernungen aufzuspüren. Damit ich dich nicht verliere."

„Aber warum benutzt du keinen elektronischen Peilsender?"

„Wir müssen annehmen, dass er alle Vorsichtsmaßnahmen treffen und dich durchsuchen wird. Wenn er vermutet, dass du einen Peilsender bei dir hast, musst du dich vielleicht ausziehen."

Bei diesem Gedanken spürte Savannah, dass ihr vor Abscheu ein Schauer den Rücken hinunterlief. „Du hast recht. Das ist das Beste."

„Es tut mir leid“, sagte er. „So hatte ich mir das nicht vorgestellt. Ich hatte nicht geplant, dir das aufzuzwingen. Ich wollte, dass du dich frei entscheidest. Selbst entscheidest, ob und wann ich dich beiße.“ Er senkte die Augenlider und blickte weg. „Ich weiß, dass du nicht bereit dafür bist. Es ist nicht der richtige Ort oder der richtige Zeitpunkt. Ich werde dafür sorgen, dass wir es schnell hinter uns bringen.“

Savannah legte ihre Hand unter sein Kinn und hob es an, damit er ihr in die Augen blicken musste. „Und mir das verwehren?“ Sie schüttelte den Kopf und lächelte. „Oh, John. Bitte mach nicht schnell. Tu es so, wie unser erstes Mal sein sollte. Ich will erfahren, wie es sich anfühlt, wenn deine Fangzähne in mein Fleisch dringen. Du hast mir gesagt, dass es Vergnügen bereitet. Lass mich dieses Vergnügen verspüren.“ Denn wenn etwas schiefging, dann wäre das ihr erstes und letztes Mal. Falls Viktorov es schaffte, sie zu schnappen, oder falls er sie umbrachte, wenn er feststellte, dass er verloren hatte, würde das ihr einziges Mal sein. Aber sie konnte das nicht aussprechen. Sie konnte diesem Gedanken keine Stimme verleihen.

„Bist du sicher, Darling?“

„Ich war mir noch nie bei etwas so sicher. Zeig mir, wie es ist, einen Vampir zu lieben und von ihm geliebt zu werden. Zeig mir, wie meine Zukunft aussehen wird.“ Falls sie wirklich eine Zukunft hatte. Falls sie so viel Glück hatte.

John zog sie an sich und legte einen Arm um ihre Taille. Seine schokoladenfarbenen Augen fingen an zu glühen und ein goldener Schimmer umrahmte seine Iris. „Ich werde diesen Moment immer wertschätzen, auch wenn ich es anders machen würde, hätte ich die Wahl. Aber ich kann dir versprechen, dass das, was du spüren wirst, mein wahres Ich ist.“

Er legte seine Lippen auf ihren Mund und küsste sie sanft, wobei er zärtlich an ihren Lippen knabberte und seine Zunge über sie glitt, um Einlass zu erbitten. Mit einem Atemzug öffnete sie ihren Mund und empfing ihn. Ihre Zunge traf seine für einen Tanz, der so alt war wie die Zeit selbst. Sofort durchflutete Erregung all ihre Körperzellen. Das machte er mit ihr, er erfüllte ihren Körper mit einem Verlangen, das nur er befriedigen konnte.

Sie spürte seine Hände an ihrer Kleidung und bemerkte, wie er sie auszog. Er schob ihr Top über ihren Kopf und entblößte ihren Oberkörper. Dann waren seine Hände auf ihren Brüsten. Er knetete sie und spielte mit ihren Nippeln. Aber sie blieben nicht dort. Stattdessen machte er sich an ihrer Hose zu schaffen.

„John, ich dachte, du wolltest mein Blut trinken", sagte sie keuchend.

„Das tue ich", sagte er mit Verlangen in seiner Stimme, „aber ich muss in dir sein. Beim ersten Mal muss ich mit dir schlafen, wenn ich dich beiße."

„Oh Gott!" Sie blickte sich im Raum um. Eine Einbauküche in einer Ecke, eine Reihe Spinde an einer anderen Wand, ein kleiner Tisch und mehrere Stühle. „Wie? Wo?"

„Keine Sorge deswegen, Darling", versicherte er ihr, als er sie aus ihrer Hose schälte. Dann öffnete er seine Cargohose und schob sie und seine Boxershorts zu seinen Knien hinab.

Sein Schwanz sprang heraus, hart und schwer, bereit sie aufzuspießen. Sie griff nach seiner Erektion, legte ihre Hand darum und fühlte, wie sie in ihrer Handfläche zuckte.

Aber dann hob er sie hoch und bewegte sich ein paar Schritte mit ihr, bis ihr Rücken die Wand berührte. Er hielt sie dort, angehoben, als wäre sie eine leichte Feder. Er presste seinen Körper gegen ihren, spreizte ihre Beine und sie legte sie um ihn.

Sein Ständer stupste an ihr Zentrum.

„Mein Gott, bist du feucht", stöhnte er und tauchte ohne weitere Vorwarnung in sie ein. Als würde er sie an die Wand nageln wollen.

Ein Zittern durchfuhr ihren Körper und ihre inneren Muskeln verkrampften sich um ihn.

„Genau so, Darling, das ist genau, was ich brauche." Er zog seine Hüften zurück und stieß wieder in sie. Seine Augen waren jetzt vollkommen golden und seine Lippen hatten sich geöffnet und entblößten die Spitzen seiner Fangzähne.

Sie tastete nach seinem Gesicht und er wich nicht zurück. Mit ihrem Zeigefinger berührte sie einen der Fänge und liebkoste ihn. Sein Schwanz zuckte in ihr und stieß wild zu.

„Fuck!", fluchte er.

Schwer atmend trennte er den Kontakt zu ihrem Finger und tauchte seinen Kopf zu der Kuhle an ihrem Hals. Savannah kam seinem Wunsch nach und neigte den Kopf zur Seite, um ihm mehr Platz zu verschaffen und sich ihm darzubieten.

„Nimm mich, John, ich gehöre dir."

Sie spürte, wie seine Zunge über ihre Haut leckte, und zitterte. Ihr ganzer Körper fing an, angenehm zu prickeln. Dann spürte sie, wie die scharfen Spitzen seiner Fangzähne ihre Haut berührten und Druck ausübten und ganz plötzlich einen scharfen Schmerz, der nur eine Millisekunde anhielt. Endlich spürte sie, wie seine Fangzähne tiefer in ihren Hals eindrangen und er Blut aus ihrer Ader saugte.

Obwohl John sie auf dieses Gefühl vorbereitet hatte, ihr gesagt hatte, wie viel Vergnügen es bereiten würde, hatte sie das nicht erwartet. Alles um sie herum fing an zu verschwinden. Ihr Blick verschwamm und alles schien aus dem Fokus zu sein, denn sie konnte nur noch John sehen und fühlen und hören und riechen. Er war überall um sie herum, in ihr, bei ihr. Mit jedem Saugen an ihrer Ader, jedem Tropfen Blut, den er von ihr nahm, gab er ihr etwas anderes zurück: absolute Glückseligkeit. Nicht nur körperliches Vergnügen, sondern auch emotionale Befriedigung. Ihr Körper summte vor Energie, vor Hoffnung und vor Liebe.

Während John von ihr trank, arbeiteten seine Hüften wild und seine starken Arme hielten sie an der Wand fest. Er hämmerte in sie und sein Schwanz war steifer und dicker, als sie ihn je gespürt hatte. Als ob ihr Blut seinen Schwanz füllen würde, damit er sie noch härter nehmen konnte. Seine Beckenknochen schlugen bei jedem Stoß gegen ihre Klitoris und entzündeten sie immer wieder. Wellen des Vergnügens wanderten durch sie und es schien kein Ende in Sicht zu sein.

Sie fühlte sich schwindelig vor Vergnügen, während Orgasmus über Orgasmus ihren Körper beanspruchte. Doch sie wollte nicht, dass er aufhörte. „Mehr, oh John, nimm mehr."

Sie hörte, wie er stöhnte, und dachte, dass sie sein Herz jedes Mal, wenn ihre Körper aneinanderschlugen, trommeln hörte. Sie klammerte sich an ihn und ihre Fingernägel gruben sich in seine Schultern, um ihn anzuspornen, während sie ihre Knöchel hinter seinem Rücken verschränkte, damit er seinen Schwanz noch tiefer in sie trieb. Sie war jetzt ganz wild, wilder, als sie je gewesen war. Wenn sie nur gewusst hätte, dass so etwas möglich war, dass ein Mann wie John existierte. Nein, kein Mann. Ein Vampir. Ihr Vampir.

Plötzlich spürte sie, wie er in ihr zuckte. Wärme erfüllte ihren Kanal und kalte Luft wehte gegen ihren Hals. John hatte seine Fangzähne aus ihr gezogen. Er leckte über die Einstiche und küsste die Stelle dann sanft.

Als er seinen Kopf hob, um sie anzusehen, waren seine Augen so rot wie Ampeln. Aber innerhalb von Sekunden wurden sie wieder golden. Seine Erektion war immer noch in ihr, bewegte sich immer noch, wenn auch viel langsamer.

Er bewegte seinen Kopf von einer Seite zu anderen, als würde er ihn schütteln, als würde er nicht verstehen können, was gerade zwischen ihnen geschehen war.

„Das ist mehr, als ich erwartet hatte. Es ist ein Wunder, einmal die Liebe zu finden, aber sie ein zweites Mal zu finden ist noch viel mehr."

Sie streichelte zärtlich seine Wange. „Es ist Schicksal."

Und wenn das Schicksal es erlaubte, würden sie eine Zukunft haben. Zusammen.

36

Savannah hatte die E-Mail des Hackers benutzt, um Sergei Viktorov eine Nachricht zu schicken.

Ich biete mich im Austausch für Buffys Freilassung an. Wählen Sie eine Zeit und einen Ort. Bringen Sie Buffy. Ich werde mich ergeben, wenn ich sie sehe. Savannah Rice, hatte sie geschrieben. Nachdem sie mit John und einigen anderen Mitgliedern von Scanguards diskutiert hatte, dass Viktorov sich fragen würde, ob die Polizei oder ihr Privatdetektiv ihm auf der Spur waren, hatte sie noch etwas hinzugefügt. *Dachten Sie wirklich, ich würde nicht herausfinden, dass Sie einen zweitklassigen Hacker angeheuert haben, um Zugriff auf die Fotos meiner Tochter zu bekommen? Leider war er zu dumm, um herauszufinden, wo Sie sich aufhalten. Ich wünschte, Sie hätten mit jemand Klügerem gearbeitet. Sie haben gewonnen.*

Die Nachricht sollte Viktorov versichern, dass Savannah keine Ahnung hatte, wer er wirklich war und wie sie ihn finden konnte. Sie hatte die gewünschte Wirkung. Innerhalb von zwei Stunden antwortete Viktorov. Er nannte einen Übergabeort und drohte, dass er Buffy töten würde, wenn er auch nur vermutete, dass Savannahs Privatdetektiv oder die Polizei in der Nähe waren, oder sie auch nur eine Minute zu spät kam. Die kurze Zeit, die er Savannah zugestand, um zum Treffpunkt zu gelangen, sorgte dafür, dass Scanguards keine Zeit hatte, eine Gegenoffensive vorzubereiten.

Der Austausch stand fest.

„Tu alles, was er sagt", wies John sie mit sanfter Stimme an, wobei er ihr Gesicht in seinen Händen hielt. „Vertrau mir. Du siehst mich vielleicht nicht, du hörst mich vielleicht nicht, aber ich werde da sein. Wo auch immer du hingehst, ich bin ganz in deiner Nähe. Sieh dich nicht nach mir um. Versuch nicht, Kontakt mit mir aufzunehmen. Ich will nicht, dass er Verdacht schöpft."

Savannah nickte. „Ich vertraue dir."

John presste einen Kuss auf ihre Lippen und lehnte dann seine Stirn gegen ihre. „Das wird heute zu Ende sein. Ich verspreche es dir. Jetzt geh."

Er ließ sie los und sie drehte sich um und verließ Scanguards' Hauptquartier durch die Vordertür. Sie zitterte, sowohl aus Furcht als auch aufgrund der kühlen Nachtluft. Aber sie schaute nicht zurück. John hatte bis jetzt all seine Versprechen gehalten und sie wusste, dass er auch dieses halten würde.

Flotten Schrittes ging sie mehrere Blocks, wandte sich dann auf der 18th Street nach Westen und eilte weiter, so schnell sie konnte. Sie sah auf die Uhr, um sicherzugehen, dass sie es schaffen würde, und wurde noch schneller. Ihr Herz pochte, nicht wegen der sportlichen Aktivität, sondern weil sie Angst hatte. Angst, dass etwas schiefgehen würde, Angst, dass Viktorov Buffy nicht mitbringen würde und sie in eine Falle lockte. Aber sie musste dieses Risiko eingehen.

An der Guerrero Street, einer Hauptverkehrsstraße, wurde die Fußgängerampel gerade rot, als sie die Kreuzung erreichte. Sie blickte wieder auf ihre Armbanduhr, dann auf den Verkehr. Es war kurz vor Mitternacht und der normalerweise starke Verkehr lockerte sich. Ohne darauf zu warten, dass die Ampel grün wurde, flitzte sie über die Straße. Ein Auto, das viel zu schnell fuhr, hupte sie an, doch sie lief weiter und erreichte die andere Seite. Sie hielt nicht inne und rannte weiter zum Ende des nächsten Blocks. Auf der anderen Seite der Dolores Street sah sie den beliebten Park, der sich den Hügel hinauf erstreckte. Die Fußgängerampel zum Park war grün und sie rannte hinüber, dann entlang des Parks, bis sie die nächste Kreuzung erreichte: Church Street. Das war der Ort, den Viktorov für die Übergabe ausgesucht hatte.

Sie stoppte an der Ecke. Ihre Brust hob sich und ihr Herz pochte wild. Ihre Augen suchten die Umgebung ab. Ein Obdachloser saß vor dem Eingang eines Wohngebäudes auf der anderen Seite der Straße und zwei Jugendliche rauchten und tranken in der Nähe. Von weiter oben auf der Church Street hörte sie eine Straßenbahn näher kommen.

Sie blickte sich nach den geparkten Fahrzeugen um, doch alle schienen leer zu sein. Kein Motor lief. Wo zum Teufel war Viktorov? Spielte er mit ihr?

Ein klingelndes Handy erschreckte sie. Sie drehte sich um und versuchte zu sehen, wer sich ihr genähert hatte, ohne dass sie es bemerkt hatte. Es war niemand zu sehen. Doch das Klingeln hörte nicht auf. Sie sah sich nach links und rechts um und sah immer noch niemanden. Der Klingelton stoppte nicht. Sie konzentrierte sich darauf. Das Klingeln schien aus einer Mülltonne zu kommen. Vorsichtig näherte sie sich und sah ein schwaches Licht. Dort, in dem Bereich über dem Einwurf, der für Recyclingmüll gedacht war, lag ein Handy. Sie griff danach und drückte auf *Annehmen.*

„Wurde auch Zeit, Savannah“, sagte eine männliche Stimme.

Sie erkannte sie sofort: Viktor Stricklund, der Mann, der die Dreistigkeit besessen hatte, in ihr Büro zu kommen und ihr Hilfe anzubieten. Aber sie konnte nicht preisgeben, dass sie wusste, wer er war. „Ja?“, fragte sie stattdessen und erlaubte ihrer Angst, in ihre Stimme zu fließen.

Sie bemerkte eine Bewegung neben sich und aus dem Augenwinkel sah sie, wie die Straßenbahn an der Haltestelle langsamer wurde. Zwei Leute stiegen aus, einer war ein Mann in einem Anzug mit einem Schal um den Hals und einem tief ins Gesicht gezogenen Hut.

„Ich bin froh, dass wir endlich Kontakt aufgenommen haben“, sagte Viktorov am Telefon.

Sie starrte den Mann an, der jetzt auf sie zukam, doch er hielt kein Telefon in der Hand.

„Aber bevor wir uns persönlich treffen“, fuhr Viktorov fort, „muss ich sichergehen, dass du alleine bist.“

„Ich bin alleine“, beharrte sie.

„Was auch immer du sagst. Siehst du die Straßenbahn? Steig ein. Sofort.“

Der Fremde ging ohne anzuhalten an ihr vorbei. Ein Piepton, der ankündigte, dass die Türen der Bahn sich gleich schließen würden, ertönte.

Savannah rannte zur nächstgelegenen Tür und sprang auf die Treppe. Sekunden später schlossen sich die Türen und die Straßenbahn bewegte sich.

„Hallo?“, sagte sie ins Telefon, doch Viktorov hatte bereits aufgelegt.

Sie ließ sich auf den nächsten Sitz fallen und blickte sich um, wobei sie versuchte, nicht auffällig zu sein. Etwa ein Dutzend Leute saßen in dem Abteil und obwohl sie nicht alle Gesichter sehen konnte, ähnelte niemand Viktorov in Größe und Statur.

Mehrere Minuten fuhr die Straßenbahn auf ihrer Route, wobei sie einmal stoppte und Passagiere aussteigen ließ. Niemand stieg ein. Was hatte Viktorov vor? Wo zum Teufel war er?

Das Handy in ihrer Hand klingelte erneut. Sie hob sofort ab. „Ja?“

„Steig an der nächsten Haltestelle aus. Dann geh einen Block zur Duboce Avenue und steig in die N-Judah in Richtung Pazifik.“

Bevor sie etwas sagen konnte, hatte er schon aufgelegt. Savannah sprang von ihrem Platz auf und ging zur Tür. Kurz darauf hielt die Straßenbahn an und sie drückte den Handlauf, um die Tür zu öffnen. Auf dem Bürgersteig bog sie nach links und eilte zur nächsten Kreuzung. Die N-Straßenbahn kam gerade aus dem Tunnel und Savannah musste zur Haltestelle auf der anderen Straßenseite laufen, um sie zu erreichen.

Schwer atmend erreichte Savannah die letzte Tür der Bahn und stieg ein. Sie ließ sich auf den nächstgelegenen Sitz fallen und blickte sich um. In dieser Straßenbahn waren mehr Leute als in der vorherigen, doch sie wusste, dass das normal war. Der N-Zug war immer voll.

Das Handy mit beiden Händen umklammernd, starrte sie darauf und hoffte, dass es klingelte. Das tat es nicht. Nach einer weiteren Haltestelle fuhr die Bahn in einen Tunnel und während der anderthalb Minuten, die sie hindurch brauchte, verlor das Handy den Empfang. Als die Bahn endlich auf der anderen Seite herauskam und direkt hinter dem Tunnel anhielt, kam das Signal endlich zurück. Sie starrte weiter auf das Display und fragte sich, ob sie einen Anruf verpasst hatte, doch nichts passierte. Die Bahn setzte sich wieder in Bewegung. Eine weitere Haltestelle folgte und erneut stiegen Leute aus. Auch bei der folgenden hatte sie noch nichts von Viktorov gehört.

Kalter Schweiß lief Savannahs Rücken hinunter. Falls Viktorov das tat, um sie noch nervöser zu machen, als sie bereits war, dann hatte er damit Erfolg.

Das Klingeln des Handys in ihrer Hand ließ ihr Herz fast stillstehen.

„Ja?"

„Steig beim nächsten Stopp aus. Geh die Hillway Avenue hinauf. Auf der Parnassus Avenue gehst du nach links und nimmst dann den Medical Center Way."

Erneut legte er sofort nach den knappen Anweisungen auf.

Sie tat, was er befohlen hatte und stieg beim nächsten Halt aus. Sie überquerte die Straße und blickte hoch. Hillway Avenue war eine der steilsten Straßen in San Francisco. Bereits erschöpft fing sie an, sie zu erklimmen. Als sie die Kuppe erreichte, musste sie tief Luft holen und ein paar Sekunden lang ihr donnerndes Herz beruhigen. Sie war jetzt auf der Parnassus Avenue, wo sich das UCSF Medical Center befand. Sie war schon oft mit Buffy hier gewesen. Hier hatte sie sie zur Welt gebracht.

Hier oben war es neblig und windig und sie zitterte. Jetzt herrschte kaum noch Verkehr. Savannah überquerte die Straße und ging in Richtung Medical Center Way, einem schwach beleuchteten Weg, der sich hinter dem Krankenhaus und seiner Forschungsabteilung den Hügel hinauf wand. Ein dichter Wald aus Eukalyptus und anderen Bäumen und Sträuchern sorgte neben den Betongebäuden für Grünfläche.

Sie eilte die schmale, verlassene Straße hinauf und das Handy klingelte wieder. Sie hob ab, hatte jedoch keine Chance zu antworten.

„Nimm die Treppe zu deiner Linken. Ganz nach oben."

Sie stoppte und blickte nach links. Dort, in der Dunkelheit, war tatsächlich eine Treppe, die einen steilen Hügel hinaufführte. Sie hätte sie leicht übersehen können. Schwer atmend setzte sie ihren Fuß auf die erste Stufe. Sie hörte ein Geräusch hinter sich und drehte sich um. Aber da war nichts. Nur Dunkelheit.

Ihre Nerven waren am Zerreißen, das wusste sie. Und sie war erschöpft. Das war, was Viktorov beabsichtigte. Er wollte sichergehen, dass sie keine Energie mehr zum Kämpfen hatte. Und sie hatte keine andere Wahl als mitzuspielen.

Es dauerte noch ein paar Minuten, bis sie es nach oben schaffte. Als sie ihren Fuß auf den Asphalt des Parkplatzes setzte, den sie erreicht hatte, blickte sie wieder auf das Display ihres Handys. Wohin würde er sie als Nächstes schicken?

„Willkommen!“

Savannah riss ihren Kopf hoch und starrte zur Mitte des Parkplatzes. Jeder Tropfen Blut in ihren Adern gefror zu Eis.

„Oh, nein! Oh Gott nein!“, schrie sie laut.

37

Immer noch unsichtbar, wie John und Logan es die ganze Zeit gewesen waren, während sie Savannah durch die Stadt gefolgt waren, erstarrte John in dem Augenblick, als er und sein Begleiter von den Hütern der Nacht den Parkplatz erreichten. Was er sah, war schlimmer, als er sich vorgestellt hatte.

Viktorov wartete tatsächlich auf Savannah und er hatte Buffy wie versprochen mitgebracht. John hatte erwartet, dass Viktorov eine Waffe auf Buffy richtete, um sicherzustellen, dass Savannah keine falsche Bewegung machte und dass jeder, der versuchen wollte, Buffy zu retten, es sich zweimal überlegen würde, weil Viktorov das Kind töten könnte, bevor ihr Retter sie erreichen konnte.

Darauf hatte John sogar gezählt. Deshalb hatte er den Plan ausgeheckt, sich ihm mittels Logans Hilfe unsichtbar zu nähern. Logan verhüllte ihn mit seiner Geisteskraft, wodurch sie sich nicht berühren mussten. Was John jedoch nicht erwartet hatte, war, dass Viktorov mit schwereren Geschützen als einem Messer oder einer Pistole auffahren würde: Er hatte Buffy die Augen verbunden und sie in eine Selbstmordweste gesteckt. Das änderte alles.

Buffy stand etwa zwanzig Meter von Viktorov entfernt, der gelassen an der Hintertür eines dunklen SUVs lehnte. Mit hängenden Schultern stand sie am Mast einer Straßenlaterne, die den sonst leeren Parkplatz hoch über dem UCSF Medical Center erhellte. Ihre Hände waren hinter ihrem Rücken an den Pfosten gefesselt, damit sie nicht davonlaufen konnte. Und sie konnte auch nicht sehen, was um sie herum geschah, was vermutlich ihre Angst noch steigerte.

„Nun“, sagte Viktorov mit lockerer Stimme, „endlich sind wir alle zusammen. Erinnerst du dich an mich?“

„Ich erinnere mich an Sie. Jetzt lassen Sie sie gehen, lassen Sie Buffy gehen. Sie haben mich, so wie Sie wollten“, antwortete Savannah.

„Mommy? Mommy?“, rief Buffy.

„Ja, Baby, ich bin jetzt hier.“

Buffy fing an zu weinen. John wechselte einen Blick mit Logan und gab ihm ein Zeichen, was sie als Nächstes machen würden. Logan verstand und nickte. John schlich vorsichtig, darauf bedacht, keine Geräusche zu machen, über den Parkplatz zu Buffy, bis er hinter dem Mast stand, an den sie gefesselt war.

„Alles wird gut, Baby“, versicherte Savannah ihrer Tochter.

„Ja, so ungefähr“, sagte Viktorov und lachte leise. „Kleine Planänderung. Ihr kommt beide mit mir mit.“

„Bastard!“, schrie Savannah ihn an.

„Buffy“, flüsterte John dem Mädchen ins Ohr. Ihr Kopf schoss als Reaktion darauf hoch und sie fing an, an ihren Fesseln zu zerren. „Sag jetzt nichts. Hör einfach zu. Ich bin ein Freund deiner Mommy. Ich werde dich losbinden.“

Buffy hörte auf, an dem Seil zu zerren, während John die Unterhaltung zwischen Viktorov und Savannah ausblendete.

„Gut. Ich schneide das Seil an deinen Handgelenken durch, aber du musst weiter so tun, als wärst du festgebunden. Kannst du das tun? Wir wollen nicht, dass der böse Mann sieht, dass ich dich befreie. Okay?“

Sie nickte, aber sprach nicht.

„Du bist ein mutiges Mädchen“, lobte er sie und befahl seinen Fingern, sich in scharfe Klauen zu verwandeln. Damit schnitt er das Seil durch, fing es auf und legte es leise auf den Boden.

„Lassen Sie sie gehen!“, verlangte Savannah erneut.

„Weißt du, das kann ich nicht tun“, sagte Viktorov. „In dem Augenblick, als ich das Bild von dir und ihr zusammen gesehen habe, wusste ich, was mir fehlte. Eine Mutter und eine Tochter, beide individuell wunderschön, aber gemeinsam atemberaubend!“

„Nein!“, biss Savannah heraus.

„Oh bitte, als ob du keine Fantasien hättest. Die haben wir alle. Ich gehe nur etwas freier damit um und bin gewillt, sie auszuleben. Du wirst schon sehen. Du wirst es irgendwann genießen.“

John wollte fluchen. Kranker Bastard! Er stand hinter dem Mast auf und legte eine Hand auf Buffys Schulter.

„Jetzt müssen wir dir die Weste ausziehen. Beug deinen Oberkörper etwas vor. Langsam, damit er nicht bemerkt, was wir tun.“ Glücklicherweise konzentrierte sich Viktorov gerade auf Savannah.

Durch Johns Hand geführt, bewegte sich Buffy ein paar Zentimeter vom Mast weg.

„Das ist gut, Buffy. Jetzt halt dich still. Du wirst meine Hände auf deinem Rücken spüren. Ich muss sicherstellen, dass keine Kabel über deinen Rücken laufen, bevor ich die Weste durchschneiden kann.“

Während er ihren Rücken abtastete, um zu sehen, ob Viktorov Kabel über den Rücken oder durch die Bänder, die die Weste befestigten, geführt hatte, sah er wieder in Savannahs und Viktorovs Richtung. Viktorov hatte nun eine Pistole gezogen und zielte damit auf Savannah, während er mit dem Daumen auf ein Gerät in seiner Hand drückte.

Logan hatte sich ihnen genähert und war nahe genug, um das Gerät zu begutachten. Als er den Kopf wieder zu John drehte, formte er ein Wort mit dem Mund: *Totmannschalter.*

John verstand sofort. Sollte Viktorov das Gerät loslassen und seinen Daumen von dem Druckknopf nehmen, würde die Weste explodieren.

„Sie haben versprochen, sie gehenzulassen, wenn ich komme“, sagte Savannah mit verzweifelter Stimme.

„Ich halte meine Versprechen nicht immer“, antwortete Viktorov. „Jetzt steig in den verdammten Wagen!“ Er hob die Hand, in der er den Totmannschalter hielt, um ihr zu drohen. „Oder ich werde dein Töchterchen in Stücke sprengen.“

Langsam näherte sich Savannah Viktorov.

John gab Logan ein Zeichen. Es hieß jetzt oder nie. John machte sich ans

Werk und schnitt vorsichtig durch die drei Riemen, die die Weste am Rücken zusammenhielten. Sie waren kein Hindernis für seine Klauen. Aber Buffys Arme waren noch in den Armlöchern. Sie würde sich zu sehr bewegen müssen, um sich davon zu befreien, und Viktorov würde aus den Augenwinkeln bemerken, dass etwas nicht stimmte. John musste es anders machen.

„Buffy", flüsterte er ihr ins Ohr, „ich werde die Weste an den Seiten aufschneiden, unter deinen Armen, also lehn dich wieder gegen den Mast und halte den Kopf hoch. Wenn ich sie durchgeschnitten habe und dir ein Zeichen gebe, lässt du dich zu Boden fallen und ich ziehe die Weste hoch. Kauere dich zusammen, okay?"

Sie nickte.

„Braves Mädchen."

Er schnitt durch das dicke Material an einer Seite. Dann tat er dasselbe auf der anderen Seite. Buffy war jetzt praktisch von der Weste befreit.

Logan starrte ihn und Buffy von seinem Standort neben Viktorov aus an. Ihre Blicke trafen sich und John nickte und gab ihm das Zeichen. Logan trat einen Schritt auf Viktorov zu, streckte die Hand aus, nickte John zu, und legte dann seine Hand über Viktorovs Faust, die den Totmannschalter festhielt.

Viktorov schrie panisch auf. „Was zum Teufel?"

„Jetzt, Buffy."

Buffy ließ sich zu Boden fallen, während John die Weste von ihr zog und sie zum anderen Ende des Parkplatzes schleuderte. Die Weste war immer noch in der Luft, als John sich zu Boden warf und Buffy mit seinem Körper vor der Gefahr abschirmte.

Ein Schuss hallte in der Nacht wider.

John drehte den Kopf. Da, in der Nähe des Wagens, kämpfte Logan mit Viktorov, wobei er immer noch eine Hand auf der Faust hatte, die den Zünder festhielt. Blut quoll aus Logans Schulter und angesichts Viktorovs Reaktion war Logan jetzt sichtbar. Und ein paar Meter von ihm entfernt hielt Savannah ihre Hand an ihre Flanke. Blut tropfte durch ihre Finger.

„Fuck!" Die Kugel war direkt durch Logan gegangen und hatte sie ebenfalls getroffen.

Und da Logan seinen linken Arm nicht benutzen konnte und er mit der rechten Hand den Totmannschalter festhielt, konnte er nicht wirklich gegen

Viktorov kämpfen. John warf einen Blick in die Richtung, in die er die Weste geworfen hatte. Sie war am Rande des Parkplatzes gelandet, in der Nähe einer mit Bäumen und Büschen bepflanzten Böschung. Weit genug entfernt.

„Logan!", schrie John. „Lass den Schalter los."

Buffy immer noch mit seinem Körper schützend, sah John zu, wie Logan seinem Befehl folgte und dann seine jetzt freie Faust in Viktorovs Gesicht schlug, bevor er sich die Waffe schnappte.

John blieb noch ein paar Sekunden auf dem Boden, aber nichts passierte. Es gab keine Explosion. Er drehte den Kopf, um die Weste anzusehen. Sie lag immer noch intakt da.

Er hievte sich von Buffy und nahm ihr die Augenbinde ab, bevor er sie in seine Arme hob.

Logan hielt Viktorov nun am Boden fest und Savannah hatte die Waffe aufgehoben und richtete sie auf ihren Angreifer, auch wenn offensichtlich war, dass sie Schmerzen hatte.

Mit Buffy in seinen Armen rannte er zu ihr.

„Ich habe sie", sagte er und setzte Buffy zu Savannahs Füßen ab.

Sofort warf Buffy die Arme um ihre Mutter und John nahm Savannah die Pistole aus der Hand. Sie schenkte ihm ein schwaches, aber glückliches Lächeln. Dann zog er ihre Hand von der Wunde an ihrer Seite und begutachtete sie.

„Er hat dich nur gestreift", sagte John erleichtert. „Ich werde dich heilen, sobald wir mit ihm fertig sind." Dann strich er über Buffys Haare. „Kümmere dich für mich um deine Mommy, okay, Buffy?"

„Ja."

Er drehte sich zu Logan und starrte auf Viktorov hinab. „Du kannst ihn jetzt loslassen, Logan. Ich habe ihn. Danke." Er reichte Logan eine Hand, um ihm aufzuhelfen, während er die Waffe auf Viktorov richtete. „Die Kugel ist glatt durchgegangen. Ich gebe dir nachher Blut, damit du heilst, wenn du möchtest." Er wusste, dass die Hüter der Nacht schnell genasen, doch Vampirblut würde den Heilungsprozess noch weiter beschleunigen.

Logan nickte dankbar. „Nett von dir, Kumpel."

Dann beugte sich John näher zu Logan und senkte die Stimme: „Sorg dafür, dass Savannah und Buffy nicht sehen, was ich gleich tun werde."

„Sicher."

Logan ging an ihm vorbei, um sich um die beiden wichtigsten Personen in Johns Leben zu kümmern. Bald würde John in der Lage sein, sich selbst um sie zu kümmern, aber zuerst musste er bei dem Mann, der das pure Böse war, Recht walten lassen.

John blickte finster und mit ausgefahrenen Fangzähnen auf den Mann hinab. Schockiert starrte Viktorov ihn an und versuchte, rückwärts davonzukriechen. Doch er würde nicht entkommen können. Johns Blick fiel auf den Totmannschalter neben ihm. Er konzentrierte sich darauf. Er war zerbrochen, als Logan ihn fallengelassen hatte. Eine Attrappe. Viktorov hatte nie vorgehabt, Buffy zu töten. Er hatte die Selbstmordweste nur als Drohung benutzt, damit Savannah sich fügen würde.

John blickte Viktorov finster an. „Der einzige Ort, wo du hingehst, ist die Hölle." Er sicherte die Pistole und warf sie hinter sich, dann sprang er auf Viktorov. Das Raubtier war gerade zur Beute geworden.

Viktorov schrie. „Was sind Sie?" Er hob die Hände und versuchte, sich zu schützen.

John knurrte. „Ich bin dein schlimmster Alptraum." Er schlug mit seinen Klauen über den Oberkörper seines Opfers und hinterließ vier lange blutige Schnitte, die Muskeln und Sehnen brachlegten.

„Ahhhhh!", schrie Viktorov vor Schmerz.

„Da ich jetzt deine Aufmerksamkeit habe, lass uns reden! Wo sind die Namen und Adressen der Leute, die die entführten Mädchen bestellt hatten?"

„Ich weiß nicht, wovon Sie reden", behauptete er.

Ein weiterer Schlag mit seinen Klauen, dieses Mal in die andere Richtung, und Viktorov schrie erneut auf.

„Dein Oberkörper wird wie eine karierte Tischdecke aussehen, wenn ich mit dir fertig bin", warnte John. „Jetzt rede! Die Namen! Die Adressen! Gib sie mir und ich lasse dich gehen."

Viktorov wimmerte. „Auf meinem Handy. Da ist eine Liste." Er zeigte auf seine Jackentasche.

John griff hinein und zog es heraus. Der Bildschirm war gesperrt. Er griff nach Viktorovs rechter Hand und presste seinen Daumen auf den Knopf, um das Telefon zu entsperren. „Wo?"

„In den Notizen."

John navigierte zu der Liste und sah sie durch. Dutzende von Namen und Adressen, alle in Russland, waren zusammen mit den Namen der Mädchen und dem Preis aufgelistet.

„Du kranker Bastard!“, zischte John.

„Es ist alles da drin. Jetzt lassen Sie mich gehen.“

„Du hast recht, es ist alles da.“ Er schob das Handy in seine Tasche, presste dann Viktorovs rechte Hand flach mit der Handfläche nach oben auf den Boden und schnitt ihm den Daumen mit seinen Klauen ab.

Während Viktorov vor Schmerz schrie, erklärte John ruhig: „Damit ich dein Handy später wieder entsperren kann. Du weißt schon, wenn du tot bist.“

„Nein! Sie haben es versprochen!“

„Oh, ja, das habe ich vergessen zu erwähnen: Ich halte meine Versprechen auch nicht immer.“ Er beugte sich näher zu ihm und hielt das strauchelnde Arschloch auf dem Boden fest. „Ich sollte dich noch länger leiden lassen, aber du hast Glück: Da ist eine Frau und ihr Kind und ich will nicht, dass sie noch länger deine Schreie ertragen müssen. Aber das verstehst du ja nicht, oder? Weil du es liebst, Frauen und Kinder leiden zu sehen.“

John schnitt jetzt mit beiden Händen durch Viktorovs Oberkörper und die scharfen Klauen am Ende seiner Finger hinterließen tiefe Schnitte, bis er auf die Knochen traf. Viktorovs Schreie waren markerschütternd, doch John konnte nicht aufhören. Viktorov musste für den Schmerz bezahlen, den er diesen Kindern und ihren Familien angetan hatte, für den Schmerz, den er einigen von ihnen immer noch zufügte.

Als er Viktorovs Brustkorb spüren konnte, spreizte er die Knochen und zerbrach sie. Dann tauchte er mit seinen Klauen tief in die Öffnung und packte das immer noch schlagende Herz des Bastards. Er drückte es, dann riss er es heraus. Sah es an und ließ es fallen.

Es war vorbei.

John setzte sich auf seine Fersen. Sein Herz pochte, Adrenalin floss und seine Brust hob sich, als er plötzlich eine weiche Hand auf seiner Schulter spürte. Er wandte den Kopf zur Seite. Savannah blickte an ihm vorbei auf den verstümmelten Leichnam.

„Danke“, murmelte sie. „Danke, dass du Buffy gerettet hast. Und dass du ihn getötet hast.“

Er drehte sich ganz, legte seine Arme um ihre Beine und presste sein Gesicht an ihre Oberschenkel, während er mehrmals gleichmäßig durchatmete. Ihre Hand war zärtlich, als sie über sein Haupt streichelte. Einen Augenblick später hob er sein Gesicht, um sie anzusehen.

„Du hättest das nicht sehen sollen."

„Nein, das musste ich. Jetzt fühle ich mich wieder sicher."

Er stand auf und zog sie in seine Arme, dann blickte er zu Buffy, die Logans Hand hielt und sie ansah.

„Wir müssen ihr sagen, was du bist", sagte Savannah. „Aber ich glaube, sie wird es gut aufnehmen."

„Sie ist ein mutiges kleines Mädchen." Er lächelte Buffy an, dann drehte er den Kopf wieder zu Savannah. „Wir wissen, wohin die entführten Kinder gebracht werden sollten. Wir werden die Kerle jagen. Wir werden sie ausschalten."

Savannah klammerte sich jetzt an ihn. „Bitte bleib bei mir und Buffy. Lass das jemand anderen erledigen. Du hast genug getan." Sie presste ihre Lippen auf seine und er erwiderte den Kuss einen kurzen Moment lang. Dann löste er seine Lippen von ihren und blickte tief in ihre Augen. Trotz allem, was sie ihn hatte tun sehen, obwohl sie wusste, zu welchen Gewalttaten er fähig war, hatte sie keine Vorbehalte ihm gegenüber. Sie liebte ihn immer noch.

Langsam nickte John. „Ich bleibe bei dir. Und bei Buffy. Ihr seid jetzt meine Familie."

Savannah hatte recht, er musste die Pädophilen auf Viktorovs Liste nicht selbst erledigen. Außerdem hatte er bereits jemanden im Sinn, der mehr als gewillt sein würde, sie zu jagen. Und einen nach dem anderen zu eliminieren.

38

Zehn Tage später betrat John die V-Lounge in Scanguards' Hauptquartier. Nur wenige Leute waren anwesend, aber in der hinteren Ecke, vor dem Kamin, sah er Samson, der seine Anwesenheit erwünscht hatte. Neben ihm saßen Amaury und Gabriel. John war jedoch überrascht, dass auch Deirdre bei ihnen war. Er hatte zwar die Berichte aus Russland gesehen, die bestätigten, dass ihre Mission ein Erfolg war, hatte aber nicht gewusst, dass sie schon wieder zurück war.

„Setz dich, John", lud Samson ihn ein und zeigte auf die Bar in der Mitte der Lounge. „Willst du einen Drink?"

John lehnte mit einer Handbewegung ab. Er trank kein abgefülltes Blut mehr. Genau wie Amaury und Samson, die nur noch von ihren Gefährtinnen tranken. Gabriel, dessen Gefährtin eine Vampirin war, hatte ein halb leeres Glas Blut vor sich stehen; genauso wie Deirdre, die mit einem Strohhalm aus ihrem trank.

„Abend, zusammen. Deirdre, schön, dass du es zurück geschafft hast."

Zu seiner Überraschung lächelte sie ihn an. Sie sah zufrieden und entspannt aus. „Warum sollte ich es nicht schaffen? Logan war schon immer ein guter Fahrer. Obwohl ich zugeben muss, dass ich jetzt, wo ich keine Hüterin der Nacht mehr bin, verstehen kann, dass ein Trip durch ein Portal für andere Geschöpfe etwas desorientierend sein kann."

„Das war die einfachste Möglichkeit, nach Russland zu gelangen", sagte Amaury. „Besonders mit all den Waffen, die du unbedingt mitnehmen musstest."

„Ich bin gerne vorbereitet."

„Gib uns einen vollen Bericht. Ich habe die Einsatzberichte gesehen, aber ich hätte gerne eine Zusammenfassung. Ist es erledigt? Alles?", fragte Samson.

Zuversichtlich nickte Deirdre. „Logan und ich haben jeden einzelnen Mann auf der Liste von Viktorovs Handy gefunden. Und nicht nur die, die die letzte Lieferung erhalten sollten; wir waren auch in der Lage, die Empfänger von früheren Lieferungen aufzuspüren."

„Wie habt ihr sie ausgeschaltet?", fragte John. „Die Nachrichten aus Russland waren etwas vage."

„Sagen wir einfach, dass sie alle einen schrecklichen Tod starben. Ich habe dafür gesorgt, dass sie wussten, warum sie sterben mussten. Es hätte ja keinen Sinn gemacht, sie einfach leise umzubringen, oder?"

Gabriel und Samson zogen die Augenbrauen hoch, aber Amaury knurrte einfach nur. John konnte Deirdres Taten nur gutheißen. Sie hatten es verdient, dafür, dass sie unschuldige Kinder entführt und missbraucht hatten.

„Es war sehr befriedigend, sie um ihr Leben betteln zu sehen", fuhr Deirdre fort. „Ich ließ sie etwas leiden, ihr wisst schon, ich habe so getan, als hätten sie eine Chance, sich freizukaufen. Sie dachten wirklich, dass ihr Geld sie retten könnte."

Wie sich herausgestellt hatte, waren die meisten der Männer russische Oligarchen, von denen viele Verbindungen zum Kreml und seiner korrupten Regierung hatten.

„Sieht aus, als hättest du das ein wenig zu sehr genossen, Deirdre", sagte Samson.

Sie zuckte mit der Schulter. „Niemand sagte, dass ich meinen Job nicht genießen darf. Und es ist ja jetzt mein Job, oder?" Sie warf John einen flüchtigen Blick zu. „Dieses Mal ein echter Job, nicht so wie der, den du mir gegeben hast."

Samson blickte John an. „Ja, wo wir gerade davon sprechen, John. Du hättest mir sagen können, dass du Deirdre einen Job bei uns anbieten wolltest."

„Du dachtest, sie wäre nicht bereit. Und ich wusste, dass sie es war."

„Nun, das nächste Mal, wenn du jemanden einstellen willst, liefere bessere Argumente." Dann blickte er wieder zu Deirdre. „Und zu deiner Frage, Deirdre, ja, du bist eingestellt."

„Meisterattentäterin?", schlug sie vor.

Die drei Bosse von Scanguards verdrehten die Augen.

„Dies war eine einmalige Angelegenheit", sagte Gabriel. „Wir beschäftigen hier keine Auftragskiller. Wir sind eine Sicherheitsfirma. Wir beschützen die Leute."

„Das ist dasselbe", behauptete Deirdre. „Ich habe Unschuldige beschützt, indem ich ihre Peiniger umgebracht habe."

John unterdrückte ein Lächeln. Deirdre hatte recht. Sie hatte das Richtige getan.

Samson seufzte und wechselte einen Blick mit Gabriel, dann gab er ihm ein Zeichen, fortzufahren.

„Du wirst eine Ausbildung zum Bodyguard machen und die Regeln lernen, nach denen wir leben", sagte Gabriel. „Das muss genug sein."

Deirdre nickte. „Gut genug fürs Erste." Dann seufzte sie. „Wie geht es den Mädchen, die Logan und ich aus Russland zurückgebracht haben?"

Deirdre und Logan hatten fast ein Dutzend weitere Mädchen aus Russland herausgeschleust, zusätzlich zu denen, die John und sein Team in Wladivostok gerettet hatten.

Samson schenkte ihr ein bittersüßes Lächeln. „Körperlich heilen sie. Maya gibt ihr Bestes, damit sie gesund werden. Aber emotional werden Narben zurückbleiben. Besonders die, die schon mehrere Monate in Russland waren, sind in einem schlechten Zustand. Sie haben Wochen voller sexuellen Missbrauchs ertragen müssen. Wir haben sie noch nicht zu ihren Eltern zurückbringen können. Einige von ihnen sind so verstört, dass wir Angst haben, sie könnten sich selbst verletzen, wenn sie die Chance dazu bekommen."

Johns Herz schmerzte bei dem Gedanken an die Mädchen. „Habt ihr schon darüber nachgedacht, ihre Erinnerungen auszulöschen?" Das war eine Gabe, die Vampire besaßen, aber sie wurde nur in äußersten Notfällen benutzt.

„Wir haben mit Maya und Dr. Drake darüber gesprochen. Beide sind der Meinung, dass das besser ist, als den Mädchen jahrelange Therapien aufzubürden. Wir werden uns darum kümmern."

„Das freut mich", stimmte John zu. „Und mit welcher Erklärung werdet ihr sie zu ihren Eltern zurückschicken?"

„Daran arbeiten wir mit Detective Donnelly. Sie müssen die Wahrheit erfahren, oder zumindest einen Teil davon. Aber wir können ihnen nicht alles sagen."

John wusste, dass Donnelly etwas einfallen würde, das für alle plausibel sein würde und keinen Verdacht auf Scanguards warf oder enthüllte, was wirklich geschehen war.

„Und Viktorovs Geld?", fragte John.

„Thomas hat sich in seine Konten gehackt und alles rausgeholt. Wir haben Savannahs Lösegeld wieder an sie überwiesen. Das übrige Geld geht an einen Fond für Opfer von Sexualverbrechen."

„Gut." Dann blickte John Deirdre an. „Du weißt es wahrscheinlich noch nicht, aber wir haben uns um die Leute gekümmert, die hier in den Schieberring involviert waren."

„Ihr habt die Entführer umgebracht?", fragte sie.

„Nur Viktorov selbst. Otto Watson, den Hacker, haben wir an Donnelly übergeben. Er wird eine verringerte Strafe bekommen im Austausch dafür, dass er kooperierte. Die beiden Entführer, die die Mädchen am Hafen von Oakland festgehalten haben, werden lange einsitzen. Donnelly wird Scanguards da raushalten und der Polizeichef und der Bürgermeister geben uns Rückendeckung."

„Ihr hättet die beiden töten sollen", sagte Deirdre.

„Ich hätte es getan, hätten sie die Mädchen angefasst", gestand John, „aber ich töte nicht willkürlich. Keine Sorge, sie bezahlen für ihre Verbrechen. Und sie werden für den Rest ihres Lebens Alpträume haben."

Bevor er sie Donnelly übergeben hatte, hatte John dafür gesorgt, dass sie wussten, was er war und dass er ihnen die Kehlen aufreißen würde, sollten sie je ein Wort über Vampire verlieren. Er hätte ihre Erinnerungen auslöschen können, aber er wollte, dass sie wussten, dass Vampire existierten und dass er sie auf seiner Abschussliste hatte.

„Also ist es vorbei?", fragte Deirdre.

„Ja, es ist endlich vorbei."

Obwohl für John das Leben nun erst wieder begann. Er hatte eine zweite Chance bekommen, die er dankend annahm und mit aller Kraft festhalten würde.

39

Acht Monate später

John war kurz vor Sonnenaufgang nach Hause gekommen, hatte schnell geduscht und stand nun nur mit einer Jogginghose bekleidet in seiner Küche und öffnete die Speisekammer. Dann blickte er über seine Schulter und sah Buffy an. Ihr Haar war sauber gekämmt, sie war angezogen und bereit für die Schule.

„Bist du sicher, dass du Erdnussbutter und *Bananen* willst? Das kann nicht gut schmecken."

Buffy seufzte leidgeplagt wie ein Teenager, der von seinen Eltern genervt war. Sie verdrehte sogar die Augen, als hätte sie es schon tausend Mal geübt. „Ich kritisiere auch nicht deinen Geschmack bei Blut. Glaub mir: Erdnussbutter und Bananen sind der Hammer. Viel besser als Gelee."

Er grinste verschmitzt. „Ich muss dich wohl beim Wort nehmen, meine kleine Jägerin."

Ein Lächeln zog über Buffys Gesicht, so wie immer, wenn er diesen Spitznamen benutzte. Seit der Nacht, in der er sie und ihre Mutter gerettet hatte, wusste Buffy alles über Vampire und der Spitzname war ein Scherz zwischen ihnen geworden. Sie hatte John bedingungslos akzeptiert und vertraute ihm zu hundert Prozent.

John schnappte sich eine Banane und drehte sich wieder zum Tresen, um Buffys Sandwich zuzubereiten.

„John, kann ich dich etwas fragen?“, fragte sie.

„Sicher, nur zu.“

„Ähm ...“

Als sie zögerte, drehte er sich zu ihr. „Stimmt etwas nicht? Macht dir jemand in der Schule Ärger?“

„Nein, nein, in der Schule passt alles. Du musst niemanden für mich verprügeln.“

Er schüttelte den Kopf und lachte. „Gut, weil ich nämlich keinen Bully für dich verprügeln werde; ich würde dir eher beibringen, wie du dich selbst um ihn kümmerst.“ Als sie nichts sagte, fragte er: „Also, was wolltest du mich fragen?“

Sie zuckte mit den Schultern. „Ich hab’s vergessen.“

Aber ihr Gesichtsausdruck schalt sie Lügen. Und Buffy war kein schüchternes Kind. Wenn sie etwas wissen wollte, fragte sie, egal wie direkt oder peinlich es auch war.

Er wollte sich gerade zu ihr setzen und fragen, was nicht stimmte, als er die Badezimmertür auf- und zugehen hörte. Das Geräusch nackter Füße auf dem Holzboden erreichte seine Ohren und ließ sein Herz Sprünge machen.

„Mommy ist wach“, sagte er und zwinkerte Buffy zu.

Er packte das Sandwich ein und drehte sich zur Tür. Savannah betrat die Küche in einem langen, weißen Seidenbademantel. Er ließ ihre Augen über sie schweifen und sein Schwanz zuckte bei dem lieblichen Anblick. Sie wurde von Tag zu Tag schöner, ihr Bauch war reif mit seinem Kind und ihre Haut war gesund und leuchtete.

„Morgen, Mommy“, sagte Buffy freudig.

„Morgen, Baby“, antwortete sie und umarmte Buffy, wobei sie ihr mit der Hand über den Kopf streichelte und sie drückte, während sie John in die Augen blickte. „Morgen, mein Liebster.“

„Morgen, Darling“, murmelte er.

Du siehst verdammt sexy aus, fügte er über ihre telepathische Verbindung hinzu, damit Buffy nicht mitbekam, wie verrückt er nach ihrer Mutter war. Nicht, dass sie ihre Liebe füreinander verstecken konnten oder wollten, aber

Kinder konnten komisch sein, wenn es darum ging, dass ihre Eltern zu viel körperliche Anziehung füreinander zeigten.

Und du bist blind. Ich bin nicht sexy, ich bin fett.

Lächelnd blickte Savannah ihre Tochter an. „Bereit für die Schule, Buffy?“

Sie nickte. Dann stellte sie sich auf die Zehenspitzen, um ihrer Mutter etwas zuzuflüstern, obwohl sie bereits hätte wissen sollen, dass Johns vampirisches Gehör die Worte trotzdem auffangen konnte. „Mommy, ich wollte ihn fragen, aber ...“

„... du hast Angst, dass er nein sagt?“, beendete Savannah den Satz.

Buffy nickte.

„Aber du willst es. Frag ihn einfach. Ich weiß, dass er es auch will.“

„Bist du sicher?“

Savannah nickte und lachte leise. Schließlich drehte Buffy sich um und sah ihn an. „John?“

„Ja, meine kleine Jägerin?“

Sie machte einen Schritt auf ihn zu und hielt die Hände vor ihrem Bauch verschlungen. „Weißt du, jetzt, wo ich bald einen kleinen Bruder haben werde und du sein Daddy sein wirst ... da habe ich mich gefragt, du weißt schon, ob es nicht seltsam ist, wenn ich weiter John zu dir sage, während mein Bruder dich Daddy nennen darf?“

John spürte, wie ein Lächeln seine Lippen teilte. Er wusste, worauf sie hinauswollte, und er konnte sich nichts Besseres vorstellen. „Ja, Buffy?“

Sie atmete tief ein. „Glaubst du, es ist okay, wenn ich dich auch Daddy nenne?“

Er öffnete die Arme. „Ich habe schon lange gehofft, dass du das willst.“ Buffy rannte in seine Arme und er hob sie hoch und drückte sie.

Sie schlang ihre Arme um seinen Hals und drückte ihn fest. „Danke, Daddy!“

Über Buffys Schulter blickte er Savannah an, die sie mit Tränen in den Augen ansah. „Du wirst immer meine Erstgeborene sein, meine kleine Jägerin.“ Er küsste sie auf die Wange.

Genau da klingelte es an der Tür.

„Das wird Ryder sein. Zeit für die Schule“, sagte John und stellte Buffy wieder auf die Füße.

„Ich mache ihm auf“, bot Savannah an. In dem Augenblick, als sie die Küche verließ, zwinkerte Buffy ihm zu. „Weißt du, dass alle meine Lehrerinnen ganz verrückt nach ihm sind?“

„Nach Ryder?“

Buffy kicherte. „Ja, Miss Peabody starrt ihn immer an, als würde sie ihn ausziehen wollen, wenn er mich an der Schule absetzt.“

John zog eine Augenbraue hoch. Im Alter von elf Jahren sollte Buffy solche Dinge noch nicht bemerken. Oder war er da etwas altmodisch? „Woher weißt du, wie so ein Blick aussieht?“

Buffy zuckte gelassen mit den Schultern. „Mommy sieht dich immer genauso an.“

Ryder rettete ihn vor einer Antwort, als er in die Küche kam. „Morgen, John. Hey Kleine, bist du fertig?“

„Morgen, Ryder“, begrüßte John ihn, während Buffy sich ihren Rucksack vom Stuhl schnappte.

„Ich bin fertig.“

John nahm das Sandwich vom Tresen und gab es Buffy. „Vergiss das nicht.“

„Danke, Daddy!“, antwortete sie und steckte es in ihren Rucksack.

Ryder warf ihm einen überraschten Blick zu und formte mit dem Mund: *Daddy?*

John lächelte stolz.

„Nun, dann gehen wir, sonst kommen wir zu spät“, sagte Ryder und nahm Buffy an der Hand.

Nachdem sie sich verabschiedet hatten, war es wieder still im Haus. Savannah lehnte sich an den Türrahmen zur Küche und lächelte ihn an.

John ging zu ihr. „Ich habe von einer vertrauenswürdigen Quelle gehört, dass du mich ansiehst, als würdest du mich ausziehen wollen.“

Sie kicherte und ihr Blick wanderte über seine nackte Brust und hinab zu seiner Jogginghose. „Wenn das wahr ist, dann muss ich wohl nicht viel machen.“

„Gut, weil ich nicht will, dass du dich in deinem Zustand verausgabst.“ Er streichelte mit der Hand über ihren Bauch. „Mmm, ich liebe dieses Gefühl.“ Er griff nach dem Gürtel und lockerte ihn, bis ihr Bademantel auffiel und ihre Nacktheit entblößte. Aber er wusste ja bereits, dass sie nichts darunter trug. In den acht Monaten, in denen sie schon zusammenlebten, hatte sie noch nie etwas unter diesem Mantel getragen.

Er griff mit beiden Händen unter den Bademantel und ließ seine Hände über ihren Schwangerschaftsbauch wandern, dann zu ihren Hüften und schließlich zu ihrem Hintern. Savannah neigte ihren Kopf einladend hoch. Er fing ihre Lippen ein und küsste sie, während er ihren Po festhielt und seine Brust gegen ihre schweren Brüste presste. Er liebte dieses Gefühl, sie war so üppig, so reif, so weiblich. Mit ihr zu schlafen wurde von Tag zu Tag besser, intimer, sinnlicher. Und selbst jetzt, wo Savannah im siebten Monat mit seinem Sohn schwanger war, konnte er nicht die Finger von ihr lassen. Zu seiner Freude hatte sie ihn auch noch kein einziges Mal abgewiesen.

Als er seine Lippen von ihren nahm, lehnte er seine Stirn gegen ihre. „Wie fühlst du dich heute morgen?"

Ihre Hände glitten über seine nackte Brust und ließen ihn vor Verlangen zittern. „Ich habe dich letzte Nacht vermisst", sagte sie, anstatt seine Frage zu beantworten. Oder vielleicht war es eine Antwort. Oder eine Einladung.

„Wirklich?", murmelte er und küsste einen Pfad ihren verlockenden Hals hinab. Hunger kam plötzlich in ihm hoch. Er musste trinken und seit sie blutgebunden waren, war Savannah seine einzige Nahrungsquelle geworden. „Ich habe dich auch vermisst."

„Bist du hungrig?"

„Ich bin ausgehungert."

Sie brachte ihre Hände an ihre Brüste und umfasste sie. „Sie fühlen sich in letzter Zeit so schwer an."

Die Anspielung war eindeutig. Er legte seine Hände über ihre und drückte die schweren Früchte. „Sie sind wunderschön." Er tauchte seinen Kopf hinab, schob ihre Hand beiseite und saugte einen Nippel in seinen Mund. Er leckte sanft darüber und spürte, wie sie als Reaktion darauf erzitterte. Dann ließ er den Nippel aus seinem Mund ploppen und blickte zu Savannah hinauf, die ihn beobachtete. „Willst du, dass ich heute deine Brüste beiße?"

„Ja."

„Erregt dich das?"

Selbst nach all der Zeit senkte sie immer noch ihre Augenlider, als wäre ihr ihr Verlangen peinlich.

„Naja, das ist einfach herauszufinden, oder?", fragte er und legte eine Hand zwischen ihre Beine. Er fand ihr Geschlecht warm und feucht vor. Unfähig zu widerstehen, badete er seine Finger in ihrer Hitze. „Oh, Darling, ich liebe es, wie du mich jeden Morgen willkommen heißt." Er tauchte seinen Finger in ihren Kanal und bemerkte, dass ihre Augenlider flatterten und ein Stöhnen über ihre Lippen rollte. „So bereit für mich." Genau wie er für sie. Sein Schwanz war so hart wie Granit.

Er zog sie vom Türrahmen weg und presste sie gegen die Wand daneben. Savannah lehnte ihren Kopf zurück und drückte ihre Brüste hinaus. So sehr er in ihr sein musste, so sehr musste er sie zuerst beißen. Er tauchte seinen Kopf zu ihren schönen Brüsten hinab und leckte erst über den einen und dann über den anderen Nippel. „Köstlich", murmelte er.

„Versuchst du, mich zu foltern?"

Er grinste. „Meine Frau wirkt heute Morgen etwas ungeduldig." Er legte seine Hand wieder zwischen ihre Beine und fing an, sie zu streicheln.

„Hmm", stöhnte sie.

Er fand ihre Klitoris angeschwollen und begierig nach seiner Berührung. „Ich will, dass du kommst, während ich von dir trinke. Kannst du das für mich machen?"

„John", sagte sie schweren Atems, „beeil dich, ich bin fast so weit."

„Gut!" Er legte seine Lippen um ihren Nippel und fuhr seine Fangzähne aus. Dann trieb er seine scharfen Zähne in ihr Fleisch. Ein Zittern durchfuhr sie und reichhaltiges Blut erfüllte seinen Mund. Er schluckte es und spürte, wie Energie durch ihn schoss. Oh Gott, dieses Gefühl alleine konnte ihn zum Höhepunkt bringen. Doch er hielt sich zurück. Hier ging es nicht nur um Nahrung oder sein Vergnügen. Es ging genauso gut um ihres. Also streichelte er sanft ihre Klitoris, während er ihr Blut trank, wobei seine Bewegungen immer schneller und intensiver wurden. Er konnte ihre Reaktion nun so einfach lesen, wusste, wann sie kurz davor war, und wusste, was sie brauchte.

Mit der nächsten Berührung schickte er sie über den Abgrund und spürte, wie sie vor Erlösung keuchte. Widerwillig zog er seine Fangzähne aus ihrer Brust und leckte über die winzigen Einstiche, um sie sofort zu schließen. Er hatte heute genug von ihr genommen; jetzt wollte er etwas anderes.

Er drehte sie um, sodass sie der Wand zugewandt war, um sie in eine Position zu bringen, die sie in letzter Zeit häufiger benutzten, da die Missionarsstellung unangenehm für Savannah geworden war, seit ihr Bauch so groß geworden war. Glücklicherweise genoss es seine verruchte Frau, von hinten genommen zu werden, in einer Position, die ihr nur wenig Bewegungsfreiheit erlaubte und sie seiner Gnade auslieferte.

Er packte ihre Schultern und zog ihr den Bademantel vom Körper, wodurch er ihren weichen Rücken und extrem erotischen Hintern entblößte. Savannah stemmte ihre Hände gegen die Wand und trat einen Schritt zurück, damit sie sich vorbeugen konnte.

„Ich liebe es, wie du dich mir anbietest", murmelte er und zog seine Jogginghose aus.

„Dann solltest du nehmen, was ich dir anbiete." Ihre Stimme war pure Verführung. In der Zeit, die sie schon zusammen waren, war die erotische Frau, die er bei ihrer ersten Begegnung so wild genommen hatte, zu einer Verführerin geworden, die all seine Schwachstellen kannte und sie mit schockierender Regelmäßigkeit ausnutzte. Sie wusste, wie sehr er es liebte, wenn sie ihm schmutzige Dinge zuflüsterte und sich seiner unersättlichen Begierde nach Sex und Blut unterwarf. Und dass sie sich überall von ihm ficken ließ: an der Wand, in der Küche, im Badezimmer, in der Garage, sogar draußen im Garten, nachts, wenn niemand sie sehen konnte. Kein Ort war sicher.

„Ich freue mich schon, wenn unser neues Haus endlich fertig ist und wir alle Räume einweihen können", sagte er hinter ihr, als er ihre Hüften packte. Er richtete seinen Schwanz aus und stieß in ihr nasses Geschlecht.

Savannahs Stöhnen war Bestätigung dafür, dass sie seinen Schwanz willkommen hieß. Ihre Scheide zitterte immer noch von ihrem Orgasmus und er wusste, dass es nicht mehr viel bedurfte, um sie erneut kommen zu lassen.

„John", sagte sie beim Ausatmen, „ich will, dass du mich heute hart fickst. Ich habe mich die ganze Nacht nach dir gesehnt."

Er zog sich zurück und stieß erneut in sie. „Was für eine geile Frau ich habe. So heiß, so verdammt sexy", murmelte er, als er sich in ihr vor- und zurückbewegte. Er liebte das Gefühl, wie ihre Muskeln sich zusammenzogen und seinen Schwanz drückten. Er packte ihre Hüften noch fester und erhöhte das Tempo, um ihr zu geben, was sie brauchte, was sie beide brauchten.

„Ja, John, ja, das ist gut", rief sie aus.

Er nahm seine Hände von ihren Hüften und griff nach vorne, um ihre schweren Brüste zu umfassen, während seine Hüften sich weiterbewegten und sein Schwanz hart und tief in sie stieß. „Ich liebe deine Brüste, Darling. Wenn ich hier fertig bin, wenn ich meinen Samen in dich geschossen habe, werde ich noch einmal an deinen Brüsten saugen und mehr von deinem Blut trinken. Willst du das?"

Sie stöhnte zustimmend.

„Gut. Weil du mich hungrig machst."

„Ich bin auch hungrig, John. Ich brauche heute dein Blut. Ich brauche dich."

Sie musste ihn nicht zweimal bitten. Er brachte ein Handgelenk an seine Lippen, fuhr seine Fangzähne aus und ritzte seine Haut an, sodass Blut aus den kleinen Einschnitten tropfte. Dann streckte er ihr den Arm entgegen und bot ihr sein Handgelenk an. „Trink von mir, Darling, damit du stark bist."

Und damit sein Sohn in ihrem Bauch wachsen würde.

Als sie sein Blut aus seinem Handgelenk trank, fuhr ein Blitz durch seinen Körper und sein Schwanz nahm ein Eigenleben an. Er fing an, in sie zu pumpen, sie hart zu nehmen, tief und schnell in sie zu stoßen. Immer wenn sie von ihm trank, war es so, weil das Blut sie stark und unersättlich machte.

Ihre Muskeln verkrampften sich um ihn, zogen ihn mit ihr zum Höhepunkt. Er kam in langen, heißen Stößen und füllte ihren Kanal, während ihr Körper bebte und von der Macht ihres Orgasmus zitterte.

„Oh, John", murmelte sie und atmete tief aus. „So gut."

Er strich ihr das Haar vom Hals und drückte ihr einen Kuss auf die Haut. „Gib mir eine oder zwei Minuten und wir machen es noch besser."

Wie kommt es, dass du immer weißt, was ich will?, fragte sie über ihre telepathische Verbindung.

Weil ich dasselbe will.

~

Lesereihenfolge der Scanguards Vampire & Hüter der Nacht

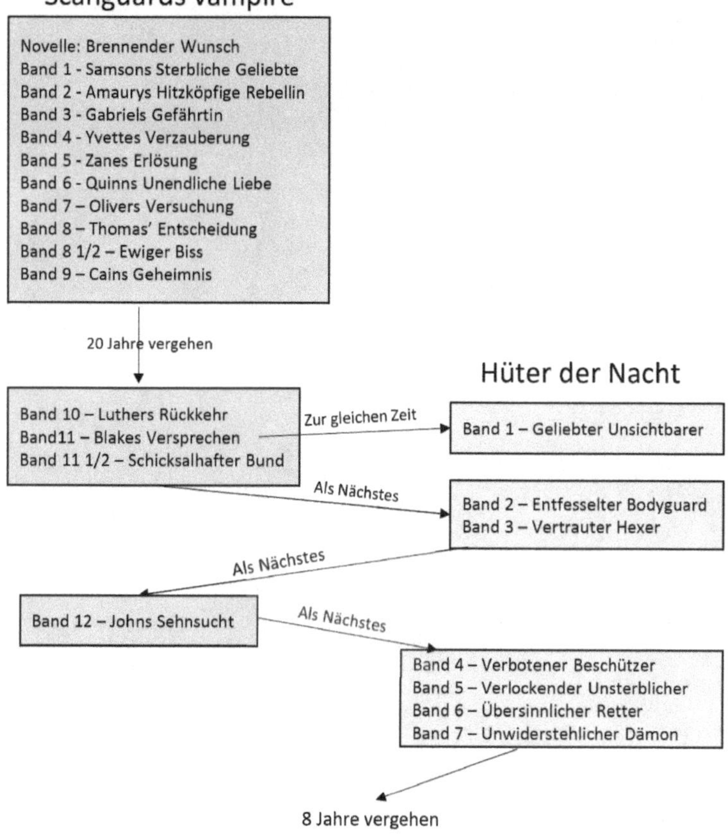

Scanguards Hybriden

Die Bände in der Scanguards Hybriden Serie werden zusätzlich auch in der Scanguards Vampir Serie nummeriert. (SV Band 13 = SH Band 1)

Band 1 (SV 13) – Ryders Rhapsodie
Band 2 (SV 14) – Damians Eroberung
Band 3 (SV 15) – Graysons Herausforderung
Band 4 (SV 16) – Isabelles Verbotene Liebe

ÜBER DIE AUTORIN

Tina Folsom ist gebürtige Deutsche und lebt schon seit über 25 Jahren im englischsprachigen Ausland, seit 2001 in Kalifornien, wo sie mit einem Amerikaner verheiratet ist.

Im Herbst 2008 schrieb sie ihren ersten Liebesroman.

Vampire haben es ihr schon immer angetan. Mittlerweile hat sie 50 Bücher in Englisch sowie Dutzende in anderen Sprachen (Französisch, Spanisch und Deutsch) herausgegeben.

Webseite: https://tinawritesromance.com/deutscheleser/
Sie können ihr auch eine Email schicken: tina@tinawritesromance.com

facebook.com/TinaFolsomFans
instagram.com/authortinafolsom
youtube.com/TinaFolsomAuthor

Zeitfracht Medien GmbH
Ferdinand-Jühlke-Straße 7
99095 Erfurt, Deutschland
produktsicherheit@kolibri360.de